Diogenes Taschenbuch 23744

de
te
be

Das Hašek Lesebuch

Ausgewählt von
Daniel Keel und Daniel Kampa

Mit einem Vorwort von
Gustav Janouch

Diogenes

Nachweis am Schluß des Bandes.
Umschlagzeichnung von Josef Lada

Diogenes Verlag AG Zürich
www.diogenes.ch
50/08/8/1
ISBN 978 3 257 23744 3

Inhalt

Jaroslav Hašek
1883–1923

Jaroslav Hašek, der am 30. April 1883 in der schmalen Prager Schulgasse geborene und in der Nacht vom 2. zum 3. Januar 1923 in der kleinen südböhmischen Ortschaft Libnice verstorbene Vater des braven Soldaten Schwejk, gehört heute schon unumstritten zu den bekanntesten Erscheinungen der modernen Weltliteratur. Hašeks Schwejk hat Millionen Menschen der verschiedensten Nationen und Sprachen viele Stunden froher Entspannung geschenkt. Die vom verschmitzten Lächeln bis zum zwerchfellerschütternden Gelächter sich entfaltende gute Laune der Leser verdrängt im Augenblick alle Sorgen und Kümmernisse. Das Leben erscheint leichter und heller. Schwejks Merkspruch ›*Das will Ruhe!*‹ wurde zu einer weitverbreiteten und gerne eingenommenen Beschwichtigungspille. Hašeks Lachen ist ein Narkotikum, das uns armen, in den eisernen Käfigen der Städte und Staats- und Wirtschaftsinteressen dicht zusammengedrängten Menschen die tägliche Operation, ›Leben‹ genannt, erleichtert. Dabei ist sein Werk, das im Original neunzehn stattliche Bände umfaßt, alles andere als eine Sammlung konventioneller Unterhaltungsware. Ganz im Gegenteil: Hašeks vielgestaltige literarische Produktion, welche neben dem Schwejk auch metrisch genau ausgewogene Gedichte, herbe, dabei aber von zartem Gefühl bewegte Landstreichergeschichten, federleichte Humoresken, scharf pointierte Feuilletons und groteske Parodien politischer Proklamationen umfaßt, sprengt die Grenzen konventioneller Unterhaltungsliteratur, um den kleinen und größeren Alltagsdespoten, die uns Mitmenschen das Leben verbittern, die Maske angemaßter geistiger Bedeutung und Würde mit ein paar leicht hingeworfenen Worten von den lieblosen Fratzen zu reißen. Jaroslav Hašek war und ist vor allem ein Spießbürgerschreck, der hinter den großen Gesten und dem bombastisch vorgetragenen Weltbeglückungsgeschwafel unserer Zeit mit direkt traumwandlerischer Sicherheit die kalte Schnauze der Bürokraten und das zitternde Herz der gehemmten kleinen Menschen erkennt.

Der bis heute noch nicht richtig bewertete tschechische Schriftsteller Z. M. Kuděj, der als ruheloser Tramp halb Europa und den ganzen nordamerikanischen Kontinent durchzog, mit vielen bedeutenden Menschen – darunter auch mit Maxim Gorki und Jack London – zusammenkam und der jahrelang ein treuer Begleiter Hašeks war, sagte mir einmal: »Der Spießer, den Hašek haßte und immer wieder dem Gelächter preisgab, ist im Grunde ein Masochist, der jeden Tritt, welcher ihm von den jeweiligen Machthabern versetzt wird, mit demütigem Augenaufschlag hinnimmt, um ihn bei nächster Gelegenheit geflissentlich nach unten weiterzugeben. Der Spießer versteht es, aus der Entwürdigung Lust zu gewinnen. Darum ist die Satire für ihn kein Spiegel. Die Leute grinsen über den Schwejk und Hašeks erschütternd gespenstische Bürokratengeschichten, sie brüllen belustigt über die scharf gezeichneten Spießervisagen, ohne – um Gogol zu zitieren – im Spiegel das eigene schiefe

Maul zu erkennen. Hašek ist für sie nur ein Spaßmacher, obwohl das, was er bringt, eigentlich eine sehr ernste Kritik der Sitten unserer Zeit darstellt.«

Hašek war kein Possenreißer, sondern ein Rebell, der die Lausbubenmanieren seiner frühesten Jugendjahre zur weltanschaulichen Kampfmethode des Schriftstellers erhob. Er war bis zu seinem Tode ein Prager Gassenjunge, ein Gamin, der mit hellwachen Augen das Menschen- und Sprachgewimmel um sich herum registrierte. Sein Charakter wurde durch die Bewegung der Umwelt geformt und stigmatisiert. Er war ein zehnjähriger kleiner, rundlicher Bursche, als es in seiner Vaterstadt bedenklich zu brodeln begann. Die Straßen durchzogen radikalisierte Arbeitermassen. In jedem zweiten Gasthaus war ein lauter Debattierklub. Rote und schwarze Fahnen wehten im Winde. In die sonst alltäglich graue Menge der Straßen und Plätze mischten sich immer mehr Männer mit struppigen Umhängebärten, mächtigen Schlapphüten und romantisch flatternden schwarzen Krawatten. Auf der Graben-Promenade kam es jede Weile zu einem Zusammenstoß mit farbentragenden deutschen Studenten. Zu den schwarz-gelben Flaggen des Kaiserhauses gesellten sich allslawische rot-blau-weiße Fahnen. Das Pflaster wurde zum Resonanzboden des Pferdegetrappels der berittenen Polizei. An den Häusern und Plakatwänden erschienen Proklamationen des K. und K. Statthalters. Die Proklamationen wurden jedoch immer sehr bald heruntergerissen und in einigen Fällen sogar öffentlich verbrannt.

An so einer Aktion beteiligte sich auch der Mittelschüler Jaroslav Hašek. Es kam die Polizei. Die Demonstranten entkamen, doch einige wurden erkannt – unter ihnen auch

Hašek. Die Polizei verständigte die Direktion seiner Schule. Bei der nachfolgenden Untersuchung konnte Hašek nichts nachgewiesen werden. Um jedoch Unannehmlichkeiten auszuweichen, wurde ihm bedeutet, nach Ablauf des Schuljahres nicht mehr wiederzukommen. Hašeks Mutter gab darauf ihren Sohn Jaroslav zu einem Drogisten in die Lehre. Doch die damals in Prag und in ganz Böhmen wogende Unruhe ergriff Hašek auch hier. Der junge Praktikant befand sich eines Tages auf dem Dachboden, wo ein Teil des Materialienlagers seines Lehrherrn untergebracht war, als unten auf der Straße eine demonstrierende Menge streikender Bäcker vorbeizog. Hašek winkte ihnen mit dem auf dem Dachboden zum Trocknen aufgehängten roten Unterrock eines Dienstmädchens. Die Demonstranten antworteten mit dem Absingen revolutionärer Lieder. Die Erregung der Masse hatte einen Mittelpunkt gefunden. Die streikenden Bäcker umlagerten das Haus, denn Hašek hatte den Unterrock an einer Stange als rote Fahne zu einer Dachluke herausgehängt. Das war für die Polizei, die um die Ecke ihr Hauptquartier hatte, eine unerhörte Provokation. Sie drang mit gezogenen Säbeln und Pistolen in das Haus, um mit großem Getöse den revolutionären Unterrock vom Dachboden herunterzuholen. Die zuerst gefährlich aussehende Demonstration und Polizeiaktion mündete in ein Riesengelächter.

Der Praktikant Hašek wurde fristlos entlassen; er kehrte wieder zur Schulbank – diesmal in die der Handelsakademie – zurück. Doch diese Episode mit dem roten Unterrock ist bereits ein Vorzeichen des späteren politischen Schicksals Jaroslav Hašeks, denn wie und wo immer er später als politischer Exponent eines Parteiprogrammes auftrat, kam es immer zu einem Zusammenstoß der mit Emphase vorgetragenen Ideologie mit der nackten Realität. In Hašeks politischer Existenz kam es immer wieder zum Zusammenstoß zwischen der Phrase und dem zum Trocknen aufgehängten Unterrock. Das mitunter recht einfältige konkrete Leben war für Hašek wichtiger und bedeutungsvoller als die schönste und intellektuell bestechendste Lebensinterpretation. Hašek war ein radikaler Zivilist, der auf die Dauer weder eine materielle noch eine geistige Uniform ertragen konnte. Das Leben war für ihn keine mechanisch vervielfältigte Konfektionsware, sondern ein in jedem Falle einzigartiges Wunder, das der Mensch gegen alle äußeren und inneren Mächte der Zerstörung verteidigen muß, denn er lebt ja sein Leben nur einmal.

Hašek ist ein unermüdlicher Kämpfer gegen die Vermaschinisierung des menschlichen Ich, ein unentwegter Verteidiger der Eigenpersönlichkeit, die immer wieder dem scheinbar entproblematisierenden Zugriff der modernen Zivilisation mit ihrer riesigen Industrie-, Militär- und Verwaltungsapparatur ausgesetzt ist. Hašek, dem nichts Titanisches anhaftet, kämpft mit seinen Schnurren an der Seite der bedrohten Persönlichkeit gegen die sintflutartig anwachsende Vermassung, welche im Einzelleben nur eine bedeutungslose Ziffer der Populationsmenge unserer Erde sieht. Hašek, der kein Philosoph und kein Prediger ist, verteidigt den konkreten Menschen gegen die ihn phantomisierende Abstraktion. Das ist das innere schöpferische Prinzip, das Hašeks kleine Geschichten mit der großen Schwejkkomposition verbindet. Hašek stellt in allen Fällen das schlichte bewußtseinsbildende Erleben gegen die das menschliche Bewußtsein trübende Phrase. Das ist eine offensichtliche Wesensverwandtschaft zwischen dem großen Wiener Satiriker Karl Kraus und Hašek. Doch wo Karl Kraus die schwarze Sprachmagie der letzten Tage der Menschheit wittert, dort sieht der Verfasser des Schwejk mit hellsichtiger Klarheit die alltägliche tragische, dabei aber auch komische und darum durch eine Korrektur der Erkenntnis verhältnismäßig leicht zu überwindende Deformation des menschlichen Ich- und Weltbewußtseins, eine Verkrüppelung des Geistes, die nicht nur von der modernen Zivilisation und der Verkonfektionierung des Sprachgebrauches, sondern vor allem auch durch das Bequemlichkeitsbedürfnis und die andauernd wachsende geistige Trägheit des Menschen unserer Epoche verursacht wurde.

Hašeks vernichtendes Hohngelächter – denn sein Humor ist vor allem eine die feindliche Umwelt abwehrende Aggression – entspringt einer tiefen Entrüstung. Er fühlt sich inmitten der ihm von außen mechanisch oktroyierten zwischenmenschlichen Verhältnisse verkauft und verraten. Darum ist seine Abwehr in erster Linie gegen diejenigen Zeitgenossen gerichtet, welche durch ihre Feigheit und das Abstreifen aller Menschenwürde die Machtansprüche und den Größenwahn der verschiedenen kleinen und größeren bösartigen Zwerge der Administration legalisieren und stärken. Hašek zeichnet – um nochmals Gogols treffendes Wort zu verwenden – ihr *schiefes Maul*, um diesen Schreckgespenstern eines mehr und mehr mechanisierten Daseins entschieden entgegenzutreten. Er ist ein kämpfender Humanist, der die im Alltagsgrau zerfließenden antihumanen

Kräfte durch die Karikatur fest umgrenzt und als Schießbudenfiguren vor den Leser hinstellt. Der möge sie nun mit seiner lachenden Reaktion nach eigener freier Wahl abschießen. Hašek liefert nur das Ziel und die Munition, ohne dabei von irgendeiner sozialen Sentimentalität gehemmt zu werden. Obwohl er das Recht des kleinen Menschen auf ein Eigenleben verteidigt, verzeiht er doch seinem Schützling kein Wort und keine Bewegung, durch die ein verantwortungsvolles Sein in ein unverantwortliches, nur von außen gesteuertes Dahintreiben verwandelt würde. Hašek ist sich bewußt, daß die Unterdrückten an ihrer eigenen Unterdrückung mitschuldig sind. Darum kennt er ihnen gegenüber keine Nachsicht. Im Gegenteil – er geht gegen die Parasiten und Mitläufer der Gewalt noch härter vor als gegen die wirklichen Machthaber. Wie ein Entomologe kühl und sachkundig die verschiedenen Insekten und Schädlinge unter den Steinen und aus den Furchen der Baumrinden hervorholt, so zieht Hašek das kleine menschliche Machtgewürm aus den dunklen Verstecken der Büros, Kasernen, Läden, Ämter und Wohnungen hervor. Er holt es an das lachende Tageslicht, als wollte er sagen: »Wovor fürchtet ihr euch? Schaut es euch doch an, das Gelichter! Es beißt nur dann, wenn ihr euch aus Bequemlichkeit beißen laßt.«

Um seinen Lesern ein freieres Atmen zu ermöglichen, entpathetisiert Hašek die Macht. Er nimmt ihr alle Dämonie und zeigt, daß ihre Apparatur auch nur Menschenwerk und darum letzten Endes nicht ewig und unwandelbar, sondern zeitlich bedingt und auch dem ewigen Wandel unterworfen ist. Es liegt eben alles nur am Menschen, an seiner aufrechten Haltung, oder an seinem Versagen. Das beweisen Hašeks oft überaus groteske Polizei- und Spitzelgeschichten und dann natürlich vor allem der Schwejk.

Die kurzweiligen Geschichten, die Hašek jahrelang Tag um Tag in den verschiedensten Blättern veröffentlichte, schrieb er nicht nur, um sich die notwendigen bescheidenen Existenzmittel zu verschaffen. Er kannte ja nur einen Luxus, und zwar den der persönlichen Unbeschwertheit und Freiheit. Doch die verlangte er ganz, um sie mit seinen Lesern zu teilen. Darum bemühte er sich – über die persönliche ökonomische Zielsetzung seiner Arbeit hinaus –, mit dem, was er schrieb, dem Leser das Abstreifen der drückenden Schwere des Alltags durch ein enthemmendes Lachen zu ermöglichen.

Gustav Janouch

Kommandant der Stadt Bugulma

1

Als mir anfangs Oktober 1918 vom militärischen Revolutionssowjet der ›linksufrigen Gruppe in Simbirsk‹ (levobereschne gruppy v Simbirsku) bekanntgegeben wurde, ich sei zum Stadtkommandanten von Bugulma ernannt worden, fragte ich den Vorsitzenden: »Und wissen Sie das auch bestimmt, daß Bugulma schon erobert ist?«

»Nähere Meldungen haben wir nicht«, lautete die Antwort, »und ich zweifle sehr, daß es bereits jetzt in unseren Händen ist, aber bevor Sie dort eintreffen, wird es hoffentlich bereits gefallen sein.«

»Und wird mich jemand hinbegleiten?« fragte ich leise. »Und dann noch etwas: Wie komme ich nach Bugulma, wo liegt es eigentlich?«

»Sie bekommen eine Eskorte von zwölf Mann, und was die zweite Frage betrifft, schaun Sie sich die Karte an. Glauben Sie, es ist meine Sorge, wo irgendein idiotisches Bugulma liegt?«

»Noch eine Frage, Towarisch Kajurov. Wann bekomme ich Geld für die Reise und Auslagen?«

Kajurov schlug die Hände zusammen ob dieser Frage.

»Sie sind verrückt geworden. Auf dem Wege kommen Sie

doch durch mehrere Dörfer, wo man Sie schon anfüttern wird, und in Bugulma werden Sie eine Kontribution einheben...«

In der Wachstube unten wartete meine Eskorte. Zwölf kräftige junge Tschuwaschen, die sehr wenig Russisch verstanden, so daß sie mir in keiner Weise erklären konnten, ob sie einberufen seien oder freiwillig dienten. Ihrem biederen und furchtbaren Aussehen konnte man entnehmen, daß sie eher Freiwillige und zu allem entschlossen waren.

Als ich meine Dokumente und einen Haufen Vollmachten erhalten hatte, in denen man nachdrücklich darauf hinwies, daß mir von Simbirsk bis Bugulma jeder Bürger jedwede Unterstützung gewähren müsse, begab ich mich mit meiner Expedition auf den Dampfer und wir fuhren auf der Wolga und auf dem Kamafluß bis nach Tschistopol.

Während der Reise erlebte ich kein besonderes Abenteuer. Nur einer meiner Tschuwaschen fiel in betrunkenem Zustand über Bord und ertrank. So blieben mir nur elf. In Tschistopol, wo wir den Dampfer verließen, meldete sich ein Tschuwasche, er werde Fuhrwerke beschaffen, und kehrte nicht mehr zurück. Sc blieben ihrer zehn, und ich erfuhr, daß der verschwundene Tschuwasche nach seinem ungefähr vierzig Werst entfernten Heimatsort entlaufen sei, um zu schauen, wie es seinen Eltern gehe.

Als ich endlich nach langem Fragen bei der Ortsbevölkerung festgestellt hatte, wo Bugulma eigentlich liegt und wie man hingelangte, beschafften meine Tschuwaschen Fuhrwerke, und wir machten uns auf den grundlosen, furchtbaren Straßen dieser Gegend über Kratschalg, Jelanov, Moskov, Gulukov, Ajbaschov auf den Weg. Das sind lauter

Dörfer, die von Tataren bewohnt werden, bis auf Gulukov, wo Tscheremisen mit Tataren vermengt leben.

Da zwischen den Tschuwaschen, die bereits vor etwa fünfzig Jahren das Christentum angenommen haben, und den Tscheremisen, die noch heute Heiden sind, furchtbare Feindschaft herrscht, begab sich in Gulukov ein kleines Mißgeschick. Meine bis auf die Zähne bewaffneten Tschuwaschen brachten mir nach der Durchsuchung des Dorfes den Ortsvorsteher Dawledbaja Schakir geschleppt, der in der Hand einen Käfig mit drei weißen Eichhörnchen hielt, und einer von den Tschuwaschen, der am besten Russisch sprach, wandte sich zu mir mit folgender Aufklärung: »Die Tschuwaschen rechtgläubig seit ein, zehn, dreißig, fünfzig Jahren – die Tscheremisen Heiden, Schweine.« Und während er der Hand Dawledbaja Schakirs den Käfig mit den weißen Eichhörnchen entwand, fuhr er fort: »Weißes Eichhörnchen ihr Gott sein – ein, zwei, drei Götter. Dieser Mann Priester, springt mit Eichhörnchen, springt, betet zu es. Du wirst ihn taufen...«

Die Tschuwaschen gebärdeten sich so drohend, daß ich befahl, Wasser zu holen, und den Dawledbaja Schakir besprengte, wobei ich unverständliche Worte murmelte. Dann ließ ich ihn frei.

Die tscheremisischen Götter wurden hierauf abgehäutet, und ich kann jedem versichern, daß der Herrgott der Tscheremisen eine sehr gute Suppe gibt.

Dann machte mir der mohammedanische Lokalmulla Abdulhalej seine Aufwartung und sprach mir seine Freude darüber aus, daß wir die Eichhörnchen aufgegessen hatten. »Jeder muß an etwas glauben«, sagte er, »aber an Eichhörnchen, das ist eine Schweinerei. Sie springen nur von Baum zu Baum, und wenn sie im Käfig sind, machen sie an. Für so einen Herrgott bedanke ich mich.« Er brachte uns einen Haufen gebratenen Hammelfleisches und drei Gänse und versicherte uns, wenn die Tscheremisen sich in der Nacht auflehnen würden, würden alle Tataren an unserer Seite kämpfen.

Doch passierte nichts, da, wie Dawledbaja Schakir erklärte, der sich am Morgen zu unserem Abmarsche eingefunden hatte, der Wald voller Eichhörnchen war. Zum Schluß passierten wir Ajbaschev, und am Abend langten wir ohne weiteren Zwischenfall in Klein-Pisecnic ein, einem russischen Dorf, zwanzig Werst weit von Bugulma entfernt.

Die Ortsbevölkerung war sehr gut informiert über die Vorgänge in Bugulma. Vor drei Tagen hätten die Weißen die Stadt kampflos verlassen, die Sowjettruppen stünden auf der anderen Seite der Stadt und fürchteten sich, einzumarschieren und in einen Hinterhalt zu fallen.

In der Stadt herrsche Anarchie, und der Bürgermeister warte mit der ganzen Gemeindevertretung bereits zwei Tage lang mit Brot und Salz in der Hand, um den zu begrüßen, der die Stadt besetze.

Ich schickte den Tschuwaschen voraus, der am besten Russisch sprach, und am Morgen rückten wir nach Bugulma vor.

An der Stadtperipherie kam uns eine unübersehbare Menschenschar entgegen. Der Bürgermeister hielt in der Hand ein Tablett, auf dem ein Laib Brot und eine Schale Salz standen.

In seiner Rede sprach er die Hoffnung aus, ich würde mit

der Stadt Erbarmen haben. Ich kam mir vor wie der böhmische Nationalheld Žižka, besonders als ich in dem Aufzug auch Schulkinder erblickte.

Ich dankte mit einer langen Rede, schnitt mir eine Scheibe Brot ab und bestreute sie mit Salz. Ich betonte mit Nachdruck, daß ich nicht gekommen sei, um irgendwelche Schlagworte zu predigen, sondern mein Ziel sei Ruhe, Friede und Ordnung. Zum Schluß küßte ich den Bürgermeister, reichte den Vertretern der orthodoxen Kirche die Hand und begab mich aufs Rathaus, wo mir Räumlichkeiten für das Stadtkommando zugewiesen wurden.

Hierauf ließ ich den Befehl Nummer eins folgenden Inhalts plakatieren:

Bürger!

Ich danke Euch allen für die warme und aufrichtige Begrüßung mit Salz und Brot. Bewahret stets den altslawischen Brauch, gegen den ich nichts einzuwenden habe. Doch bitte ich Euch, vergeßt dabei nicht, daß ich zum Stadtkommandanten ernannt wurde, der ebenfalls seine Pflichten hat.

Ich bitte Euch daher, liebe Freunde, morgen um zwölf Uhr alle Waffen im Rathaus in den Räumlichkeiten der Stadtkommandantur abzuliefern.

Ich drohe natürlich nicht, aber Ihr wißt, daß sich die Stadt im Belagerungszustand befindet.

Ich betone noch, daß ich beauftragt wurde, der Stadt eine Kontribution aufzuerlegen, daß die Stadt aber keine Kontribution zahlen wird.

Unterschrift.

Am folgenden Tag um zwölf Uhr füllte sich der Ringplatz mit bewaffneten Leuten. Es kamen mehr als tausend Mann mit Gewehren, hie und da schleppte einer auch ein Maschinengewehr.

Wir elf Mann wären von dieser Sturmflut bewaffneter Bürger hinweggefegt worden, aber sie kamen nur, um ihre Waffen abzuliefern. Bis spät in die Nacht dauerte die Ablieferung, wobei ich jedem die Hand reichte und ein paar leutselige Worte sagte.

Am Morgen ließ ich Befehl Nummer zwei drucken und plakatieren:

Bürger!

Ich danke der gesamten Bevölkerung Bugulmas für die genaue Ausführung des Befehls Nummer eins.

Unterschrift.

Ich ging an jenem Tag ruhig schlafen. Ich ahnte nicht, daß über mir ein Damoklesschwert hing, in der Gestalt des Twersker Revolutionsregimentes.

Wie ich bereits sagte, standen die Sowjettruppen in einer Entfernung von etwa fünfzehn Werst südlich von Bugulma und wagten nicht, in Bugulma einzudringen, da sie sich vor einem Überfall fürchteten. Schließlich erhielten sie vom Revolutionsmilitärsowjet in Simbirsk den Befehl, um jeden Preis Bugulma zu besetzen und so die Basis der Sowjettruppen zu sichern, die östlich von Bugulma operierten.

Und so schickte sich Genosse Jerochymov, Kommandant des Twersker Revolutionsregimentes, in der Nacht an, Bugulma zu erobern und zu besetzen, als ich bereits drei Tage lang gottesfürchtig Stadtkommandant war und zur allgemeinen Zufriedenheit aller Bevölkerungsschichten amtierte.

Das Twersker Regiment ›drang‹ in die Stadt ein, feuerte Salven in die Luft beim Marsch durch die Straßen und stieß nur auf den Widerstand bei dem Wachtposten meiner Tschuwaschen. Diese wurden nämlich während des Wachdienstes aus dem Schlaf gerissen und wollten Genossen Jerochymov, der mit dem Revolver in der Hand an der Spitze seines Regimentes zur Besetzung des Rathauses ging, nicht ins Rathaus lassen. Die Twersker nahmen die Tschuwaschen gefangen, und Jerochymov trat in meinen Amts- und Schlafraum.

»Hände hoch!« rief er siegesberauscht und zielte mit dem Revolver auf mich. Ich erhob ruhig die Hände.

»Was sind Sie eigentlich?« fragte der Kommandeur des Twersker Regimentes.

»Stadtkommandant.«

»Von den Weißen oder von den Sowjettruppen?«

»Von den Sowjettruppen. Kann ich die Hände herabgeben?«

»Sie können, aber ich ersuche Sie, mir sofort nach Kriegsrecht das Stadtkommando zu übergeben, denn ich habe Bugulma erobert.«

»Aber ich wurde ernannt«, wandte ich ein.

»Der Teufel hole alle Ernennungen. Zuerst müssen Sie eine Stadt erobern.«

»Wissen Sie was«, sagte er nach einer Pause großmütig, »ich ernenne Sie zu meinem Adjutanten. Falls Sie damit nicht übereinstimmen sollten, lasse ich Sie in fünf Minuten erschießen.«

»Ich habe nichts dagegen, Ihr Adjutant zu sein«, antwortete ich und rief meiner Ordonnanz zu: »Wassilij, mach den Samovar zurecht, wir werden mit dem neuen Stadtkommandanten, der soeben Bugulma erobert hat, Tee trinken...«

Glück und Glas, wie leicht bricht das.

2

Das erste, was ich tat, war, daß ich meine zwei gefangenen Tschuwaschen befreite und mich hinlegte, um den durch den Umsturz in Bugulma unterbrochenen Schlaf fortzusetzen. Gegen Mittag erwachte ich und stellte fest: erstens, daß alle meine Tschuwaschen auf geheimnisvolle Weise verschwunden waren und mir in einem meiner Stiefel einen Zettel von recht unverständlichem Inhalt hinterlassen hatten: »Towarisch Gašek*. Viel Hilfe suchen hier und dort. Towarisch Jerochymov baschka-khawa.« (Kopf ab); zweitens, daß Genosse Jerochymov sich von früh an anstrengte, seinen ersten Befehl an die Bevölkerung Bugulmas abzufassen.

»Towarisch Adjutant«, sagte er zu mir, »glauben Sie, daß das so gut ist?« Er entnahm einem Haufen geschriebener Entwürfe ein Blatt mit durchgestrichenen Zeilen und eingefügten Worten und las: »An die gesamte Bevölkerung von Bugulma! Mit dem heutigen Tage habe ich nach dem Fall Bugulmas das Stadtkommando übernommen. Den bisherigen Kommandanten entferne ich von seinem Amte wegen Unfähigkeit und Feigheit und ernenne ihn zu meinem Adjutanten. Stadtkommandant Jerochymov.«

* Die russische Aussprache von Hašek. Anm. d. Übers.

»Das erfaßt die ganze Situation«, sagte ich anerkennend. »Und was gedenken Sie weiter zu tun?«

»Vor allem«, antwortete er ernst und feierlich, »werde ich eine Pferdemobilisierung anordnen, dann laß ich den Bürgermeister erschießen, nehme zehn Geiseln aus den Kreisen der Bourgeoisie und bringe sie bis zum Abschluß des Bürgerkrieges ins Gefängnis. Dann werde ich eine allgemeine Hausdurchsuchung anordnen und den freien Handel verbieten. Für den ersten Tag wird das genug sein, und morgen werde ich mir etwas anderes ausdenken.«

»Gestatten Sie mir die Bemerkung«, sagte ich, »daß ich nichts gegen die Pferdemobilisierung einzuwenden habe, aber entschieden gegen die Erschießung des Bürgermeisters protestiere, der mich mit Salz und Brot bewillkommt hat.«

Jerochymov sprang auf: »Ja, Sie hat er willkommen geheißen, aber zu mir ist er nicht gekommen...«

»Das läßt sich in Ordnung bringen«, sagte ich, »wir werden um ihn schicken.«

Ich setzte mich zum Tisch und schrieb:

Stadtkommandantur Bugulma.
Nummer 2891.
Djejstwujuschtschrja armija.

An den Bürgermeister von Bugulma!

Ich befehle Ihnen, sofort mit Salz und Brot nach altslawischem Brauche zum neuen Stadtkommandanten zu kommen.

Stadtkommandant Jerochymov
Adjutant Gašek

Als dies Jerochymov unterschrieb, fügte er hinzu: »Sonst werden Sie erschossen und Ihr Haus in Brand gesteckt werden.«

»Auf amtliche Dokumente«, sagte ich zu Jerochymov, »darf nichts Derartiges zugeschrieben werden, sonst sind sie ungültig.«

Ich schrieb nochmals den Befehl in seiner ursprünglichen Fassung und Stilisierung, ließ ihn unterschreiben und durch eine Ordonnanz übergeben.

»Dann«, sagte ich zu Jerochymov, »bin ich entschieden dagegen, daß zehn Angehörige der Bourgeoisie bis zum Abschluß des Bürgerkrieges ins Gefängnis geworfen werden, weil darüber einzig und allein das Revolutionstribunal entscheiden kann.«

»Das Revolutionstribunal«, sagte Jerochymov ernsthaft, »sind wir. Die Stadt ist in unseren Händen.«

»Da irren Sie sich sehr, Towarisch Jerochymov. Was sind wir denn? Ein armseliges Menschenpaar. Der Stadtkommandant und sein Adjutant. Das Revolutionstribunal wird vom Revolutionsmilitärsowjet der Ostfront ernannt. Wollen Sie denn, daß man Sie an die Wand stellt?«

»Nun gut«, antwortete Jerochymov mit einem Seufzer. »Aber eine allgemeine Hausdurchsuchung in der Stadt kann uns doch niemand verbieten.«

»Auf Grund des Dekretes vom 18. Juni dieses Jahres«, antwortete ich ihm, »kann eine allgemeine Hausdurchsuchung nur mit Zustimmung des Lokalrevolutionskomitees oder Sowjets durchgeführt werden. Da dieses noch nicht existiert, wollen wir die Sache lieber für spätere Zeiten lassen.«

»Sie sind ein Engel«, sagte Jerochymov liebevoll, »ohne Sie wäre ich verloren. Aber mit dem freien Handel muß ein Ende gemacht werden.«

»Die Mehrzahl jener«, erläuterte ich, »die Handel betreiben und Bazare besuchen, stammt vom Lande. Es sind Muschiks, die weder lesen noch schreiben können. Zuerst müssen sie lesen und schreiben lernen, dann werden sie unsere Befehle lesen können und begreifen, worum es sich handelt. Zuerst müssen wir alle Analphabeten lesen und schreiben lehren, damit sie verstehen, was wir von ihnen wollen, dann können wir Befehle ausgeben, zum Beispiel über die Pferdemobilisierung. Sagen Sie mir, Towarisch Jerochymov, Sie wollen doch nicht etwa das Twersker Revolutionsinfanterieregiment in eine Reiterdivision verwandeln? Wissen Sie, daß darüber der ›Inspektor po formirovaniju wojsk levoberezhnoj gruppy‹ zu entscheiden hat?«

»Da haben Sie recht, Towarisch Gašek«, sagte Jerochymov mit einem Seufzer; »was soll ich tun?«

»Lehren Sie das Volk des Bugulmer Abschnittes lesen und schreiben«, antwortete ich ihm, »und was mich anlangt, werde ich schaun gehen, ob Ihre Leute keine Dummheiten machen und wie sie einquartiert sind.«

Ich ging und trieb mich in der Stadt herum. Das Twersker Revolutionsregiment verhielt sich würdig. Niemanden behelligte es, die Soldaten freundeten sich mit der Bevölkerung an, man trank Tee, ließ sich ›pelemele‹, Borschtsch kochen, teilte Tabak und Zucker mit den Gastgebern, kurz, alles war in Ordnung. Ich ging auch nach Klein-Bugulma, wo das erste Bataillon untergebracht worden war. Auch dort fand ich die gleiche Idylle. Man trank Tee, aß Borschtsch und benahm sich anständig. Ich kehrte spätabends zurück, und an einer Straßenecke fand ich ein frisch angeklebtes Plakat folgenden Inhalts:

An die gesamte Bevölkerung von
Bugulma und Umgebung!

Ich ordne an, daß alle Einwohner der Stadt und Umgebung, die nicht lesen und schreiben können, dies binnen drei Tagen nachholen. Wer nach dieser Frist als Analphabet sichergestellt wird, wird erschossen.

Stadtkommandant Jerochymov.

Als ich zu Jerochymov kam, saß dieser mit dem Bürgermeister beisammen, der außer Salz und Brot auch ein paar Flaschen alten litauischen Wodka mitgebracht hatte. Das alles stand auf dem Tisch, und Jerochymov war guter Laune, umarmte den Bürgermeister und schrie mir entgegen: »Haben Sie gelesen, wie ich Ihren Rat befolgt habe? Ich bin persönlich in die Druckerei gegangen, habe auf den Direktor den Revolver gerichtet und gesagt: ›Gleich wirst du das drucken, Täubchen, sonst werde ich dich auf der Stelle erschießen, du Hundesohn!‹ Das Schwein fängt an zu zittern, zittert, liest, zittert noch mehr und ich, baz in den Plafond... Und er hat's gedruckt, herrlich gedruckt. Lesen und schreiben können ist die Hauptsache! Wenn du einen Befehl ausgibst, können ihn alle lesen, sie verstehen ihn, sind zufrieden und glücklich. Nicht wahr, Bürgermeister? Trinken Sie, Towarisch Gašek!«

Ich lehnte ab.

»Wirst du trinken oder nicht?« schrie er.

Ich zog den Revolver und schoß in die Flasche mit dem litauischen Wodka. Dann zielte ich auf meinen Vorgesetzten und sagte nachdrücklich: »Gleich gehst du schlafen, oder...«

»Ich geh schon, Täubchen, Seelchen, ich geh schon, hab ja nur gespaßt. Wollte mich nur erfreuen, poguljat malinko.«

Ich brachte Jerochymov zu Bett, legte ihn nieder, kehrte zu dem Bürgermeister zurück; dem sagte ich: »Weil's das erste Mal ist, verzeihe ich Ihnen, gehen Sie nach Hause und seien Sie froh, daß Sie so leichten Kaufs davongekommen sind.«

Jerochymov schlief bis zwei Uhr Nachmittag des nächsten Tages. Als er erwachte, schickte er nach mir, blickte mich unsicher an und sagte: »Mir scheint, Sie haben mich gestern erschießen wollen.«

»Ja«, antwortete ich, »ich wollte auf diese Weise dem zuvorkommen, was das Revolutionstribunal mit Ihnen gemacht hätte, wenn es erfahren hätte, daß Sie sich als Stadtkommandant einen Rausch angetrunken haben.«

»Aber Täubchen, Sie werden es doch niemandem sagen, ich werde es nie mehr tun. Werde die Leute nur lesen und schreiben unterrichten...«

Am Abend kam die erste Muschik-Deputation aus dem Karlagingebiet. Sechs Greisinnen im Alter von sechzig bis achtzig Jahren und fünf Greise in demselben Alter.

Sie warfen sich mir zu Füßen.

»Martere uns nicht, Väterchen, Batuschka, in drei Tagen können wir nicht schreiben und lesen erlernen, der Kopf arbeitet nicht mehr, erbarme dich unserer Not.«

»Der Befehl ist ungültig!« sagte ich. »Das alles hat der Dummkopf angestellt, der Stadtkommandant Jerochymov.«

In der Nacht kamen noch mehrere Deputationen, aber früh waren bereits überall Plakate angeschlagen und in die Dörfer hinausgeschickt. Ihr Inhalt lautete:

An die gesamte Bevölkerung
von Bugulma und Umgebung!

Ich erkläre, daß ich den Stadtkommandanten Towarisch Jerochymov abgesetzt und wiederum mein Amt angetreten habe. Damit erscheinen seine Befehle eins und zwei betreffend die Liquidierung des Analphabetismus binnen drei Tagen als ungültig.

Stadtkommandant Gašek.

Ich konnte es mir erlauben, denn in der Nacht war das Petersburger Reiterregiment in die Stadt eingedrungen, das meine Tschuwaschen gegen Jerochymov in Bewegung gesetzt hatten.

3

Der von mir abgesetzte Stadtkommandant Jerochymov erließ an das Twersker Revolutionsregiment den Befehl, die Stadt in Kampfformation zu verlassen und außerhalb der Stadt ein Lager aufzuschlagen. Dann kam er, um von mir Abschied zu nehmen. Ich versicherte ihm, ich würde, sollte er versuchen, mit seinem Regiment irgendeine Dummheit durchzuführen, das Twersker Regiment entwaffnen lassen und ihn vors Revolutionstribunal des Frontabschnittes schicken. Im übrigen spielten wir mit aufgedeckten Karten.

Genosse Jerochymov seinerseits versicherte mit großer Aufrichtigkeit, er werde mich, sobald das Petersburger Reiterregiment die Stadt verlasse, auf der Anhöhe über Klein-Bugulma aufhängen lassen, damit man mich von allen Seiten gut sehen könne.

Wir reichten einander die Hand und schieden als die besten Freunde.

Nach dem Abmarsch Jerochymovs und seines Regimentes mußte man daran schreiten, die Petersburger Kavallerie, die sich durchwegs aus Freiwilligen zusammensetzte, bequem einzuquartieren und die Kaserne für sie zu reinigen. Ich nahm mir überhaupt vor, es den Petersburger Jungens in Bugulma so angenehm wie möglich zu machen, damit sie mir nicht eines schönen Tages meuterten.

Wen aber damit betrauen, die Kaserne zu reinigen, Fußboden zu scheuern und alles in Ordnung zu bringen? Entschieden jene, die nichts zu tun hatten.

Von der Ortsbevölkerung machte jeder etwas. Ich dachte lange nach, bis ich mich erinnerte, daß es bei Bugulma ein großes Frauenkloster gab, das Kloster der Heiligen Gottesmutter, in dem die Nonnen nichts anderes taten als beten und die andern betratschen.

Ich sandte daher der Äbtissin des Klosters folgende amtliche Zuschrift:

Militärkommandantur der Stadt Bugulma
Nr. 3896 Djejstwujuschtschaja armija.

Der Bürgerin Äbtissin des Klosters
der Heiligen Gottesmutter.

Sendet sofort fünfzig Klosterjungfrauen zur Verfügung des Petersburger Kavallerieregimentes. Die Klosterjungfrauen wollen Sie direkt an die Kaserne schicken.

Stadtkommandant Gašek.

Die Zuschrift wurde abgeschickt, und etwa eine halbe Stunde später war vom Kloster her ein schauerlich schönes und mächtiges Geläute zu hören. Alle Glocken des Klosters der Heiligen Gottesmutter waren in Bewegung, erbrausten und winselten, und ihnen antworteten die Glocken der Stadtkathedrale.

Die Ordonnanz meldete mir, der Oberpope der großen Kathedrale samt der Ortsgeistlichkeit bitte, von mir empfangen zu werden. Ich nickte leutselig, und in die Kanzlei drang eine Schar bärtiger Popen, und ihr Sprecher sagte: »Herr Genosse Kommandant, ich komme nicht nur im Namen der Lokalgeistlichkeit, sondern auch der ganzen orthodoxen Kirche. Vernichten Sie nicht unschuldige Klosterjungfrauen. Soeben haben wir vom Kloster die Nachricht bekommen, daß Sie fünfzig Nonnen für das Petersburger Reiterregiment verlangen. Bedenken Sie, daß es einen Gott über uns gibt.«

»Über uns ist vorläufig nur der Plafond«, antwortete ich zynisch. »Und was die Nonnen anbelangt, muß ich auf meiner Anordnung beharren. Ich brauche etwa fünfzig für die

Kaserne. Sollte es sich zeigen, daß für die Arbeit dreißig genügen, werde ich die zwanzig übrigen sofort nach Hause schicken. Sollten jedoch auch fünfzig nicht genügen, werde ich hundert, zweihundert, dreihundert Nonnen anfordern. Mir ist alles egal. Und Sie, meine Herren, mache ich aufmerksam, daß Sie sich in Amtsangelegenheiten einmengen, so daß ich genötigt bin, Sie zu bestrafen. Jeder von Ihnen wird mir drei Pfund Wachskerzen bringen, ein Dutzend Eier und ein Pfund Butter. Sie, Bürger Oberpope, ermächtige ich dazu, mit der Äbtissin zu vereinbaren, wann sie mir ihre fünfzig Nonnen schicken wird. Sagen Sie ihr, daß ich sie wirklich dringend benötige und zurückerstatten werde. Nicht eine einzige wird verlorengehen.«

Bekümmert schritt die orthodoxe Geistlichkeit aus meiner Kanzlei.

In der Türe drehte sich der älteste mit dem längsten Bart und den längsten Haaren zu mir um und sagte: »Denken Sie daran, daß Gott der Herr über uns thront.«

»Pardon«, sagte ich, »Sie werden nicht drei, sondern fünfzehn Pfund Kerzen bringen.«

Es war ein herrlicher Oktobernachmittag. Ein starker Frost war eingetreten und der verfluchte Bugulmer Kot fest geworden. Die Straßen begannen sich mit Leuten zu füllen, die zur Kathedrale eilten. In der Stadt und im Kloster tönen ernst und feierlich die Glocken. Sie läuten nicht Alarm wie kurz vorher, sondern rufen nun das rechtgläubige Bugulma zum ›Krestny Chod‹ (Kreuzweg) auf.

Nur in den schlimmsten Zeiten pflegte es in Bugulma den ›Krestny Chod‹ zu geben. Als die Tataren die Stadt belagerten, als Pest und Blattern wüteten, als der Krieg ausbrach, als man den Zaren erschoß und heute. Weich läuten die Glocken, als wollten sie in Schluchzen ausbrechen.

Die Klostertore öffnen sich und der Zug tritt heraus mit Ikonen und Standarten. Die vier ältesten Nonnen tragen zusammen mit der Äbtissin ein großes schweres Heiligenbild. Von dem Heiligenbild herab schaut entsetzt die heilige Gottesmutter. Und hinter dem Heiligenbild schreiten die Nonnen, alte und junge, alle schwarz gekleidet. Sie singen Litaneien, wie: »Und so führte man ihn, um ihn zu kreuzigen. Man kreuzigte ihn und zwei andere zu seinen Seiten und in der Mitte Jesus.«

In diesem Augenblick tritt aus der Kathedrale die orthodoxe Geistlichkeit mit goldgestickten Ornaten und dahinter die rechtgläubige Bevölkerung mit Ikonen.

Beide Züge begegnen einander und schreien: »Christus lebt! Christus regiert! Christus siegt!«

Und schon singt die ganze Masse: »Ich weiß, daß mein Erlöser lebt, daß er beim Jüngsten Gericht sich aus dem Staube erheben wird!«

Der Zug umschreitet die Kathedrale und wendet sich zur Stadtkommandantur, wo ich bereits würdige Vorbereitungen getroffen habe.

Vor dem Hause steht ein mit einem Tischtuch bedeckter Tisch, darauf ein Laib Brot und Salz in einem Salzfaß. Im rechten Eck steht ein Heiligenbild und davor brennen Kerzen.

Als der Umzug vor die Kommandantur kommt, trete ich würdig vor und bitte die Äbtissin, Brot und Salz anzunehmen, zum Beweis, daß ich keine feindlichen Absichten hege.

Ich bitte auch die rechtgläubige Geistlichkeit, sich Brot abzuschneiden. Sie kommen einer nach dem andern und küssen das Heiligenbild.

»Rechtgläubige«, sage ich feierlich, »ich danke euch für den schönen und ungewöhnlich festlichen ›Krestny Chod‹. Ich habe ihn zum erstenmal in meinem Leben gesehen und er wird mir ewig unvergeßlich bleiben. Ich sehe hier eine Schar singender Nonnen, was mich an die Umzüge der ersten Christen zur Zeit Neros erinnert. Vielleicht hat mancher von euch *Quo vadis* gelesen. Ich will eure Geduld nicht lange auf die Probe stellen, Rechtgläubige. Ich habe um fünfzig Nonnen gebeten, aber da das ganze Kloster kommt, werden wir früher fertig sein. Ich bitte die Fräuleins Nonnen, mir in die Kaserne zu folgen.«

Die Massen stehen vor mir mit entblößten Häuptern und singen mir als Antwort: »Die Himmel rühmen des Ewigen Ehre und das Werk Seiner Hände verkündet der Himmel. Einen Tag nach dem andern verklärt Er und Nacht um Nacht beweist Seine Allmacht.«

Die Äbtissin tritt vor mich hin. Ihr altes Greisenkinn klappert und sie fragt mich: »Im Namen Gottes, was werden wir in der Kaserne tun? Denk an dein Seelenheil!«

»Rechtgläubige«, rufe ich, an die Masse gewandt, »in der Kaserne wird der Fußboden gescheuert werden, damit sich das Petersburger Reiterregiment darin einquartieren kann. Auf!«

Der Zug folgte mir, und gegen Abend war, wie dies bei einer solchen Menge arbeitsamer Hände selbstverständlich ist, die Kaserne in bester Ordnung.

Am Abend bringt mir eine junge Nonne ein kleines Heiligenbild und ein Schreiben der Äbtissin mit dem einfachen Satz: »Ich bete für Euch.«

Ich schlafe zufrieden, denn ich weiß, daß noch heute unter den alten Eichenwäldern Bugulmas das Kloster der heiligen Gottesmutter steht, in dem die alte Äbtissin lebt, die für mich Lumpen betet.

4

Ende Oktober 1918 traf für mich auf der Stadtkommandantur von Bugulma folgender Befehl des Revolutionssowjets der Ostfront ein: »Sechzehnte leichte Artillerie-Division im Anmarsch. Vorbereitet Schlitten für Transport der Division an die Front.«

Das Telegramm brachte mich in eine unendliche Verlegenheit. Was ist das, eine Division? Wieviel tausend Mann hat sie, wo nehme ich so viele Schlitten her? In Militärfragen war ich nämlich vollständiger Laie. Österreich hatte mir keine vorbereitende militärische Ausbildung gewährt, sich mit Händen und Füßen dagegen gesträubt, mich in die Geheimnisse der Kriegskunst eindringen zu lassen. Man hatte mich zu Beginn des Krieges aus der Offiziersschule des 91. Infanterieregimentes hinausgeworfen, dann hatte man mir auch die Einjährigfreiwilligenstreifen abgetrennt, und während meine ehemaligen Kollegen Kadetten und Fähnriche wurden und an allen Fronten fielen wie Fliegen, saß ich eingekastelt im Kasernenarrest in Budweis und Bruck an der Leitha, und als man mich endlich freiließ und mit der Marschkompagnie ins Feld schicken wollte, verbarg ich mich in einem Schober und überlebte so drei Marschkompagnien. Dann simulierte ich Epilepsie und man hätte mich fast erschossen, wenn ich mich nicht freiwillig an die Front gemeldet hätte. Von da an lächelte mir das Glück, und als ich auf dem Vormarsch bei Sambor für den Herrn Oberleutnant Lukasch ein Quartier mit einer reizenden Polin und ausgezeichneter Küche fand, wurde ich zur Ordonnanz befördert.

Als sich später in Sokal bei unserem Bataillonskommandanten Läuse zeigten, fing ich sie, schmierte meinen Vorgesetzten mit Quecksilbersalbe ein und bekam dafür die große silberne Tapferkeitsmedaille.

Doch bei dem allen weihte mich niemand in die Geheimnisse der Kriegskunst ein. Noch heute weiß ich nicht, wieviel Regimenter ein Bataillon hat und in wieviel Züge eine Brigade eingeteilt wird. Und in Bugulma sollte ich nun wissen, wie viele Schlitten für den Transport einer Division leichter Kavallerie erforderlich seien. Von meinen Tschuwaschen wußte das auch keiner, wofür ich sie bedingt mit drei Tagen Arrest bestrafte. Falls sie es binnen einem Jahre feststellen, wird ihnen die Strafe erlassen. Ich rief den Bürgermeister zu mir und sagte ihm streng: »Ich habe erfahren, daß Sie mir verheimlichen, wieviel Mann eine Division leichter Kavallerie zählt.«

Anfangs konnte er kein Wort sprechen, dann warf er sich zu Boden, umfing meine Knie und schluchzte: »Verzeih, vernichte mich nicht, niemals habe ich etwas Ähnliches verbreitet.«

Ich hob ihn empor, bewirtete ihn mit Tee und Machorka und entließ ihn mit der Versicherung, ich sei von seiner Unschuld in diesem Fall überzeugt. Er entfernte sich tief gerührt und sandte mir ein gebratenes Ferkel und eine Schüssel eingelegter Schwämme. Ich aß das alles auf und wußte noch immer nicht, wieviel Mann eine Division zählt und wie viele Schlitten erforderlich seien.

Ich sandte nach dem Kommandeur des Petersburger Reiterregimentes und spielte unauffällig im Gespräch darauf an: »Es ist merkwürdig«, sagte ich, »daß die Armeezentrale stets den Mannschaftsbestand bei den Divisionen der leichten Artillerie ändert. Gerade jetzt, wo man die Rote Armee organisiert, ist das unangenehm. Wissen Sie nicht zufällig, Towarisch Kommandant, wieviel Mann früher eine Division hatte?«

Er spuckte aus und antwortete: »Wir Kavalleristen kümmern uns doch nicht um die Artillerie. Ich weiß nicht, wieviel Mann ich in meinem Regiment haben soll, da man mir keine Direktiven geschickt hat. Ich habe nur den Befehl erhalten, ein Regiment zu formieren, so hab ich es also zusammengeklaubt. Bis ihrer zu viel sein werden, werd ich es vielleicht Brigade nennen. Was wollen die Kosaken gegen uns aufstecken!«

Als er gegangen war, wußte ich ebensoviel wie bisher, und zu allem Unglück bekam ich noch folgendes Telegramm aus Simbirsk: »Im Hinblick auf die bedenkliche Situation an der Front sind Sie zum Frontkommandanten ernannt. Im Falle des Durchbruchs unserer Stellungen am Strome Ik ziehen Sie die Regimenter auf der Linie Klutschewo–Bugulma zusammen. Organisieren Sie eine außerordentliche Kommission zur Verteidigung der Stadt und harren Sie bis zum letzten Mann aus. Mit der Räumung der Stadt beginnen Sie, sobald der Feind fünfzig Werst von der

Stadt entfernt ist. Mobilisieren Sie die Bevölkerung bis zu zweiundfünfzig Jahren und verteilen Sie Waffen. Sprengen Sie die Eisenbahnbrücke über den Ik bei Klutschewo zu geeigneter Zeit in die Luft. Schicken Sie einen Panzerzug zur Erkundung aus und sprengen Sie die Strecke in die Luft…«

Das Telegramm fiel mir aus der Hand, und als ich mich vom ersten Schreck erholt hatte, las ich zu Ende: »Legen Sie Feuer an den Elevator. Was nicht fortgeschafft werden kann, vernichten Sie. Warten Sie Verstärkungen ab und sorgen Sie für Einquartierung der Truppen und ihre regelmäßige Verköstigung. Organisieren Sie den Train und eine regelmäßige Munitionszufuhr an die Positionen. Gehen Sie an die Herausgabe einer Zeitung in tatarischer und russischer Sprache zur Beruhigung der Bevölkerung. Bestimmen Sie ein Revolutionskomitee. Die Nichtdurchführung oder falsche Ausführung dieser Befehle wird nach Kriegsrecht bestraft. Revolutionsmilitärsowjet der Ostfront.«

Es war gegen Abend, und ich zündete nicht an. Ich saß im Lehnstuhl, und als der Mond später durch das Fenster in meine Kanzlei blickte, sah er einen Menschen, der noch immer in demselben Lehnstuhl saß, ein Telegramm in der Hand hielt und blöd in das Dunkel der Kanzlei starrte.

So fand mich auch die Morgensonne. Das Heiligenbild in der Ecke hielt es nicht mehr aus, fiel von der Wand und zerbrach.

Der vor der Türe Wache stehende Tschuwasche blickte herein und drohte dem Heiligen vorwurfsvoll mit dem Finger:

»Schuft, verdammter, fällt hinunter und weckt einen auf.«

Gegen Morgen nahm ich das Bild meiner seligen Mutter

aus der Tasche. Tränen stiegen mir in die Augen, und ich flüsterte: »Teures Mütterlein! Als ich vor Jahren noch mit dir in der Mileschovská Nummer vier in der Königlichen Weinberge in Prag wohnte, hättest du wohl nie gedacht, daß dein armes Söhnchen nach fünfzehn Jahren Regimenter auf der Linie Klutschewo–Bugulma zusammenziehen wird, daß man ihm auftragen wird, die Eisenbahnbrücke über den Ik zu sprengen, Geleise zu zerstören, einen Elevator anzuzünden und unter anderem bis zum letzten Mann bei der Verteidigung der Stadt auszuharren. Warum bin ich nicht lieber Benediktiner geworden, wie du es gewünscht hast, als ich zum erstenmal in der Quarta durchfiel. Ich hätte jetzt Ruhe. Würde die heilige Messe herunterlesen und Klosterwein trinken.«

Und als Antwort donnerte etwas verdächtig im Südosten der Stadt, donnerte schon zum zweiten- und zum drittenmal.

»Die pfeffern aber hinein, mit der Artillerie«, sagte mir eine Ordonnanz, die gerade von der Front kam. »Die Kappelgruppen haben den Ik überschritten und rücken zusammen mit der polnischen Division auf unseren rechten Flügel vor. Das Twersker Regiment weicht zurück.«

Ich sandte folgenden Befehl an die Front:

»Falls die Gruppe des Generals Kappel den Ik überschritten hat und mit der polnischen Division den rechten Flügel angreift, überschreitet den Ik auf der Gegenseite und rückt gegen ihren linken Flügel vor. Die Petersburger Kavallerie erhält Auftrag, dem Gegner in den Rücken zu fallen.«

Ich berief den Kommandeur der Petersburger Reiterei.

»Unsere Stellungen sind durchbrochen«, sagte ich ihm,

»um so leichter werden Sie in den Rücken des Gegners gelangen und die ganze polnische Division gefangennehmen können.«

»Gut«, sagte der Kommandeur der Petersburger Reiterdivision, salutierte und ging davon.

Ich ging zum Apparat und telegraphierte nach Simbirsk: »Großer Sieg. Die Stellungen am Flusse Ik durchbrochen. Wir greifen von allen Seiten an. Unsere Kavallerie im Rükken des Gegners. Viele Gefangene.«

5

Napoleon war ein Esel. Was hat sich der arme Kerl angestrengt, um in die Geheimnisse der Strategie einzudringen, was hat er nicht alles studieren müssen, um seine ununterbrochene Front zu ersinnen. Er studierte an den Militärakademien in Brienne und Paris, arbeitete sogar eine eigene Taktik aus und wurde zum Schluß doch bei Waterloo geschlagen.

Viele ahmten ihn nach und erhielten doch immer Dresche. Heute, nach den glorreichen Tagen von Bugulma, erscheinen mir die Siege Napoleons, beginnend mit der Besetzung des Kaps l'Aquilettes, die bis zu den Triumphen von Mantua, Castiglione, Aspern usw. führten, als furchtbare Dummheiten. Ich bin überzeugt, wenn Napoleon bei Waterloo so vorgegangen wäre wie ich, hätte er entschieden Wellington geschlagen.

Dort fiel Blücher den rechten Flügel Napoleons an, und der hätte dasselbe tun sollen wie ich in Bugulma, als die

Freiwilligentruppen General Kappels und die polnischen Divisionen unsern rechten Flügel eindrückten.

Warum hat er nicht seiner Garde den Befehl gegeben, den linken Flügel Blüchers anzugreifen, wie ich es in meinem Befehl an die Petersburger Reiterei tat?

Die Petersburger Reiterei tat wahre Wunder, da Rußland unendlich ist und es auf ein paar Kilometer nicht ankommt. Sie marschierten bis Menzelinsk, fielen unterhalb Tschischmas und Gott weiß wo noch dem Feind in den Rücken und trieben ihn vor sich her, so daß sich sein Sieg in eine Niederlage verwandelte.

Leider zog sich bei dieser Gelegenheit die Mehrzahl unserer Feinde bis nach Beleji und Buguruslan zurück, und der kleinere Teil gelangte, von der Petersburger Reiterei verfolgt, bis fünfzehn Werst vor Bugulma.

In jenen glorreichen Tagen Bugulmas wich das Twersker Revolutionsregiment mit Genossen Jerochymov an der Spitze unaufhörlich vor dem geschlagenen Feinde zurück.

Am Abend quartierte es sich immer in den tatarischen Dörfern ein, und wenn es alle Gänse und Hühner aufgegessen hatte, wich es weiter gegen Bugulma zurück und quartierte sich in neuen Dörfern ein, bis es endlich in voller Ordnung in Bugulma einrückte.

Von der Druckerei kam man gelaufen, um mir zu melden, daß Kommandant Jerochymov des Twersker Regimentes den Druckereidirektor mit dem Revolver bedrohe und fordere, irgendeinen Befehl und eine Kundmachung zu drucken.

Ich nahm vier Tschuwaschen, zwei Brownings und einen Revolver System Kolta und begab mich in die Druckerei, wo ich in der Kanzlei den Druckereidirektor auf einem Stuhl sitzen sah und dicht neben ihm auf einem zweiten Genossen Jerochymov. Der Druckereidirektor war in einer einigermaßen unangenehmen Situation, denn sein Nachbar hielt ihm den Revolver an die Schläfe und sagte: »Wirst du das drukken oder nicht?«

Ich kam gerade dazu, wie der Druckereidirektor mutig antwortete: »Ich werde es nicht drucken, ich kann nicht, Täubchen!«, worauf sein Nachbar mit dem Revolver in der Hand bettelte: »Druck es, Seelchen, Liebling, druck es, ich bitte dich.«

Als sie mich erblickten, trat Jerochymov sichtlich in Zweifeln zu mir, umarmte mich, schüttelte mir herzlich die Hand, wandte sich zum Direktor, zwinkerte ihm zu und sagte: »Wir unterhalten uns schon eine halbe Stunde, ich habe ihn ja schon lange nicht gesehen.«

Ich beobachtete, wie der Druckereidirektor zu Boden spuckte und ziemlich laut vor sich hinbrummte: »Hübsche Unterhaltung.«

»Ich habe gehört«, sagte ich zu Jerochymov, »daß Sie schon wieder etwas drucken lassen wollten, irgendeine Kundmachung, einen Befehl oder etwas dergleichen. Wären Sie nicht so freundlich, mich den Text lesen zu lassen?«

»Ich habe ja nur gescherzt, Towarisch Gašek, ein ganz klein wenig gescherzt«, antwortete Jerochymov mit trauriger Stimme. »Ich habe daraus ja keine Konsequenzen ziehen wollen.«

Ich nahm vom Tisch den Entwurf der Kundmachung, die die Bevölkerung Bugulmas nie zu Gesicht bekam. Sie wäre gewiß von dem, was Jerochymov für sie vorbereitete, sehr überrascht gewesen, denn im Original stand:

Kundmachung Nr. 1

An der Spitze des siegreichen Twersker Revolutionsregimentes von der Front zurückkehrend, verkünde ich hiermit, daß ich das Kommando über die Stadt und Umgebung übernehme. Ich werde ein außerordentliches Revolutionstribunal einsetzen, an dessen Spitze ich stehen werde. Die erste Sitzung findet morgen statt und der Fall, den es verhandeln wird, ist von äußerster Wichtigkeit. Vor dem außerordentlichen Revolutionstribunal wird der Stadtkommandant Gašek stehen, da er ein Konterrevolutionär und Verschwörer ist. Sollte er zum Tode durch Erschießen verurteilt werden, wird das Urteil binnen zwölf Stunden vollstreckt werden. Ich mache die Bevölkerung darauf aufmerksam, daß jeder Aufruhr an Ort und Stelle bestraft wird.

Jerochymov,
Kommandant der Stadt und Umgebung.

Dazu wollte mein Freund Jerochymov noch folgende Kundmachung hinzufügen:

Befehl Nr. 3

Das außerordentliche Revolutionstribunal des Frontabschnittes Bugulma gibt bekannt, daß der ehemalige Stadtkommandant Gašek wegen konterrevolutionären Umtrieben und verschwörerischer Tätigkeit gegen die Sowjetregierung auf Grund der Entscheidung des außerordentlichen Revolutionstribunals erschossen wurde.

Jerochymov, Vorsitzender
des außerordentlichen Revolutionskomitees.

»Es ist wirklich nur ein Scherz, mein Täubchen«, sagte Jerochymov weich, »wenn du den Revolver haben willst, so nimm dir ihn, wen sollte ich denn erschießen?«

Mir fiel die Weichheit seiner Stimme auf, ich wandte mich um und sah, daß meine vier Tschuwaschen mit ihren Gewehren auf ihn zielten und eine grausame und drohende Haltung eingenommen hatten.

Ich befahl ihnen Gewehr bei Fuß, nahm den Revolver von Jerochymov in Empfang, der, seine blauen Kinderaugen auf mich gerichtet, leise sagte: »Bin ich verhaftet oder frei?«

Ich lachte: »Sie sind ein Dummkopf, Towarisch Jerochymov. Wegen solcher Scherze sperrt man doch niemanden ein. Sie haben selbst gesagt, daß es nur ein kleiner Scherz war. Ich sollte Sie aber wegen etwas anderem einsperren. Wegen Ihres schmählichen Rückzugs. Die Polen wurden von unserer Petersburger Kavallerie geschlagen, und Sie sind vor ihnen bis in die Stadt zurückgewichen. Wissen Sie, daß ich ein Telegramm aus Simbirsk erhalten habe, in dem Ihnen der Auftrag erteilt wird, das Revolutionsregiment möge neue Lorbeeren für seine Revolutionsfahne holen? Den Revolver, den Sie mir abgeliefert haben, gebe ich Ihnen wieder unter der Bedingung, daß Sie sofort die Stadt verlassen, die Polen umfassen und Gefangene machen. Keinem Gefangenen darf auch nur ein Härchen gekrümmt werden. Das sage ich dir, sonst wird's dir schlecht ergehen. Du wirst gewiß einsehen, daß wir uns vor den Genossen aus Simbirsk nicht blamieren dürfen. Ich habe bereits telegraphiert, daß das Twersker Regiment zahlreiche Gefangene gemacht hat.«

Ich schlug mit der Faust auf den Tisch: »Und wo hast du die Gefangenen? Wo hast du sie?«

Und fügte mit drohender, böser Stimme hinzu, ihm mit der Faust unter der Nase fuchtelnd: »Wart, du wirst es schon auslöffeln. Hast du mir noch etwas zu sagen, bevor du mit deinem Regiment die Gefangenen einbringen gehst? Weißt du, daß ich der Kommandant bin, der oberste Chef?«

Jerochymov stand wie eine Kerze und zwinkerte vor Aufregung, salutierte endlich und erklärte: »Noch heute abend werde ich die Polen und die Gefangenen einliefern. Ich danke Ihnen.«

Ich händigte ihm wieder den Revolver ein, schüttelte ihm die Hand und verabschiedete mich herzlich von ihm.

Jerochymov hielt sein Wort in großzügiger Weise. Gegen Morgen begann das Twersker Regiment Gefangene einzuliefern. Die ganze Kaserne war ihrer voll und wir wußten gar nicht, wohin mit ihnen.

Ich ging hin, um sie mir anzuschauen und wäre fast vor Schrecken ohnmächtig geworden. An Stelle der Polen hatte Jerochymov die in den Dörfern angesiedelten tatarischen Bauern zusammengetrieben, da die Polen den plötzlichen Angriff des Twersker Regiments nicht abgewartet, sondern feige davongelaufen waren.

6

Genosse Jerochymov konnte entschieden nicht begreifen, daß die friedlichen Tataren, die heimische Bevölkerung, keine Polen seien, und als ich den Befehl gab, alle angeblichen ›Gefangenen‹, die Jerochymov in den Dörfern zusammengeklaubt hatte, in Freiheit zu setzen, fühlte sich Jerochymov beleidigt, ging auf das Militärtelegraphenamt des Petersburger Reiterregimentes und versuchte an den Simbirsker Revolutionsmilitärsowjet der Ostfront folgendes Telegramm zu schicken:

»Ich teile mit, daß ich nach dreitägigem Kampfe mit meinem Twersker Revolutionsregiment den Feind geschlagen habe. Der Feind hat ungeheure Verluste erlitten, habe zwölftausend Weiße gefangengenommen, die der Stadtkommandant wieder in Freiheit gesetzt hat. Bitte um Aussendung einer Sonderkommission zur Untersuchung dieses Vorfalls. Der Stadtkommandant Towarisch Gašek ist vollständig unverläßlich und Konterrevolutionär und unterhält Beziehungen zum Feinde. Bitte um Bewilligung zur Organisierung einer Tscheka.

Jerochymov, Kommandeur
des Twersker Revolutionsregimentes.«

Der Chef des Telegraphenamtes nahm das Telegramm von Genosse Jerochymov entgegen und versicherte ihm, daß er es absenden werde, sobald die Linie frei sei, setzte sich in den Schlitten und fuhr zu mir.

»Wot wam, batuschka«, sagte er mir mit dem Ausdruck vollkommener Hoffnungslosigkeit, »lesen Sie.« Er überreichte mir das Telegramm des Genossen Jerochymov.

Ich las es und steckte es ruhig in die Tasche. Der Chef des Telegraphenamtes begann sich den Kopf zu kratzen, zwinkerte dabei nervös mit den Augen und sagte: »Sie werden einsehen, daß meine Stellung schwierig ist, verflucht schwierig. Laut Befehl des Volkskommissariats muß ich von den Regimentskommandanten Telegramme in Empfang nehmen. Und Sie wünschen augenscheinlich, daß ich das Telegramm nicht abschicke. Ich bin nicht gekommen, um Ihnen das Telegramm auszufolgen. Ich wollte nur, daß Sie seinen Inhalt erfahren und gleichzeitig ein anderes, gegen Genossen Jerochymov gerichtetes Telegramm abschicken.«

Ich sagte dem Chef des Telegraphenamtes, ich hätte hohe Achtung vor dem Volkskommissariat für Krieg, aber wir seien hier nicht im Hinterland.

»Hier sind wir an der Front. Ich bin Frontkommandant und kann tun, was ich will. Ich befehle Ihnen, von Towarisch Jerochymov so viele Telegramme entgegenzunehmen, als er abzufassen beliebt. Aber ich verbiete Ihnen, sie abzuschikken, und befehle Ihnen, sie sofort zu mir zu bringen.«

»Vorläufig«, schloß ich, »belasse ich Sie in Freiheit, aber ich mache Sie darauf aufmerksam, daß die geringste Abweichung von unserem Programm Konsequenzen nach sich ziehen wird, die Sie sich nicht einmal vorstellen können.«

Ich trank mit ihm Tee, wobei wir von ganz alltäglichen Dingen sprachen, und verabschiedete mich von ihm mit der Bemerkung, er möge Jerochymov sagen, das Telegramm sei abgeschickt worden.

Nach dem Abendessen meldete mir der Wache stehende Tschuwasche, daß das ganze Gebäude der Kommandantur von zwei Zügen des Twersker Revolutionsregiments umringt sei. Towarisch Jerochymov spreche zu ihm und verkünde, das Ende der Tyrannei sei gekommen.

Tatsächlich erschien kurz darauf in der Kanzlei Genosse Jerochymov in Begleitung von zehn Soldaten, die sich mit aufgepflanztem Bajonett vor der Türe aufstellten.

Ohne ein Wort zu mir zu sprechen, beginnt Genosse Jerochymov seine Soldaten in der Kanzlei zu postieren.

»Du stellst dich daher, du dorthin, du wieder stellst dich in die Ecke, du stellst dich zum Tisch und du wirst beim Fenster stehen, du bei dem anderen Fenster und du wirst ständig bei mir sein.«

Ich drehte mir eine Zigarette, und als ich sie angezündet hatte, umringten mich die Bajonette und ich verfolgte mit Interesse, was Genosse Jerochymov wohl tun werde.

Seinem unsicheren Blick konnte ich entnehmen, daß er nicht wußte, wie er sich verhalten sollte. Er trat zu dem Tisch mit den Amtsdokumenten, zerriß etwa zwei und schritt dann eine Zeitlang in der Kanzlei auf und ab, ständig von dem Soldaten mit dem aufgepflanzten Bajonett begleitet.

Die andern, die in allen Winkeln standen, gebärdeten sich ernst, bis endlich einer von ihnen, ein junger Bursche, fragte: »Towarisch Jerochymov, kann man rauchen?«

»Raucht«, antwortete Jerochymov und setzte sich mir gegenüber. Ich bot ihm Tabak und Zigarettenpapier an. Er rauchte und sagte mit unsicherer Stimme: »Ist das Simbirsker Tabak?«

»Aus dem Dongebiet«, antwortete ich ihm kurz und als säße er nicht am Tisch, und begann in den Akten zu blättern.

Es herrschte eine peinliche Stille. Schließlich sagte Jerochymov mit leiser Stimme: »Was würden Sie dazu sagen, Towarisch Gašek, wenn ich Vorsitzender der Tscheka wäre?«

»Da könnte ich Ihnen nur gratulieren«, antwortete ich ihm, »wollen Sie nicht noch eine rauchen?«

Er zündete sich eine Zigarette an und fuhr traurig fort: »Und denken Sie sich, ich bin es wirklich, Towarisch Gašek, ich bin vom Revolutionsmilitärsowjet der Ostfront zum Vorsitzenden der Tscheka ernannt worden.«

Er stand auf und sagte nachdrücklich: »Und Sie sind in meiner Hand.«

»Zuerst«, antwortete ich ihm ruhig, »zeigen Sie mir die Bescheinigung.«

»Ich spuck auf Bescheinigungen«, sagte Jerochymov, »auch ohne Bescheinigung kann ich Sie verhaften.«

Ich lachte. »Setzen Sie sich ruhig nieder, Towarisch Jerochymov, sofort wird man den Samovar bringen und wir werden darüber plaudern, wie man Vorsitzender der Tscheka wird.«

»Und ihr habt hier nichts zu suchen«, wandte ich mich an die Begleiter Jerochymovs. »Schaut, daß ihr hinauskommt! Sagen Sie ihnen übrigens selbst, Towarisch Jerochymov, daß sie sofort verduften sollen.«

Jerochymov lächelte verlegen: »Geht, Täubchen, und sagt auch denen draußen, sie sollen auch heimgehen.«

Als alle gegangen waren und man den Samovar gebracht hatte, sagte ich zu Jerochymov: »Sehen Sie, wenn Sie eine Bescheinigung hätten, dann könnten Sie mich verhaften und erschießen und überhaupt alles mit mir tun, was Sie als Vorsitzender der Tscheka gern getan hätten.«

»Ich bekomme die Bescheinigung«, ließ sich Jerochymov leise vernehmen, »entschieden bekomme ich sie, mein Lieber.«

Ich zog aus der Tasche das unglückselige Telegramm Jerochymovs und zeigte es ihm.

»Wie kam das in Ihre Hände?« brachte Jerochymov vernichtet vor, »das sollte doch schon längst abgeschickt worden sein.«

»Die Sache verhält sich so, lieber Freund«, sagte ich liebenswürdig, »daß alle Militärtelegramme vom Frontkommandanten unterschrieben sein müssen, und daher hat man mir das Telegramm zur Unterschrift gebracht. Wenn Sie es wünschen und auf Ihrem Entschlusse bestehen, werde ich ohne Schwierigkeiten unterschreiben und Sie können das Telegramm selbst aufs Telegraphenamt tragen, um zu sehen, daß ich mich nicht vor Ihnen fürchte.«

Jerochymov ergriff sein Telegramm, zerriß es, schluchzte auf und sagte: »Mein Seelchen, Täubchen, ich habe ja nur gescherzt, du bist ja mein einziger Kamerad.«

Wir tranken Tee bis zwei Uhr nachts. Er blieb bei mir über Nacht, wir schliefen in einem Bett, am Morgen tranken wir wieder Tee, und als er nach Hause ging, gab ich ihm ein viertel Pfund Tabak auf den Weg mit.

7

Seit den glorreichen Tagen von Bugulma waren bereits acht Tage verflossen und vom Petersburger Reiterregiment gab's keine Spur mehr. Genosse Jerochymov, der mich seit der letzten Affäre eifrig besuchte, sprach jeden Tag den bestimmten Verdacht aus, die Petersburger Kavallerie sei auf die Seite des Feindes übergegangen, und schlug vor: Erstens: die Petersburger Kavallerie für Verräter der Republik zu erklären. Zweitens: Trotzki nach Moskau ein Telegramm zu schicken, in dem ich die Einzelheiten ihres schmählichen Übertrittes schildern sollte. Drittens: ein Revolutionstribunal zu organisieren und den Chef des Telegraphenamtes der Petersburger Kavallerie vor dieses zu stellen, denn der habe wissen müssen, was vorgehe. Und wenn er es nicht wisse, müsse er auch vor Gericht, denn er sei Chef der technischen Abteilung.

Genosse Jerochymov war in seiner Hetzkampagne sehr pünktlich. Um acht Uhr morgens stellte er sich ein und hetzte bis halb zehn, dann verließ er mich und erschien um zwei Uhr mit neuen Hetzreden, die er bis vier Uhr fortsetzte. Am Abend kam er wiederum, und beim Tee hetzte er bis zehn, elf Uhr von neuem gegen die Petersburger Reiterei.

Dabei ging er mit gesenktem Kopf in der Kanzlei hin und her und fügte mit melancholischer Stimme hinzu: »Das ist entsetzlich, eine solche Schmach für die Revolution. Komm, telegraphieren wir, verbinden wir uns direkt mit Moskau!«

»Alles wird sich zum Bessern wenden«, tröstete ich ihn. »Kommt Zeit, kommt Rat, Towarisch Jerochymov. Du wirst sehen, daß die Petersburger wiederkehren werden.«

Inzwischen bekam ich vom Revolutionsmilitärsowjet ein Telegramm folgenden Inhalts: »Gebt Gefangenenzahl an. Letztes Telegramm über großen Sieg bei Bugulma unklar. Petersburger Kavallerie schickt nach Buguruslan zur dritten Armee. Teilt mit, ob alles ausgeführt, was im letzten Telegramm befohlen. Teilt ferner mit, wieviel Nummern Propagandablatt in tatarischer und russischer Sprache bereits ausgegeben. Titel des Blattes. Sendet Kurier mit genauer Beschreibung Eurer Tätigkeit. Twersker Revolutionsregiment sendet an Ostfront. Zusammenstellt Aufruf an

Soldaten Weißer Armee zu uns überzugehen und laßt durch Aeroplane abwerfen. Jeder Fehler oder Nichterfüllung einzelner Punkte wird nach Kriegsrecht bestraft.«

Unmittelbar darauf erhielt ich ein neues Telegramm: »Sendet keinen Kurier. Abwarten. Inspektor der Ostfront mit Chef der politischen Abteilung des Revolutionsmilitärsowjets sowie Sowjetmitglied Genossen Mozozow mit Vollmacht zu Euch entsandt.«

Genosse Jerochymov war gerade zugegen. Als ich das letzte Telegramm durchgelesen hatte, reichte ich es Jerochymov, um zu sehen, welche Wirkung diese furchtbare Inspektion, die doch sein Wunsch war, auf ihn haben werde. Ich merkte ihm an, daß er einen schweren inneren Kampf kämpfte. Welche Gelegenheit, sich an mir zu rächen, sein Mütchen an mir zu kühlen. Das freudige Lächeln, das sich im ersten Augenblick auf seinem Antlitz gezeigt hatte, verschwand nach einer Weile und verwandelte sich in den Ausdruck der Sorge und des seelischen Leids.

»Du hast dein Spiel verloren, Täubchen«, sagte er traurig, »wirst dein übermütiges Haupt verlieren.«

Er ging in der Kanzlei herum und sang mit gepreßter Stimme:

Golowa, ti moja udalaja,
kak dolgo ja budu tebja nosit.

Dann setzte er sich nieder und fuhr fort: »Ich an deiner Stelle würde nach Menzelinsk flüchten, dann nach Osa, von Osa nach Perm, und dann sucht mich, Dummköpfe. Du übergibst mir das Stadt- und Frontkommando, und ich werde schon alles in Ordnung bringen.«

»Ich denke«, sagte ich, »daß ich nichts zu fürchten habe.«

Jerochymov pfiff jedoch bedeutsam vor sich hin: »Nichts zu fürchten? Hast du die Pferde mobilisiert? Hast sie nicht mobilisiert. Hast du irgendwo Reservisten aus der Stadtbevölkerung? Nein. Hast du der Stadt eine Kontribution auferlegt? Hast sie nicht auferlegt. Hast du die Konterrevolutionäre eingesperrt? Hast sie nicht eingesperrt. Hast du überhaupt einen Konterrevolutionär aufgestöbert? Hast keinen aufgestöbert. Und jetzt sag mir noch das eine: Hast du wenigstens einen Popen oder jemanden aus dem Kaufmannstand erschießen lassen? Nein. Hast du wenigstens den früheren Bezirkshauptmann erschießen lassen? Auch nicht. Und der frühere Bürgermeister, ist er am Leben oder tot? Am Leben. Siehst du, und du sagst noch, du hast nichts zu fürchten! Schlecht steht's um dich, mein Freund.«

Stand auf, ging in der Kanzlei hin und her und pfiff wieder:

Golowa, ti moja udalaja,
kak dolgo ja budu tebja nosit.

Er faßte sich am Kopfe, und während ich auf das Schwabengewimmel an der warmen Ofenbank blickte, begann Jerochymov von Fenster zu Fenster zu laufen, dann wieder zur Tür, dann sich wieder an den Kopf zu greifen und zu jammern: »Was tun, was tun? Bist verloren, Täubchen, wirst dein übermütiges Haupt verlieren.«

Als er ungefähr fünf Minuten so herumgelaufen war, warf er sich ratlos in einen Stuhl und sagte: »Da läßt sich überhaupt nichts machen. Wenn du wenigstens sagen könntest, das Gefängnis sei voll. Aber wen hast du drin? Niemanden. Wenn du wenigstens der Inspektion zeigen könntest, daß du irgendeinen Gutshof niedergebrannt hast, wo sich Konterrevolutionäre verborgen hielten. Aber du kannst auf nichts hinweisen, auf rein nichts. Nicht einmal eine Durchsuchung der Stadt hast du angeordnet. Ich sage dir aufrichtig, ich habe dich gern, aber ich habe eine sehr schlechte Meinung von dir.«

Stand auf, schnallte sich den Überschwung um, befestigte den Revolver und den einen halben Meter langen kaukasischen Kinschal daran, reichte mir die Hand und versicherte mir, daß er mir helfen werde, er wisse zwar nicht wie, werde aber unbedingt etwas herausfinden.

Nach seinem Fortgang sandte ich als Antwort folgendes Telegramm nach Simbirsk:

»Gefangenenzahl beginnt sich aufzuklären. Die Beweglichkeit der Fronten und der Mangel an Landkarten verhindert detaillierte Schilderung des Sieges bei Bugulma. Inspektion wird sich an Ort und Stelle überzeugen. Herausgabe der Zeitschrift in tatarischer und russischer Sprache mit Schwierigkeiten verbunden. Keine tatarischen Setzer, wenig russische Typen, die Weißen haben Setzmaschinen fortgeschafft. Falls Flugzeugpark in Bugulma eintrifft, kann Aufrufe an Weiße Armee aus Aeroplanen abwerfen lassen. Vorläufig ohne Aeroplane. Twersker Regiment als Reserve in Stadt.«

Ich schlief den Schlaf der Gerechten. Am Morgen kam Jerochymov zu mir und sagte, er hätte etwas ausgedacht, was mich retten könne, er habe die ganz Nacht gearbeitet.

Er führte mich hinter die Stadt zu einer ehemaligen

Ziegelei, wo ein Wachposten vom fünften Zug des Twersker Revolutionskomitees mit aufgepflanztem Bajonett stand und jedem, der vorüberfuhr, zurief: »Fahr nach links, hierher darf man nicht.«

Inmitten dieser Stelle wartete meiner eine kleine Überraschung. Drei frisch aufgeschüttete Gräber. Auf jedem eine kleine Stange mit einer Tafel daran. Das erste Grab trug die Aufschrift: Hier ruht der erschossene ehemalige Bezirkshauptmann. Wurde im Oktober 1918 als Konterrevolutionär erschossen. Auf dem zweiten Grabe stand: Hier wurde ein erschossener Pope begraben. Wurde im Oktober 1918 wegen konterrevolutionärer Umtriebe erschossen. Auf dem dritten Grabe stand: Hier ruht der Bürgermeister. Wurde wegen konterrevolutionärer Umtriebe im Oktober 1918 erschossen.

Meine Füße zitterten und ich kehrte, gestützt vom Genossen Jerochymov, nach der Stadt zurück.

»Über Nacht waren wir damit fertig«, sagte Jerochymov, »ich habe versprochen, dir zu helfen, damit du dich vor der Inspektion mit etwas ausweisen kannst. Lange konnte ich nichts Rechtes finden, bis ich endlich auf diesen Einfall kam. Willst du sie sehen?«

»Wen?« fragte ich erschreckt.

»Nun, den Popen, den Bürgermeister und den Bezirkshauptmann«, sagte Jerochymov, »ich halte sie alle im Schweinestall eingesperrt, und wenn die Inspektion vorbei ist, werde ich sie freilassen. Glaub nicht, daß es jemand erfährt. Niemand darf zu den Gräbern. Meine Jungens schweigen wie das Grab, und du kannst dich bei der Inspektion wenigstens mit etwas ausweisen.«

Ich blickte ihn von der Seite an. Seine Züge erinnerten mich an Potemkin. Und ich ging hin, um festzustellen, ob er die Wahrheit gesprochen hatte. Ich überzeugte mich, daß Jerochymov nicht gelogen hatte. Aus dem Schweinestall drang der tiefe Baß des Popen, der irgendwelche sehr traurigen Litaneien sang, mit dem Refrain: »Herr, erbarme dich, Herr, erbarme dich.«

Da dachte ich an die Potemkinschen Dörfer.

8

Das Petersburger Reiterregiment enttäuschte vollkommen die Erwartungen des Genossen Jerochymov. Es ging nicht nur nicht auf die Seite des Feindes über, sondern es brachte sogar zwei Baschkireneskadronen als Gefangene mit, die sich gegen ihren Rittmeister Bachiwalejev empört hatten und zur Roten Armee übergegangen waren. Sie hatten sich aus dem Grunde empört, weil Bachiwalejev ihnen nicht erlaubt hatte, auf dem Rückzug irgendein Dorf in Brand zu stecken. Sie suchten daher ihr Glück auf der Gegenseite.

Außer den Baschkiren brachten die Petersburger auch andere Gefangene, junge Leute von siebzehn und neunzehn Jahren in Opanken, die von den Weißen ausgehoben worden waren und nur auf die nächste Gelegenheit gewartet hatten, das Weite zu suchen. Es waren ihrer ungefähr dreihundert, alle ausgemergelt, in zerrissenen Zivilkleidern. Es gab unter ihnen Tataren, Mordwinen, Tscheremisen, denen die Bedeutung des Bürgerkrieges ebenso klar war wie die Lösung einer Gleichung zehnten Grades.

Sie waren in voller Ordnung mit Gewehren und Munition übergegangen und hatten irgendeinen Oberst mitgebracht, den sie vor sich hertrieben. Der alte zaristische Oberst war ganz außer sich, wälzte die Augen heraus und vergaß auch in der Gefangenschaft nicht, seinen ehemaligen Untergebenen, die ihn mit sich führten wie einen Bären, zu sagen, daß sie eine Schweinebande seien und daß er ihnen das Maul eindreschen werde.

Ich gab Befehl, die Gefangenen in der leeren Spiritusbrennerei unterzubringen und sie zur Menage, zur Hälfte zur Petersburger Kavallerie und zur Hälfte beim Twersker Revolutionsregiment, einzureihen.

Nach diesem Befehl kamen Genosse Jerochymov und der Kommandant der Petersburger Reiterei zu mir gelaufen und forderten mich kategorisch auf, ich als Front- und Stadtkommandant solle die Gefangenen allein füttern. Genosse Jerochymov sprach sich dabei dahin aus, daß er, bevor er jenen Teil der Gefangenen, der auf ihn fallen sollte, ernähre, sie lieber erschießen lassen werde.

Der Kommandeur der Petersburger Kavallerie stieß Genossen Jerochymov ins Bein und forderte ihn auf, keine Dummheiten zu reden. Seine Gefangenen überlasse er niemandem zum Erschießen, das hätte er selbst an der Front tun können und nicht erst jetzt, nachdem seine Kavallerie die ganze Zeit über mit den Gefangenen Brot und Tabak geteilt habe. Wenn er jemanden erschießen lasse, so werde dies einzig und allein der Oberst des 54. Sterlitamatskischen Regiments sein.

Dem widersetzte ich mich und erklärte, daß alle Offiziere der alten zaristischen Armee, mögen sie auch in Gefangenschaft fallen, durch das Dekret vom sechzehnten Juni 1918 mobilisiert seien.

Wir würden Oberst Makarov dem Stab der Ostfront schicken, wo bereits mehrere ehemalige zaristische Offiziere saßen und direkt im Stabe dienten.

Genosse Jerochymov machte die Bemerkung, daß sich auf diese Weise die Konterrevolution in den Stäben der Roten Armee einniste. Ich setzte ihm auseinander, daß sie unter der Aufsicht der politischen Organe stünden und ausschließlich als Spezialisten verwendet würden. Jerochymov in seinem Radikalismus begann fast zu weinen: »Täubchen, ich bitte dich um nichts anderes, nur um diesen Oberst.«

Dann ging er zu einem drohenden Ton über: »Du weißt gut, daß in den nächsten Tagen Inspektion kommt. Was wird sie dir sagen? In unsere Hände ist ein Oberst gefallen und verläßt uns lebend und gesund. Pfeif auf die Dekrete, vielleicht sind sie von den Spezis abgefaßt worden.«

Der Kommandeur der Petersburger Kavallerie stand plötzlich auf und brüllte Jerochymov an: »Lenin ist ein Spezi? Sprich, du Schurke! Der Sowjet der Volkskommissäre, die die Dekrete verfassen, sind Spezis? Und was bist du, du Schwein, du Hundesohn?«

Er ergriff Jerochymov beim Kragen, warf ihn aus der Tür hinaus und tobte weiter: »Wo war sein Regiment, als wir Tschischma einnahmen und zwei Baschkireneskadronen und das Bataillon des Sterlitamatskischen Regimentes samt dem Oberst gefangennahmen? Wo hielt er sich mit seinem Revolutionsregiment verborgen? Wo war er mit seinen Schurken, als die Kappelleute zusammen mit den Polen fünfundzwanzig Werst vor Bugulma standen? Ich werde meine Kavallerie nehmen und sein ganzes glorreiches Revolutionsregiment an die Front jagen. Und dann werde ich die Maschinengewehre im Rücken des Regimentes aufstellen lassen und ihn zum Angriff treiben. Dreckiges Schwein, das!« – Er schimpfte noch gehörig weiter über Jerochymov und sein Regiment und verstummte erst, als ich ihn darauf verwies, daß die Durchführung einer Truppendislokation auf solche Weise einzig und allein dem Frontkommandanten auf Grund eines Befehls des obersten Stabes zukomme.

Er kehrte also zum Ausgangspunkt unseres Gesprächs zurück und erklärte, daß die Erhaltung der Gefangenen lediglich dem Stadt- und Frontkommandanten zur Last falle. Er würde nicht eine Kopeke geben. Er habe alles in allem in der Regimentskassa zwölftausend Rubel und habe schon dreimal zum Feldkommando um Geld geschickt, aber nicht einen Rubel bekommen.

Ich versicherte ihm, daß ich als Stadt- und Frontkommandant in meiner Kasse zwei Rubel habe und daß es, wenn ich alles zusammenzählen wollte, was ich während des Monats verschiedenen Korporationen, die die durchmarschierenden Truppenteile verproviantierten, schuldig geblieben sei, mehr als eine Million Rubel machen würde. Ich schicke die Rechnungen zwar an die Simbirsker Intendantur und an die »Staatskontrolle«, aber bisher sei keine einzige dieser Rechnungen bezahlt worden, so daß die Bilanz meines einmonatigen Aufenthaltes sich folgendermaßen zusammenfassen lasse: Aktiva von zwei Rubeln, Passiva etwas über eine Million. Und bei diesem großartigen Umsatz hätte ich selbst schon den dritten Tag nur noch Tee mit Milch zu trinken und am Morgen, Mittag und Abend ein Stück Weißbrot zum Essen. Ich hätte nicht ein Stückchen Zucker, Fleisch hätte ich schon über eine Woche nicht gesehn und Borschtsch schon mehr als vierzehn Tage nicht gegessen. Ich könne mich nicht einmal mehr erinnern, wie Butter oder Fett aussähe.

Dem Kommandeur der Petersburger Reiterei feuchteten sich die Augen ob der Schilderung solcher Not.

»Wenn sich die Dinge so verhalten, werde ich alle Gefangenen verköstigen. Wir haben große Vorräte bei unserem Train. Ein wenig haben wir im Rücken des Feindes erbeutet«, sagte er sichtlich bewegt. Dann erbat er sich eine genaue Angabe der Gefangenenzahl und ging davon.

Nach seinem Fortgang ließ ich mich direkt mit dem Stab der Ostfront verbinden und tauschte mehrere Telegramme aus. Zwei rein wirtschaftlichen Charakters und eines bezüglich der Gefangenenzahl. Ich erhielt die Antwort: »Der Feldintendantur wurde der Auftrag erteilt, Ihnen einen Vorschuß von zwölf Millionen Rubel auszuzahlen. Reihen Sie die Gefangenen als selbständigen Truppenteil in die Armee ein: Die Baschkireneskadronen reihen Sie bei der Petersburger Kavallerie ein und ergänzen Sie sie mit den gefangenen Baschkiren zum ersten Sowjetbaschkirenregiment. Das gefangene Bataillon des vierundfünfzigsten Sterlitamatskischen Regiments reihen Sie beim Twersker Revolutionsregiment ein. Reihen Sie die Gefangenen unter die Regimentskompagnien ein. Oberst Makarov senden Sie unverzüglich zur Disposition des Stabs der Ostfront. Sollte er sich weigern, erschießen Sie ihn.«

Ich sandte um den Genossen Jerochymov und den Kommandanten der Petersburger Reiterei.

Nur der Kommandeur der Petersburger Reiterei kam. Statt Jerochymov fand sich der Regimentsadjutant ein mit der Nachricht, daß Genosse Jerochymov zwei bewaffnete Soldaten genommen und soeben aus der Spiritusbrennerei, wo die Gefangenen untergebracht seien, den Oberst Makarov herausgeführt habe und mit ihm in der Richtung des Waldes verschwunden sei.

Ich holte Jerochymov zu Pferd ein, als er mit den beiden Soldaten und dem Oberst in den niedrigen Fichtenwald bei Kleinbugulma einbog.

»Wohin?« brüllte ich ihn an. Jerochymov gebärdete sich wie ein Schüler, den der Lehrer auf seinem Birnbaum erwischt, wie er Birnen in die Taschen stopft.

Eine Weile blickte er ratlos auf den Oberst, auf den Fichtenwald, auf seine Soldaten, auf seine Stiefel; dann meldete er mir mit zaghafter Stimme: »Wollte nur mit dem Oberst ein wenig in den Wald spazierengehen.«

»Nun«, sagte ich, »jetzt seid ihr also schon genug spazierengegangen, gehn Sie voran und ich folge Ihnen mit dem Oberst.«

An dem Oberst war kein Fünkchen Furcht zu bemerken.

Ich nahm das Pferd am Zügel und der Oberst ging neben mir.

»Oberst Makarov«, sagte ich, »soeben habe ich Sie aus einer unangenehmen Situation befreit, morgen werde ich Sie nach Simbirsk zum Stab schicken. Sie sind mobilisiert«, fügte ich leutselig hinzu.

Kaum hatte ich zu Ende gesprochen, gab mir der Oberst mit seiner ungeheuren Bärenpfote einen solchen Schlag in die Schläfe, daß ich lautlos in den Schnee am Wege flog. Ich wäre dort gewiß erfroren, wenn mich nicht später zwei Muschiks gefunden hätten, die auf Schlitten aus Bugulma kamen. Sie kehrten um und brachten mich heim.

Am folgenden Tage strich ich aus dem Verzeichnis der Gefangenen den Oberst Makarov und aus dem Verzeichnis der Kommandantur-Pferde mein Reitpferd, auf dem Oberst Makarov verschwunden war, um von den Roten wieder zu den Weißen zu gelangen. Und gerade zur selben Zeit versuchte Genosse Jerochymov, der nach Klukwena geritten war, dem Revolutionsmilitärsowjet der Ostfront in Simbirsk mit Hilfe des Bahnhofstelegraphenamtes folgendes Telegramm zu schicken:

»Towarisch Gašek hat den gefangenen Oberst Makarov vom vierundfünfzigsten Sterlitamatskischen Regiment in Freiheit gesetzt und ihm sein Pferd geschenkt, damit dieser wiederum zum Feinde gelangen könne.

Jerochymov.«

Dieses Telegramm traf tatsächlich in Simbirsk ein...

9

»...böse Menschen haben keine Lieder«, hat ein deutscher Dichter am Schlusse eines Distichons geschrieben. An jenem Abend sang ich noch bis spät in die Nacht einige tatarische Lieder, so daß die Leute in meiner Umgebung nicht schlafen konnten, woraus ich schloß, daß der deutsche Dichter lüge.

Ich glaube jedoch, daß ich als erster von meiner ganzen Umgebung schlafen ging, denn zum Schluß wurde ich selbst müde durch die Monotonie der Melodien, die alle auf die Silben endigen: »El, el, bar, ale, ele, bar, bar, bar.«

Mich weckte einer meiner Tschuwaschen, der mir meldete, es sei ein Schlitten mit drei Personen angekommen, die unten in der Wachstube irgendwelche Dokumente vorgewiesen hätten.

Die genaue Übersetzung seiner Worte lautete: »Drei Schlitten, drei Leute, unten voll Papiere, eins, zwei, drei Papiere.«

»Mit dir sprechen wollen«, fuhr der Tschuwasche fort, »böse sein, fluchen!«

»Schick sie herauf!«

Bald darauf flog die Tür auf und die Gäste drangen in meinen Kanzleischlafraum.

Der erste war ein blonder Mann mit Vollbart, der zweite eine Frau, in einen Pelz gehüllt, der dritte Mann mit schwarzem Schnurrbart und mit ungewöhnlich scharfem Blick.

Sie stellten sich einer nach dem andern vor: »Sorokin, Kalibanowna, Agapov.«

Der letzte fügte unerbittlich hinzu. »Wir sind das Kollegium des Revolutionstribunals der Ostfront.«

Ich bot ihnen Zigaretten an, wobei Agapov bemerkte: »Wie man sieht, Towarisch Gašek, geht es Ihnen hier nicht schlecht. Einen solchen Tabak können sich nicht Leute leisten, die ehrlich der Revolution dienen.«

Als man den Samovar brachte, unterhielten wir uns bereits von ganz anderen Dingen. Sorokin sprach von Literatur und erzählte, daß er – als er noch linker Sozialrevolutionär gewesen sei – in Petersburg eine Sammlung von Gedichten unter dem Titel *Aufruhr* herausgegeben habe, die jedoch vom Pressekommissariat verboten worden sei. Heute jedoch bedauere er das nicht, da die Sammlung eine Idiotie gewesen sei. Er habe moderne Philologie studiert und sei heute Vorsitzender des Revoltionstribunals der Ostfront. Er war in der Tat ein feiner, lieber Mensch mit einem weichen blonden Vollbart, an dem ich ihn ein wenig zupfte, als wir Tee tranken.

Genossin Kalibanowna war Studentin der Medizin und früher ebenfalls linke Sozialrevolutionärin gewesen; eine liebe Person, die den ganzen Marx auswendig kannte. Agapov, das dritte Mitglied des Revolutionstribunals, war der radikalste von ihnen. Er war Schreiber bei einem Moskauer Advokaten gewesen, bei dem sich einst General Kalinin verborgen hatte. Der Advokat war nach seinen Worten der größte Schuft auf Erden, weil er ihm nur fünfzehn Rubel monatlich gezahlt hatte. Dreimal so viel habe er dem Kellner in der Eremitage Trinkgeld gegeben, als ihm dieser eine Portion Lachs servierte, und habe sich nur ausgebeten, ihm ins Gesicht spucken zu können.

Sein ganzes Aussehen ließ darauf schließen, daß alles, was dem Sturze des Zarismus vorausgegangen war, aus ihm einen grausamen, unerbittlichen und harten Menschen gemacht hatte. Er hatte längst mit allen abgerechnet, die ihm jene elenden fünfzehn Rubel gezahlt hatten, erblickte überall, wohin er kam, die Schatten der Vergangenheit, übertrug seinen Verdacht auf die Umgebung und sah ständig irgendwelche unbekannten Verräter um sich.

Er sprach kurz in abgehackten Sätzen voll Ironie. Als ich ihn bat, zum Tee doch ein Stückchen Zucker zu nehmen, sagte er: »Das Leben ist nur für manche Leute süß, Towarisch Gašek, aber wir werden es ihnen schon auch verbittern.«

Als das Gespräch darauf kam, daß ich ein Tscheche sei, bemerkte Agapov: »Aus einem Wolf wirst du halt niemals ein Lamm machen.«

Genosse Sorokin antwortete auf die Bemerkung Agapovs: »Alles wird sich bei der Untersuchung klären.«

Genossin Kalibanowna schnitt eine Grimasse und sagte: »Ich glaube, wir sollten Towarisch Gašek unsere Vollmachten zeigen.«

Ich sagte, es würde mich freuen, wenn ich sehen würde, mit wem ich die Ehre habe, da ich mich ohne triftigen Grund von niemandem in der Nacht aufwecken lasse.

Und da öffnete Agapov sein Handköfferchen und zeigte mir folgende Vollmacht:

Revolutionsmilitärsowjet
des Stabs der Ostfront.
Nr. 728 b. Simbirsk.

Vollmacht

wird hiermit den Genossen A. Sorokin, Kalibanowna und Agapov ausgestellt, die vom Revolutionsmilitärsowjet der Ostfront zum Kollegium des Revolutionstribunals der Ostfront ernannt wurden und das Recht besitzen, auf Grund ihrer Vollmachten mit jedermann und an jedem beliebigen Orte eine Untersuchung anzustellen. Zur Durchführung ihrer Befehle legen wir allen Truppenteilen auf, die von ihnen geforderte Mannschaft beizustellen.

Revolutionsmilitärsowjet
des Stabs der Ostfront.
Unterschrift.

»Ich glaube, das genügt vollständig, Genosse Gašek«, sagte die Kalibanowna.

»Gewiß«, antwortete ich, »ziehen Sie sich aber den Pelz aus, denn gleich wird der Samowar da sein und außerdem ist es hier sehr warm.«

Agapov ließ die Gelegenheit nicht vorübergehen, ohne zu fragen: »Und Ihnen ist nicht warm? Ich glaube, Ihnen muß sogar heiß sein.«

»Ich habe hier ein Thermometer«, sagte ich, »wenn Sie wünschen, überzeugen Sie sich beim Fenster, daß hier die richtige Temperatur herrscht.«

Sorokin, der Ernsteste von ihnen, legte seinen kurzen Pelz auf mein Bett und erklärte, nach dem Tee werde man sofort ans Werk schreiten. Wenn ich mich heute an Genossen Agapov zurückerinnere, gedenke ich seiner noch immer mit Vergnügen wegen seiner Offenheit.

Er war auch der erste, der mich bat, den Samovar abräumen zu lassen, da nun die Hauptverhandlung gegen mich beginnen müsse. Eine Zeugenvorladung sei überflüssig. Es genüge vollständig die bereits ins Simbirsk auf Grund des Telegramms des Genossen Jerochymov ausgearbeitete Anklage, der zufolge ich Oberst Makarov in Freiheit gesetzt und ihm mein Pferd gegeben habe, damit er wiederum zum Feinde gelangen könne.

Er beantragte Schluß der Verhandlung und forderte für mich die Todesstrafe durch Erschießen binnen zwölf Stunden.

Ich fragte Genossen Sorokin, wer eigentlich Vorsitzender sei und die Verhandlung leite, und erhielt zur Antwort, alles sei vollständig in Ordnung, denn Agapov sei Vertreter der Anklage.

Und da forderte ich die Vorladung des Genossen Jerochymov, da jedermann in der ersten Aufwallung Telegramme abschicken könne. Man möge ihn persönlich als Zeugen einvernehmen.

Agapov erklärte, daß dies vollständig in Ordnung sei, denn wenn Jerochymov ein Telegramm geschickt habe, wisse er vermutlich noch mehr.

Wir einigten uns dahin, Jerochymov augenblicklich vorzuladen, damit er Zeugenschaft ablege.

Ich sandte um Jerochymov...

Er kam verschlafen und unwirsch. Als ihm Agapov mitteilte, das, was er vor sich sehe, sei das Revolutionstribunal der Ostfront, das entsandt worden sei, um die Angelegenheit des Genossen Gašek an Ort und Stelle zu untersuchen und ein Urteil zu fällen, nahm das Gesicht Jerochymovs den Ausdruck unendlicher Stumpfheit an.

Er blickte mich an, und noch heute ist es mir ein psychologisches Rätsel, was sich in seiner Seele abspielte.

Sein Blick glitt von einem Mitglied des Revolutionstribunals zum andern und dann zu mir.

Ich reichte ihm eine Zigarette und sagte: »Rauchen Sie, Genosse Jerochymov, es ist derselbe Tabak, den wir auch damals zusammen rauchten.«

Jerochymov blickte noch einmal idiotisch und hoffnungslos auf die ganze Versammlung und sagte: »Täubchen, das Telegramm habe ich in der Trunkenheit abgeschickt.«

Und Genosse Sorokin stand auf und hielt einen Vortrag über die grüne Natter, den Alkohol.

Darauf sprach die Kalibanowna im selben Sinn, und zum Schluß stand Agapov auf und forderte erbittert strenge Bestrafung Jerochymovs wegen ›Trunksucht‹, da dieser das Verbrechen als Kommandeur des Twersker Revolutionsregimentes verübt hatte.

Agapov, herrlich in seiner Erregung, beantragte für ihn die Todesstrafe durch Erschießen.

Ich erhob mich und erklärte, es werde sich keine lebendige Seele finden, die Jerochymov erschießen würde, denn dies würde eine Meuterei in seinem Regiment bedeuten.

Die Kalibanowna beantragte zwanzig Jahre Zwangsarbeit.

Sorokin Degradierung.

Man sprach bis zum Morgengrauen für und gegen jeden Antrag. Darauf einigte man sich, Jerochymov einen strengen Verweis zu erteilen mit der Bemerkung, wenn sich die Sache noch einmal wiederholen sollte, werde man gegen ihn mit der strengsten Strafe vorgehen.

Während der ganzen Verhandlung schlief Jerochymov.

Am Morgen reiste das Revolutionstribunal der Ostfront ab, und als sich Agapov von mir verabschiedete, sagte er mir noch einmal ironisch: »Aus einem Wolf wirst du halt niemals ein Lamm machen. Paß auf, Bruder, sonst wirst du um einen Kopf kürzer!«

Ich schüttelte allen die Hand.

Ein reelles Unternehmen

Ich saß mit dem seligen Mestek auf einer Bank des Parks auf dem Karlsplatz.

Mestek, der Besitzer eines Flohzirkus, war in sehr gedrückter Stimmung, da er zu der Überzeugung gelangt war, daß sich Flöhe nicht dressieren lassen. Vor kurzem hatte seinen Flohzirkus nämlich eine Katastrophe heimgesucht. Irgendein betrunkener Herr, der von der fixen Idee beherrscht war, daß das Ganze ein Schwindel sei, drang in die Bude und schlug, um sich zu überzeugen, mit seinem Stock die Schachtel und den Zirkus in Stücke. Die dressierten Flöhe waren erlöst und befreit von der Pflicht, die kleinen, mikroskopischen Papierwägelchen zu ziehen. Vernichtet war auch der Operngucker mit der Vergrößerungslinse. Auf dem Grund der Schachtel blieb die zerquetschte Leiche eines Flohmännchens, eines erstklassigen Künstlers, liegen, der die Seele des Zirkus gewesen war. Mestek hatte ihn zärtlich ›Franzel‹ genannt. Die Leiche des Künstlers wurde unter dem Vergrößerungsglas identifiziert und am Fehlen eines Fußes erkannt, was übrigens zu den Zirkusgeheimnissen gehört.

Bei der Leiche des Künstlers blieb nur ein Floh mit gebrochenen Beinen und umgeworfenem Wägelchen zurück, vor das er gespannt war.

»Ich hab gedacht«, seufzte Mestek, »daß ich sie kurieren

werde, aber es hat zu nichts geführt. Pepina welkte dahin. So hab ich sie zum Schluß zerdrückt.«

Mestek sprach eine Weile von der Liebe zwischen Pepina und Franz, wie die Bewunderung der kleinen Pepina stets dem Flohmännchen gefolgt war, wenn es tanzte.

»Nie mehr im Leben«, sagte Mestek, »werde ich einem so intelligenten Geschöpf begegnen. Die heutige Generation ist degeneriert. Die Flöhe sind verblödet. Sie sind begriffsstutzig geworden. Mag sein, daß bei uns eine neue Flohrasse aufgetaucht ist. Ich habe neulich von einem Diener im Altstädter Asyl eine Flasche Flöhe gekauft, aber nicht ein einziger war was wert. Ich hab Flöhe aus der Polizeidirektion gehabt, aus einigen Waisenhäusern, aus dem Pensionat ›Ein glückliches Heim‹, aus der Korrektionsanstalt, aus einigen Kasernen, Flöhe aus Versatzämtern, Flöhe aus Hotels, aus dem Karolinum und Klementinum*, Flöhe aus der höheren Töchterschule, aus dem Frauenerwerbverein und aus dem Kloster Emaus, und alle waren unfähige Geschöpfe. Es ist wahr, ich hab zwei, drei gefunden, die man hätte begabt nennen können. Aber sie waren Schlampen. Die Karriere hat sie nicht gelockt. Sie sind weggelaufen, ohne daran zu denken, daß ein lichter und großer Ruhm auf sie wartete. Die neue, jüngere Flohgeneration wird sich niemals eines Franz oder einer Pepina rühmen können. Ihren Wert kann man nicht mit kurzen Worten beschreiben –«

Wir verfielen abermals in Melancholie, und vor unseren Blicken tauchte der Triumphzug des Flohzirkus durch Böhmen und Mähren mit einem kurzen Abstecher nach

* Gebäude der Prager Universität

Ungarn auf, wo uns magyarische Gendarmen zur Grenze geführt hatten, weil sie in dem Flohzirkus eine versteckte panslawistische Propaganda sahen.

An manchen Orten Mährens hatte uns die Geistlichkeit Schwierigkeiten bereitet.

Der Pfarrer in Holstein sagte mir, als ich ihn zur Vorstellung unseres Flohzirkus einladen wollte: »Ich könnte meinen Gläubigen Ihr Unternehmen nicht empfehlen, das Euch nicht Gottes Segen bringen kann, denn dressierte Flöhe sind gegen die menschliche Natürlichkeit. In den Klöstern des Mittelalters haben die Flöhe, wie Abt Anselmus schreibt, dadurch, daß sie die Mönche in der Nacht zwickten und nicht schlafen ließen, darauf aufmerksam gemacht, daß die Mönche nicht schlafen, sondern Gott Tag und Nacht preisen sollen.«

»Sie halten also Flöhe für heilige Tiere?« sagte ich. »Dann kann ich Sie versichern, daß wir in unserem Zirkus Nachkommen jener Flöhe haben, die das Christkind im Stall zu Bethlehem zwickten.«

Damals hab ich mich mit ihm geprügelt, hab ihn zusammengeboxt, aber zum Schluß mußten wir mit dem Flohzirkus in die Berge gehen, weil der Pfarrer die ganze Gegend bis zur Walachei gegen uns aufgehetzt hat.

Mestek unterbrach einige Augenblicke stiller Erinnerungen:

»Wenn man geduldig und unternehmungslustig ist, muß man über die menschliche Dummheit siegen. Man muß es nur verstehen, alles klug in die Hand zu nehmen. Es kommt nicht drauf an, ob man eine Ente aufmalt, aber es kommt drauf an, die Leute, die sich sie anschauen, davon zu überzeugen, daß es keine Ente ist, sondern ein Jaguar. Wenn ein Unternehmen mißlingt, muß das zweite, dritte gelingen.«

»Die Menschen sind Ochsen«, fuhr er in seiner Philosophie fort. »Je dümmer oder blöder etwas ist, desto mehr Menschen greifen in die Tasche, damit sie sich's auch anschauen können. Die Menschen brauchen neue Überraschungen. Was halten Sie davon?«

»Ich denke«, sagte ich, »daß sehr wenige Menschen in ihrem Urteil selbständig sind. Wer seine bestimmte eigene Anschauung hat, schaut sich so etwas gewöhnlich nicht an. Unsere Unternehmungen hat ein Publikum gefüllt, das geglaubt hat, daß es alles zu sehen bekommen wird, was wir ihm versprochen haben. Erinnern Sie sich an unsere Fledermaus, die wir auf einem Berg bei Melnik erwischten und für ein fliegendes Eichhörnchen aus Australien ausgaben? Und jeder hat uns einen Sechser gegeben, um es zu sehen. Oder erinnern Sie sich, wie sich die Leute vor unserer Bude um Karten rauften, um die junge Riesenschlange zu sehen, die den englischen Vizekönig in Indien erwürgt hatte? Und es war eine ganz junge Ringelnatter. Und erinnern Sie sich, wie viele Leute kamen, wie uns der Pepi Reisner aus Koschirsch einen Orang-Utan von der Insel Borneo gespielt hat?«

»Das war ein Gauner«, bemerkte Mestek, »wie sollte ich mich nicht erinnern! Vor der vorletzten Vorstellung wollte er von uns zwanzig Kronen haben, er werde nicht für fünfzehn Kronen samt Kost einen Orang-Utan spielen. Und der Kerl hat doch ganz hübsch an dem Obst und Zuckerwerk verdient, das ihm die Leute in den Käfig geworfen haben. Er hat sich's immer in einem Winkel aufgehoben und dann, wenn wir die Bude abends gesperrt haben, hat er's der

Höcklerin gegenüber verkauft. Deshalb wollt ich ihm nicht zugeben. Er hat Wut gekriegt und mitten in der Vorstellung hat er als Orang-Utan angefangen *Auf der Radlitzer Straße* zu singen. Das war eine Panik! Damals hat man uns aus Tabor ausgewiesen. Besser ist's uns mit der Mumie des englischen Königs Richard III. gelungen, und es war doch nur eine zusammengerollte Hammelhaut. Auf die ist man uns erst nach einem halben Jahr gekommen. Sie haben fabelhaft von dieser Schöpsenhaut gesprochen: ›Hier sehen Sie einen Repräsentanten der größten und entsetzlichsten Mißgeburten, die je ein königlicher Thron getragen hat. Dieser Schurke von einem König, dessen Mißgestalt ihn zu einem Unhold und Ungetüm machte, das im Blute zahlloser Verbrechen watete und selbst Shakespeare durch seine ränkevolle Blutdürstigkeit überraschte, dieses königliche Ungeheuer ist getrocknet worden, und wir gestatten uns, es dem P.T. Publikum in Gestalt einer Mumie, Konserve –«

»Dann«, sagte ich, »hat uns ein Bezirkshauptmann Richard III. konfisziert.«

»Daran kann man aber sehen«, fuhr Mestek zu philosophieren fort, »daß auf der Welt alles möglich ist. Ich möchte wetten, daß mehr als die Hälfte der Bewohner der Erdkugel von Betrügereien aller Arten lebt. Es kommt jetzt nur darauf an, sich etwas Neues auszudenken, was wir dem Publikum zeigen können. Ihm eine kleine Überraschung zu bereiten. Das Ganze so verrückt zu machen, daß uns jeder einzelne selbst Reklame machen würde. Ihm etwas zu zeigen –«

»Wozu: etwas zeigen«, sagte ich, während ich mit dem Stock im Sand zeichnete, »wozu dieses ›etwas‹. Gehen wir weiter. Sie verstehen mich. Dem Publikum wird nichts gezeigt.«

»Wenigstens ein Steinchen«, rief Mestek bittend aus, »ich hab immer was gezeigt.«

»Nicht einmal ein Steinchen«, sagte ich mit entschiedener Stimme, »das ist Unsinn. Alte Schule. Ich sag Ihnen, daß wir dem Publikum überhaupt nichts zeigen werden. Und das ist gerade die Überraschung. Sie sagen: ›Wenigstens ein Steinchen‹, wie man dies zu tun pflegte. Man sagte: ›Dieser Stein kommt vom Mars.‹ Das Publikum ging mit dem Eindruck fort, daß es etwas gesehen hatte, und war nicht überrascht. Wenn es aber überhaupt nichts sehen wird, wird es überrascht sein. Schauen Sie.«

Ich zeichnete mit dem Stock in den Sand: »Unsere Bude wird rund, geräumig sein. Ohne Fenster, ohne Öffnung im Dach. Sie muß vollkommen finster sein. Sie hat zwei Eingänge, von einer Portiere verdeckt. Einen vorn, wo das Publikum hineingeht, und der zweite dient als Ausgang. Der ist hinten. Ungeheure Aufschriften: ›Die größte Überraschung der Welt! Eine Überraschung, die Sie nie vergessen werden! Eintritt nur für erwachsene Männer! Damen und Kinder haben keinen Zutritt! Militär zahlt die Hälfte!‹ Das Publikum wird einzeln in kurzen Zwischenräumen eingelassen. Ich bin draußen und rufe aus, mache den Kassier. Sie sind innen in der Bude im Finstern, und wie sich jemand zeigt, packen Sie ihn an der Hose und am Kragen und werfen ihn ohne ein Wort zur Hintertür hinaus. Ein kleines, mäßiges Eintrittsgeld, und Sie werden sehen, daß es keiner bedauern wird. Ich garantiere Ihnen dafür, daß die Menschen einer dem andern alles Böse wünschen. Sie werden noch Reklame machen und die andern auffordern, sie sollen sich auch die ›ungeheure Überraschung anschaun, die eine fabelhafte Sache ist‹. Unser Unternehmen wird auf psychologischer Grundlage aufgebaut sein.«

Mestek zögerte eine Weile, keineswegs vielleicht wegen des Prinzips des neuen Vergnügungsetablissements, sondern weil er es vervollkommnen wollte.

»Wär es nicht gut«, sagte er nach kurzer Überlegung, »wenn man dabei jedem eins mit dem Staberl übern Rükken streichen würde? Das wär noch eine größere Überraschung.«

Dagegen war ich entschieden. »Damit würden wir uns nur aufhalten. Die ganze Prozedur muß sehr schnell gehen. Man tritt in die Finsternis und ist schon wieder draußen, ohne daß man Zeit hat, überhaupt zu Besinnung zu kommen. Darin gerade liegt die Überraschung, die ganz echt ist. Das Unternehmen ist vollkommen reell! Wir versprechen niemandem etwas, was wir ihm nicht bieten können. Wir versprechen eine Überraschung und halten auch unser Wort. Niemand darf uns sagen, daß wir Schwindler seien.«

Unser reelles Unternehmen erfreute sich allseitiger Beachtung. Wir schlugen unsere Zelte zuerst in Beneschau auf, wo alle Bedingungen vorhanden waren. Militär, neugierige Einwohner. Ich ließ Plakate drucken, die den Aufschriften auf unserer Bude entsprachen:

PIKANT!

!NUR FÜR ERWACHSENE MÄNNER!

»SIE WERDEN IHR LEBEN LANG NICHT

AN UNSER UNTERNEHMEN VERGESSEN!«

KEIN HUMBUG!

FÜR REELLITÄT WIRD GARANTIERT!

Das volkstümliche Eintrittsgeld von zwanzig Hellern, die Plakate, das Rätsel der geheimnisvollen Überraschung für erwachsene Männer lockte eine ungeheure Masse von erwachsenen Männern, Zivilisten und Soldaten vor unsere Bude. In der Menge konnte man sechzehnjährige Halbwüchsige sehen, die entschlossen waren, auf meine Frage, wie alt sie seien, vierzig oder fünfzig zu antworten, nur um auch hineinzukommen.

Wir begannen um sechs Uhr. Der erste war ein dicker Herr, der schon seit fünf Uhr wartete, um blitzschnell durch unsere Bude zu gehen und sich gleich wieder auf der andern Seite an der guten Luft zu befinden.

Ich hörte, wie er zum Publikum sagte: »Das ist fabelhaft, schaut's euch auch an.«

Ich hatte mich in der Psychologie der Masse nicht getäuscht. Die Hinausgeworfenen machten eine ungeheure Reklame. Durch die muskulösen Arme Mesteks gingen binnen anderthalb Stunden einige hundert erwachsene Männer. Manche ließen sich sogar zweimal und dreimal hinauswerfen, kehrten wieder in die Bude zurück und gerieten in die muskulösen Arme Mesteks. Auf allen Gesichtern spiegelte sich Freude, Zufriedenheit. Ich beobachtete, daß viele Bekannte mitbrachten, denen sie aufrichtigen Herzens die ›ungeheure Überraschung‹ wünschten.

Wohin der Teufel nicht kommen kann, dorthin steckt er den Bezirkshauptmann: er kam nach halb acht. »Haben Sie eine Bewilligung?« fragte er mich beim Eingang. »Bitte, treten Sie ein«, sagte ich. Im Dunkel der Bude spielte sich zwischen dem Bezirkshauptmann und Mestek ein kurzer Kampf ab. Der Bezirkshauptmann, seiner amtlichen Wichtigkeit bewußt, wehrte sich verzweifelt gegen die ungeheure Überraschung, aber zum Schluß flog er doch durch den rückwärtigen Ausgang mitten in die jubelnde Menge.

Dann kam Gendarmerie, versiegelte uns die Bude und brachte uns wegen Beleidigung einer Amtsperson und des Verbrechens öffentlicher Gewalttätigkeit vor Gericht.

»Mein Leben lang werde ich kein reelles Unternehmen mehr gründen«, sagte mir Mestek, als wir uns bequem auf die Pritsche gesetzt hatten: »Von heute an werde ich mich nur noch mit Schwindeleien ernähren.«

Die Sarghandlung

Herrn Lindiger war das Glück in keiner Weise hold. Schon als man ihn zur Taufe brachte, hätte ein scheuer Stier die Frau, die ihn eingewickelt zur Kirche trug, beinahe auf den Hörnern aufgespießt. Als er die ersten Hosen erhielt, damit jeder bereits von ferne erkennen könne, daß er ein männliches Wesen vor sich habe, blieb er schon am ersten Tage an einem Nagel in der über den Bach führenden Holzbrücke hängen. Verhältnismäßig schnell folgten einander dann andere Unglücksfälle und mißliche Begebenheiten.

So fiel er beispielsweise vom Dachboden auf den schönsten Gänserich seiner Mutter und tötete ihn. Er kam zwar ohne Schaden davon und fand es sogar recht angenehm, auf Gänse zu fallen – so, wie wenn man sich ins Bettchen legt –, aber es scheint, daß seine Mutter anderer Meinung war und der kleine Franz damals zum erstenmal mit dem Rohrstab in Berührung kam, der seit jener Zeit in seiner Familie wirksam blieb.

Trotz all dieser Umstände wäre es falsch, den jungen Lindiger des Übermuts zu zeihen. Die Katastrophen kamen von selbst... Ein Unglück ging vorüber, um einem andern Platz zu machen. In der Schule lauerte er hinter der Türe einem Mitschüler auf, und es versteht sich von selbst, daß er dem Direktor, der unverhofft die Türe öffnete, eins über die Nase versetzte.

Als er dann später, zur Zeit, da jeder anständige Mensch sich verlieben muß, zarte Mädchengestalten erwählte, verliebte er sich gewöhnlich in Mädchen, die ihn an der Nase herumführten.

Im ganzen war er in zwölf Frauen verliebt. Von diesen wurden neun von andern Männern geheiratet, nachdem sie ihm geschworen hatten, daß sie niemanden zum Manne nehmen wollten als ihn. Drei blieben übrig. Von denen lief eine mit einem andern davon, eine begoß ihn irrtümlich und zum Zeitvertreib mit Vitriol, und eine, es war eine geschiedene Frau, was er nicht gewußt hatte, kehrte wieder zu ihrem Gatten zurück.

Wenn er etwas anfing, fiel es immer schlecht aus. Er trat beispielsweise in die Dienste des Staates. Einmal ging er aus dem Amt, geriet in ein Gedränge, und ehe er sich's versah, war er verhaftet. Auf der Polizei fand man in seiner Tasche Steine, und zu seiner Verwunderung erfuhr er, daß er auf die Dragoner Steine geworfen habe. Er wurde zu zwei Monaten verurteilt, verlor die Anstellung, legte gegen Schuld und Strafe Berufung ein, und das Gericht erhöhte sein Strafausmaß auf fünf Monate.

Dann richtete er sich ein Geschäft mit kosmetischen Mitteln ein. Er ließ sich in einem kleinen Städtchen nieder, das unter neunhundert Einwohnern zweihundertachtzig Glasarbeiter zählte. Selbstverständlich kauften die guten Leute weder seine Puder und Tinkturen zur Hautpflege noch die feinen Toiletteseifen, Parfums, Zahnpulver und wohlriechenden Salben zur Straffung der Brust und Förderung des Haarwuchses. Er verkaufte daher alles um einen Pappenstiel an einen Drogisten in einer größeren Garnisonsstadt, doch bevor er die Vorräte abschicken konnte, brach im Laden ein Feuer aus, dem seine ganze Habe zum Opfer fiel.

Er fuhr in die Stadt, um sich zu erschießen. Legte sich im Hotel ins Bett, ergriff den Revolver, drückte ab, die Kugel verfehlte seinen Kopf, flog durch die dünne Holzwand ins Nebenzimmer, wo sie einem Reisenden eine Tasse Tee aus der Hand schlug und die Musterlikörflaschen in seinem Koffer zerschlug. Das hatte langwierige und unangenehme Scherereien, Strafgelder und Schadenersatz zur Folge. Der Hotelier tat, als hätte ihm der unglückliche Herr Lindiger das ganze Hotel zusammengeschossen, und der Handlungsreisende machte aus den Musterflaschen zerschossene Hektoliterfässer voll Likör.

Kein Wunder, daß Herrn Lindigers Gesicht nach all diesen Leiden einen unendlich traurigen Ausdruck annahm.

Eines Tages las er, daß in einer großen Sarghandlung infolge Ablebens des Eigentümers die Vorräte an Särgen zu niedrigen Preisen abzugeben seien. Herr Lindiger überlegte nicht lange. Er begriff, daß sein ewiges Pech, sein unaufhörliches Unglück ihn dazu zwinge, mit etwas recht Traurigem zu handeln.

Rasch ward er sich über die großen Vorteile einer Sarghandlung klar, sind doch Särge ein Artikel, der immer Absatz findet. »Da schau her«, sagte er sich, »ich habe dem Tode bereits ins Auge gesehen, warum sollte ich nicht mit Särgen handeln?« Er kaufte also die Sargvorräte und sah sich nach einem Ort um, wo er sich mit ihnen niederlassen konnte. Einer seiner Bekannten sagte ihm, daß es in Unterpatrowitz weder ein Engros- noch Detailgeschäft dieser Branche gäbe und daß die Gegend außerdem ein scharfes

Klima habe. Er reichte also um eine Konzession ein, und drei Wochen später hing an einem Haus in Unterpatrowitz die Firmatafel:

Franz Lindiger,
bewährte Großhandlung mit Särgen aller Art
für Herren, Damen und Kinder

Herr Lindiger hatte über dreihundert Särge auf Lager. Er ging zwischen ihnen im Magazin herum und lächelte. Ihm war wohl zumute. Endlich also ein für jedermann unerläßlicher Artikel.

Am Abend lernte er im Wirtshaus die Honoratioren des Städtchens kennen, und seine gute Laune schwand gewissermaßen. Es wurde nämlich von der diesjährigen Grippe gesprochen, und er beklagte sich über einen Druck auf der Brust. »Hier werden Sie gesund werden«, sagte ihm der Herr Steuereinnehmer, »die Gegend hier ist sehr gesund.«

»Sapperlott, das verdrießt mich«, seufzte Herr Lindiger, und sein Gesicht verfinsterte sich.

Vierzehn Tage später ging er mit gesenktem Kopf herum. Bisher kein einziger Käufer. »Ich bin ein großer Idealist«, sagte er sich. »So Gott will, wird schon jemand sterben.« Nach vier Wochen ging er herum wie ein Schatten und versuchte vergebens mit folgender an die Tür befestigter Aufschrift Käufer anzulocken:

Auch gegen Ratenzahlungen.

Die Vorübergehenden erschienen ihm wie lauter Fettklumpen, wie die verkörperte Gesundheit. Stundenlang seufzte er in seinem Laden: »Jesus Maria, die Gegend ist ja so gesund!« In der Nacht träumte er von lauter Epidemien, von Cholera, Flecktyphus, seine Türe konnte kaum alle weinenden Witwen und Hinterbliebenen fassen... Vierzig Särge im Tag, fünfzig Särge... ganze Familien starben aus. Gerade sandte er an eine Firma nachstehendes Telegramm ab: »Sendet umgehend 1200 Särge, eventuell Ausschuß, per Eilgut«, als er aus seinem herrlichen Traum erwachte. Doch in Wirklichkeit blieb er allein zwischen seinen Särgen, und niemand kommt, niemand öffnet die Türe und wünscht weinend, er möge Maß nehmen.

Er versuchte es also auf andere Weise. Im Wirtshaus lenkte er am Abend beim Bier das Gespräch darauf, daß man in China die letzten Dinge des Menschen immer ins Auge fasse. Dort trachtet jeder, sich bereits zu Lebzeiten einen hübschen Sarg anzuschaffen. Der Gatte schenkt der Gattin einen Sarg, die Kinder den Eltern.

Er sprach wie ein Engel. Lobte diese Gepflogenheit und schloß mit der Bemerkung, daß man ähnliche Vorkehrungen auch bei uns treffen sollte. Er wolle mit gutem Beispiel vorangehen und erklärte sich bereit, einen schönen Eichensarg für die Tombola zu spenden, die in einer Woche zu wohltätigen Zwecken stattfinden sollte. Würde sich dies bewähren, sei er bereit, jedem dritten Sarg einen Kindersarg gratis hinzuzufügen. Die Anwesenden blickten zuerst einander und dann ihn besorgt an, und schließlich sagte der Veranstalter der Tombola, daß man höchstens ein Kilogramm schwere Gegenstände verlosen könne.

Er kehrte tief betrübt nach Hause zurück und fertigte in der Nacht folgendes Plakat an:

Wer bei mir einen Sarg kauft, erhält gratis ein reinleinenes Sterbehemd. Wer einen Kindersarg bestellt, erhält gratis eine Sendung geschmackvoller Bilder für den Sarg. Bei größeren Bestellungen jeder zehnte Sarg gratis. Nichtkonvenierende Särge werden umgetauscht.

»Wenn das nichts nützt, dann ist Hopfen und Malz verloren«, sagte er sich voller Hoffnung. Es nützte nichts. Er bekam Halluzinationen, daß die Totenglocke läute… Lief jedesmal fort, um zu fragen, wer gestorben sei, und kehrte enttäuscht zurück. Dann pflegte es zu geschehen, daß er öffentlich erzählte, er habe einen Bruder, der Schiffsarzt sei und sich gegenwärtig in Indien befinde, wo die Pest wüte, und er habe ihm geschrieben, so schnell als möglich hierherzukommen.

Im Wirtshaus vertrat er die Ansicht, für die Kinder wäre es gesund, wenn die Eltern sie jetzt im Winter abhärtungshalber barfuß im Schnee laufen ließen.

Dann heiterte sich sein Gesicht plötzlich auf. Ein Mitbürger hatte sich infolge eines unglücklichen Zufalls auf der Jagd einen Bauchschuß zugefügt, und es hieß, daß er der Verletzung erliegen werde. Lindiger rieb sich die Hände und sagte, er werde ihm einen Sarg liefern, wie ihn Unterpatrowitz noch nicht gesehen habe.

Auch diese Hoffnung erwies sich als trügerisch. Der Verwundete wurde nach Prag ins Krankenhaus geschafft, und Lindiger lief lange hinter dem Wagen her und schrie verzweifelt: »Bringt ihn nicht nach Prag, ich gebe euch fünfzig Prozent Rabatt!« Seine Befürchtungen erfüllten sich. Man bestattete seine Hoffnung in Prag.

Dann geschah es, daß jemand dem Bezirksarzt, der gekommen war, um die Kinder zu impfen, in der Nacht einen Stockhieb über den Zylinder versetzte. Man vermutete, daß es Herr Lindiger gewesen sei. Gleichzeitig langte bei der Bezirkshauptmannschaft ein anonymes Gesuch ein, die hohe Bezirkshauptmannschaft möge dem Arzt verbieten, die Kranken zu heilen.

An einem Dienstag machte Herr Lindiger seinen Leiden ein Ende. Am Mittwoch fand ihn der Gendarm, der beauftragt worden war, den Fall des überfallenen Bezirksarztes zu untersuchen, an einem Nagel neben der Türe erhängt. Merkwürdigerweise zeigte sein Gesicht einen heiteren Ausdruck, was durch folgende, unter der Leiche angebrachte Inschrift verständlich wurde:

›Und doch werde ich einen Sarg los!‹

Nachträglich wurde festgestellt, daß sich auf seinem Schreibtisch ein unvollendeter Brief befand, in dem er beim bakteriologischen Institut in Wien zwanzig Retorten mit Flecktyphuskeimen bestellte.

Er war in der Tat ein rühriger Geschäftsmann.

Mein Geschäft mit Hunden

I

Ich hatte seit jeher eine Vorliebe für Tiere jeder Art. Schon im zartesten Alter brachte ich Mäuse mit nach Hause, und einmal hielt ich es aus, die ganze Zeit über, während der ich die Schule schwänzte, mit einer erschlagenen Katze zu spielen.

Ich interessierte mich auch für Schlangen. Einmal fing ich eine Schlange auf einer steinigen Berglehne im Wald und schickte mich an, sie mitzunehmen, um sie Tante Anna, die ich nicht leiden konnte, ins Bett zu stecken. Zum Glück kam der Heger dazu und stellte fest, daß es eine Kreuzotter war; er tötete sie und nahm sie mit sich, um die gesetzliche Belohnung zu erhalten. Von meinem achtzehnten bis vierundzwanzigsten Jahr zeigte ich eine gewisse Vorliebe für sehr große Tiere. Kamele und Elefanten aller Arten interessierten mich ungemein.

Zwischen vierundzwanzig und achtundzwanzig nahm dieses Interesse langsam ab und fing an, sich Rindern und Pferden zuzuwenden. Ich wünschte mir ein Gestüt oder eine Zucht siamesischen Hornviehs zu besitzen. Dieser Wunsch blieb ein bloßes Ideal, und mir blieb nichts anderes übrig, als meine Liebe auf Tiere kleinerer Art zu beschränken. Hunden gab ich den Vorzug vor Katzen, und um das dreißigste Jahr herum entstanden zwischen mir und meinen Verwandten verschiedene Differenzen. Man warf mir vor, daß ich keinen ordentlichen Beruf habe und bisher nicht darauf bedacht gewesen sei, auf eigenen Füßen zu stehen. Kurz entschlossen erklärte ich meinen Verwandten, daß ich mir in Anbetracht meiner Vorliebe für Tiere ein Geschäft mit Hunden einrichten würde.

Es verdient vermerkt zu werden, daß sie darüber nicht erfreut waren.

2

Wenn jemand ein Geschäft begründet, so – das steht zweifellos fest – muß er sich vor allem um eine Firma kümmern, die die Art des Geschäftes treffend bezeichnet. Diese Art pflegt Hundehandel genannt zu werden, was mir jedoch mit Rücksicht darauf, daß ein entfernter Verwandter von mir im Ministerium beschäftigt ist und dagegen protestiert hätte, nicht zusagte.

Die bloße Benennung: ›Geschäft mit Hunden‹ wollte mir gleichfalls nicht gefallen, denn in meinen Intentionen lag es, den Handel auf irgendeine höhere Art zu betreiben. Im Lexikon stieß ich auf den Namen ›Kynologie‹, was die ›Lehre von Hunden‹ heißt. Dann ging ich am landwirtschaftlichen Institut vorbei, und das Unglück war besiegelt. Ich nannte mein Geschäft ›Kynologisches Institut‹. Es war ein stolzer, gelehrter Titel, der treffend bezeichnete, was ich in großen Inseraten bekanntgab: ›Verkauf, Austausch und Ankauf von Hunden auf kynologischer Grundlage‹.

Diese großen Inserate, in denen sich der Titel ›Kynologisches Institut‹ so oft wiederholte, versetzten mich selbst in stummes Staunen.

Endlich war ich Besitzer eines Institutes. Wer das nicht erlebt hat, weiß nicht, wieviel Stolz und welcher Reiz darin liegen. In den Inseraten versprach ich fachmännische Ratschläge in allen Hunde betreffenden Angelegenheiten. Wer ein Dutzend Hunde kaufe, erhalte einen jungen Hund als Zugabe. Ein Hund sei das passendste Geschenk zu Geburtstagen, Verlobungen, Hochzeiten und Jubiläen. Für Kinder sei er ein Spielzeug, das nicht so leicht zerreiße. Ein treuer Begleiter, der euch im Wald nicht überfällt. Alle Arten von Hunden seien fortwährend auf Lager. Direkte Verbindung mit dem Ausland. Angeschlossen an das Institut ein Erziehungsheim für unmanierliche Hunde. In meinem kynologischen Institut verlerne der wütendste Hund innerhalb vierzehn Tagen das Bellen. Wohin mit dem Hund während der Ferien? Ins kynologische Institut. Wo lernt ein Hund binnen drei Tagen Männchen machen? Im kynologischen Institut.

Als einer meiner Onkel diese Inserate las, schüttelte er bedenklich den Kopf und sagte:

»Nein, Junge, du bist nicht gesund; hast du nicht manchmal Schmerzen rückwärts im Kopf über dem Nacken?«

Ich aber blickte hoffnungsvoll in die Zukunft, und ohne auch nur einen einzigen Hund zu besitzen, wartete ich begierig auf eine Bestellung, während ich einen militärfreien Diener suchte, der nicht einrücken müßte, bis ihm die Hunde ans Herz gewachsen sein würden.

3

Auf das Inserat unter dem Titel: ›Diener für Zucht und Verkauf von Hunden‹ langten eine Unmenge von Anträgen ein, von denen manche sehr aufrichtig geschrieben waren. Ein pensionierter Polizist vom Land versprach, daß er, falls er den Posten erhalten sollte, alle Hunde über den Stock springen und auf dem Kopf gehen lehren werde.

Ein anderer schrieb, daß er mit Hunden umzugehen verstehe, weil er jahrelang beim Budweiser Schinder bedienstet gewesen und wegen freundlicher Behandlung der Erschlagenen entlassen worden war.

Ein anderer Bewerber verwechselte ›kynologisches Institut‹ mit ›gynäkologisches Institut‹ (für Frauenkrankheiten) und schrieb, er sei Diener in der Gebäranstalt und auf der Frauenklinik gewesen.

Fünfzehn von den Bewerbern hatten die juridische Fakultät absolviert, zwölf waren Absolventen der Lehrerbildungsanstalt. Außerdem langte auch eine Zuschrift vom ›Verein zum Wohl entlassener Sträflinge‹ ein, ich möge mich hinsichtlich der Stelle eines Dieners an ihn wenden, sie hätten einen sehr tüchtigen entlassenen Kassenräuber für mich. Manche Bewerber waren ungemein traurig und hoffnungslos. Sie schrieben beispielsweise selbst: Obwohl ich schon in voraus mit Sicherheit weiß, daß ich die Stelle nicht erhalten werden.

Unter dieser Unmenge von Anträgen befand sich auch der eines Bewerbers, der Spanisch, Englisch, Französisch, Türkisch, Polnisch, Kroatisch, Deutsch, Ungarisch und Dänisch sprach. Ein Brief war lateinisch.

Und dann langte ein einfaches, aber aufrichtiges Gesuch ein: Sehr geehrter Herr! Wann soll ich den Dienst antreten? Hochachtungsvoll Ladislav Strobach, Koschirsch, bei Herrn Bakowski.

Da der Bewerber so direkt fragte, blieb mir nichts anderes übrig, als ihm zu antworten, er möge Mittwoch um acht Uhr früh kommen. Ich fühlte mich ihm zu großem Dank verpflichtet, weil er mir das lange, beschwerliche Wählen erspart hatte. Mittwoch um acht Uhr früh trat mein Diener also den Dienst an. Er war ein blatteriger, ungemein lebhafter Mann von kleinerer Gestalt, der mir, als er mich zum erstenmal sah, die Hand reichte und lustig sagte: »Das Wetter wird sich wohl bis morgen nicht aufheitern, haben Sie gehört, daß um sieben Uhr früh schon wieder zwei Elektrische auf der Pilsner Straße zusammengestoßen sind?«

Dann zog er aus der Tasche eine kurze Pfeife und sagte, daß er sie vom Chauffeur der Firma Stibral bekommen habe und ungarischen Tabak rauche.

Hierauf teilte er mir mit, daß beim ›Kreuzl‹ in Nusle eine Kellnerin namens Pepina bedienstet sei, und fragte mich, ob er nicht mit mir in die Schule gegangen sei. Dann fing er an, von irgendeinem Dachshund zu sprechen, und meinte, daß man ihn, falls ich ihn kaufen sollte, frisch anstreichen und ihm ein wenig die Beine werde krümmen müssen.

»Sie kennen sich also in Hunden aus?« fragte ich erfreut.

»Na und ob, ich hab schon selbst Hunde gekauft und hab draus Scherereien mit'n Gericht gehabt. Einmal hab ich mir einen Foxl nach Hause gebracht und auf einmal hält mich auf der Gasse ein Herr an, daß das herich sein Hund is, daß er ihm vor zwei Stunden in der Obstgasse verlorengegangen ist. ›Wieso erkennen Sie, daß das Ihr Hund ist?‹ – ›Dran, daß er Mupo heißt. Komm her, Mupo.‹ Sie können sich nicht vorstellen, wie freudig der Hund an ihm hinaufgesprungen ist. ›Bosko‹, ruf ich ihn an, ›Bosko, fuj.‹ Und er geht wieder freudig auf mich los. Er war ein Trottel. Das ärgste war, daß ich bei Gericht vergessen hab, daß ich ihn damals Bosko gerufen hab. Aber er hat auch auf den Namen Buberle gehört und ist grad so freudig um mich herumgesprungen. Soll ich mich nach einem Hund umschaun?«

»Nein, Strobach, mein Geschäft wird reell geführt werden. Wir warten auf einen Käufer und werden vorläufig unter den Inseraten in der Rubrik ›Tiere‹ nachschaun, wer etwas verkauft und was für Hundearten. Schaun Sie, hier will eine Frau wegen Platzmangel einen einjährigen weißen Spitzl verkaufen. Sind Spitzl wirklich so groß, daß sie so viel Platz einnehmen? Gehn Sie also in die Schulgasse und kaufen Sie ihn, hier haben Sie dreißig Kronen.«

Er verabschiedete sich von mir mit der Versicherung, daß er so bald als möglich zurückkommen werde, und kam nach drei Stunden, aber in was für einem Zustand! Den harten Hut bis über die Ohren gestülpt, taumelte er entsetzlich von einer Seite auf die andere, als ginge er während eines Seesturms auf einem Schiffsverdeck herum; in der Hand hielt er krampfhaft einen Strick, den er hinter sich herschleppte. Ich schaute auf das Ende des Stricks. Dort war nichts.

»No – wie – gefällt – er – Ihnen – denn – ein – hübsches Stück, was? – Bin ich – nicht – bald mit ihm hier – (er fing an zu rülpsen, während er gegen die Zimmertür stieß) – schaun Sie sich seine Ohren an – also komm, Schlingel –

mach keine Faxen – geschwind! Sie hat ihn gar nicht verkaufen wolln –«

In diesem Augenblick drehte er sich um und schaute auf das Ende des Stricks. Er wälzte die Augen heraus und schluchzte: »Vor einer Stu-stu-stunde war er noch dort – dort – war er –«

Er setzte sich auf einen Stuhl, fiel augenblicklich von ihm herunter, und während er an meinen Beinen in eine stehende Lage emporkletterte, sagte er siegesbewußt, als hätte er etwas Fabelhaftes entdeckt: »Er ist uns also allem Anschein nach weggelaufen.« Dann setzte er sich auf den Stuhl und begann zu schnarchen.

So trat er am ersten Tage seinen Dienst an.

Ich schaute aus dem Fenster auf die Straße. Dort liefen im lärmenden Straßengetriebe verschiedene Hunde herum. Während der Mensch neben mir so gräßlich schnarchte, schien es mir, daß jeder von ihnen verkäuflich sei. Ich versuchte den Mann zu wecken, denn ich hatte die fixe Idee, daß ein Käufer kommen und nicht nur einen, sondern ein Dutzend Hunde kaufen werde.

Aber niemand kam, und es war ohnehin vergeblich, ihn zu wecken. Ich erreichte nur, daß er mir vom Stuhl hinunterrutschte. Nach drei Stunden kam er endlich selbst zur Besinnung, und während er sich den Schweiß abwischte, sagte er mit heiserer Stimme: »Ich denke, ich hab was Schlimmes angestellt.«

Er fing an, sich an einzelne Details zu erinnern, und redete lang und breit über den Spitz, wie hübsch er gewesen sei und wie billig ihn die Frau verkauft habe. Er habe nur sechzehn Kronen für ihn gegeben, weil er gesagt habe, daß der

Hund in sehr gute Hände komme. Dann erzählte er, wie der Spitz nicht mit ihm gehen wollte, und wie er ihn verprügelt hatte. Hierauf gab er dem Gespräch eine schnelle Wendung und teilte mir mit, daß er in Smichov* einen Gastwirt kenne und deshalb bei ihm eingekehrt sei. Auch einige seiner Bekannten wären dort gewesen. Sie hätten Wein und Liköre getrunken. Der Mensch sei ein recht schwaches Geschöpf.

»Gut«, sagte ich; »wie Sie wissen, haben Sie dreißig Kronen erhalten, Sie werden mir daher zwanzig Kronen zurückgeben.«

Das versetzte ihn durchaus nicht in Verlegenheit: »Eigentlich sollte ich Ihnen wirklich zwanzig Kronen zurückgeben, aber ich hab mir gedacht, daß ich Ihnen eine Freude machen werde. So hab ich mich auch bei ›Schwihans‹ aufgehalten und hab dort bei einem gewissen Kurz auf einen jungen Hund zehn Kronen Angabe gegeben. Sie ham dort so eine komische, interessante Hündin gehabt, und die ist trächtig. Wir wern sehn, was für eine Art von einem Hund sie werfen wird. Hauptsache ist, daß wir sie schon bestellt ham. Dann bin ich an der ›Paliarka‹ vorbeigegangen, dort ham sie eine sehr hübsche Häsin zu verkaufen –«

»Kommen Sie zu sich, Strobach, ich habe doch kein Geschäft mit Kaninchen.«

»Hab ich denn gesagt Häsin?« sagte der Diener. »Das ist ein Irrtum. Ich wollt sagen eine Hündin von einem schottischen Schäferhund. Sie ist auch trächtig, aber dort hab ich keine Angabe auf die Jungen gegeben, sondern die zehn Kronen sind nur Angabe auf die Hündin, die Jungen blei-

* Stadtteil Prags

ben dem Besitzer und die Hündin lassen wir holen, wenn sie Junge geworfen haben wird. Dann bin ich in die Jungmannstraße gegangen –«

»Da haben Sie doch schon kein Geld mehr gehabt –«

»Ja, stimmt, da hab ich schon kein Geld bei mir gehabt. Ein gewisser Herr Novak hat dort einen großen haarigen Hund zu verkaufen, wenn ich Geld gehabt hätt, hätt ich ihm auch auf ihn Angabe gegeben, damit er uns zur Disposition steht. Jetzt pack ich mich zusammen und geh in die Schulgasse. Der Spitzl ist schon sicher nach Haus zurückgekommen, wenn er mir weggelaufen ist. In einer Stunde bin ich mit ihm hier.«

Strobach hielt Wort. Er kam noch früher zurück als in einer Stunde und war vollkommen nüchtern und atemlos. Zu meiner großen Überraschung schleppte er einen schwarzen Hund mit sich.

»Unglücklicher«, rief ich, »die Frau hat doch inseriert, daß sie einen weißen Spitz verkauft.«

Ein paar Augenblicke schaute er verdutzt auf den Hund, dann rannte er, ohne ein Wort zu sprechen, mit ihm fort.

Nach zwei Stunden kehrte er mit einem fürchterlich schmutzigen kotigen weißen Spitz zurück, der sich überaus wild gebärdete.

»Mit dem Spitz das war ein Irrtum«, sagte Strobach, »die Frau in der Schulgasse Prag II hat zwei Spitzl gehabt, einen schwarzen und einen weißen. Die hat eine Freude gehabt, wie ich ihr den schwarzen zurückgebracht hab.«

Ich schaute dem Hund auf die Marke. Er hatte eine Žižkover* Marke. Mir war plötzlich, als müßte ich weinen, aber

* Žižkov ist ein Stadtteil Prags.

ich beherrschte mich. (Strobach nahm dem Hund inzwischen die Marke ab, mit der Bemerkung, daß eine Marke immer gefährlich sei.)

In der Nacht weckte mich ein Kratzen an der Tür. Ich öffnete, und der schwarze Spitz, ein alter Bekannter von nachmittags, stürzte freudig bellend in die Wohnung. Entweder war ihm nach uns bange gewesen, oder er hatte weit nach Hause. Wie dem auch war, ich hatte bereits zwei Hunde und brauchte nur noch Käufer.

4

Ein Käufer stellte sich am Morgen etwa um zehn Uhr ein. Er blickte in der Wohnung umher und fragte: »Also, wo haben Sie Ihre Hunde?«

»Ich habe sie nicht zu Hause«, sagte ich, »außer zwei Spitzeln, einem schwarzen und einem weißen, die ich dressiere und die bereits für den Herrn Erzherzog in Brandeis reserviert sind. Ich habe meine Hunde auf dem Land, damit sie in guter Lust sind und nicht unter Ungeziefer und Blattern leiden, wovor sie in der Stadt nicht einmal der beste Hundehändler schützen kann. Unser kynologisches Institut hat den Grundsatz, unseren Hunden die Möglichkeit freien Umherlaufens zu geben, und deshalb hetzt sie der Diener draußen, wo wir unsere Hundezwinger haben, jeden Morgen nach allen Richtungen, und sie kommen erst am Abend zurück.

Das hat überdies den Vorteil, daß die Hunde sich selbständig benehmen lernen, denn sie suchen sich tagsüber selbst ihre Nahrung. Wir haben große Reviere für sie gepachtet, wo sie sich an allen Arten Wildbret nähren können, und Sie sollten sehen, wie komisch es ist, wenn so ein Zwerg von einem Rattler mit einem Hasen kämpft.«

Dem Herrn schien das sehr gut zu gefallen, denn er nickte mit dem Kopf und sagte: »Da haben Sie also auch böse, zum Hüten dressierte Hunde zu verkaufen?«

»O gewiß. Ich habe auch so fürchterliche Hunde vorrätig, daß ich nicht einmal mit ihrer Photographie dienen kann, weil sie den Photographen beinahe zerfleischt hätten. Ich habe Hunde auf Lager, die schon Diebe zerrissen haben.«

»Grad so einen möcht ich haben«, sagte der Käufer. »Ich habe eine Holzniederlage, und jetzt im Winter möchte ich mir gern einen guten Wächterhund zulegen. Können Sie mir einen solchen bis morgen nachmittag aus Ihrem Hundezwinger beschaffen, ich möchte mir ihn aussuchen kommen?«

»Oh, bitte, ohne weiteres, ich lasse ihn sofort vom Diener holen. Strobach!«

Strobach erschien mit einem freundlichen Lächeln und meinte sofort, daß er diesen Herrn bereits irgendwo gesehen habe.

»Strobach«, sagte ich ihm, während ich ihm ein Zeichen gab. »Sie werden um unseren wildesten Wächterhund fahren. Wie heißt er?«

»Fabian«, antwortete Strobach mit eisiger Ruhe, »seine Mutter heißt Hexe, es ist ein gräßlicher Hund. Er hat schon zwei Kinder zerrissen und aufgefressen, weil man ihn aus Versehen Kindern zum Spielen gegeben hat und sie auf ihn hinaufkriechen wollten. Was die Angabe anlangt –«

»Ach, selbstverständlich«, sagte der Käufer, »hier sind vierzig Kronen Angabe, was wird er kosten?«

»Hundert Kronen«, sagte Strobach, »und einen Gulden Schwanzgeld; wir haben auch einen billigeren um achtzig Kronen, aber der hat nur einem Herrn, der ihn streicheln wollte, drei Finger abgebissen.«

»Ich möchte also den wilderen.«

Strobach machte sich mit der Angabe von vierzig Kronen auf, um einen Wächterhund zu suchen, und brachte am Abend einen melancholischen Lümmel mit; der Ärmste konnte sich kaum schleppen.

»Das ist doch ein Krepierl«, rief ich erstaunt.

»Aber er ist billig«, sagte Strobach, »ich bin einem bekannten Fleischer begegnet, der ihn grad zum Schinder geführt hat, weil er herich nicht mehr ziehen will und anfängt zu beißen. So hab ich mir gedacht, daß er ein ausgezeichneter Wächterhund sein wird. Übrigens, wenn ein ordentlicher Dieb kommt, wird er ihn ohnehin vergiften, und der Herr wird sich einen andern bei uns kaufen müssen.«

Eine Weile debattierten wir darüber, dann kämmte Strobach den Hund durch, und wir kochten ihm Reis mit Sehnen. Er fraß zwei Töpfe davon auf und sah trotzdem unverändert passiv und bedauernswert aus. Er leckte uns die Stiefel, ging ohne alles Interesse im Zimmer umher, und man konnte merken, daß er wütend war, weil sein Herr mit ihm nicht bis zum Schinder gegangen war.

Strobach unternahm noch einen Versuch, ihn furchtbarer zu machen. Da der Hund gelb und weiß, vielmehr grau war, malte er ihm mit Tusche große, schwarze Streifen quer über den Leib, so daß er zuletzt wie eine Hyäne aussah.

Der Herr, der ihn am folgenden Tag abholte, wich entsetzt zurück, als er ihn sah.

»Das ist ein fürchterlicher Hund«, rief er aus.

»Hausleuten macht er nichts, er heißt Fox, probieren Sie's, ihn zu streicheln.«

Der Käufer weigerte sich, deshalb schleppten wir ihn im wahrsten Sinn des Wortes zu dem Ungetüm und zwangen ihn, es zu streicheln.

Der Wächterhund leckte ihm die Hand und ging mit ihm fort wie ein Lamm.

Bis früh raubte man den Herrn vollständig aus.

5

Weihnachten rückte heran. Bis dahin hatten wir den schwarzen Spitz mit Hilfe von Wasserstoffsuperoxyd gelb gefärbt und aus dem weißen Spitz durch Bestreichen mit einem silberhaltigen Nitrat einen schwarzen gemacht. Beide Hunde winselten fürchterlich während dieser Manipulationen, was den Eindruck machte, als disponiere das kynologische Institut statt über zwei mindestens über sechzig Hunde.

Dafür hatten wir junge Hunde in Hülle und Fülle. Strobach litt allem Anschein nach an der krankhaften Vorstellung, daß junge Hunde die Grundlage allen Wohlstandes seien; deshalb brachte er vor Weihnachten in den Taschen seines Winterrocks lauter junge Hunde mit. Ich schickte um eine Dogge, und er brachte einen jungen Dachshund, ich schickte um einen Stallpintsch, und er brachte mir einen jungen Foxterrier. Wir hatten im ganzen dreißig junge

Hunde und ungefähr hundertzwanzig Kronen an Angaben unter den Leuten.

Ich kam auf den Gedanken, vor den Feiertagen in der Ferdinandstraße* einen Laden zu mieten, ein Bäumchen hineinzustellen und die mit bunten Schleifen hübsch geschmückten Hunde unter folgendem Losungswort zu verkaufen:

›Die fröhlichsten Weihnachten bereiten Sie Ihren Kindern, wenn Sie ihnen ein gesundes junges Hündchen kaufen.‹

Ich mietete den Laden. Dies geschah etwa eine Woche vor den Feiertagen.

»Strobach«, sagte ich, »Sie tragen die jungen Hunde in unseren Laden, kaufen ein großes Bäumchen, plazieren die Hunde hübsch in der Auslage und kaufen Moos. Kurz, ich verlasse mich auf Sie, daß Sie alles recht geschmackvoll arrangieren. Verstehen Sie?«

»Gewiß. Sie werden Freude haben.« Er schaffte die Hunde in Kisten auf einem Handwagen fort, und nachmittags begab ich mich in die Ferdinandstraße*, um zu sehen, was für eine Freude er mir bereitet und wie hübsch er die Auslage arrangiert hatte.

Ein Menschenauflauf vor dem Laden sagte mir, daß die jungen Hunde ungeheures Interesse erweckten. Als ich jedoch näher kam, vernahm ich wütende Ausrufe aus der Menge: »Das ist eine unerhörte Roheit; wo ist die Polizei? Merkwürdig, daß man so etwas duldet!«

Als ich mich zu der Auslage durchgezwängt hatte, knickten mir beinahe die Beine ein.

* Jetzige »Nationalstraße«, eine Hauptstraße Prags

Um alles hübsch zu arrangieren, hatte Strobach zwei Dutzend junger Hunde an die Zweige des großen Weihnachtsbaumes gehängt, als wären sie Zuckerwerk. Die Ärmsten hingen da mit herausgeblöckten Zungen, wie mittelalterliche Räuber an einem Baume! Und darunter befand sich die Inschrift: ›Die fröhlichsten Weihnachten bereiten Sie Ihren Kindern, wenn Sie ihnen ein gesundes, reizendes, junges Hündchen kaufen.‹

Das war das Ende des kynologischen Institutes.

Der Menschenhändler von Amsterdam

Da ich dem tschechischen Volk auf keine andere Weise nützen und dienen konnte, nahm ich mir vor, es zu belehren. Für dieses Vorhaben gewann ich einen fabelhaften Menschen, der schon dreimal wegen verschiedener Räubereien im Prankrazer Gefängnis gesessen hatte und eine so ausgezeichnete Phantasie besaß, wie man sie wohl kaum ein zweites Mal finden wird.

Außerdem war er des Schreibens so weit kundig, daß er seine Gedanken in eine gewisse Form zu kleiden vermochte und meinem zweiten Mitarbeiter somit besondere Mühe ersparte. Originelle Gedanken fehlten diesem, er verstand es jedoch, die flüchtig skizzierten Themen und Fälle sehr flink, geschickt und fesselnd zu bearbeiten.

Nachdem ich mich mit beiden beraten hatte, erklärte ich den geehrten Mitarbeitern, daß es meine Absicht sei, einen Verlag zu gründen, der fähig wäre, dem tschechischen Publikum eine fesselnde Lektüre zu bieten.

Ich arbeitete also mit beiden einen Vertrag aus, in dem sie sich verpflichteten, mir, für das übliche Honorar pro Bogen, binnen fünf Monaten einen spannenden Roman zu liefern.

Nach fünf Monaten erschien dann auch in meinem Verlage das erste Heft des Werkes *Der Menschenhändler von Amsterdam oder Der geheimnisvolle Mord in der Schwar-*

zen Grotte oder Die Schenke Zum blutigen Bischof. Der Roman erschien ganze vier Jahre lang wöchentlich in Heften zu je achtzig Hellern, so daß das Werk im ganzen zweihundertundacht Hefte mit einem Gesamtgewicht von achtzehn Kilogramm umfaßte. Welcher Beliebtheit es sich erfreute, bezeugt am besten der Fall der Lebensmittelhändlerin Frau Vozàbovà, den ich im folgenden wiedergebe.

František Holan, Tagelöhner, war Vater von zwölf Kindern und erwartete eben das dreizehnte, als ihm der Kolporteur das erste Heft des Romans *Der Menschenhändler von Amsterdam oder Der geheimnisvolle Mord in der Schwarzen Grotte oder Die Schenke Zum blutigen Bischof* brachte. Da er voll Spannung auf den neuen Familienzuwachs wartete, litt Holan Langeweile, und so begann er, um sich die Zeit zu verkürzen, gierig dieses erste Heft zu verschlingen. Er las mit ständig wachsendem Interesse. Es fing schon sehr schön an: ›In einer versteckten Gasse am Hafen von Amsterdam, wo jedes Jahr Hunderte von Fremden spurlos im Wasser des Kanals verschwinden, gibt es eine kleine Schenke, dort kann man Fremdenzimmer mieten. Natürlich wird den Gästen, die hier übernachten wollen, ein Schlafpulver in die Getränke gemischt, und dann... dann verschwindet das Bett mit dem Gast in einer Versenkung und im Keller. Ein Schlag, ein schrecklicher, gedämpfter Aufschrei... Neben der Schenke ist ein Fleischerladen. Dort verkauft und verarbeitet man so billiges Fleisch, daß der Laden stets voller Käufer ist. Das Fleisch besitzt einen besonderen Beigeschmack – es wird ja auch Menschenfleisch verkauft! Begreifen Sie, wie man das macht? Im Keller schlachtet man die eingeschläferten Gäste ab, weidet sie aus, zerhackt sie und schafft das Fleisch während der Nacht in den Fleischerladen. Robert Klega jedoch gelang es, sich vor dem Verhängnis auf eine nahezu übernatürliche Weise zu retten...‹ Das war der letzte Satz des Heftes. Seitdem abonnierte der Tagelöhner Holan den *Menschenhändler von Amsterdam*. Die achtzig Heller wöchentlich bereiteten ihm, da er dreizehn Kinder hatte, große Schwierigkeiten. Er verfiel darauf, seine jüngsten Kinder sonnabends immer abwechselnd betteln zu schicken, und für den Ertrag bezog er weiter den *Menschenhändler von Amsterdam* und ergötzte sich an der eingehenden Schilderung der Morde, die so sinnreich erdacht waren, daß jedes Heft stets mit dem Anfang eines Mordes endete, doch schlug man das Opfer erst auf den ersten Seiten des nächsten Heftes tot, und am Ende dieses Heftes wurde dann der Anführer der Bande gefangen, der sich allerdings im vorletzten Satz schon wieder am Blitzableiter aus dem Gefängnis hinunterließ und über die Mauer sprang; von der Kugel des Aufsehers getroffen, sank er nieder, um sich am Anfang eines neuen Heftes zur Flucht aufzuraffen und auf einem Schiff im Sturm, wo der Wind ihm die Ruder aus der Hand riß, einer Schmugglerbande zu begegnen und im letzten Satz im Häuptling seine ehemalige, vom Grafen de Galois verführte Geliebte wiederzuerkennen. Und so ging es weiter.

Die Geschichte von der Schenke *Zum blutigen Bischof* zog sich über ein halbes Jahr hin, wobei das Militär und die Gendarmerie dem Schatten des ›blutigen Bischofs‹ vergebens nachspürten.

Vier Jahre vergingen mit der eifrigen Lektüre des *Menschenhändlers von Amsterdam*. Der Tagelöhner Holan weinte nächtelang über das Schicksal der geflohenen Prinzessin de Galois, der Stiefschwester des Schmugglerhäuptlings, der verkleideten verführten Geliebten des Bandenführers, dessen Schwarze Grotte soeben das Militär umzingelt hatte und der durch einen Wasserfall vor der Gefahr davonschwamm.

Als Holan das letzte, zweihundertundachte Heft zu Ende gelesen und für den *Menschenhändler von Amsterdam* im ganzen einhundertsechsundsechzig Kronen und vierzig Heller ausgegeben hatte, weinte er eine ganze Nacht hindurch, und als er sich das traurige Ende des Anführers der Bande ins Gedächtnis rief, der im letzten Heft aufgehängt worden war, brach Holan vor Gram das Herz. Er hinterließ eine vollkommen mittellose Witwe mit dreizehn Kindern. Die Witwe verkaufte nach dem Begräbnis sämtliche zweihundertundacht Hefte der Lebensmittelhändlerin von gegenüber, der Frau Vozàbovà, für eine Krone vierzig Heller, das heißt achtzehn Kilogramm Papier für Würstchen und andere Waren zu acht Heller das Kilo.

Frau Vozàbovà war eine brave Frau, die zwei Sorten von Kunden hatte: Die einen bezahlten bar, und die anderen ließen anschreiben. Zu allen war sie höflich, doch nur die Damen, die bar bezahlten, begrüßte sie mit ›Gnädige Frau‹ und ›Küss' die Hand‹, während sie die andere Klasse einfach nur mit einem ›Was wünscht die Frau‹ und ›Ich habe die Ehre!‹ bedachte. Andere Unterschiede machte sie nicht.

Da diese biedere Frau von der Witwe Holanovà zweihundertundacht Hefte des *Menschenhändlers von Amsterdam* gekauft hatte, ließ sie sich das Papier in die Wohnung bringen, und als sie den Laden schloß, nahm sie sich vor, die Hefte für Tüten zurechtzuschneiden.

Sie griff also zum ersten Heft und wollte ihr Werk beginnen, als ihr Blick plötzlich auf die fettgedruckten Worte fiel: ›Ha, Sie verkaufen Fleisch von geschlachteten Menschen!‹ Sie zuckte mit den Achseln, legte das Messer beiseite und ließ sich über diese etwas ungewöhnliche Art des Fleischverkaufes informieren. Von dem Augenblick an wurde sie ernst. Am nächsten Tag las sie das zweite Heft, das dritte und vierte, durchschnittlich drei Hefte täglich, und so vergingen neunzig Tage, bis sie die sämtlichen zweihundertundacht Hefte bewältigt hatte. Von Heft hundertundacht an begann sie ihr Äußeres zu vernachlässigen und zog sich nicht mehr um.

Am neunzigsten Tag erhielten dann ihre besten Kundinnen, die für Bargeld kauften, eine Karte folgenden Inhalts: ›Gnädige Frau wollen bitte heute abend in meine Wohnung kommen, ich habe für die gnädige Frau eine große Neuigkeit!‹

Als sie kamen, schlug sie eine nach der anderen mit der Axt tot. Die Nachricht davon durchflog die Stadt in Windeseile, und ich war gezwungen, eine neue Auflage des *Menschenhändlers von Amsterdam* drucken zu lassen.

Unter Bibliophilen

Das Allerschlimmste, was jemandem zustoßen kann, ist, in die Hände einer Literaturfreundin zu fallen, die in ihrem Salon Bibliophile versammelt und Literaturabende veranstaltet, bei denen Tee gereicht wird und wo auf jeden Literaturfreund zwei Stückchen Kuchen entfallen.

Es ist wahr, daß ich diese Literaturabende bei Frau Herzan nicht besuchen mußte, aber ich wollte der Einladung meines Freundes Folge leisten, dem ich weisgemacht hatte, zu Hause eine originelle, in Menschenhaut gebundene, persische Ausgabe der Gedichte von Hafis zu haben. Mein Freund verbreitete das unter Bibliophilen und Literaturfreunden. Das genügte, daß ihre Mäzenin, Frau Herzan, den Wunsch äußerte, mich kennenzulernen.

Im Salon blickten mich zwölf aufrichtige Gesichter an, aus denen die gesamte Weltliteratur auf mich sah. Mein Kommen wurde lebhaft begrüßt, und ein Besucher mit den in Menschenhaut gebundenen Gedichten von Hafis hatte wohl Anspruch auf vier Stückchen Kuchen.

Ich nahm mir also aus der Schüssel vier Stückchen Kuchen, und für das Fräulein mit Brille neben mir blieb nicht ein einziges übrig. Das betrübte sie so, daß sie über Goethes *Wahlverwandtschaften* zu sprechen begann. Neben mir saß irgendein Literaturhistoriker und wandte sich an mich mit der Frage: »Belieben Sie den ganzen Goethe zu kennen?«

»Vom Scheitel bis zur Sohle«, erwiderte ich ernst, »er trägt gelbe Schnürschuhe und auf dem Kopf einen braunen Filzhut, ist Akzisenaufseher und wohnt in der Karmelitergasse.«

Die Bibliophilen blickten mich traurig und vorwurfsvoll an. Um die allgemeine Verlegenheit zu maskieren, fragte mich die Gastgeberin: »Haben Sie großes Interesse für Literatur?«

»Gnädige Frau«, erwiderte ich, »es gab Zeiten, da ich viel las. Ich habe *Die drei Musketiere, Die Maske der Liebe*, den *Hund von Baskerville* und andere Romane gelesen. Bei den Nachbarn hob man für mich die Romanbeilage der *Politika* auf, und jedesmal am Wochenende hab ich dann alle sechs Fortsetzungen auf einmal gelesen. Das Lesen hat mich immer sehr interessiert, und so konnte ich es zum Beispiel gar nicht erwarten, ob die Gräfin Leona den Zwerg Richard heiratet, der ihretwegen den eigenen Vater ermordete, der wiederum ihren Verlobten aus Eifersucht erschossen hatte. Ja, ein Buch kann wirklich Wunder wirken. Als es mir sehr schlecht ging, las ich den *Jüngling von Messina*. Mit neunzehn Jahren wurde jener junge Mann Räuber. Er hieß Lorenzo. Ja, damals las ich noch. Heute aber lese ich nicht viel. Es interessiert mich nicht mehr.«

Die Literaturfreunde wurden blaß. Ein baumlanger Mensch mit durchdringendem Blick fragte mich kurz und streng wie ein Untersuchungsrichter: »Interessieren Sie sich für Zola?«

»Ich weiß über ihn sehr wenig«, erwiderte ich, »ich hörte über ihn nur, daß er während des Deutsch-Französischen Kriegs bei der Belagerung von Paris gefallen ist.«

»Kennen Sie Maupassant?« fragte mich jener Mann recht wütend.

»Ich hab von ihm *Die sibirischen Erzählungen* gelesen.«

»Da irren Sie sich«, rief das Fräulein mit der Brille neben mir aufgebracht aus. »*Die sibirischen Erzählungen* sind von Korolenko und Sieroszewski. Maupassant ist doch Franzose.«

»Ich dachte, er ist Holländer«, sagte ich ruhig. »Ist er aber Franzose, so hat er vielleicht die *Sibirischen Erzählungen* ins Französische übersetzt.«

»Aber Tolstoi kennen Sie?« fragte die Gastgeberin.

»Ich habe sein Begräbnis im Kino gesehen. Aber ein Chemiker wie Tolstoi, der das Radium entdeckte, hat ein würdigeres Begräbnis verdient.«

Für einen Augenblick verstummten alle. Der Literaturhistoriker mir gegenüber blickte mich mit blutunterlaufenen Augen an und fragte ironisch: »Aber die tschechische Literatur kennen Sie doch bestimmt durch und durch?«

»Ich habe zu Hause das *Dschungelbuch*, das wird Ihnen vielleicht genügen«, sagte ich mit Nachdruck.

»Aber das ist doch ein Engländer, dieser Kipling«, sagte ein wortkarger Herr, der sein Gesicht in beiden Händen verbarg, als würde er weinen.

»Von Kipling habe ich nicht gesprochen«, rief ich beleidigt aus, »ich sprach doch über das Dschungelbuch von Tuček.«

Ich vernahm, wie sich zwei Herren so, daß ich es hören konnte, zuflüsterten, ich sei ein Rindvieh.

Ein blasser junger Mann mit langem Haar faltete die Hände und brachte mit zarter Stimme vor: »Sie erfassen nicht die Schönheiten der Literatur, gewiß verstehen Sie auch nicht den Stil, den brillanten Satzbau zu würdigen, nicht einmal Gedichte begeistern Sie. Kennen Sie von Liliencron jene Stelle, wo Sie in den Wolken die Schönheit der Natur erfühlen, erahnen: Wolkenschäfchen ziehen, fliegen, blaue Wölkchen fliegen und fliegen, über Berg und Tal, über Wälder grüne Streifen?«

Er erhob die Stimme, stützte sich auf die Schulter eines Literaturfreundes, der neben ihm saß, und fuhr fort: »Und *Das Feuer* von d'Annunzio? Wenn Sie die wunderschöne treffende Schilderung venezianischer Feste gelesen hätten, und dabei diese Liebesgeschichte ...«

Er betrachtete den Auerstrumpf, fuhr sich mit der Hand über die Stirn und wartete, was ich dazu sagen würde.

»Ich habe Sie nicht genau verstanden, warum hat denn der d'Annunzio bei diesen Festen Feuer gelegt? Wieviel Jahre hat er dafür gefaßt?«

»D'Annunzio ist der berühmteste italienische Dichter«, erklärte mir das Fräulein mit der Brille unermüdlich.

»Das ist merkwürdig«, bemerkte ich unschuldig.

»Was ist daran Merkwürdiges«, brüllte im wahrsten Sinn des Wortes ein Herr, der bisher den Mund nicht aufgemacht hatte, »kennen Sie überhaupt irgendeinen italienischen Dichter?«

Ich erwiderte würdevoll: »Gewiß. Robinson Crusoe.« Bei diesen Worten blickte ich um mich.

Zwölf Literaturfreunde und Bibliophile wurden in diesem Augenblick grau, und zwölf vorzeitig ergraute Literaturfreunde und Bibliophile warfen mich durch das Parterrefenster auf die Straße hinaus.

Das Bild
Kaiser Franz Josephs

In Jungbunzlau lebte ein Papierhändler names Petischka. Er ehrte die Gesetze und wohnte seit undenkbaren Zeiten gegenüber der Kaserne. Am Geburtstag des Kaisers und bei anderen k. k. Gelegenheiten hing er auf sein Häuschen eine schwarzgelbe Fahne und lieferte ins Offizierskasino schwarzgelbe Lampions. Er verkaufte die Bilder Franz Josephs in die jüdischen Schnapsbutiken im Jungbunzlauer Kreis und an die Gendarmeriestationen. Er hätte die Bilder des Monarchen auch an die Schulen des Schulbezirkes verkauft; aber seine Bilder hatten nicht die vom Landesschulrat genehmigte Größe. Einmal hatte ihm der k. k. Landesschulinspektor auf der Hauptmannschaft gesagt: »Es tut mir sehr leid, Herr Petischka, aber Sie wollen uns Seine Majestät den Kaiser breiter und länger liefern als er durch das Dekret des hohen Schulrats vom 20. Oktober 1891 vorgeschrieben ist. Der durch das Dekret bestimmte Kaiser ist etwas kürzer. Seine Majestät der Kaiser ist nur in einer Länge von 48 cm und einer Breite von 36 cm zulässig. Sie wenden ein, daß Sie an zweitausend Bilder unseres Monarchen besitzen. Glauben Sie nicht, daß Sie uns jeden beliebigen Schund anhängen werden. Ihr ganzer Kaiser ist Ware allerletzten Ranges und von schändlicher Ausstattung. Er sieht aus, wie wenn er sich nie den Bart kämmen würde. Auf die

Nase hat man ihm schrecklich viel rote Farbe aufgekleckst, und überdies schielt er auch.«

Als Herr Petischka nach Hause kam, sagte er ganz entrüstet zu seiner Frau: »Also mit dem greisen Monarchen sind wir hineingefallen.« Und das war noch vor dem Krieg. Kurz und gut, zweitausend Kaiserbilder blieben Herrn Petischka auf dem Hals. Als der Krieg ausbrach, hatte Herr Petischka davon eine ungeheure Freude, denn er hegte die große Hoffnung, daß er seine Ware jetzt doch loswerden würde. Er hängte die Bilder des hilflosen Greises in seinem Geschäft auf und versah sie mit der Aufschrift: ›*Gelegenheitskauf. Kaiser Franz Joseph I. für fünfzehn Kronen*‹. *Er* verkaufte sechs Stück. Fünf Bilder in die Kasernen, wo diese lithographierten Plakate des letzten Habsburgers die Reservisten in den Kantinen der Kasernen begeistern sollten, und eins kaufte der alte Trafikant Schimr. Dieser österreichische Patriot handelte das Bild auf zwölf Kronen herunter und sagte noch, daß dies eine Dieberei sei. Der Krieg dauerte fort, aber Seine Majestät der Kaiser hatte keinen Absatz, obwohl Herr Petischka sogar bei der Zeitungsreklame Hilfe suchte. Er bestellte Inserate und inserierte Seine Majestät den Kaiser in zwei Prager Tagesblättern: ›*In diesen schweren Zeiten darf in keinem tschechischen Haushalt das Bild des schwergeprüften Monarchen für fünfzehn Kronen fehlen*‹. Statt Bestellungen erhielt Herr Petischka eine Vorladung, er möge sich bei der Bezirkshauptmannschaft einfinden, wo man ihm sagte, daß er nächstens in seinen Inseraten die Worte: ›Schwere Zeiten‹ und ›schwergeprüft‹ vermeiden möge. Statt dessen möge er die Worte: ›Glorreiche Zeiten‹ und ›siegreich‹ benützen, sonst werde er damit Scherereien haben. Deshalb veröffentlichte er folgendes Inserat: ›*In diesen glorreichen Zeiten darf in keinem tschechischen Haushalt das Bild unseres siegreichen Monarchen um fünfzehn Kronen fehlen*‹. Aber es war vergeblich.

Er erhielt nur einige gemeine Zuschriften, in denen ihm unbekannte Absender ganz aufrichtig rieten, den Kaiser an Orten aufzuhängen, die der Kaiser zu Fuß aufsucht; außerdem lud man ihn abermals zur Bezirkshauptmannschaft vor, wo ihn der amtierende Kommissär aufforderte, die Berichte aus dem k.k. Korrespondenzbüro zu verfolgen und sich in der Stilisierung seiner Inserate nach ihnen zu richten.

»Die Russen sind in Ungarn, sie haben Lemberg besetzt, sie stehen vor Przemysl, und das nennt man nicht glorreiche Zeiten, Herr Petischka. Das sieht aus wie ein Jux, wie eine Verhöhnung, wie Ironie. Wegen solcher Inserate könnten Sie vors Divisionsgericht kommen.«

Herr Petischka versprach, daß er nun aufpassen würde, und verfaßte folgendes Inserat: ›*Fünfzehn Kronen opfert jeder Tscheche gern, damit er in seinem Heim unseren greisen Monarchen aufhängen kann*‹. In den Zeitschriften des Ortes wies man sein Inserat zurück. »Menschenskind«, sagte ihm ein Administrator, »am Ende wollen Sie nicht, daß man uns alle erschießt!«

Herr Petischka kehrte aufgeregt nach Hause zurück. Hinten im Laden wälzten sich Pakete mit dem Vorrat an Kaiserbildern. Herr Petischka stieß mit dem Fuß in sie hinein, erschrak dann aber sehr über das, war er angestellt hatte. Er blickte ängstlich umher und beruhigte sich erst, als er sicherstellte, daß ihn niemand gesehen hatte. Melancholisch begann er die Pakete abzustauben und bemerkte, daß einige feucht und mit Schimmel bedeckt waren. Hinten saß ein schwarzer Kater. Es bestand kein Zweifel darüber, wer an dem feuchten Zustand der Pakete Schuld trug. Um den Verdacht von sich abzuwenden, begann der Kater zu spinnen. Herr Petischka warf auf den Hochverräter einen Besen, und der Kater verstummte. Der Papierhändler stürzte verärgert in die Wohnung und wandte sich an seine Frau: »Dieses Luder muß aus dem Haus. Wer wird einen Kaiser kaufen, den ein Kater verschweint hat? Seine Majestät der Kaiser ist schimmlig. Man wird ihn trockenlegen müssen. Da soll der Donner dreinfahren!«

Das Nachmittagsschläfchen Herrn Petischkas, während dessen seine Frau im Laden war, verlief diesmal sehr unruhig. Ihm träumte, daß Gendarmen den schwarzen Kater holten und ihn samt seinem Eigentümer zum Kriegsgericht führten. Dann träumte ihm, daß man den Kater und ihn zum Tode durch den Strang verurteilte und der Kater zuerst gehängt werden sollte. Und er, Petischka, sprach vor Gericht gräßlich lästernde Worte. Er schrie fürchterlich auf und erblickte neben sich seine Frau, die sich vorwurfsvoll an ihn wandte: »Um Gottes willen, was sprichst du da, wenn dich jemand hören würde.«

Und sie erzählte aufgeregt, daß sie inzwischen versucht habe, Seine Majestät den Kaiser im Garten zu trocknen, daß aber Gassenbuben die Bilder mit Steinen beworfen hätten, so daß sie aussähen wie Siebe.

Festgestellt wurden auch andere Verluste. Auf ein Bild des Kaisers, das auf dem Rasen trocknete, hatten sich die Hennen gesetzt; sie hatten dort ihren Mageninhalt verdaut und dem Kaiser dank ihrer Organe den Bart gründlich angemalt. Zwei Bilder hatte der Hund vom Fleischer Holetschek, ein junger, unerfahrener Bernhardiner, aufzufressen versucht, der von Paragraph dreiundsechzig des Strafgesetzes keine Ahnung hatte. Aber der junge Hund hatte es im Blut. Seine Mutter hatte vor einem Jahr der Schinder hingerichtet, weil sie auf dem Exerzierplatz die Fahne des sechsunddreißigsten Regiments aufgefressen hatte.

Herr Petischka war unglücklich. Am Abend redete er in der Weinstube etwas von einem Gelegenheitskauf und von den Schwierigkeiten, die er mit Seiner Majestät dem Kaiser habe, und der Sinn der ganzen Rede war, daß die Wiener Regierung die Tschechen deshalb mißtrauisch betrachte, weil sie nicht bei der Firma Franz Petischka in Jungbunzlau Kaiserbilder zu fünfzehn Kronen kauften.

»Geben Sie sie billiger«, sagte ihm der Weinstubenbesitzer beim Abschied, »es sind jetzt schlechte Zeiten. Der Horejsek verkauft eine Dampfdreschmaschine um dreihundert Kronen billiger als voriges Jahr, und so ist es auch mit dem Kaiser.«

Deshalb verfaßte Herr Petischka folgende Reklame und brachte sie im Schaufenster seines Geschäftes unter: ›*Mit Rücksicht auf die wirtschaftliche Krise verkaufe ich einen großen Posten schöner Kaiserbilder statt zu fünfzehn Kronen nur zu zehn Kronen.*‹

Und wieder herrschte Stille in seinem Laden. Wie es mit dem Kaiser ausschaue, fragte der befreundete Weinstubenbesitzer. »Traurig«, antwortete Herr Petischka, »es ist keine Nachfrage nach Seiner Majestät dem Kaiser.«

»Wissen Sie«, sagte ihm vertraulich der Weinstubenbesitzer, »trachten Sie ihn um jeden Preis loszuwerden, bevor's zu spät sein wird.«

»Ich werde noch warten«, antwortete Herr Petischka.

Und auf den Bildern Seiner Majestät des Kaisers saß weiterhin der schwarze Kater. Nach einundeinemhalben Jahr hatten selbst die untersten Pakete mit dem Kaiser Schimmel angesetzt. Österreich zerfiel, und die ganze Situation sah hoffnungslos aus.

Da ergriff Herr Petischka einen Bleistift und berechnete schweren Herzens, daß er auf diese Weise nicht reich werden könne, daß er aber, wenn es ihm gelingen sollte, Seine Majestät zu zwei Kronen zu verkaufen, doch noch eine Krone pro Stück verdienen würde.

Und er machte eine wirksame Reklame. Er hängte ein Bild in den Auslagekasten und schrieb darunter:

DIESER GREISE MONARCH
IST JETZT STATT FÜR FÜNFZEHN KRONEN
FÜR ZWEI KRONEN ZU VERKAUFEN

Ganz Jungbunzlau kam noch am nämlichen Tag vor den Laden Herrn Petischkas, um zu sehen, wie die Aktien der Habsburger Dynastie so plötzlich gefallen waren.

Und in der Nacht holten Herrn Petischka die Gendarmen, und dann ging es sehr schnell. Man schloß den Laden, sperrte Herrn Petischka ein und stellte ihn wegen des Vergehens gegen die öffentliche Ruhe und Ordnung vors Kriegsgericht. Der Veteranenverein schloß ihn bei einer außerordentlichen Generalversammlung aus.

Herr Petischka bekam dreizehn Monate schweren Kerkers. Er sollte fünf Jahre bekommen, aber er konnte als mildernden Umstand anführen, daß er einst bei Custozza für Österreich gekämpft hatte. Und die Pakete mit den Bildern Seiner Majestät des Kaisers werden inzwischen beim Militärgericht in Theresienstadt aufbewahrt und harren der Stunde der Befreiung, in der nach der Liquidation Österreichs irgendein unternehmender Geschäftsmann Käse in sie wickeln wird.

Der Horschitzer Bezirkshauptmann

Ich weiß nicht, ob ich jenen Herrn damit nicht beleidigen werde. Doch was tun? Wenn ich schreiben würde: Koliner, Kuttenberger oder Budweiser Bezirkshauptmann, würden sich auch diese beleidigt fühlen! Die Bezirkshauptleute in Böhmen glichen einander mit kleinen Abweichungen so wie Roßäpfel. Der eine hat ein größeres Bäuchlein, der andere ein kleineres. Schneiden wir also heute dem Herrn Bezirkshauptmann aus Horschitz den Kopf ab.

Der Horschitzer Bezirkshauptmann ließ sich den Schriftleiter des Lokalblattes kommen. Am Abend vorher sagte er so nebenhin seinem Konzeptbeamten: »Apropos, morgen vormittag um zehn Uhr möchte ich gern den Schriftleiter unserer Lokalzeitung bei mir sehen.«

In der Nacht zogen also Gendarmen den Redakteur aus dem warmen Bette und brachten ihn auf die Gendarmeriestation. Um zehn Uhr lieferten sie ihn auf der Bezirkshauptmannschaft ein. Die Hosen fielen an ihm herab, da man ihm die Hosenträger abgenommen hatte, um zu verhindern, daß er sich aufhänge. Er hatte auch keinen Kragen, da man ihm in der Nacht nicht mehr erlaubt hatte, sich einen anzuziehen. Der Redakteur war außer sich und machte den Eindruck eines vom Galgen heruntergerissenen Menschen.

Der Bezirkshauptmann stand vor ihm wie die verkörperte Gewalt, stand vor ihm in aller Größe seiner Majestät und blickte mit großartiger Strenge herab auf diesen Erdenwurm von einem Redakteur.

›Mein Gott‹, dachte der Redakteur, als er auf den ungeheuren Bauch des Bezirkshauptmanns blickte, der die Uniform mit den glänzenden Knöpfen zu sprengen drohte, ›wenn er auf mich losstürzt und mich mit dem Bauch an die Wand drückt, zerquetscht er mich wie Quark.‹

Der Bezirkshauptmann schaute streng auf den Redakteur, der fühlte, daß dieser Blick bedeuten sollte: ›Ich habe dich in meiner Macht, Wurm, ich werde dir auf den Hals treten, denn ich kann alles.‹

Es war ein Kampf zweier Welten. Der Kampf eines Elefanten mit einer Wanze. Das war das rechte Wort, das der Herr Bezirkshauptmann suchte. In der Grabesstille ließ sich seine Stimme vernehmen: »Sie sind eine Wanze, Herr Redakteur. Was haben Sie da letzthin in Ihrer Rubrik ›Ratschläge und Winke für Landwirte und Hausfrauen‹ geschrieben? Das Verzeichnis von vortrefflichen Abarten von Obstbäumen ist Ihnen aber gelungen. Von Apfelbäumen empfehlen Sie die goldene Winterparme und schreiben, daß sie in Frankreich Reine de Reinettes heißt. Dann propagieren Sie den Apfel Belle de Boscop, den Borsdorfer Apfel, dann Fondante de Bois, die amerikanische Idahobirne und die englische Birne Wilder early. Das ist Hochverrat. Warum empfehlen Sie die französische Riesenpflaume? Wir kennen unsere Pappenheimer, Herr Redakteur. Sie empfehlen die große grüne Reineclaude Washington, die aus Amerika stammt. Es ist charakteristisch, wie Sie die heimischen

Abarten übergehen. Warum schreiben Sie nicht, daß der Tiroler Apfel ein guter Apfel ist? Weil Sie denken, die Tiroler können Ihnen auf den Buckel steigen. Weil das ein Volk ist, das bereit ist, für unsern geliebten Kaiser das Leben zu opfern. Warum empfehlen Sie nicht den Kasseler Königsapfel? Weil Sie wissen, daß Kassel eine Stadt in Deutschland ist, und weil Sie wünschen, unsere deutschen Verbündeten sollen den Krieg verlieren. Warum ignorieren Sie sogar den Gravensteiner Apfel? Weil die Gravensteiner Husaren den Leibspruch haben: ›Für Gott, Kaiser und Vaterland!‹ Selbstverständlich geht Ihnen die Graf-Althan-Pflaume nicht unter die Nase, weil Graf Althan ein österreichischer General war und Sie sich denken, wenn nur Gott gäbe, daß alle österreichischen Generäle zum Teufel gingen. Daher betone ich nochmals: Sie empfehlen die französische Riesenpflaume, französische Äpfel, Birnen, englische Birnen, amerikanische Zwetschgen, damit die Leute ununterbrochen daran denken, wann endlich Frankreich, Amerika und England Deutschland und Österreich schlagen werden. Lesen Sie nur aufmerksam Ihren Artikel durch: *Für welchen Boden eignen sich am besten die einzelnen Gerstengattungen?* Dort schreiben Sie, daß sich für die böhmische Erde am besten französische Chevaliergerste eigne. Also Tschechen und Franzosen. Das verstehen wir sehr gut und lesen es alle aus Ihrem Artikel heraus. In Ihrem Aufsatz: *Winke für Blumenliebhaber* empfehlen Sie rote, blaue und weiße Pelargonien, also die verbotene altslawische Trikolore, und in dem Artikel: *Ein ausgezeichnetes Dungmittel für Kartoffeln ist Chilesalpeter* wollen Sie einfach Österreich um den wichtigsten Bestandteil des Schießpulvers bringen. ›Auf schweren Boden kann man Chilesalpeter direkt bei der Kartoffelaussaat in die Furchen schütten.‹ Wir werden Ihnen dieses Säen austreiben! Wir werden schon mit Ihnen fertig werden! Und erst der Satz: ›Erfrorenes Obst muß rasch verbraucht werden, denn es verfällt leicht der Fäulnis und dem Verschimmeln.‹ Wir verstehen gut, wen Sie mit diesem erfrorenen Obst meinen. Sie untergraben die Autorität. Welche Wirkung Ihre Artikel haben, das bezeugt die Zuschrift des Gendarmeriewachtmeisters aus Wodanetz: ›Ich erlaube mir die löbliche k. k. Bezirkshauptmannschaft auf den Artikel der Horschitzer Zeitung *Die Verwendung des Alaun* aufmerksam zu machen. Dort heißt es: ›Manchmal setzen sich an den Johannis- und Stachelbeeren eine große Zahl kleiner Raupen an, die in wenigen Tagen alle Blätter und Früchte auffressen.‹ In den heutigen schweren Zeiten ist ein solcher Satz imstande, in unserer Obstbau treibenden Gegend eine Panik hervorzurufen, und ich glaube auch, daß damit politische Ziele verfolgt werden. In derselben Nummer befindet sich auch eine Anmerkung über die Reinigung gelber Wäsche und gleich dahinter: *Etwas von der Herstellung schwarzer Tinte.* Diese beiden Farben fallen jedem sofort in die Augen, was geeignet ist, die schwarz-gelbe Fahne unserer Monarchie in einem lächerlichen Licht erscheinen zu lassen. Die Zeitung läßt überhaupt jegliche patriotische und loyale Gesinnung vermissen. In dem Artikel *Nasses Schuhwerk* steht der Satz: ›Sobald man die nassen Schuhe auszieht, ist es am besten, sie mit trockenem Hafer anzufüllen.‹ Ich gestatte mir darauf aufmerksam zu machen, daß dies eine direkte Aufforderung zur Umgehung der Haferrequisition darstellt.‹ So stehen die Dinge, lieber Freund, Sie sehen selbst, wohin das führt.«

Der Bezirkshauptmann verstummte und blickte auf den nichtswürdigen Redakteur. Es war ein bewegender Augenblick, wie wenn ein Elefant sich anschickt, im nächsten Moment ein armseliges Lebewesen zu zertreten.

Doch der Elefant wich zur Seite. Der Bezirkshauptmann öffnete die Schublade des Schreibtisches, überreichte dem elenden Redakteur ein Bündel Papiere und verkündete ihm feierlich: »Patriotische Empfindungen und Loyalität müssen sich wie ein roter Faden durch alle Ihre Artikel ziehen. Ich habe hier einige Ratschläge und Winke für Landwirte und Hausfrauen in patriotischem Geist zusammengestellt. Sie müssen in der nächsten Nummer erscheinen. Sie sind entlassen.«

Als der vernichtete Redakteur daheim den bedeutungsvollen Beitrag durchblätterte, las er:

Ein billiger Wetterprophet. Wir hängen an die Wand eine Ansichtskarte mit dem Bild unseres geliebten Monarchen. Wir schlagen dem Monarchen einen Nagel durch die Stirn, befestigen an dem Nagel einen kurzen Faden und an dessen Ende einen schwarzgelb gefärbten leichten Bausch aus den Federn eines Huhns oder einer Gans. Darauf ziehen wir mit einem Bleistift einen Strich auf der Ansichtskarte, bis zu jenem Punkt, wohin der Federbusch reicht. Beginnt das Wetter sich aufzuheitern, steigt der Federbusch bis zur Nase seiner Majestät. Neigt das Wetter zu Regen, sinkt der Federbusch.

Billiges Pfropfwachs bereiten wir aus fünfzig Gramm Fichtenharz und zweihundertfünfzig Gramm ausgelassenem Rindsfett. Beides wird aufgelöst, worauf man sechsundzwanzig Gramm festes Terpentin dazu mischt und das Ganze so lange rührt, bis man zweimal hintereinander die österreichische Volkshymne gesungen hat.

Um das Sauerwerden der Milch im Sommer zu verhindern, lege man ein Blatt wilden Krens hinein und rufe ein dreifaches Hoch unserem geliebten Monarchen.

Als der Redakteur das gelesen hatte, nahm er einen gelben Strick und erhängte sich im schwarzen Schornstein.

Die Korruptionsaffäre des Magistratspraktikanten Bachura

Der Magistratspraktikant Bachura war ein junger, unerfahrener Mann, der nicht wußte, daß auf dem Magistrat für Menschen seines Schlages tausenderlei Gefahren lauern und daß es eines festen Charakters bedarf, wenn sich ein Praktikant nicht in irgendeine Korruptionsaffäre verwickeln soll. Mit seinen Vorgesetzten oder ohne sie.

Der Magistratspraktikant Bachura wußte nicht, daß die Hydra Mammon nur darauf lauert, die zarten Seelen der Magistratsbeamten zu verschlingen, wie sie bereits die grauen Haare vieler Stadtverordneten verschlungen hat.

Keine der großen Korruptionsaffären auf dem Rathaus, die die öffentliche Meinung in Erregung versetzten, läßt sich auch nur im entferntesten mit der Affäre des Praktikanten Bachura vergleichen.

Der korrumpierte Bachura treibt sich heute als Judas irgendwo in der Welt herum, denn er hat die reine Fahne des Rathauses in den Sumpf und Schmutz gezerrt, ja sogar befleckt.

Um in diese ganze Geschichte einzudringen, müssen wir bei dieser abscheulichen Affäre mit der Prager Kleinseite beginnen.

Auf der Kleinseite, in dem Wirrsal altertümlicher Gäßchen, befindet sich das Gasthaus des Herrn Schediwi.

Herr Schediwi war einer jener alten, gutmütigen Menschen, die den Gesundheitsvorschriften des Magistrates keine Beachtung schenkten und die Ventilationsröhren vielleicht ganze Jahrzehnte lang ins Pissoir münden ließen.

Die Gäste beschwerten sich niemals, denn das Bier war gut, und im Pissoir war es ununterbrochen finster.

Dieses in der Korruptionsaffäre des Praktikanten Bachura eine Rolle spielende Pissoir besaß kein Fenster, das in den Lichthof geführt hätte, besaß keine Öffnung, die wenigstens ein wenig vom Lichte Gottes in das Innere des traurigen, feuchten Raumes eingelassen hätte, um den dunklen Ort lichter und heiterer zu machen.

Diejenigen aber, die herkamen, um Bier zu trinken, waren ganz zufrieden. Die konservative Kleinseite in ihrer steinernen Erstarrtheit protestierte nicht dagegen.

Aber es kam eine Zeit, in der das Tempo des modernen Lebens schließlich auch das Pissoir des Herrn Schediwi erfaßte.

Eine Baukommission stellte zwei fürchterliche Dinge fest: die in das Pissoir mündenden Ventilationsröhren (was sofort der Gesundheitskommission angezeigt wurde) und das unbeleuchtete Pissoir, ohne eine an die Luft führende Öffnung.

Und so geschah es, daß der Magistratspraktikant Bachura als Schriftführer der Baukommission die Bekanntschaft des Herrn Schediwi machte.

Mit einem vernichtenden Blick verfolgte er alle Bewegungen des Gastwirts, der kampflustig und fest behauptete, die ganze glorreiche Kommission sei noch nicht auf der Welt gewesen, als man hier bereits seine Notdurft verrichtet habe, und es sei auch so gegangen. Zur Verrichtung seiner Notdurft brauche man kein Licht, wenn nur eine Abflußrinne vorhanden sei, das genüge vollkommen. Und dann sei doch noch eine Türe da, und das sei eine genügend große Öffnung, um die Luft hereinzulassen.

»Mäßigen Sie sich«, sagte man ihm, »um sich nicht auch noch die Beleidigung einer Amtsperson zuschulden kommen zu lassen. Glauben Sie denn, daß es ein Vergnügen ist, von einem Pissoir zum andern zu gehen?«

Dann wurde ihm angeordnet, die Mauer durchbrechen und im Pissoir ein Fenster anbringen zu lassen; da es sich jedoch um die Veränderung einer dem Gastgewerbe unterliegenden Räumlichkeit handle, müsse er Pläne und ein Gesuch einreichen, um die Änderung vornehmen zu dürfen.

Das geschah am Vormittag; am Nachmittag kam die Gesundheitskommission. Die ordnete an, die Röhren durch die neuzuschaffende Öffnung in den Lichthof zu führen. Schediwi war davon halb verrückt. Die Mauer muß durchbrochen werden, das hatte man ihm angeordnet. Und den Plan muß er vorlegen und um die Bewilligung einreichen, die Mauer durchbrechen und die Ventilationsröhren aus Gesundheitsrücksichten in den Lichthof führen zu dürfen.

Er schlief die ganze Nacht nicht, und am Morgen ging er zu einem Maurermeister, um sich von ihm einen Plan für das Fenster entwerfen zu lassen. Hierauf ließ er durch Vermittlung eines gewerbsmäßigen Verfassers von Gesuchen ein Gesuch überreichen, auf Grund dessen die das Pissoir betreffenden Pläne in kürzester Frist vom hohen Magistrat genehmigt und die Durchbrechung der Mauer zwecks Anbringung eines Fensters gestattet werden sollte, wofür er sich durch sittliches Betragen im Alter erkenntlich zeigen wolle.

Es verflossen drei Wochen, und die Erledigung des Gesuches kam nicht.

Gastwirt Schediwi begab sich also zum Magistrat, um die Angelegenheit zu beschleunigen.

Im Baureferat traf er nur den Praktikanten Bachura an, denn die andern befanden sich bereits seit neun Uhr im gegenüberliegenden Wirtshaus beim Frühstück. Jetzt war es gerade zwölf Uhr.

»Was wünschen Sie?« fragte Praktikant Bachura würdevoll.

»Ich komme wegen meines Pissoirs, junger Herr, wegen Schediwis Pissoir auf der Kleinseite. Sie erinnern sich doch.«

»Ja, ich erinnere mich«, sagte Bachura feierlich, »ich glaube mich zu erinnern, und was wollen Sie eigentlich?«

»Wissen Sie, ich warte schon drei Wochen, und es würde nicht schaden, die Sache zu beschleunigen. Meine Gäste freuen sich schon wie die kleinen Kinder auf das Fenster, bei uns geschieht nämlich nie etwas, und das Fenster ist ein Ereignis.«

Bachura entsann sich, daß das Gesuch bereits längst erledigt sei und in der Schublade liege. Es mußte nur noch abgeschickt werden. Aber der Chef hatte ihm gesagt: »Schikken Sie es noch nicht ab. Soll so ein Gastwirt warten. Die Stadtvertretung muß diese Leute fest am Zügel halten.«

Bachura schwieg eine Zeitlang und dann sagte er ernst: »Nun, wir werden sehen, was sich tun läßt.«

Etwa eine Woche nach diesem Besuch ging Bachura über den Franzensquai. Er hatte dort nämlich ein Stelldichein mit einem Fräulein, das sehr froh war, einen Herrn vom Magistrat zu kennen.

Es war ein schöner Nachmittag, warm und heiter. Bachura blieb bei dem Sodawasserkiosk stehen, ließ sich ein Glas Himbeer- und ein Glas Zitronenlimonade einschenken und schritt, seines Mädchens, dem er bald begegnen mußte, sehnsüchtig gedenkend, weiter.

Am Horizont der Hradschin, der in Grün gehüllte Laurenziberg, blühende Kastanien auf der Schützeninsel. Aber mitten in all der Schönheit befielen ihn Bauchschmerzen. Bachura hatte, bevor er fortgegangen war, ein Glas Joghurt, die Nationalspeise der geschlagenen Bulgaren, getrunken, die Himbeer- und Zitronenlimonade vollendete den unerbittlichen Prozeß im Labyrinth der Därme des Magistratspraktikanten.

Gegenüber dem Hradschin auf dem Quai befindet sich im Park ein kleines Häuschen. Vom Quai aus kann man die Aufschrift ›Für Herren‹, von dem Kinderspielplatz im Park aus die diskreter angebrachte Aufschrift ›Für Damen‹ lesen.

Wie ein Löwe, wie ein durstiger Araber in der Oase zu einem Quell, wie die Assentierungskommission auf die Rekruten, so stürzte Bachura auf das Häuschen zu.

»Erste oder zweite Klasse?« – »Zweite«, sagte Bachura bescheiden, aber schnell.

Die Alte schaute ihn an und sagte: »Ich kenn Sie von irgendwo, junger Herr«, und riß einen Zettel vom Block. Bachura griff ins Portemonnaie und schrie entsetzt: »Das ist nicht möglich. Ich dachte, daß ich noch einen Sechser habe.«

Die Alte schaute ihn noch einmal an und sagte dann langsam, die entsetzliche Situation Bachuras auf die Spitze treibend: »Wissen Sie, woher ich Sie kenne? Von meinem Bruder Schediwi, Gastwirt auf der Kleinseite. Ich war damals zu Hause, als Sie mit der Kommission wegen des Pissoirs bei uns waren. Nehmen Sie nur die Karte, wir werden keinen Richter brauchen.«

Bachura sprang in das kleine Séparée, und als er sich glücklich und fröhlich entfernte, rief die Alte ihm nach: »Und vergessen Sie nicht, junger Herr, meinem Bruder die Erledigung wegen des Aborts zu schicken.«

Ohne den Chef erst zu fragen, schickte Bachura schon am folgenden Tag das erledigte Gesuch und die kollaudierten Pläne, die bereits seit fünf Wochen genehmigt waren, an Herrn Schediwi und atmete erleichtert auf.

Jeden Morgen vor neun Uhr hielt sich Herr Magistratsrat Stanek in jenem kleinen Häuschen auf dem Franzensquai auf, wo Magistratspraktikant Bachura das fürchterliche Delikt verübt hatte. Der Magistratsrat plauderte mit der Alten, um sich zu informieren, was die Öffentlichkeit von der Stadtverwaltung halte, denn die Alte aus dem öffentlichen Klosett war für ihn die Stimme des Volkes. Das war nun mal sein Steckenpferd.

»Ja, Euer Gnaden, die Korruption erfaßt auch schon die Kleinsten«, erzählte die Alte, »ja, diese Herren vom Rathaus, wenn man ihnen erlaubt, sich umsonst auszu… dann gehen sie einem gleich an die Hand, so wie meinem Bruder…«

Und sie erzählte dem Herrn Rat die ganze abscheuliche Korruptionsaffäre des Magistratspraktikanten Bachura mit allen Einzelheiten.

Heute sitzt auf Bachuras Platz bereits ein anderer Praktikant. Bachura wurde nach Beendigung der Disziplinaruntersuchung, in deren Verlauf ihm in der Angelegenheit des Gastwirts Schediwi Bestechlichkeit nachgewiesen wurde, entlassen.

Er treibt sich heute wie Judas in Europa herum. Zuletzt wurde er in Hamburg gesehen, wie er verdächtig in das schwarze Wasser des Kanals blickte.

Jemand hat eines seiner Selbstgespräche belauscht: »Wenn ich doch wenigstens ein Abonnement für das ganze Jahr bekommen hätte… Aber so… Für einmal. Ja, ja! Kleine Diebe hängt man…«

Mann und Weib in der Ehe

Professor Hendrich, Geometrieprofessor am Gymnasium, stand hinter dem Katheder wie Cäsar, wie Gott, wie das höchste Wesen. Mit dem Ausdruck der höchsten Vollkommenheit auf die Klasse blickend, verkündete er der Schar Gymnasiasten zu seinen Füßen in den Bänken: »Eine Gerade kann eine Kurve schneiden und dann heißt sie Sekante, oder sie kann die Kurve berühren und dann heißt sie Tangente. Eine Gerade, die zwei Punkte verbindet, heißt Sehne.«

Und indem er mit einer energischen Geste auf die Figur wies, die er mit einem großen Zirkel auf die schmierige Schultafel gezeichnet hatte, rief er feierlich: »Die Geraden S, S1 sind, wie Sie sehen, Sekanten, die Geraden T, T1 sind Tangenten, und die Geraden ab, cd sind Sehnen.«

Es war schön, schauerlich schön und erhaben, als er seine Hand langsam von der Tafel in die Tasche gleiten ließ und unverwandt auf die Schulbänke blickte.

Während er mit zwei schnellen Schritten rücklings zur Tafel schritt, erinnerte er an einen bengalischen Tiger, der sich zu einem Sprung auf einen traurigen, zu den Quellen des Ganges pilgernden Inder rüstet.

Und er brachte leise vor: »Chaloupecký, kann die Tangente eines Kreises diese Kurve gleichzeitig schneiden?«

Keine Antwort. Professor Hendrich machte seine Stimme nachdrücklicher und fragte laut: »Chaloupecký, kann dies eine Spiraltangente tun?«

Grabesstille. Professor Hendrich schnellte auf. Er machte einen fabelhaften Sprung von der Tafel zu der ersten Bank und brüllte in die Klasse: »Chaloupecký, wie heißt eine Sehne, die durch den Mittelpunkt des Kreises geht?«

Totenstille. Alle in den vorderen Bänken schauten nach rückwärts, wo in der vorletzten Bank Chaloupecký saß. Eigentlich nicht saß, denn man sah nur den herausgewölbten Rücken, der zwischen den Pulten und den Lehnen der Bänke hervorragte wie ein Berg aus einer Ebene oder der Steiß eines Straußes, wenn dieser Idiot den Kopf in den Sand steckt, um nicht gesehen zu werden.

Majestätisch mit der Hand winkend, rief Professor Hendrich: »Heben Sie ihn auf!« Als die Nachbarn Chaloupecký in die Höhe hoben, erschien das rote Gesicht des Gymnasiasten. Er stand jetzt Angesicht in Angesicht dem Professor gegenüber, der, als man Chaloupecký in die Höhe hob, den Fall irgendeines Gegenstandes, offenbar eines Buches, wahrnahm. So fällt nur ein Buch; der Anprall einer Fläche auf eine Fläche.

Chaloupecký benahm sich vollständig ruhig und entschlossen.

»Was haben Sie unter der Bank gemacht, Chaloupecký?«

»Ich hab gelesen.«

»Und was haben Sie gelesen?«

Chaloupecký schaute sich in der Klasse um und sagte stolz: »Mann und Weib in der Ehe von Debay.«

»Was ist das für ein Buch, Chaloupecký? Ein Roman oder was?«

Und wiederum entgegnete Chaloupecký stolz, indem er siegesbewußt in der Klasse umherschaute: »Es ist eine Naturgeschichte und zugleich die Geschichte der geschlechtlichen Beziehungen der Eheleute bis in die eigenartigsten Details. Eine neue Theorie, Herr Professor, über die Geschlechtsbestimmung bei der Befruchtung, weiters Studien über Impotenz oder Unfruchtbarkeit. Dazu eine Sonderbeilage: die besondere Hygiene der schwangeren Frau und des Neugeborenen.«

Er bückte sich unter die Bank, holte das Buch hervor, trat aus der Reihe und trug es, von den neidischen Blicken aller in der Klasse begleitet, zum Professor; dann reichte er es ihm und stieg zur Tafel hinauf wie ein unbezwingbarer Held zum Galgen oder unter die Guillotine.

In seinem Gesicht spiegelte sich Ruhe. Er wußte, was jetzt kommen mußte. Professor Hendrich würde sich hinter den Tisch setzen, in dem Buche blättern und ihm Vorwürfe machen; dann würde der Professor gleich einem Untersuchungsrichter alles ins Klassenbuch eintragen und ihm mitteilen, daß er ihn einer höheren Gerechtigkeit, einem außerordentlichen, peinlichen Halsgericht, einem entsetzlichen Inquisitionstribunal, dem Professorenkollegium übergeben werde, dessen Vorsitz der Direktor-Greis führen wird.

Er wußte, daß er verloren war und daß der Katechet ihn für einen sittenlosen und verworfenen Menschen erklären werde. Er hatte jedoch keine Zeit, das Buch irgendwo in einem Park, im verborgenen zu lesen. Ein bekannter Quartaner aus einem andern Gymnasium hatte es ihm für den heutigen Vormittag geborgt. Er hatte sich redlich bemüht, es während der Tschechisch-, Physik- und Geometriestunde auszulesen. Und hatte es fertiggebracht. Jetzt war ihm das ganze Geschlechtsleben vollständig klar, und das war mehr wert, als die ganze Gerade samt der Kurve. Nach uns die Sintflut.

Heute abend wird er Mitzi aus dem Frauenerwerbverein alles erklären, ohnedies hat sie ihm schon einmal fünfzehn Kronen gegeben, damit er ihr die *Geschlechtliche Gesundheitslehre* kauft, und er hat den ganzen Betrag beim Billardspiel verloren.

Es geschah, wie er es vorausgesehen hatte. Professor Hendrich setzte sich hinter den Tisch, schlug das Klassenbuch und auch Debays *Mann und Weib in der Ehe* auf, und während er in dem Buche blätterte, legte er los: »Sie waren immer ein ungewöhnlich sittenloser Schüler. Sie haben auf dem Abort geraucht und im vorvorigen Jahr haben Sie mit dem Seelentränker in die Jolle gestoßen, in der ich, Ihr Klassenvorstand, mich befand, wobei Sie mich beinahe umgeworfen hätten. Noch heute bin ich überzeugt, daß Sie mich ertränken wollten –«

»Wie einen jungen Hund«, schrie irgendwo in der Klasse eine geheimnisvolle, gedämpfte Stimme.

»Eine Feder«, befahl der Professor und verkündete ernst: »Wer das geschrien hat, ist mir gleichgültig. Untersuchen werde ich es nicht und trage die ganze Klasse im Klassenbuch ein. Einer für alle und alle für einen.«

»So ist's«, ließ sich abermals die gedämpfte Stimme in der Klasse vernehmen, worauf eine Lachsalve aller folgte. Als das Lachen sich beruhigte, konnte Professor Hendrich fortfahren: »Sie waren sehr ungeraten, und der heutige Tag ist nur eine Fortsetzung und kann sogar Aufklärung über ihre Unsittlichkeit bringen. Sie waren der unfähigste Schüler in der Klasse. Sie haben nicht gewußt, daß sich die Richtungen verschiedenlaufender Geraden voneinander entfernen, aber Sie haben mit dem größten Appetit in diesem Buch die Erwägungen über die Ehe gelesen und noch dazu den Satz unterstrichen: ›Die Existenz und der Fortbestand der Lebewesen ist auf dem Geschlechtstrieb begründet, der sich in der Vereinigung der Geschlechter äußert.‹ Das Professorenkollegium wird Ihnen den Geschlechtstrieb aus dem Kopf treiben, und ein Konsilium abeundi ist zu wenig. Während ich erkläre, was eine Sekante und eine Tangente ist, lesen Sie unter der Bank, daß die Ehe nach der physiologischen Seite hin nur eine Verbindung beider Geschlechter zwecks Erlangung desselben Zieles, nämlich dauernder Erhaltung der Art ist.«

»So ist's«, ließ sich abermals die unbekannte Stimme in der Klasse vernehmen, aber gleich darauf schrien etwa zwanzig Stimmen: »Halt's Maul, oder wir machen Haschee aus dir. Unterbrich den Herrn Professor nicht.«

Es herrschte Grabesstille. Wäre in diesem Augenblick selbst der strengste Inspektor eingetreten, er hätte Professor Hendrich sagen müssen: »Ich gratuliere Ihnen, Sie haben die musterhafteste Klasse. Nirgends haben die Schüler ein solches Interesse gezeigt.«

»Chaloupecký«, fuhr der Professor fort, »in der sechsten Schularbeit kennen Sie nur einen rechten und einen schiefen Winkel, und den spitzen, stumpfen und konkaven Winkel haben Sie ausgelassen. Das hindert Sie aber nicht daran, sich darüber zu unterrichten, daß unberührte Reinheit und dauernde Abstinenz unmöglich sind und stürmische Begierden, die ohne Hoffnung auf Befriedigung unterdrückt werden, Mann und Frau melancholisch und wortkarg machen. Zeichnen Sie mir mit Hilfe des Winkelmessers einen Winkel von 750°. Na, sehen Sie, Chaloupecký, nicht einmal das können Sie, aber in der Geometriestunde von Venushügeln lesen, das halten Sie für wichtiger, als zu wissen, was ein Halbmesser ist, und sich in die Beschreibung des menschlichen Körpers zu vertiefen, ist für Sie maßgebender, als zu begreifen, daß ein Oval eine der Ellipse angenäherte Gerade ist, die sich aus Kreissegmenten zusammensetzt. Sagen Sie mir, was ist eine Ellipse? Daß Sie das nicht ausdrükken können?«

Der Professor verstummte, blätterte eifrig und rief: »Aber ich bin überzeugt und zweifle nicht die Bohne, wenn Sie jemand nach einer erotischen Affektion fragen würde, so könnten Sie sie ihm sehr ausführlich erklären.«

Während er in das Buch schaute, fragte er Chaloupecký: »Sagen Sie mir zum Beispiel, was Erotomanie ist.«

Man konnte das Ticken der Taschenuhr Matouscheks vernehmen, der in der ersten Bank saß.

Und Chaloupecký antwortete scharf, mit klingender Stimme: »Erotomanie ist ein erotischer Wahnsinn, dem beide Geschlechter ohne Unterschied unterliegen.«

»Nicht doch, Chaloupecký«, verbesserte ihn der Professor, in den Text des Kapitels blickend: »Nicht unterliegen, sondern von dem sie befallen werden.«

»Das ist ein großer Unterschied, Jungens«, bemerkte er zu der Klasse gewandt: »Die Erotomanie befällt beide Geschlechter ohne Unterschied, aber der Erotomanie unterliegen kann man nicht. Fahren Sie fort, Chaloupecký, oder wissen Sie schon nicht weiter?«

Chaloupecký fuhr mit derselben Sicherheit in der Beherrschung des Stoffes fort: »Der Erotomane pflegt gewöhnlich von der Leidenschaft zu einem entweder realen oder idealen Gegenstand besessen zu sein; er träumt nur von Liebe, Glück, süßer Wollust, und erfüllt von dem Feuer, das in ihm tobt, betet er unaufhörlich den Gegenstand seiner heißen Sehnsucht an. Der Erotomane ist bei seiner Leidenschaft keusch, wie nachstehendes Beispiel beweist.«

»Genug, Chaloupecký, was sind Aphrodisiaka?«

»Unter dem Namen Aphrodisiaka«, antwortete Chaloupecký ohne Zögern, »verstehen wir verschiedene nahrhafte und heilsame Stoffe, die wir benützen, um das in uns bereits erlöschende Feuer der physischen Liebe zu beleben und es wieder zu entfachen, wenn es ganz erloschen ist. Größtenteils sind die Rezepte zu diesen Mitteln aus mehr oder weniger übelschmeckenden und widerwärtigen Stoffen zusammengesetzt. Zahlreiche in der alten und modernen Geschichte verzeichnete Tatsachen schließen jeden Zweifel darüber aus.«

»Nicht so oberflächlich, Chaloupecký«, regte sich der Professor auf, »wovon ist zum Beispiel der römische Kaiser Caligula verrückt geworden, woraus setzte sich jener Liebestrank zusammen, den ihn Quaesonia austrinken ließ?«

Der bisher kühle Chaloupecký schwankte. Da er während der ganzen Zeit seiner Studien einen Abscheu gegen historische Tatsachen hatte, war er über dieses Beispiel aus der Geschichte hinweggegangen.

Er fing an, Luft zu schnappen, und blickte fragend in die

ersten Bänke auf die Souffleure. Aber woher denn. Die warteten selbst wißbegierig auf Aufklärung, wie auf die Gnade Gottes.

»Also werde ich es Ihnen sagen, Chaloupecký. Sie hat ihm einen Absud aus Satureja, Pfefferkraut und Gartenkresse zu trinken gegeben. Merkt euch das, Jungens. – Das war es, wovon Kaiser Caligula verrückt geworden ist. – Man sieht, Chaloupecký, daß Sie sich nicht vorbereitet haben.«

Der Professor blätterte einige Seite um, trat mit dem Notizbuch zu Chaloupecký und schmetterte ihn mit nachstehender Frage vollständig nieder:

»Zwischen wieviel Zentimetern schwankt die Länge des Neugeborenen? Ruhe, dort hinten!«

Die Klasse hatte nämlich abermals zu lärmen begonnen.

Chaloupecký war verloren. Gegen Ziffern hatte er denselben Widerwillen wie gegen historische Tatsachen. Und die Hygiene der Neugeborenen hatte er nur ganz flüchtig gelesen.

»Sie wissen es also nicht«, knurrte der Professor, »offenbar wissen Sie auch nicht, zwischen wieviel Gramm das Gewicht der Neugeborenen schwankt?«

Der Lärm in der Klasse steigerte sich. Es war, als wären alle neu belebt.

Chaloupecký schwieg.

»Sie haben einen Sechser, Chaloupecký, setzen Sie sich.«

Bevor Chaloupecký die Bank erreichte, beendete die Glocke die Stunde und trug zu der Entwirrung dieses interessanten Falles bei.

Ich bin dem Herrn Schuldiener zu außerordentlichem Dank verpflichtet.

Die Verlobung in unserer Familie

Aus den Aufzeichnungen eines braven Knaben

Wir hatten immer große Sorgen mit unserer Ältesten, Lydia, weil sie schon einigemal mit Herren über Nacht ausgeblieben war, die Mutter um Erlaubnis gebeten hatten, mit Lydia einen kleinen Ausflug machen zu dürfen. Einmal kam Herr Syrowatko, Beamter, ein sehr anständiger und braver Mensch, und ging zu Vater und Mutter und bat, daß wir Lydia einen Ausflug mit ihm machen lassen sollten. Er schneuzte sich fortwährend und sagte, daß er ein durchaus ehrenhafter Mensch und ein lauterer Charakter sei. Mutter sagte also, er solle das Mädel nur ausführen, sie müsse aber um acht Uhr abends zu Hause sein, weil sie das Abendbrot nicht zweimal wärmen werde, und dann schicke es sich auch nicht, später zu kommen, damit das Mädel nicht in Verruf komme. Herr Syrowatko fing wieder an, sich zu schneuzen und schrie, daß er ein Ehrenmann sei und kein Schuft. Vater sagte: »Schuft her, Schuft hin, bringen Sie sie nur ganz und unversehrt nach Hause, ich seh's ohnehin nicht gern.« Aber was konnte er tun, wenn Mutter etwas sagt, müssen wir alle, mit Vater an der Spitze, das Maul halten, auch wenn wir recht haben und Mutter einen Blödsinn tut.

Herr Syrowatko hat sie also mitgenommen. Mutter schlug über Lydia ein Kreuz und Herr Syrowatko schenkte mir einen Fünfer. Das war die Entschädigung dafür, was er anstellte. Es ist bereits halb neun und von Lydia keine Spur: dann schlug es halb zehn und man sperrte das Haus zu, und dann schlug es elf. Mutter weinte und Vater aß Lydias Abendbrot auf, ging wütend im Zimmer umher und rief, er werde Herrn Syrowatko zur Rechenschaft ziehen. Mutter jammerte, es sei ihnen vielleicht etwas zugestoßen, Lydia habe sich vielleicht gar ein Bein oder das Genick gebrochen, oder vielleicht sei sie ertrunken oder sie habe das Teuerste verloren, was sie von der Mutter habe.

Ich fragte, was das sei, und Vater gab mir eine Ohrfeige, und Mutter befahl mir zu beten. Ich sagte, der Schutzengel werde über Lydia wachen, denn ich habe so ein Bild gesehen, wie ein Engel ein blindes Mädchen mit einem Blumenkorb auf einem Balken über einen Abgrund führt.

Aber der Vater brummte, daß jetzt der hauptsächlichste Schutzengel Lydias Herr Syrowatko sei, und wenn er ein Mädchen wäre, würde er nicht wünschen, daß Herr Syrowatko ihn in der Nacht von einem Ausflug heimbegleite.

Dann schlug es zwölf und Mutter sagte nicht mehr »meine goldene Lydia«, sondern »dieser Schlampen, dieses Flitscherl«, und Vater schrie: »Das sind Lüstlinge, man muß sich heutzutage geradezu fürchten, mit jemandem einen Ausflug zu machen.«

Bis drei Uhr nachts schliefen wir nicht. Um zwei Uhr krachte etwas im Schrank, und Mutter bekreuzigte sich und rief: »Es wird schon wahr sein. Das ist ein Zeichen.« Meine jüngere Schwester Marie freute sich, weil sie einmal Prügel gekriegt hat, wie sie um neun Uhr abends statt um sieben nach Hause gekommen ist. Um drei Uhr war Vater mit der Rumflasche fertig und sagte: »Mag geschehn sein, was geschehn ist, gutmachen kann ich's eh nicht mehr. Früh überschlag ich ihm die Füße und häng mich auf und euch bring ich alle um.« Er begann hinterm Tisch zu schnarchen, und Mutter löschte die Lampe aus, damit der Rum in Vater nicht Feuer fange. Wir legten uns hin und schliefen bis acht Uhr. Um halb neun öffnet sich plötzlich die Tür, und herein stürzt Herr Syrowatko und ruft sofort: »Erschrecken Sie nicht, Fräulein Lydia fürchtet sich, nach Hause zu kommen.«

Vater setzte sich im Bett auf, spuckte aus und sagte:

»Sie sind hergekommen und haben sie auf einen Ausflug mitgenommen, jetzt lassen Sie sie und gehen Sie mit Gott.«

Mutter war im Unterrock, stampfte mit dem Fuß und sagte, er solle schweigen und nichts beschönigen, und zog gegen Herrn Syrowatko los; der schneuzte sich und sagte, daß er ein durchaus ehrenhafter Mann sei und daß sie ein Gewitter, ein Wolkenbruch, ein Hagelwetter überrascht habe und daß die Brücke weggeschwemmt worden sei und daß sie, weil der Zug nicht fahren konnte, über Nacht im Gasthaus bleiben mußten, daß es dort ein kleines Hotel gebe und teuer sei es nicht gewesen.

Mutter fing an zu weinen: »Jesus Maria, im Hotel, Sie Lüstling, Sie Schamloser, geben Sie mir sie so rein zurück, wie sie war.« Herr Syrowatko zitterte und stotterte, Lydia sei nach dem Weg sehr mit Kot bespritzt gewesen, und im Hotel hätten sie keinen Hausknecht, ja nicht einmal eine Bürste gehabt.

Vater rief aus dem Bett: »Das ist aber ein feines Hotel!« Mutter weinte unaufhörlich und sprach von einer weißen Lilie, und Herr Syrowatko rief fortwährend: »Gnä' Frau, beruhigen Sie sich, ich bin ein Ehrenmann und habe anderswo geschlafen.« Mutter packte ihn, beutelte ihn und schrie: »Nein, ich kenn das, ich habe Erfahrungen!«

Und Herr Syrowatko schneuzte sich nur und fuchtelte mit dem Taschentuch und sagte, daß es nur eine freundschaftliche Zuneigung gewesen sei, was sie auf dem Ausflug verbunden habe. Eine kleine Freundschaft, wie beispielsweise zwischen ihm und Lydias Vater. Vater schrie hierauf aus dem Bett, daß er für seine Freundschaft danke.

Mutter fuhr wieder auf den Vater los, er solle schweigen; dann wollte sie, Herr Syrowatko solle vor dem unschuldigen Knaben, nämlich vor mir, schwören, daß er Lydia heiraten werde, und schleppte mich beim Ohr zu Herrn Syrowatko, der rot wurde und rief, daß er Lydia nicht heiraten könne, weil er schon verheiratet sei. Wie Vater das hörte, schrie er, man solle ihm die Pistole reichen, er müsse nach der Strafanstalt Pankraz kommen. Mutter hielt den Unterrock fest, als wolle sie in Ohnmacht fallen, Herr Syrowatko kaute sich den Schnurrbart, und in diesem Augenblick stürzte Lydia herein, mit Kot bespritzt und verweint, kniete vor Vaters Bett nieder und schrie, daß sie so etwas zum ersten- und zum letztenmal angestellt habe und daß Herr Syrowatko ein Ehrenmann sei und nebenan im Zimmer geschlafen habe.

Herr Syrowatko rief hierauf: »Sie haben vollkommen recht, Fräulein, daran hab ich nicht gedacht; daran hab ich vergessen. Jesus Maria, gnä' Frau, dort hat's Wanzen gegeben, küß die Hand.«

Und kaum hatte er dies gesagt, packte er auch schon den Hut und war draußen. Lydia wollte ihm nachlaufen, aber

Mutter hielt sie zurück, versetzte ihr einen Stoß, wie sie es mit Vater macht, und sagte ihr, daß sie ein Luder sei und der ganzen Familie Schande mache. Jetzt müsse man einen Bräutigam auftreiben, was recht schwer sein werde, denn so etwas spreche sich herum.

Lydia suchte also einen Bräutigam und fand einen ›Freier‹, wie Vater ihn nannte. Aber das war kein ›Freier‹, sondern ein geriebener Kerl und hieß Wawrouschek. Er trug einen Zwicker an einer schwarzen Schnur und stopfte sich bei uns immer so mit Brot voll, daß er fast geplatzt wäre, was wir alle bemerkten. Eines Tages kommt er zu uns und bittet, ob er Sonntag mit Lydia einen Ausflug machen darf. Vater sagte nichts und pfiff nur vor sich hin, Mutter blinzelte Lydia bedeutungsvoll zu und sagte, daß Lydia ungern Ausflüge mache. Aber Lydia bat, sie sei noch nie in Rschitschan gewesen und könne es daher einmal versuchen.

Dann hielt Mutter eine lange Rede, in der sie über Ehrsamkeit sprach, und Herr Wawrouschek zog das Taschentuch aus der Tasche und fing an, sich genau so zu schneuzen wie Herr Syrowatko, und sagte ebenso, daß er ein Ehrenmann und ein goldener Charakter sei. Ich hörte, wie Vater vor sich hinbrummte: »Der andre hat uns gesagt, daß er aus Silber ist, und dieser ist aus Gold, na, Gott steh uns bei!« Aber wir ließen sie trotzdem gehn, weil Vater sagte, daß Herr Wawrouschek ein blitzdummer Freier sei, und meine Leute schärften ihm ein, um halb neun zu Hause zu sein, weil man sonst wieder das Abendbrot wärmen müßte.

Ja, aber es ist zehn, es ist halb elf, Mutter kratzt sich und sagt: »Es soll nur nicht wieder so werden wie damals!« Um zwölf Uhr hielt Vater den Fahrplan in der Hand und sagte:

»Also der letzte Zug aus Rschitschan fährt um elf Uhr ab, wir warten noch eine halbe Stunde und dann spring ich aus dem Fenster.« Er ging in die Küche, trank dort wieder allen Rum aus, und als es ein Uhr war, fing er zu singen an: »Hier, mein Mädl, ein Dukaten, für das Nachtquartier bei dir ...«

Mutter schrie ihn gar nicht an, sondern weinte nur, daß es mit Lydia schlecht enden werde. Dann kroch Vater ins Bett und fing sofort zu schnarchen an, und wir krochen auch ins Bett, und Mutter sagte, bevor sie einschlief: »Ich werde ihnen früh den Kopf waschen!«

Früh um neun Uhr kamen sie auch glücklich an. Der ›Freier‹ führte Lydia an der Hand und sagte: »Gnä' Frau, ich bin ein durchaus goldener Charakter und ein Ehrenmann. Gegen meinen Willen hat uns ein furchtbarer Wolkenbruch, ein Hagelwetter, ein entsetzliches Gewitter ereilt, die Blitze flogen, und der Donner schlug rechts ein, links ein, wir sind also im Hotel geblieben, aber in allen Ehren, denn ich schlief rechts und Lydia links.«

Vater konnte es nicht mehr aushalten, so lange zu schweigen, setzt sich im Bett auf und sagt: »Da wart Ihr also wieder in dem miserablen Hotel, in dem Lydia neulich mit Herrn Syrowatko war?«

Mutter sprang auf Vater zu und fing an, ihn zu würgen. Lydia fiel bei der Tür hin, und Herr Wawrouschek schrie: »Da wär ich ja in eine hübsche Bande geraten«, und stürzte hinaus. Lydia weinte dann volle vierzehn Tage lang, niemand redete mit ihr, nur Vater sagte: »Ich werde dir einen Bräutigam finden« und rannte wie vom Teufel gehetzt herum, bis er eines Tages besoffen nach Hause kommt und sagt: »Also endlich hab ich einen Bräutigam gefunden, er braucht eine tüchtige Hausfrau, weil er sich selbständig machen und ein Wirtshaus einrichten will.« Dabei leuchteten Vater die Augen. »Er ist ein sehr braver Mensch und ist eigens nach Prag gekommen, ich hab mit ihm gesprochen. Morgen, Sonntag, bring ich ihn her und wir werden ohne Federlesen Verlobung feiern. Brat einen Kapauner, und ich werde mir bißchen Mut antrinken.«

Er bringt ihn also mit. Wir setzen uns an den Tisch und warten auf Lydia, die sich nebenan eine neue Frisur machte.

Da kommt sie auch schon, und der Bräutigam schaut sie an und sie ihn, sie wird blaß und er auch, er packt den Hut und schon ist er draußen. Es war nämlich der Oberkellner aus dem Hotel, wo sich Lydia immer mit Herrn Syrowatko und Herrn Wawrouschek versteckt hat, wenn sie auf einem Ausflug von einem furchtbaren Wolkenbruch überrascht wurde.

Der Verkehr zwischen Eltern und Kindern

1

Professor Schwolba hatte bereits mehrere Bücher über den gesellschaftlichen Verkehr zwischen Eltern und Kindern veröffentlicht, wobei er nachgewiesen hatte, daß das gegenseitige Band von Eltern und Kindern unleugbaren Anzeichen nach die natürlichste Gemeinschaft von Menschen untereinander darstelle. Einige seiner Vorträge, die in verschiedenen Vereinen – von Frauen und Mädchen im ›Frauenklub‹, von der Leitung der Halbmonatsschrift ›Die Familie‹, die der Annäherung zwischen Eltern und Kindern dienen sollte – veranstaltet wurden, hatten ihm den Ruf eines Sonderlings eingetragen, insbesondere, als er im Leitartikel der ersten Nummer der Zeitschrift ›Die Familie‹ nachwies, daß Eltern und Kinder unleugbar Reiser desselben Stammes sind und diese logische Verbundenheit in keiner Weise unterschätzt werden dürfe, wobei er sich auf den alten Zeremonienmeister und Kammerherrn am Weimarer Hof, Adolf Knigge, berief. Sein wissenschaftlicher Ruf stach jedoch recht traurig von seiner Karriere ab, denn es schien, daß dem närrischen Herrn nur durch einen großen Zufall die Erziehung der studierenden Jugend hatte anvertraut werden können, und daß das Schicksal mit dem Herrn Professor ein seltsames Spiel trieb, denn statt sich bei schönem Wetter in dem Garten irgendeines Sanatoriums zu ergehen, saß er weiterhin hinter den Kathedern verschiedener Gymnasien.

Die höheren Schulinstanzen versetzten ihn nämlich von Ort zu Ort, sobald er lange genug in den Tschechischstunden an ein und demselben Ort ausgeführt hatte, daß die Eltern die Kinder zeugen und dadurch die Familie erhalten. Die Hausarbeiten, die er seinen Schülern zur Ausarbeitung vorlegte, hatten eine gewisse philosophisch-pädagogische Richtung; zum Beispiel: ›Sollen die Eltern an den Exzentritäten ihrer Kinder teilnehmen?‹ Einer solchen Aufgabe halber pilgerte Professor Schwolba von Ort zu Ort, von Nord nach Süd, von Süd nach Ost, vom Osten nach dem Westen der Republik.

Schließlich befand er sich wiederum an einem neuen Ort, diesmal im Südwesten, und sein erstes Auftreten vor den Studierenden der fünften Klasse des Gymnasiums war ein interessanter Vortrag darüber, daß der Sohn, der seinen Vater bereits von Geburt an kennt und ohne Maske sieht, den edlen Eigenschaften seines Vaters den Vorzug geben muß, damit ihm der Vater nicht zuwider werde. Der Sohn soll sich dabei jedoch immer der Schwächen seiner Eltern bewußt bleiben, sich davor hüten, sie etwa nachzuahmen. Den Abschluß des Vortrags bildete eine den neuen Schülern auferlegte Hausarbeit mit der vielversprechenden Überschrift: ›Selbst wenn die Kinder begründete Ursachen haben, sich der Schwächen ihrer Eltern zu schämen, bleibt dennoch die Dankespflicht bestehen.‹ Zu dieser Aufgabe diktierte er bestimmte Thesen, Punkte, nach denen die Schüler bei Ausarbeitung der Aufgabe vorgehen sollten.

›1. Aufzählung der Schändlichkeiten, Roheiten, Unsitten, Schwächen und Schandtaten meiner Eltern. 2. Verbergen meine Eltern die oben angeführten Fehler vor mir? 3. Weshalb soll ich diese Mängel meiner Eltern nach Tunlichkeit vor der Öffentlichkeit verbergen? 4. Warum soll ich ihre Fehler nicht nachahmen? 5. Herrscht zwischen meinen Eltern Unfrieden? 6. Warum soll ich mich bei häuslichen Skandalen vernünftig und überlegt betragen?‹

»Ja, meine lieben Schüler«, sagte Professor Schwolba feierlich, »mein Grundsatz bezüglich der Ausarbeitung eurer Hausarbeiten stellt ein vollständig neues pädagogisches System dar. Es handelt sich um die Annäherung zwischen den Eltern und ihren Söhnen. Früher hielt man es beinahe für unzulässig, meine lieben Schüler, daß die Eltern den Kindern bei der Ausarbeitung der Hausarbeiten halfen, ich aber bestehe geradezu darauf, daß die Eltern bei der Ausarbeitung der Hausarbeiten mitwirken, und es wird auch mein Bestreben sein, in der allernächsten Zeit Zusammenkünfte eurer Herren Eltern mit mir zu veranstalten, bei welcher Gelegenheit ich über den Aufbau der Familie sprechen und die Frage stellen werde, wie weit die Zusammenarbeit eurer Eltern an eurem häuslichen Studium, an euren Hausarbeiten vorgeschritten ist.«

Obwohl die Quintaner, die bereits das fünfte Jahr mit allen möglichen Professoren kämpften, abgehärtet waren, wankten und erbleichten sie dennoch gewissermaßen beim Anblick dieses Fanatikers, denn seine hagere Gestalt, seine Art vorzutragen und die Thesen für die Hausarbeit erinnerten sie an den gestrengen und fürchterlichen Savonarola, dessen Antlitz von einem der historischen Bilder an der Wand auf sie herabblickte. Dann, als Professor Schwolba gegangen war, in der Pause vor der nächsten Stunde, gab die ganze Klasse das einstimmige Urteil ab, Professor Schwolba sei ein pathologisches Individuum, man müsse vor ihm auf der Hut sein und im Hinblick auf die gegebene Hausarbeit jedwede Zusammenarbeit mit den Eltern entschieden ablehnen.

2

Als Quintaner Maschek, Sohn des Bezirkshauptmanns, mit den interessanten Punkten für die Hausarbeit aus der Schule nach Hause kam, versteckte er sorgfältig seine Notizen, unter denen sich die bewußten sechs Punkte befanden; auf die Frage des Herrn Bezirkshauptmanns beim Mittagessen, was es heute im Gymnasium Neues gegeben habe, ob sie vielleicht eine neue Hausarbeit hätten, und wie der neue Professor Schwolba ihnen gefalle, erwiderte der Quintaner, es gäbe nichts Neues, sie hätten keine Hausarbeit und was den neuen Herrn Professor Schwolba betreffe, sei er ein sehr sympathischer und angenehmer Herr. Der Sohn des Herrn Bezirkshauptmanns Maschek lebte in der letzten Zeit mit seinem Vater in einem sehr gespannten Verhältnis. Der Herr Bezirkshauptmann hatte seinem Sohn nämlich verboten, Mitglied des Fußballklubs ›Quinta A‹ zu werden, und hörte nicht einmal die Bemerkung an, daß die Vereinigung seinen Sohn aufgefordert habe, für den Fall, daß er Kapitän der Mannschaft werden wolle, einen neuen Fußball zu kaufen. Das bildete eine der hauptsächlichsten Differenzen zwischen dem alten und dem jungen Maschek, neben einer ganzen Reihe anderer mannigfacher Mißverständnisse. In den Unterredungen mit seinem Sohn behandelte der Herr Bezirkshauptmann diesen als einen völlig entarteten Menschen. Auch die vollständige Apathie des Sohnes religiösen Handlungen gegenüber gefiel ihm durchaus nicht, und es war eine entsetzliche Überraschung für ihn, als er auf Amtswegen erfahren mußte, daß sein Sohn bei der Volkszählung, auf sein vollendetes vierzehntes Lebensjahr pochend, zu den ›Adventisten des siebenten Tages‹ übergetreten war. Der Junge hatte dies nur aus gewinnsüchtigen Gründen getan, denn jemand hatte ihm erzählt, wer zu den ›Adventisten des siebenten Tages‹ übertrete, erhalte zweihundertfünfzig Kronen und zwölf Kilogramm Hammelfleisch. Der Junge glaubte, daß er für den Erlös des Hammelfleisches, dem er die für den Verrat der katholischen Kirche erhaltenen zweihundertfünfzig Kronen hinzufügen wollte, einen guten englischen Fußball samt einer Reserveseele werde kaufen können. Er wollte einfach aus sportlichen Gründen die Religion für einen Ball eintauschen. Leider wurde er auf der ganzen Strecke enttäuscht. Die Sekte der ›Adventisten des siebenten Tages‹ schickte ihm eine Bibel in englischer Sprache, eine Sammlung von Kirchenliedern in zweiunddreißig Sprachen und eine Aufforderung in englischer Sprache, zwei Pfund Sterling zu Händen des Pastors Rosner zu bezahlen. So geschah es, daß der junge Maschek am Nachmittag oben in seinem Zimmer in der Erinnerung an seinen rohen Vater und an alle Enttäuschungen der Welt sich entschloß, alle Fragen der Hausarbeit wahrheitsgemäß zu beantworten, seinen Vater nicht zu schonen und den Kampf ebenso aufzunehmen, wie kürzlich die ›Quinta A‹ den Fußballkampf mit der ›Oktava B, Pilgram‹ aufgenommen hatte, obwohl sie wußte, daß sie unterliegen werde, was sich auch praktisch in dem Verhältnis 22:3 gezeigt hatte! Deshalb beantwortete er völlig kaltblütig die einzelnen Punkte. Er begann mit der ersten These der Hausarbeit: ›Aufzählung der Schändlichkeiten, Roheiten, Unsitten, Schwächen und Schandtaten meiner Eltern.‹

Er beantwortete diese Frage, indem er das Material zur weiteren Ausarbeitung der Hausarbeit vorbereitete: ›1. Die Mutter hat eine Bekanntschaft mit Ingenieur Poupe von Firma Krulich und Kompanie, einer Kunstdüngerfabrik, die wohl auch mit den künstlichen Fehlgeburten meiner Mutter zu tun hat, denn der Vater hat sich sehr aufgeregt, als er letzthin vor dem Dienstmädchen schrie, daß er schon genug davon habe. Wenn er dem Ingenieur Poupe nicht so viel schuldig wäre, hätte er sich schon längst scheiden lassen. Der Vater selbst geht täglich während der Amtsstunden in eine Weinstube, wo es drei Flitscherln gibt. Letzthin ist er mit einer nach Sazawa gefahren, woraus folgt, daß mein Vater, wenn meine Mutter ein Dutzend wert ist, vierzehn weniger zwei gilt. Was den Charakter meiner Eltern betrifft, so ist meine Mutter sehr heftig und gänzlich ungebildet, sie widmet den jüngsten Geschwistern nicht die geringste Sorgfalt und gerät über unschuldige, dem jugendlichen Alter angemessene Scherze in Entrüstung. Um die Hauswirtschaft kümmert sie sich überhaupt nicht, und am liebsten würde sie den ganzen Tag vor dem Spiegel stehn und sich das Gesicht mit Creme und Puder beschmieren, sich frisieren und anziehn wie auf der Bühne. Der Vater ist ein alter

Bürokrat von niederträchtigstem Charakter. Zu seinen Kindern benimmt er sich ungewöhnlich rücksichtslos und hält die Disziplin bei ihnen nur durch die größte Roheit aufrecht. Er gönnt ihnen keine Freude und verabscheut körperliche Erziehung und Sport. Wenn er aus der Weinstube nach Hause kommt, ist er gewöhnlich beschwipst und fängt an, sich vor seinen Kindern zu rühmen, wie gut er gelernt hat, daß er mit Auszeichnung studiert hat, daß er in der Volksschule lauter Einser hatte, obwohl wir einmal im Schreibtisch seine alten Schulzeugnisse fanden, mit lauter Dreiern und Vierern, Reparaturen und ungenügenden Noten. In der ersten Volksschulklasse hat er scheinbar so schlecht gelernt, daß er sie zweimal wiederholen mußte.‹

Den zweiten Punkt der Hausarbeit: ›Verbergen meine Eltern die oben angeführten Fehler vor mir?‹ beantwortete er folgendermaßen: ›2. Nein. Alles geschieht bei uns öffentlich und uns Kindern bleibt nichts verborgen, weil wir von allen Schändlichkeiten, die wir selbst nicht sehen, von fremden Leuten erfahren, wenn wir Besuche machen.‹ Den dritten Punkt: ›Warum sollt ihr diese Fehler eurer Eltern vor der Öffentlichkeit verbergen?‹ beantwortete er mit einer Wendung, deren Inhalt er dem Vortrag Herrn Professor Schwolbas entnahm : ›Weil wir ihnen dafür dankbar sein müssen, daß sie uns gezeugt haben.‹ Die Antwort auf die Frage: ›Warum soll ich ihre Fehler nicht nachahmen?‹ war sehr schwer, nichtsdestoweniger entledigte sich der Sohn des Bezirkshauptmanns dieser verwickelten Aufgabe logisch auf folgende Weise: ›4. Weil jeder Sohn einzig und allein überlegungs- und vernunftgemäß handeln soll, um sich auch in späterem Alter vor den Fehlern seiner Eltern zu hüten, und damit er, wenn er eine ständige Stellung erreicht hat, für das Glück seines Säuglings sorgen kann, der ohne diese mütterliche Pflege bereits längst im Grabe ruhen würde.‹ Die fünfte Frage: ›Herrscht zwischen meinen Eltern Unfrieden?‹ war sehr leicht zu beantworten: ›Es gibt keinen Tag, an dem es bei uns nicht zu irgendeinem häuslichen Skandal und schrecklichen Auftritten kommt.‹ Zur Lösung der letzten Frage: ›Warum soll ich mich bei häuslichen Skandalen vernünftig und überlegt verhalten?‹ kam es nicht mehr.

Jemand klopfte ihm auf die Schulter, nachdem er sich leise hinter seinen Rücken geschlichen hatte. Der unglückliche Quintaner hatte keine Zeit, sein Werk zu vernichten. Auf den Rücken klopfte ihm der Herr Bezirkshauptmann. Er war aus der Weinstube zurückgekehrt und war diesmal, wie durch einen merkwürdigen Zufall, in sehr guter, sozusagen humaner Laune. »Lieber Junge«, sagte er mit väterlicher Sanftmut, »ich sehe dich fortwährend fleißig arbeiten. Du bist fast so gewissenhaft im Lernen, wie ich es war, als ich mit Auszeichnung studierte. – Du hast, was ich bisher gar nicht bemerkt habe, eine sehr ausgeschriebene Schrift – aber warum schreibst du mit Bleistift? Das ist ein Konzept, gelt?« Er streichelte ihm das Haar und nahm die Aufzeichnungen des unglücklichen Sohnes in die Hand, wobei er liebevoll bemerkte: »Mein Junge, bleib nur brav und du wirst sehn, daß du doch noch einmal von mir den Ball bekommen und Fußball spielen wirst.« Hierauf begann er zu buchstabieren und die Handschrift seines Sohnes zu entziffern. Je weiter er kam, mit desto größerem Interesse las er, wobei seine Brauen sich schrecklich zusammenzogen. Der arme Quintaner wich langsam zur Tür zurück, als der Bezirkshauptmann mit einem ungeheuren Sprung, wie ein Jaguar, auf seinen Sohn zusprang. Dann erfüllte sich aufs Wort, was der unglückliche Junge vor einer Weile niedergeschrieben hatte: ›Zu seinen Kindern benimmt er sich sehr rücksichtslos und hält die Disziplin bei ihnen nur durch die größte Roheit aufrecht.‹

3

Als die Schüler in der folgenden Woche Professor Schwolba die Hausarbeit ablieferten, gab der Sohn des Bezirkshauptmanns mit zitternder Hand sein Heft ab, wo unter dem Titel der Aufgabe: ›Selbst wenn die Kinder die begründete Ursache hätten, sich der Schwächen ihrer Eltern zu schämen, bleibt dennoch die Pflicht zur Dankbarkeit bestehen‹, folgender Text stand: ›Ihre Thesen und Punkte habe ich im Amtswege dem Schulministerium zur Beurteilung übersandt.‹ Darunter befand sich die Stampiglie des Bezirkshauptmanns. Und in der Ecke die laufende Nummer der Akten: R. 6272 12b.

Professor Schwolba wurde nach Karpathorußland versetzt.

Gerettet

Es ist vollkommen belanglos zu wissen, warum Pátal gehängt werden sollte. Welches sein Verbrechen auch sein mochte, er konnte doch ein Lächeln nicht unterdrücken, als der Kerkermeister in der Nacht vor jenem Morgen, an dem er ordnungsgemäß hingerichtet werden sollte, eine Flasche Wein und ein ordentliches Stück Kalbsbraten in seine Zelle brachte.

»Das gehört mir?«

»Jawohl«, entgegnete der Kerkermeister mitleidig, »lassen Sie sich's zum letzten Male gut schmecken. Es gibt auch noch Gurkensalat. Ich konnte nicht alles auf einmal tragen. Gleich bin ich wieder hier und bringe auch noch Semmeln mit. Ich komme augenblicklich zurück.«

Pátal machte sich's am Tisch bequem und biß schmunzelnd und mit Wonne in den Kalbsbraten. Wie man sieht, war er ein Zyniker, aber sonst ein ganz vernünftiger Mensch, der die Welt noch in den paar Stunden seines Lebens, die ihm der Gerichtshof ließ, genießen wollte.

Ein einziger Gedanke verbitterte ihm ein wenig das Essen, nämlich der, daß alle die Leute, die ihm heute früh vorgelesen hatten, daß sein Gnadengesuch abgelehnt und die Vollstreckung des Urteils um vierundzwanzig Stunden aufgeschoben worden sei, damit sich der Verurteilte entsprechend auf eine gedeihliche Durchführung der Strafe vorbereiten und seine Rechtsangelegenheit in Ordnung bringen könne, daß alle diese Leute, die ihn hängen und hinrichten, die seinem Tode beiwohnen würden, daß alle diese morgen, übermorgen und die folgende Zeit weiterleben und ruhig zu ihren Familien kommen könnten, während er nicht mehr existieren würde.

Er philosophierte also beim Kalbsbraten, und als man ihm die Semmeln und den Gurkensalat brachte, seufzte er und äußerte den Wunsch nach einer Pfeife und nach Tabak. Man kaufte ihm eine Gipspfeife und eine Mischung aus Dreikönigstabak, gewöhnlichem Tabak und Knaster, damit er ein angenehmes Rauchen habe. Der Aufseher reichte ihm sogar selbst Feuer, und dabei erinnerte er ihn an die unendliche Barmherzigkeit Gottes. Wenn schon hier auf Erden alles verloren sei, so doch nicht im Himmel.

Der Verurteilte Pátal bat um eine Portion Schinken und um einen Liter Wein.

»Sie bekommen, was Sie wollen«, sagte der Aufseher. »Menschen wie Ihnen muß man jeden Wunsch erfüllen.«

»Bringen Sie mir auch zwei Leberwürste und eine Portion Sülze. Außerdem möchte ich einen Liter schwarzes Bier.«

»Sie bekommen alles, es wird gleich geholt«, antwortete der Aufseher höflich. »Warum sollte man Ihnen nicht die Freude machen. Das Leben ist zu kurz, als daß man es nicht nach Möglichkeit genießen sollte.«

Als er die gewünschten Sachen gebracht hatte, philosophierten sie zusammen weiter. Pátal erklärte, daß er vollkommen zufrieden sei.

»Sapperlot«, äußerte er, als er alles verschlungen hatte,

»jetzt habe ich Appetit auf einen Debrecziner Braten, Gorgonzola-Käse, Ölsardinen und andere gute Sachen.«

»Alles, was Sie sich wünschen, bekommen Sie. Mein Ehrenwort, ich bin froh, daß es Ihnen schmeckt. Ich hoffe, Sie werden sich bis morgen nicht aufhängen. Das werden Sie mir doch nicht antun. Ich sehe aber, Sie sind ein ehrlicher Kerl. Was hätten Sie davon, Herr Pátal, wenn Sie sich aufhängen würden, bevor es von Amts wegen geschieht? Ich sage Ihnen als redlicher Mann, daß Sie es sich nicht so gut zustande bringen werden, mein Ehrenwort, niemals, kein Vergleich! Wollen Sie noch ein Glas Bier, oder zwei? Es ist heute ausgezeichnet. Auf Gorgonzola schmeckt es vorzüglich. Ich bringe also noch zwei Glas, und zu den Ölsardinen und dem Debrecziner Braten werden Sie Wein trinken, lieber Freund; das paßt besser zusammen.«

Kurze Zeit später füllte der Duft aller dieser Dinge die Zelle, und inmitten des Reichtums saß Pátal und schmauste mit Appetit bald Käse, bald Ölsardinen und trank dazu Bier oder Wein, was ihm gerade in die Hand kam.

Er war in fröhliche Erinnerungen versunken an einen in ähnlichem Luxus und in Freiheit verbrachten Abend auf der Veranda eines Gartenlokals, wo die Äste und Blätter vor den Fenstern im Sonnenglanz schimmerten, und ihm gegenüber hatte ein ebenso dicker Mann wie der Aufseher gesessen, der Wirt dieses Paradieses, ununterbrochen plaudernd und zum Essen und Trinken auffordernd, genau wie dieser Aufseher.

»Erzählen Sie mir Anekdoten«, bat Pátal den Aufseher, und der erzählte ihm eifrig irgendeine neue Anekdote, schweinischen Inhalts, wie er selbst zugab.

Dann wünschte Pátal Obst und Torten oder Feinbäckerei und eine Tasse schwarzen Kaffee.

Sein Wunsch ging in Erfüllung.

Als er auch das bewältigt hatte, erschien der Gefängnisgeistliche, um Pátal zu trösten.

Er war ein fröhlicher Geselle, nicht kurz angebunden, sondern angenehm wie alle Leute, die sich jetzt um ihn sorgten, ihn zum Tode verurteilten und ihn morgen hängen würden; alle hatten sie fröhliche Gesichter und waren im gesellschaftlichen Verkehr sicher sehr angenehm.

»Gott tröste Sie, mein Sohn«, sprach der Gefängnisgeistliche und klopfte ihm auf die Schulter. »Morgen früh ist es vorbei, verzweifeln Sie nicht. Beichten Sie, und blicken Sie fröhlich in die Welt im Vertrauen auf Gott, denn Gott freut sich über jeden Sünder, der Buße tut. Es gibt Menschen, die nicht beichten und dann die ganze Nacht umherlaufen und stöhnen; ich weiß, daß es nicht angenehm ist, wenn einem der Kopf zu bersten droht, aber wer gebeichtet hat, der schläft auch die letzte Nacht den Schlaf des Gerechten, der fühlt sich wohl! Ich sage Ihnen noch einmal, mein Sohn, daß auch Sie sich wohl fühlen werden, wenn Sie Ihre Seele von der Sünde befreien.«

In dem Augenblick erblaßte Pátal, sein Magen rebellierte, es war ihm schrecklich übel, und er übergab sich. Das ging jedoch nicht so richtig, er bekam Magenkrämpfe, und kalter Schweiß trat auf seine Stirn.

Der Gefängnisgeistliche erschrak. Neue Krämpfe stellten sich ein. Pátal krümmte sich vor Schmerzen in der Ecke.

Aufseher trugen ihn ins Gefängniskrankenhaus. Die Gerichtsärzte schüttelten die Köpfe. Abends bekam er einen

Fieberanfall, und um zwölf Uhr nachts erklärten die Ärzte seinen Zustand für bedenklich und gaben einmütig an, daß es sich hier um eine Vergiftung handle.

Schwerkranke Verurteilte werden nicht gehängt, man unterließ es deshalb in dieser Nacht, den Galgen zu bauen.

Statt dessen spülte man Pátal den Magen aus, und die Analyse der Speisereste ergab Leichengift in den Teilen der Leberwurst, die sich auf einer Schüssel unter den anderen aus Pátals Magen hochgepumpten und unverdauten Resten befanden.

Man nahm an, daß die Leberwürste sich durch die Wärme chemisch aufgelöst hatten und daß das entstandene Leichengift Ursache der schweren Erkrankung geworden sei.

Unverzüglich wurde in der Fleischerei, die jene Leberwurst geliefert hatte, eine Untersuchung durchgeführt und gefunden, daß der wackere Fleischer die Gesundheitsvorschriften insofern zu mißachten pflegte, als er die Leberwürste nicht aufs Eis legte. Die Angelegenheit wurde dem Staatsanwalt übergeben, und der leitete wegen Gefährdung der körperlichen Sicherheit die notwendigen Schritte gegen den Fleischer ein.

Unter den Gerichtsärzten, die Pátal behandelten, befand sich ein junger, strebsamer Arzt, der mit Interesse die Krankheit studierte und eifrig bemüht war, Pátal am Leben zu erhalten, denn der Fall war äußerst schwierig und interessant.

Tag und Nacht pflegte er Pátal sorgfältig, und so konnte er ihm nach vierzehn Tagen erfreut auf die Schulter klopfen und ihm mitteilen: *»Sie sind gerettet.«*

Am nächsten Tag hängte man Pátal ordnungsgemäß auf, denn seine körperliche Verfassung konnte bereits den Strang vertragen.

Der Fleischer jedoch, der durch seine Leberwürste Pátals Leben um vierzehn Tage verlängert hatte, wurde wegen Verstoßes gegen die körperliche Sicherheit zu drei Wochen schweren Kerkers verurteilt.

Der Arzt, der Pátal das Leben gerettet hatte, erhielt vom Gerichtshof eine Belobigung.

Fußball in Bayern

Zwischen den bayerischen Städten *Tillingen* und *Höchstädt* an der Donau herrscht grimmige Feindschaft. Im Mittelalter zogen die Tillinger mit ihren Booten, die mit Söldnern bemannt und mit einem reichlichen Vorrat an Brennstoffen versehen waren, gegen Höchstädt, das nach solchen Besuchen einigemal brannte. Zuweilen trieben die Höchstädter allerdings die Tillinger die vollen vierzig Kilometer wieder zurück, und die zehn Kilometer lange Eichenallee, die sich von Höchstädt gegen Tillingen zieht, heißt: ›Zu den gehängten Tillingern‹.

In dieser Beziehung unterschieden sich die beiden Städte voneinander, denn die Tillinger ertränkten die Höchstädter Nachbarn in der Donau wie junge Katzen, und als ein Ratsherr aus Höchstädt den Tillingern in die Hände fiel, wurde er gevierteilt. Ein Viertel wurde durch einen Sonderboten nach Höchstädt gesandt, wo man diesen auf dem Burgtor aufknüpfte, trotz seines Protestes, daß er als Gesandter unverletzlich sei.

So ging das weiter, bis zu der Zeit, da den Städten ihre Privilegien zu dergleichen Spielen und Vergnügungen genommen wurden, da die neue Zeit die Grausamkeit der Expeditionen milderte und sie auf Raufereien im Einkehrhause ›Zum Schutzengel‹ beschränkte. Dieses Einkehrhaus lag zwanzig Kilometer von Höchstädt und ebensoweit von Tillingen. Es bildet die Grenze zwischen beiden feindlichen Gebieten.

Dorthin ging man jeden Sonn- und Feiertag zum Raufen. Die Burschen kamen zu Fuß und wurden nach beiden Richtungen in Leiter- und Mistwagen nach Hause gefahren, mit zerschlagenen Köpfen und gebrochenen Rippen, aber ungewöhnlich zufrieden, weil es wieder einmal so schön verlaufen war.

Beide Parteien bemühten sich, stets den Ruf der führenden Stadt in diesen hundertjährigen Kämpfen aufrechtzuerhalten, und so waren denn die Kämpfe beim ›Schutzengel‹ nicht weniger erbittert als zu jener Zeit, wo die Leute aus Tillingen auf Leitern mit brennenden Pechfackeln die Wälle von Höchstädt erklommen, deren Verteidiger sie wiederum mit hundertpfündigen Dreschflegeln in die Stadtwälle schleuderten.

Ebenso erbittert war der Kampf, als die Tillinger mit einem Widder die Stadttore zertrümmerten und Höchstädter sie mit brennendem Pech begossen.

Keine Partei konnte jemals sagen, vollständig überwunden worden zu sein, bis die Kreiseinteilung endlich die Höchstädter in die Hände Tillingens gab. Der Höchstädter Kreis ward aufgehoben und Höchstädt dem Kreise Tillingen zugeteilt. In Höchstädt war das Amtsgericht und in Tillingen das Bezirksgericht. Die Höchstädter vernahmen ihre Bürger nur ein und schickten ihre Akten zum Bezirksgerichte nach Tillingen, das sie streng und hart richtete. Die Höchstädter mußten nach Tillingen zur Assentierung gehen, und in allen amtlichen Angelegenheiten ward immer Tillingen zuerst genannt, und dann erst kam Höchstädt. So waren die Höchstädter auf der ganzen Linie gehandicapt, erniedrigt und beleidigt. Und als sie eines Sonntags die Tillinger glorreich im ›Schutzengel‹ verhaut hatten, waren dort am nächsten Sonntag so viele Gendarmen aus dem Kreise Tillingen, daß sie es beim besten Willen nicht wiederholen konnten.

Seit damals trafen sie nur noch durch Zufall aufeinander, und da erlagen die Höchstädter der Übermacht, weil sie überall von der feindlichen Welle umgeben waren, und wenn sie vom Militär kamen, sagten sie, es sei unter solchen Umständen ganz vergeblich, sich zu raufen, und die Zurückgebliebenen betrachteten sie als Feiglinge. Es schien, daß Höchstädt niemals wieder seinen Nebenbuhler in den Schatten stellen werde, als die moderne Zeit nach Süddeutschland den *Fußball* brachte.

Was konnte der Klub ›Tillingen‹ am Anfang gegen die Höchstädter Mannschaft aufstecken?

Die Leistung der Stürmer vom ›Höchstädt‹ war bemerkenswert. Sie gingen so scharf auf den Ball, wie ihre Vorfahren die Tillinger von den Stadttoren gejagt hatten. Sie sandten den Ball mit einer so unwiderstehlichen Kraft in die Tore der feindlichen Klubs, wie früher die Höchstädter Knüppel und Schleudern die Tore der Stadt Tillingen zerschmetterten.

Das Zusammenspiel aller vom Klub ›Höchstädt‹, der Läufer, Verteidiger und der Flügel, durchbrach den Leiberwall vor dem feindlichen Goal, und einmal geschah es sogar, daß sie in das feindliche Tor der ›Mannheimer‹ zusammen mit dem Ball auch den Back ihres eigenen Teams schossen, ohne daß heute noch jemand weiß, wie dieser dorthin geraten konnte.

Ihre Schüsse waren fürchterlich. Der in das Tor der Gegner geschossene Ball schleudert den Goalmann zur Seite, durchreißt das Netz, reist einem Zuschauer hinter dem Tor das Ohr ab, erschlägt einen Hund, der hinter dem Spielplatz herumläuft, und schlägt einem Passanten, der ihn stoppen will, beide Füße ab. Ein Beispiel.

Das zweite Beispiel: Beim Wettspiel ›Höchstädt‹ gegen ›Ingolstadt‹ forderte ein scharfer Schuß in das Ingolstädter Tor zwei Opfer auf einmal.

Der Goalmann und der Ball hauchten die Seele aus, so daß das Spiel auf zwei Minuten unterbrochen werden mußte, bis ein Ersatzmann kam und ein neuer Ball gebracht wurde.

Wenn sie vom Spielplatze heimkehrten, konnten sie stolz ihr Kriegslied anstimmen:

Mein Mädchen muß mich küssen,
Ich bin vom Höchstädtklub,
Wer kann noch besser schießen
Als unser Donauklub?
Goalia, goalia, goalia, Hurrah.

Man nannte ihr Spiel ungewöhnlich scharf, und in der Sportrubrik einer Tageszeitung schrieb man über einen Match, das sei kein Fußballspiel gewesen, sondern das Jüngste Gericht. Anderswo schrieb man über das Wettspiel ›Höchstädt–Ringelsheim‹, das Spiel habe an den Kampf um Verdun erinnert.

In der Herbstsaison konnten sich die grün-blauen Höchstädter mit folgenden Erfolgen ausweisen: Sie hatten achtundzwanzig Paar Füße überschlagen, neunundvierzig Rippen zerbrochen, dreizehn Paar Hände ausgerenkt und gebrochen, zweiundfünfzig Nasen eingeschlagen, sechzehn Schulterblätter zerschlagen, neunzehn Nasenverletzungen verursacht, zweiunddreißig Tritte in den Bauch, verbunden mit Kampfunfähigkeit des Gegners, ausgeteilt, und vier Dutzend Zähne ausgeschlagen. Zieht man in Betracht, daß sie in der Herbstsaison im ganzen einundachtzig Tore schossen und nur sechs erhielten, so stellt diese Bilanz ihrem agilen Spiel ein überwältigendes Zeugnis aus.

Die Organe der feindlichen Klubs, die ihnen diesen Erfolg mißgönnten, schrieben einmal über den besten Spieler des Klubs ›Höchstädt‹: »Friedmann ist vom Schußpech verfolgt. Er hat den Gegnern nur zwei Beine gebrochen und das Knie des Goalmanns mit seinem Absatz nicht mehr erreicht.«

Alle Klubs Süddeutschlands unterlagen ihnen, und als sie den Klub ›Altona‹ aus dem Norden zu einem Freundschaftsspiel einluden, kehrte von der ganzen Mannschaft nur der Torwächter mit verbundenem Kopfe zurück, da er seine Kameraden samt den Ersatzmännern im Krankenhaus von Höchstädt an der Donau zurücklassen mußte.

Konnten dies die Tillinger mit ihrem Klub der Gelbweißen ruhig mit ansehen? Der Klub ›Tillingen‹ war keine schlechte Mannschaft, sie spielten auch scharf, und ihre Tritte vors Schienbein oder ins Knie waren ebenso gut und gefährlich wie die von ›Höchstädt‹. Die Sicherheit ihrer Stöße in den Bauch war ebenfalls sehr gut und wurde von dem Tillinger Publikum mit lebhaftem Beifall quittiert... Allein trotzdem verloren sie Spiel um Spiel.

Einmal kam ihnen ein guter Gedanke, und sie beriefen einen Trainer aus München, einen Engländer namens Burns, der sie elegant spielen, erfolgreich dribbeln, kombinieren lehrte und sie so lange plagte, bis er ihnen eines Tages sagen konnte: »Ladet die Meistermannschaft aus Leipzig ein.«

Sie taten es und verloren 4:2. »Macht nichts«, sagte Trainer Burns, »noch drei solcher Niederlagen, und ihr braucht niemanden mehr zu fürchten.«

Und wiederum plagten sie sich mit dem Training eines eleganten Kombinationsspiels, in dem der einzelne, der auf eigene Faust spielt, nichts ist und für einen Fanatiker gilt und das Zusammenspiel alles bedeutet.

Sie luden die Meistermannschaft ›Preußen‹ zu Gaste und verloren 2:1. Dann spielten sie mit der ausgezeichneten Mannschaft ›Mühlhausen 1912‹ unentschieden, und der Trainer Burns sagte ihnen, daß sich schwerlich ein Gegner finden würde, der sie überwinden könnte. Das Revanchespiel der Meistermannschaft aus Leipzig mit den Tillingern endete hundselend für Leipzig. Sie brachten fünf Goals mit heim und ließen im Netz der Tillinger nur eins, und das aus einem Strafstoß.

Als ›Höchstädt‹ von dem glänzenden Erfolg der Tillinger las, wurde der ganze Klub grün vor Wut.

Und als sie dann in der *Allgemeinen Sportzeitung* lasen, daß die Gelbweißen aus Tillingen keinen ernsten Gegner mehr in Süddeutschland hätten, und daß sie ein Spiel vorgeführt hätten, das selbst ihre Gegner in Entzücken versetzte, da ward ihnen zumute wie ihren Vorfahren, als die

Tillinger einmal Höchstädt einnahmen und es ausplünderten.

An dem Referate versetzen sie in helle Wut besonders Sätze wie: »Ein Uraganfeuer auf das Leipziger Tor,« – »Das herrliche Dribbling des rechten Flügels« usw.

»Ich möchte den Kerl auch mal umdribbeln«, sagte betrübt Thomas vom Forward, »daß er nie mehr Fußball spielen würde, höchstens im Himmel mit dem heiligen Petrus auf ein Tor.«

Sie saßen alle im Klubzimmer, und für eine Weile verstummte das Gespräch. Man konnte erwarten, daß nun einer etwas sagen werde, was die Situation klären und allen Erleichterung bringen werde.

Dieser Mann war der Klubsekretär. »Vereinbaren wir mit ihnen ein Freundschaftsspiel«, sagte er, »auf diese Weise kriegen wir sie her. Dazu haben wir ja schließlich unsere Lokalzeitungen. Ein Revanchespiel werden wir nicht spielen, weil die Mannschaft des ›Tillingen‹ bei uns ihr *letztes* Spiel gespielt haben wird. Wer nicht wenigstens einen Spieler erledigt, wird aus dem Klub ausgeschlossen, und wenn er irgendwo angestellt ist, wird auf seinen Arbeitgeber ein Druck ausgeübt, damit er aus der Arbeit entlassen wird. Außerdem wird er an dem Goalnetz festgebunden, und alle Spieler werden beim Training auf ihn Elfmeter üben.«

Die Lokalzeitungen standen sofort ihrem Klub ›Höchstädt‹ zur Disposition und begannen den ›Tillingen‹ auf den Vulkanboden ihrer Stadt zu locken.

Besonders der Artikel: *Die beste Mannschaft Süddeutschlands* war sehr geschickt geschrieben. Darin wurde auf die jüngsten Siege ›Tillingens‹ hingewiesen und dessen

Spiel und überraschende Resultate gelobt. Es hieß dort, auch Höchstädt könne auf eine große Reihe schöner Erfolge verweisen, allein den einzigen Maßstab für die Entscheidung, welcher Klub besser sei, ›Tillingen‹ oder ›Höchstädt‹, könne nur ein Treffen beider Klubs in einem Freundschaftsspiel bilden, bei dem alles vergessen werden müßte, was ohnehin seit langem zwischen beiden Städten, deren Namen die beiden Mannschaften stolz tragen, abgetan sei. Fußball sei ein internationales Spiel und Lokalinteressen spielten hierbei keine Rolle. Hier siege nicht mehr die physische Kraft mittelalterlicher Söldner, sondern die reine Idee des Sportsmanns, der in sein Spiel Mut und technische Gewandtheit legt. Durch den Besuch des ›Tillingen‹ in Höchstädt würden gewiß für immer die Mißverständnisse zwischen beiden Städten des alten Schwabenlandes schwinden.

Etwas ähnliches schrieben die Höchstädter schon vor einigen Jahrhunderten dem Burggrafen von Tillingen; er möge sie doch mit seinem Besuche beehren, sie meinten es mit ihm aufrichtig und schickten ihm deshalb einen sicheren Geleitbrief, damit er persönlich über die Grenzen zwischen Tillingen und Höchstädt verhandeln komme.

Als der Herr Burggraf von Tillingen kam, geschah ihm in der Tat nichts. Sie verhandelten mit ihm bieder über alle strittigen Fragen, bei denen sich der Herr Burggraf aber dermaßen aufregte, daß ihn die Höchstädter, um ihn zu beruhigen, aufhängen mußten. Und so schaukelte er auf den Zinnen mit dem Geleitbrief in der Hand.

In einem anderen Artikel, durch den der Redakteur des *Morgenblatt* in Höchstädt die Tillinger vollends blenden wollte, lesen wir folgende Sätze: »Wenn der ›Tillingen‹ einmal den Spielplatz des ›Höchstädt‹ betreten wird, dann wird dies der Gipfel der Frühjahrssaison sein, zugleich aber auch eine Manifestation der brüderlichen Beziehungen zwischen beiden Städten. Die Vergangenheit ist vergessen. Die Grünblauen werden den Gelbweißen die Hand reichen und sie warm ans Herz drücken. Wie die Redaktion erfährt, wird in der nächsten Woche der Klubsekretär unseres Klubs nach Tillingen entsendet werden, um den Match zwischen beiden Klubs endgültig festzusetzen. Er hat den Auftrag erhalten, mitzuteilen, daß dem ›Tillingen‹ nicht nur seitens unserer Sportsleute-Gentlemen ein brüderlicher Empfang zuteil werden wird, sondern auch seitens unserer sportliebenden Öffentlichkeit, die sich auf den ›Tillingen‹ und sein Spiel freut, in der Hoffnung, daß beide Mannschaften ihr Bestes leisten und ein ihrer Tradition würdiges Spiel vorführen werden, wofür übrigens auch die ausgezeichnete Kondition beider Mannschaften spricht. Über die Endklassifikation beider Mannschaften wird man erst nach dem Match sprechen können.«

»Sieh mal an«, sagte man sich im Klub ›Tillingen‹, als sie dieses Lob über sich lasen, »was der Erfolg im Sport macht. Vor einem Jahr hat noch niemand von uns gewußt, und nun zerfließen selbst die Höchstädter vor Lob. Es ist noch nicht vierzehn Monate her, daß sie von uns schrieben, wir seien die miserabelste Mannschaft auf der Welt, und uns empfahlen, lieber zu schussern, als Fußball zu spielen. Nun gut, wenn sie Dresche bekommen wollen, sind wir nicht dagegen, mit ihnen ein Freundschaftsspiel auszutragen. Wir wollen es ihnen eintränken. Sie schreiben, auch ›Höchstädt‹ könne auf eine Reihe schöner Erfolge hinweisen. Unverschämte Lügner! Wer hat schon mit ihnen gespielt? Die Klubs ›Ingolstadt‹, ›Truttensdorf‹, ›Regensburg‹ und ›Keichenthal‹ – bekannte Raufbolde, die keine Ahnung davon haben, was Kopfspiel ist. Bei denen die beste Kombination darin besteht, den Spieler von allen Seiten zu umstellen und zu Boden zu kicken. Die gehen nur auf den Mann, aber nicht auf den Ball.«

»Das haben wir doch auch gemacht«, seufzte der rechte Flügel, »und meiner Treu, das waren goldene Zeiten. Erinnert ihr euch noch, wie ich den Zentreforward der ›Ulmer Brüder‹ angefaßt habe? Ich brach ihm das Genick, die Schulter und den linken Fuß; und das alles nur mit einem Kick.«

»Und wir mußten ihn auf Kosten des Klubs begraben«, warf mürrisch der Kassier ein. »Dein Schuß hat uns zweitausend Goldmark gekostet, weil ihr alle auf den blödsinnigen sentimentalen Einfall kamt, ihn in einem Sarg zu bestatten, als ob er ein Fußball gewesen wäre.«

»Aber das Spiel wurde zu Ende gespielt, und wir mußten das Eintrittsgeld nicht zurückerstatten«, sagte der rechte Flügel entschuldigend.

»Unbedingt werden wir über den ›Höchstädt‹ siegen«, erklärte feierlich der Kapitän, »siegen durch unsere feine Kombination. Uns geniert der feindliche Forward nicht. Von den Flügeln wird der Mitte vorgelegt, der Zenter übergibt an den linken Flügel, läuft voraus, umdribbelt den Back, Schuß und Goal. Wir müssen die Spieler nicht abdekken, wir kommen mit ihnen überhaupt nicht in Berührung. Die müssen im luftleeren Raum umherlaufen. Der Ball muß für sie unerreichbar sein. Nur wir werden ihn an Kopf und

Fuß zu kosten bekommen. Für sie muß er eine abstrakte Melone sein, ein Märchen und weiter nichts. Hipp, hipp, hurrah.«

Der Sekretär des ›Höchstädt‹ kam in der folgenden Woche an, um abzuschließen, was eigentlich bereits abgemachte Sache war, als die Tillinger *Morgenpost* schrieb, man verhandle über die möglichst nahe Verwirklichung eines Freundschaftsspieles zwischen ›Tillingen‹ und ›Höchstädt‹, in welchem der ›Tillingen‹ die Farben seiner Stadt und die Ehre des Klubs verteidigen werde. Man werde nicht um einen Pokal spielen, sondern um den Sieg über den ›alten Bekannten‹, um den Sieg der Stadt Tillingen über die Stadt Höchstädt an der Donau. Die Züge spien Scharen von Tillingern auf dem Höchstädter Bahnhof aus, damit für die Mannschaft, die die weißgelben Farben verteidigte, eine entsprechende Ehreneskorte bereitstünde, und damit jemand die Sieger aus Tillingen umarmen könne.

Bis auf einige feindliche Blicke, mit denen der Sekretär des ›Höchstädt‹ bei seiner Ankunft gemessen wurde, geschah ihm nichts Unangenehmes, und er erledigte alles glatt. Das Freundschaftsspiel zwischen beiden Klubs wurde für den nächsten Sonntag auf dem Spielfelde des ›Höchstädt‹ festgesetzt. Der Reinertrag sollte zu gleichen Teilen zwischen den beiden Klubs aufgeteilt werden.

Dann ging's, nach altem Klubbrauch, ins Wirtshaus, wo man auf Vereinskosten bis zum Morgengrauen trank. Gegen Morgen einigte man sich noch auf folgendes: 1. Schiedsrichter sollte ein Unparteiischer aus Nürnberg sein. Fahrt und Auslagen sollten ihm von beiden Klubs gezahlt werden. 2. Daß der Urahne des Kapitäns des ›Höchstädt‹ bei einem

Sturme auf die Stadt Tillingen vom Urahnen des Kapitäns des ›Tillingen‹ mit dem Schwerte vom Scheitel bis zur Sohle entzweigehaut wurde und dafür wiederum von einem Urahnen des Klubsekretärs des ›Höchstädt‹ auf einer Lanzenspitze befestigt wurde.

Bei diesem Punkt begann die Unterhaltung ein wenig zu stocken, und der Klubsekretär des ›Höchstädt‹ hielt es für angebracht, zu verduften, da er merkte, daß der Klubkapitän ihn ein wenig seltsam betrachtete, als wollte er an ihm eine Rehabilitierung seiner Ahnen vornehmen.

So kam der glorreiche Tag, an dem die Tillinger nach so vielen Jahrhunderten wiederum gen Höchstädt zogen, wo alles zur Verteidigung gerüstet war.

In Tillingen wie in Höchstädt waren alle Ochsenziemer, Eisenringe, Eichenstöcke und Revolver ausverkauft. Die Handkoffer der Tillinger waren auffallend schwer, da sie Steine mit sich führten. Die Höchstädter hatten sich damit die Taschen vollgestopft. Das Spiel begann genau um halb vier Uhr, und um drei Uhr dreiunddreißig Minuten war der Kampf bereits in vollem Gange.

Als erster fiel der Unparteiische. Er erhielt von Anhängern beider Klubs je einen Hieb mit dem Ochsenziemer an den Schädel. An zwei Stellen wurde ihm der Schädel eingeschlagen. Bevor er starb, schrie er noch ›offside‹, da er nicht mehr pfeifen konnte, denn ein neuer Hieb mit dem Ochsenziemer hatte ihm das Pfeifchen im Munde zerquetscht.

Die Tillinger waren im Vorteile, da ihrer zehntausend gekommen waren und Höchstädt im ganzen nur neuntausend Einwohner hat.

Die Höchstädter wehrten sich verzweifelt, und in dem

allgemeinen Handgemenge gelang es ihnen, den Kapitän des ›Tillingen‹ an der Latte des Tores des ›Höchstädt‹ aufzuhängen.

Der Zentrehalf des ›Tillingen‹ biß beiden Backs des ›Höchstädt‹ die Kehlen durch und wurde dafür vom Zentreforward dieses Klubs gefällt.

In allen Tageszeitungen Deutschlands erschien in der Sportrubrik des folgenden Tages ein Telegramm mit folgendem lakonischen Inhalt:

Das interessante Freundschaftsspiel Tillingen–Höchstädt nicht zu Ende gespielt. Auf dem Spielfelde blieben eintausendzweihundert Gäste und achthundertfünfzig einheimische Zuschauer. Liquidation beider Klubs. Die Stadt brennt.

Wenn ich dabei an die Spiele der Prager ›Sparta‹ mit der ›Slavia‹ denke, dann sehe ich erst, daß der Fußballsport bei uns erst in den Kinderschuhen steckt.

Das Eingreifen des braven Soldaten Schwejk in den Weltkrieg

»Also sie ham uns den Ferdinand erschlagen«, sagte die Bedienerin zu Herrn Schwejk, der vor Jahren den Militärdienst quittiert hatte, nachdem er von der militärärztlichen Kommission endgültig für blöd erklärt worden war, und der sich nun durch den Verkauf von Hunden, häßlichen, schlechtrassigen Scheusälern, ernährte, deren Stammbäume er fälschte.

Neben dieser Beschäftigung war er vom Rheumatismus heimgesucht und rieb sich gerade die Knie mit Opodeldok ein.

»Was für einen Ferdinand, Frau Müller?« fragte Schwejk, ohne aufzuhören, sich die Knie zu massieren. »Ich kenn zwei Ferdinande. Einen, der is Diener beim Drogisten Pruscha und hat dort mal aus Versehn eine Flasche mit irgendeiner Haartinktur ausgetrunken, und dann kenn ich noch den Ferdinand Kokoschka, der, was den Hundedreck sammelt. Um beide is kein Schad.«

»Aber gnä' Herr, den Herrn Erzherzog Ferdinand, den aus Konopischt, den dicken frommen.«

»Jesus Maria«, schrie Schwejk auf. »Das is aber gelungen. Und wo is ihm denn das passiert, dem Herrn Erzherzog?«

»In Sarajevo ham sie ihn mit einem Revolver niedergeschossen, gnä' Herr. Er ist dort mit seiner Erzherzogin im Automobil gefahren.«

»Da schau her, im Automobil, Frau Müller, ja, so ein Herr kann sich das erlauben und denkt gar nicht dran, wie so eine Fahrt im Automobil unglücklich ausgehn kann. Und noch dazu in Sarajevo, das is in Bosnien, Frau Müller. Das ham sicher die Türken gemacht. Wir hätten ihnen halt dieses Bosnien und Herzegowina nich nehmen solln. No also, Frau Müller. Der Herr Erzherzog ruht also schon in Gottes Schoß. Hat er sich lang geplagt?«

»Der Herr Erzherzog war gleich weg, gnä' Herr, Sie wissen ja, so ein Revolver is kein Spaß. Unlängst hat auch ein Herr bei uns in Nusle mit einem Revolver gespielt und die ganze Familie erschossen, mitsamt dem Hausmeister, der nachschaun gekommen is, wer dort im dritten Stock schießt.«

»Mancher Revolver geht nicht los, Frau Müller, wenn Sie sich aufn Kopf stelln. Solche Systeme gibts viel. Aber auf den Herrn Erzherzog ham sie sich gewiß was Besseres gekauft, und ich möcht wetten, Frau Müller, daß sich der Mann, der das getan hat, dazu schön angezogen hat. Nämlich auf einen Herrn Erzherzog schießen is eine sehr schwere Arbeit. Das is nicht so, wie wenn ein Wilddieb auf einen Förster schießt. Da handelt sichs darum, wie man an ihn herankommt, auf so einen Herrn kann man nicht in Hadern kommen. Da müssen Sie im Zylinder kommen, damit Sie nicht ein Polizist schon vorher abfaßt.«

»Es waren ihrer herich mehr, gnä' Herr.«

»No, das versteht sich doch von selbst, Frau Müller«, sagte Schwejk, seine Kniemassage beendend. »Wenn Sie einen Erzherzog oder den Kaiser erschlagen wollten, möchten Sie sich sicher auch mit jemandem beraten. Mehr Leute haben mehr Verstand. Der eine rät das, der andere wieder was anderes, und so wird das Schwerste leicht vollbracht, wies in unsrer Volkshymne heißt. Die Hauptsache is, den Moment abpassen, wenn so ein hoher Herr vorübergeht. Wie zum Beispiel, wenn Sie sich noch an den Herrn Luccheni erinnern, der, was unsre selige Elisabeth mit der Feile erstochen hat. Er is mit ihr spazierengegangen. Dann traun Sie noch jemandem. Seit der Zeit geht keine Kaiserin mehr spazieren. Und dasselbe Schicksal wartet noch auf viele Leute. Sie wern sehn, Frau Müller, daß auch noch der Zar und die Zarin an die Reihe kommen und, was Gott verhüten mög, auch unser Kaiser, wenn sie schon mit seinem Onkel angefangen ham. Er hat viele Feinde, der alte Herr. Noch mehr als der Ferdinand. Wies da unlängs ein Herr im Wirtshaus gesagt hat, daß eine Zeit kommen wird, wo die Kaiser einer nach dem andern abdampfen wern und wo sie nicht einmal die Staatsanwaltschaft herausreißen wird. Dann hat er die Zeche nicht bezahlen können, und der Wirt hat ihn hoppnehmen lassen müssen. Und er hat ihm eine Watschen hinuntergehaut und dem Wachmann zwei. Dann ham sie ihn in der Gemeindetruhe abgeführt, damit er zu sich kommt. Ja, Frau Müller, heutzutag geschehn Dinge! Das is wieder ein Verlust für Österreich. Wie ich noch beim Militär war, hat dort ein Infanterist einen Hauptmann erschossen. Er hat seine Flinte geladen und is in die Kanzlei gegangen. Dort hat man ihm gesagt, daß er dort nichts zu suchen hat, aber er is fort drauf bestanden, daß er mit dem Herrn Hauptmann sprechen muß. Der Hauptmann is hinausgegangen und hat ihm gleich einen Kasernarrest aufgebrummt. Er hat die Flinte genommen und hat ihn direkt ins Herz getroffen. Die Kugel is dem Herrn Hauptmann durch den Rücken hinausgefahren und hat noch in der Kanzlei Schaden angerichtet. Sie hat eine Flasche Tinte zerschlagen, und die hat die Amtsakten begossen.

»Und was is mit dem Soldaten geschehn?« fragte nach einer Weile Frau Müller, während Schwejk sich ankleidete.

»Er hat sich an den Hosenträgern aufgehängt«, sagte Schwejk, seinen harten Hut putzend. »Und die Hosenträger waren nicht mal sein. Die hat er sich vom Profosen ausgeborgt, weil ihm herich die Hosen rutschen. Hätt er warten solln, bis sie ihn erschießen? Das wissen Sie, Frau Müller, in so einer Situation geht einem der Kopf herum wie ein Mühlrad. Den Profosen haben sie dafür degradiert und ihm sechs Monate aufgepelzt. Aber er hat sie sich nicht abgesessen. Er is nach der Schweiz durchgebrannt und is dort heut Prediger in irgendeiner Kirchengemeinde. Heutzutage gibts wenig anständige Leute, Frau Müller. Ich stell mir halt vor, daß sich der Herr Erzherzog Ferdinand in Sarajevo auch in dem Mann getäuscht hat, der ihn erschossen hat. Er hat irgendeinen Herrn gesehn und sich gedacht: Das is sicher ein anständiger Mensch, wenn er mir ›Heil‹ zuruft. Und dabei knallt ihn der Herr nieder. Hat er nur einmal oder öfter geschossen?

»Die Zeitungen schreiben, gnä' Herr, daß der Herr Erzherzog wie ein Sieb war. Er hat alle Patronen auf ihn verschossen.

»Ja, das geht ungeheuer rasch, Frau Müller, furchtbar rasch. Ich möcht mir für so was einen Browning kaufen. Der schaut aus wie ein Spielzeug, aber Sie können damit in zwei Minuten zwanzig Erzherzöge niederschießen, magere oder dicke. Obgleich man, unter uns gesagt, Frau Müller, einen dicken Erzherzog besser trifft als einen magern. Erinnern Sie sich noch, wie sie damals in Portugal ihren König erschossen ham? Der war auch so dick. No, selbstverständlich wird ein König nicht mager sein. – Also ich geh jetzt ins Wirtshaus ›Zum Kelch‹, und wenn jemand herkäm um den Rattler, auf den ich mir die Anzahlung genommen hab, dann sagen Sie ihm, daß ich ihn in meinem Hundezwinger am Land hab, daß ich ihm unlängs die Ohren kupiert hab und daß man ihn jetzt nicht transportieren kann, solang die Ohren nicht zuheiln, damit er sie sich nicht verkühlt. Den Schlüssel geben Sie zur Hausmeisterin.«

Im Wirtshaus ›Zum Kelch‹ saß ein einsamer Gast. Es war der Zivilpolizist Bretschneider, der im Dienste der Staatspolizei stand. Der Wirt Palivec spülte die Bieruntersätze ab, und Bretschneider bemühte sich vergeblich, mit ihm ein ernstes Gespräch anzuknüpfen.

Palivec war als ordinärer Mensch bekannt, jedes zweite Wort von ihm war ›Dreck‹ oder ›Hinterer‹. Dabei war er aber belesen und verwies jedermann darauf, was Victor Hugo in seiner Schilderung der Antwort der alten Garde Napoleons an die Engländer in der Schlacht von Waterloo über diesen Gegenstand schreibt.

»Einen feinen Sommer ham wir«, knüpfte Bretschneider sein ernstes Gespräch an.

»Steht alles für einen Dreck«, antwortete Palivec, die Untersätze in die Kredenz einordnend.

»Die haben uns in Sarajevo was Schönes eingebrockt«, ließ sich mit schwacher Hoffnung wieder Bretschneider vernehmen.

»In welchem Sarajevo?« fragte Palivec. »In der Nusler Weinstube? Dort rauft man sich jeden Tag. Sie wissen ja, Nusle!«

»Im bosnischen Sarajevo, Herr Wirt. Man hat dort den Herrn Erzherzog Ferdinand erschossen. Was sagen Sie dazu?«

»Ich misch mich in solche Sachen nicht hinein. Damit kann mich jeder im Arsch lecken«, antwortete höflich Herr Palivec und zündete sich seine Pfeife an. »Sich heutzutage in so was hineinmischen, das kann jeden den Kopf kosten. Ich bin Gewerbetreibender, wenn jemand kommt und sich ein Bier bestellt, schenk ichs ihm ein. Aber so ein Sarajevo, Politik oder der selige Erzherzog, das is nix für uns. Draus schaut nix heraus als Pankrác*.«

Bretschneider verstummte und blickte enttäuscht in der leeren Gaststube umher.

»Da ist mal ein Bild vom Kaiser gehangen«, ließ er sich nach einer Weile von neuem vernehmen. »Gerade dort, wo jetzt der Spiegel hängt.«

»Ja, da ham Sie recht«, antwortete Herr Palivec. »Er is dort gehangen, und die Fliegen ham auf ihn geschissen, so hab ich ihn auf den Boden gegeben. Sie wissen ja, jemand könnt sich irgendeine Bemerkung erlauben, und man könnt davon noch Unannehmlichkeiten haben. Hab ich das nötig?«

»In Sarajevo hat es aber bös aussehn müssen, Herr Wirt.«

Auf diese heimtückisch direkte Frage antwortete Herr Palivec ungewöhnlich vorsichtig: »Um diese Zeit is es in

* Große Strafanstalt in Prag.

Bosnien verflucht heiß. Wie ich gedient hab, mußten wir unserm Oberlajtnant Eis aufn Kopf geben.«

»Bei welchem Regiment haben Sie gedient, Herr Wirt?«

»An solche Kleinigkeiten erinner ich mich nicht, ich hab mich nie um so einen Dreck gekümmert und war auch nie drauf neugierig«, antwortete Herr Palivec, »allzu große Neugier schadet.«

Der Zivilpolizist Bretschneider verstummte endgültig, und sein betrübter Ausdruck heiterte sich erst bei der Ankunft Schwejks auf, der bei seinem Eintritt in das Wirtshaus ein schwarzes Bier mit folgender Bemerkung bestellte: »In Wien ham sie heut auch Trauer.«

Bretschneiders Augen leuchteten voller Hoffnung auf. Er sagte kurz: »Auf Konopischt hängen zehn schwarze Fahnen.«

»Es sollten zwölf dort sein«, sagte Schwejk nach einem Schluck.

»Warum meinen Sie zwölf?« fragte Bretschneider.

»Damits eine runde Zahl gibt. Aufs Dutzend rechnet sichs besser, und im Dutzend kommt auch alles billiger«, antwortete Schwejk.

Es herrschte Schweigen, das Schwejk selbst durch folgenden Stoßseufzer unterbrach: »Also er ruht schon in Gottes Schoß. Gott geb ihm ewigen Frieden. Er hats nicht mal erlebt, daß er Kaiser worden is. Wie ich beim Militär gedient hab, is einmal ein General vom Pferd gefalln und hat sich in aller Seelenruh erschlagen. Man wollte ihm wieder aufs Pferd helfen, ihn hinaufheben, da sieht man zu seiner Verwunderung, daß er mausetot is. Und er hat auch zum Feldmarschall avancieren solln. Das is bei einer Parade geschehn. Diese Paraden führen nie zu was Gutem. In Sarajevo war auch so eine Parade. Ich erinner mich, daß mir bei so einer Parade einmal zwanzig Knöpfe bei der Montur gefehlt ham und daß ich dafür vierzehn Tage Einzel gefaßt hab. Zwei Tage bin ich krummgeschlossen gelegen wie Lazarus. Aber Disziplin muß beim Militär sein. Sonst möcht sich niemand aus jemandem was machen. Unser Oberlajtnant Makovec hat uns immer gesagt: ›Disziplin, ihr Heuochsen, muß sein, sonst möchtet ihr wie die Affen auf den Bäumen klettern. Aber das Militär wird aus euch Menschen machen, ihr Trotteln.‹ Und is das nicht wahr? Stellen Sie sich einen Park vor, sag mr aufm Karlsplatz, und auf jedem Baum einen Soldaten ohne Disziplin. Davor hab ich immer die größte Angst gehabt.«

»Das in Sarajevo«, knüpfte Bretschneider an, »haben die Serben gemacht.«

»Da irren Sie sich aber sehr«, antwortete Schwejk. »Das ham die Türken gemacht, wegen Bosnien und Herzegowina.«

Und Schwejk legte seine Ansichten über die internationale Politik Österreichs auf dem Balkan dar. Die Türken hätten im Jahre 1912 den Krieg mit Serbien, Bulgarien und Griechenland verloren. Sie hatten damals wollen, Österreich solle ihnen helfen, und als dies nicht geschah, schossen sie Ferdinand nieder.

»Hast du die Türken gern?« wandte sich Schwejk an Palivec. »Hast du diese heidnischen Hunde gern? Nicht wahr, das nicht.«

»Ein Gast wie der andere«, sagte Palivec, »und wenns auch ein Türke is. Für uns Gewerbetreibende gibts keine

Politik. Bezahl dein Bier und setz dich hin und quatsch was du willst. Das is mein Grundsatz. Ob unsern Ferdinand ein Türke oder Serbe, ein Katholik oder Mohammedaner, ein Anarchist oder Jungtscheche umgebracht hat, is mir ganz powidel.«

»Gut, Herr Wirt«, ließ sich Bretschneider vernehmen, der wiederum die Hoffnung aufgab, einen von den beiden in die Enge treiben zu können. »Aber Sie werden zugeben, daß das ein großer Verlust für Österreich ist.«

Statt des Wirtes antwortete Schwejk: »Ein Verlust is es, das läßt sich nicht leugnen. Ein furchtbarer Verlust. Der Ferdinand läßt sich nicht durch jeden beliebigen Trottel ersetzen. Nur noch dicker hätt er sein solln.«

»Wie meinen Sie das?« fragte Bretschneider lebhaft.

»Wie ich das mein?« antwortete Schwejk friedlich. »No, nur so: wenn er dicker gewesen wär, dann hätt ihn sicher schon früher der Schlag getroffen, wie er die alten Weiber in Konopischt gejagt hat, wenn sie in seinem Revier Reisig und Schwämme gesammelt ham, und er hätt nicht eines so schmählichen Todes sterben müssen. Wenn ich mir das so überleg, ein Onkel Seiner Majestät des Kaisers, und sie erschießen ihn! Das is ja ein Schkandal, die ganzen Zeitungen sind voll damit. Bei uns in Budweis hat man vor Jahren auf dem Markt bei irgendeinem kleinen Streit einen Viehhändler erstochen, einen gewissen Břetislav Ludwig, der hatte einen Sohn namens Bohuslav, und wenn der seine Schweine verkaufen kam, wollt niemand was von ihm kaufen, und jeder hat gesagt: ›Das ist der Sohn von diesem Erstochenen. Das wird gewiß auch ein feiner Lump sein.‹ Er hat in Krummau von der Brücke in die Moldau springen müssen, und man hat ihn wieder zu Bewußtsein bringen müssen, und man hat aus ihm das Wasser herauspumpen müssen, und er hat in den Armen des Arztes seinen Geist aufgeben müssen, wie der ihm irgendeine Injektion gemacht hat.«

»Sie ziehen aber merkwürdige Vergleiche«, sagte Bretschneider bedeutungsvoll, »zuerst sprechen Sie von Ferdinand und dann von einem Viehhändler.«

»I wo«, verteidigte sich Schwejk. »Gott bewahre, daß ich jemand mit jemandem vergleichen möcht. Der Herr Wirt kennt mich. Nicht wahr, ich hab nie jemanden mit jemandem verglichen? Ich möcht nur nicht in der Haut der Frau Erzherzogin stecken. Was wird die jetzt machen? Die Kinder sind Waisen, die Herrschaft in Konopischt ohne Herrn. Soll sie sich wieder mit irgendeinem Erzherzog verheiraten? Was hätt sie davon? Sie wird mit ihm wieder nach Sarajevo fahren und zum zweitenmal Witwe wern. Da hat vor Jahren in Zliw bei Hluboká ein Heger gelebt, der hat den häßlichen Namen Pinscher gehabt. Die Wilddiebe ham ihn erschossen, und er hat eine Witwe mit zwei Kindern hinterlassen, und sie hat nach einem Jahr wieder einen Heger genommen, den Schewla-Pepi aus Mydlowar. Und den ham sie ihr auch erschossen. Dann hat sie sich zum drittenmal verheiratet und hat wieder einen Heger genommen und hat gesagt: ›Aller guten Dinge sind drei. Wenns diesmal nicht glückt, dann weiß ich schon nicht, was ich machen soll.‹ Natürlich hat man ihr ihn wieder erschossen, und da hat sie mit diesen Hegern zusammen schon sechs Kinder gehabt. Sie is bis in die Kanzlei vom Herrn Fürsten in Hluboká gegangen und hat sich beschwert, daß sie mit diesen Hegern so ein Malör hat. Dort hat man ihr den Teichwächter Jaresch vom Ražitzer Teich empfohlen. Und was sagen Sie dazu: Den ham sie ihr wieder beim Fischfang im Teich ertränkt, und dabei hat sie mit ihm schon zwei Kinder gehabt. Da hat sie sich einen Schweinschneider aus Vodnany genommen, und er hat sie eines Abends mit der Hacke erschlagen und is sich dann freiwillig anzeigen gegangen. Wie man ihn dann beim Kreisgericht in Pisek gehängt hat, hat er dem Priester die Nase abgebissen und hat gesagt, daß er überhaupt nichts bereut, und hat auch noch was sehr Häßliches über unsern Kaiser gesagt.«

»Und wissen Sie nicht, was er gesagt hat?« fragte mit hoffnungsvoller Stimme Bretschneider.

»Das kann ich Ihnen nicht sagen, weil sich niemand getraut hat, es zu wiederholen. Aber es war herich etwas so Furchtbares und Schreckliches, daß ein Rat vom Gericht, der dabei war, davon verrückt geworn is, und noch heut hält man ihn in der Isolierzelle, damit nix ans Licht kommt. Es war nicht nur eine gewöhnliche Majestätsbeleidigung, wie man sie begeht, wenn man betrunken is.«

»Und welche Majestätsbeleidigung begeht man denn da?« fragte Bretschneider.

»Meine Herren, ich bitt Sie, sprechen Sie von was andrem«, ließ sich der Wirt Palivec vernehmen. »Wissen Sie, ich hab so was nicht gern. Man läßt was fallen, und das kann einen manchmal verdrießen.«

»Welche Majestätsbeleidigungen man begeht, wenn man betrunken ist?« wiederholte Schwejk. »Verschiedene. Betrinken Sie sich, lassen Sie sich die österreichische Hymne aufspieln, und Sie wern sehn, was Sie anfangen wern zu sprechen. Sie wern sich so viel über Seine Majestät ausdenken, daß es, wenn nur die Hälfte davon wahr wär, genügen möcht, um ihn für sein ganzes Leben unmöglich zu machen. Aber der alte Herr verdient sichs wirklich nicht. Bedenken Sie: Seinen Sohn Rudolf hat er im zarten Alter in voller Manneskraft verloren. Seine Gemahlin Elisabeth hat man mit einem Dolch durchbohrt, dann is ihm der Johann Orth verlorengegangen; seinen Bruder, den Kaiser von Mexiko, hat man ihm in irgendeiner Festung, an irgendeiner Mauer erschossen. Jetzt ham sie ihm wieder auf seine alten Tage den Onkel abgemurkst. Da müßte man wirklich eiserne Nerven haben. Und dann fängt irgendein besoffener Kerl an, ihm aufzuheißen. Wenns heute zum Krieg kommt, geh ich freiwillig und wer unserm Kaiser dienen, bis man mich in Stücke reißt.«

Schwejk tat einen tüchtigen Schluck und fuhr fort: »Sie glauben, unser Kaiser wird das so lassen? Da kennen Sie ihn schlecht. Krieg mit den Türken muß sein. Ihr habt meinen Onkel erschlagen, da habt ihr dafür eins über die Kuschen. Es gibt bestimmt Krieg. Serbien und Rußland wern uns in diesem Krieg helfen. Sakra, wird man sich dreschen!«

Schwejk sah in diesem prophetischen Augenblick herrlich aus. Sein einfältiges Gesicht, das lächelte wie der Vollmond, glänzte vor Begeisterung. Ihm war alles so klar.

»Kann sein«, fuhr er in seiner Schilderung der Zukunft Österreichs fort, »daß uns, wenn wir mit den Türken Krieg führen, die Deutschen in den Rücken falln, weil die Deutschen und die Türken zusammenhalten. Wir können uns aber mit Frankreich verbünden, das seit dem Jahr einundsiebzig auf Deutschland schlecht zu sprechen is. Und schon wirds gehn. Es wird Krieg geben, mehr sag ich euch nicht.«

Bretschneider stand auf und sagte feierlich: »Mehr müssen Sie auch nicht sagen. Kommen Sie mit mir auf den Gang, dort werde ich Ihnen etwas sagen.«

Schwejk folgte dem Zivilpolizisten auf den Gang, wo seiner eine kleine Überraschung harrte, als ihm sein Biernachbar den Adler* zeigte und erklärte, daß er ihn verhafte und sofort zur Polizeidirektion führen werde. Schwejk bemühte sich, ihm klarzumachen, daß der Herr sich vielleicht irre, er sei vollständig unschuldig und habe nicht ein Wort gesagt, das jemanden beleidigen könne.

Bretschneider sagte ihm jedoch, er habe sich einer Reihe strafbarer Handlungen schuldig gemacht, unter denen auch das Verbrechen des Hochverrats eine Rolle spiele.

Dann kehrten sie in die Gaststube zurück, und Schwejk sagte zu Herrn Palivec: »Ich hab fünf Biere und ein Kipfel mit einem Würstl. Jetzt gib mir noch einen Sliwowitz, und dann muß ich schon gehn, weil ich verhaftet bin.«

Bretschneider zeigte Herrn Palivec den Adler, blickte Herrn Palivec eine Weile an und fragte dann: »Sind Sie verheiratet?«

»Ja.«

»Und kann Ihre Frau während Ihrer Abwesenheit das Geschäft führen?«

»Ja.«

»Dann ist alles in Ordnung, Herr Wirt«, sagte Bretschneider heiter, »rufen Sie Ihre Frau herein, übergeben Sie ihr alles, und abends werden wir Sie abholen.«

»Mach dir nichts draus«, tröstete ihn Schwejk, »ich geh nur wegen Hochverrat hin.«

* Abzeichen der österreichischen Geheimpolizisten.

»Aber wofür ich?« stöhnte Herr Palivec. »Ich war doch so vorsichtig.«

Bretschneider lächelte und sagte siegesfroh: »Dafür, daß Sie gesagt haben, daß die Fliegen auf unsern Kaiser geschissen haben. Man wird Ihnen schon unsern Kaiser aus dem Kopf treiben.«

Und Schwejk verließ das Gasthaus ›Zum Kelch‹ in Begleitung des Zivilpolizisten, den er mit seinem freundlichen Lächeln fragte, als sie auf die Straße traten: »Soll ich vom Trottoir heruntergehn?«

»Warum?«

»Ich denk, wenn ich verhaftet bin, hab ich kein Recht mehr, auf dem Trottoir zu gehn.«

Als sie in das Tor der Polizeidirektion traten, sagte Schwejk: »Wie rasch uns die Zeit verlaufen is! Gehn Sie oft zum ›Kelch‹?«

Und während man Schwejk in die Aufnahmekanzlei führte, übergab Herr Palivec beim ›Kelch‹ die Gastwirtschaft seiner weinenden Frau, wobei er sie in seiner sonderbaren Art tröstete: »Wein nicht, heul nicht, was können sie mir wegen einem beschissenen Kaiserbild machen?«

Und so griff der brave Soldat Schwejk in seiner freundlichen, liebenswürdigen Weise in den Weltkrieg ein.

Die Historiker wird es interessieren, daß er weit in die Zukunft voraussah. Wenn sich die Situation später anders entwickelte, als er beim ›Kelch‹ auseinandergesetzt hatte, dann müssen wir berücksichtigen, daß er keine diplomatische Vorbildung besaß.

Der brave Soldat Schwejk auf der Polizeidirektion

Das Attentat in Sarajevo füllte die Polizeidirektion mit zahlreichen Opfern. Man brachte eins nach dem andern, und der alte Inspektor in der Aufnahmekanzlei sagte mit seiner gutmütigen Stimme: »Dieser Ferdinand wird sich euch nicht auszahlen!«

Als man Schwejk in eine der vielen Zellen des ersten Stockwerks sperrte, fand er dort eine Gesellschaft von sechs Männern vor. Fünf saßen rings um den Tisch, und in der Ecke auf dem Kavallett* saß, als wollte er sich von ihnen absondern, ein Mann in mittleren Jahren.

Schwejk begann einen nach dem andern auszufragen, warum man ihn eingesperrt habe.

Von den fünfen, die am Tisch saßen, erhielt er nahezu die gleiche Antwort: »Wegen Sarajevo!« – »Wegen Ferdinand!« – »Wegen diesem Mord am Herrn Erzherzog!« – »Wegen Ferdinand!« – »Dafür, daß man den Herrn Erzherzog in Sarajevo umgebracht hat!«

Der sechste, der sich von diesen fünf absonderte, sagte, daß er mit ihnen nichts zu tun haben wolle, damit auf ihn kein Verdacht falle, denn er sitze hier nur wegen versuchten Raubmordes an einem Bauern aus Holitz.

Schwejk setzte sich an den Tisch in die Gesellschaft der Verschwörer, die einander bereits zum zehntenmal erzählten, wie sie in diese Affäre hineingeraten waren.

Alle, bis auf einen, hatte es entweder im Wirtshaus, in der

* In der österreichischen Militärsprache Bezeichnung für ein Feldbett.

Weinstube oder im Kaffeehaus ereilt. Eine Ausnahme bildete ein ungewöhnlich dicker Herr mit einer Brille und verweinten Augen, der zu Hause in seiner Wohnung verhaftet worden war, weil er zwei Tage vor dem Attentat in Sarajevo für zwei serbische Studenten, Techniker, im Gasthaus die Zeche bezahlt hatte und vom Detektiv Brixi in ihrer Gesellschaft betrunken im ›Montmartre‹ in der Kettengasse gesehen worden war, wo er, wie er im Protokoll bereits durch seine Unterschrift bestätigt hatte, ebenfalls für sie gezahlt hatte.

Auf alle Fragen bei der Voruntersuchung auf der Polizeidirektion jammerte er stereotyp: »Ich habe ein Papiergeschäft.«

Worauf ihm ebenfalls die stereotype Antwort zuteil wurde: »Das entlastet Sie nicht.«

Der kleine Herr, den es in einer Weinstube erwischt hatte, war Geschichtsprofessor und hatte dem Weinstubenbesitzer die Geschichte verschiedener Attentate erklärt. Er wurde gerade in dem Augenblick verhaftet, als er die psychologische Analyse aller Attentate mit den Worten beendete: »Der Gedanke des Attentates ist so einfach wie das Ei des Kolumbus.«

»Genauso einfach, wie Sie Pankrác erwartet«, wurde sein Ausspruch während des Verhörs von dem Polizeikommissar ergänzt.

Der dritte Verschwörer war der Vorsitzende des Wohltätigkeitsvereins ›Dobromil‹ in Hodkowitschka. An dem Tage, an dem das Attentat verübt worden war, veranstaltete der ›Dobromil‹ ein Gartenfest mit anschließendem Konzert. Der Gendarmeriewachtmeister kam, um die Teilnehmer aufzufordern, das Fest zu beenden, denn Österreich habe Trauer, worauf der Vorsitzende des ›Dobromil‹ gutmütig entgegnete: »Warten Sie ein Weilchen, bis man das *Hej, Slowane** zu Ende gespielt haben wird.«

Jetzt saß er da mit gesenktem Kopf und lamentierte: »Im August haben wir neue Vorstandswahlen, wenn ich bis zu der Zeit nicht zu Hause bin, kann es geschehen, daß man mich nicht wählt. Und ich bin schon zum zehntenmal Vorsitzender. Ich überleb diese Schande nicht.«

Seltsam hatte der selige Ferdinand dem vierten Verhafteten mitgespielt, einem Mann von lauterem Charakter und makellosem Schild. Er war volle zwei Tage jeglichem Gespräch über Ferdinand ausgewichen, bis er abends im Café beim Mariagespiel den Eichelkönig mit der Schellsieben trumpfte: »Sieben Kugeln wie in Sarajevo.«

Haar und Bart des fünften Mannes, der, wie er selbst sagte, »wegen diesem Mord am Herrn Erzherzog in Sarajevo« saß, waren noch vor Schreck gesträubt, so daß sein Kopf an einen Stallpinscher gemahnte.

Dieser Mann hatte in dem Restaurant, wo er verhaftet worden war, überhaupt kein Wort gesprochen, ja nicht einmal die Zeitungsberichte über die Ermordung Ferdinands gelesen. Er war ganz allein an einem Tisch gesessen, als irgendein Herr zu ihm kam, sich ihm gegenübersetzte und rasch zu ihm sagte: »Haben Sie davon gelesen?«

»Nein.«

»Wissen Sie davon?«

»Nein.«

* Bekanntes tschechisches Volkslied.

»Und wissen Sie, worum es sich handelt?«

»Nein, ich kümmer mich nicht drum.«

»Aber es sollte Sie doch interessieren.«

»Ich weiß nicht, was mich interessieren sollt! Ich rauch meine Zigarre, trink meine paar Glas Bier, eß mein Abendbrot und les keine Zeitung. Die Zeitungen lügen. Wozu soll ich mich aufregen?«

»Sie interessiert also nicht einmal der Mord in Sarajevo?«

»Mich interessiert überhaupt kein Mord, obs nun in Prag, in Wien, in Sarajevo oder in London is. Dafür sind die Behörden, die Gerichte und die Polizei da. Wenn man jemanden irgendwo erschlägt, recht geschieht ihm, warum is der Trottel so unvorsichtig und läßt sich erschlagen.«

Das waren seine letzten Worte in dieser Unterredung.

Seit dieser Zeit wiederholte er nur laut in Intervallen von fünf Minuten: »Ich bin unschuldig.«

Diese Worte rief er auch im Tor der Polizeidirektion, diese Worte wird er auch während der Überführung zum Strafgericht in Prag wiederholen, und mit diesen Worten wird er auch seine Kerkerzelle betreten.

Als Schwejk alle diese schrecklichen Verschwörergeschichten angehört hatte, hielt er es für angezeigt, den Arrestanten die vollständige Hoffnungslosigkeit ihrer Situation zu erklären.

»Ja, mit uns allen stehts sehr schlecht«, begann er seine Trostesworte. »Das is nicht wahr, was ihr sagt, daß euch, uns allen, nix geschehn kann. Wofür ham wir eine Polizei, als dafür, daß sie uns für unsere losen Mäuler straft. Wenn eine so gefährliche Zeit kommt, daß man auf Erzherzoge schießt, so darf sich niemand wundern, daß man ihn auf die

Polizeidirektion bringt. Das geschieht alles von wegen der Aufmachung, damit der Ferdinand Reklam hat vor seinem Begräbnis. Je mehr unser hier sein wern, desto besser wirds für uns sein, denn um so lustiger wern wirs haben. Wie ich beim Militär gedient hab, war manchmal unsere halbe Kompanie eingesperrt. Und wieviel unschuldige Leute sind schon verurteilt worn. Und nicht nur beim Militär, sondern auch von den Gerichten. Einmal is, ich erinner mich noch gut, eine Frau verurteilt worn, weil sie ihre neugeborenen Zwillinge erwürgt hat. Obgleich sie steif und fest geschworen hat, daß sie die Zwillinge nicht hat erwürgen können, weil sie nur ein Mäderl zur Welt gebracht hat und es ihr gelungen war, es ganz schmerzlos zu erwürgen, is sie trotzdem wegen Doppelmord verurteilt worn. Oder dieser unschuldige Zigeuner in Zabêhlitz, was am Christtag in der Nacht in einen Bäckerladen eingebrochen is. Er hat geschworen, daß er sich nur anwärmen gegangen is, aber es hat ihm nichts genutzt. Wie das Gericht mal was in die Hand nimmt, stehts schlimm. Aber das muß sein. Vielleicht sind nicht alle Leute solche Lumpen, wie man es von ihnen voraussetzen kann: aber wie unterscheidest du heutzutage einen anständigen Menschen von einem Lumpen, besonders heut, in einer so ernsten Zeit, wo sie diesen Ferdinand abgemurkst ham. Da hat man bei uns, wie ich beim Militär in Budweis gedient hab, im Wald hinterm Exerzierplatz den Hund von unserem Hauptmann erschossen. Wie er davon erfahren hat, hat er uns alle rufen lassen, hat uns antreten lassen und hat gesagt, daß jeder zehnte Mann vortreten soll. Selbstverständlich war ich auch der zehnte, und so sind wir Habtacht gestanden und ham nicht mal gezwinkert. Der

Hauptmann geht um uns herum und sagt: ›Ihr Lumpen, Schurken, Kanaillen, gefleckte Hyänen, ich möcht euch allen wegen dem Hund Einzel aufpelzen, euch zu Nudeln zerhacken, erschießen und blauen Karpfen aus euch machen. Damit ihrs aber wißt, daß ich euch nicht schonen wer, geb ich euch allen zehn Tage Kasernarrest.‹ Also seht ihr, damals hat sichs um ein Hunterl gehandelt, und jetzt handelt sichs sogar um einen Erzherzog. Und deshalb muß Schrecken sein, damit die Trauer für was steht.«

»Ich bin unschuldig, ich bin unschuldig«, wiederholte der Mann mit dem gesträubten Haar.

»Jesus Christus war auch unschuldig«, sagte Schwejk, »und sie ham ihn auch gekreuzigt. Nirgendwo is jemals jemandem etwas an einem unschuldigen Menschen gelegen gewesen. ›Maulhalten und weiterdienen!‹ – wie mans uns beim Militär gesagt hat. Das is das Beste und Schönste.«

Schwejk legte sich auf das Kavallett und schlief friedlich ein.

Inzwischen brachte man zwei Neue. Einer von ihnen war ein Bosniake. Er schritt in der Zelle auf und ab, knirschte mit den Zähnen und jedes zweite Wort von ihm war: »Jeben ti duschu.«* Ihn quälte der Gedanke, daß ihm auf der Polizeidirektion sein Gottscheerkorb** verlorengehen könnte.

Der zweite neue Gast war der Wirt Palivec, der seinen Bekannten Schwejk, als er ihn bemerkte, weckte und mit einer Stimme voller Tragik rief: »Ich bin auch schon hier!«

* Derber bosnischer Fluch.

** Hausiererkorb. Viele Einwohner der Gottschee, einer Sprachinsel in Slowenien, zogen, besonders im Winter, als Wanderverkäufer durch die Länder der alten Monarchie.

Schwejk schüttelte ihm herzlich die Hand und sagte: »Da bin ich wirklich froh. Ich hab gewußt, daß jener Herr Wort halten wird, wie er Ihnen gesagt hat, daß man Sie abholen wird. So eine Pünktlichkeit is eine schöne Sache.«

Herr Palivec bemerkte jedoch, daß so eine Pünktlichkeit einen Dreck wert sei, und fragte Schwejk leise, ob die andern eingesperrten Herren nicht Diebe seien, weil ihm das als Gewerbetreibendem schaden könne.

Schwejk erklärte ihm, daß alle, bis auf einen, der wegen versuchten Raubmordes an einem Bauern aus Holitz hier sei, zu ihrer Gesellschaft wegen des Erzherzogs gehören.

Herr Palivec war beleidigt und sagte, daß er nicht wegen irgendeines dummen Erzherzogs hier sei, sondern wegen Seiner Majestät des Kaisers. Und weil dies die andern zu interessieren begann, erzählte er ihnen, wie die Fliegen ihm Seine Majestät den Kaiser verunreinigt hatten.

»Sie ham mir ihn verschweint, die Biester«, schloß er die Schilderung seines Abenteuers, »und zum Schluß ham sie mich ins Kriminal gebracht. Ich wer das diesen Fliegen nicht verzeihn«, fügte er drohend hinzu.

Schwejk legte sich abermals schlafen, aber er schlief nicht lange, denn man holte ihn ab, um ihn zum Verhör zu führen.

Und so trug Schwejk, während er über die Treppe in die 3. Abteilung zum Verhör schritt, sein Kreuz auf den Gipfel Golgathas, ohne etwas von seinem Martyrium zu merken.

Als er die Aufschrift erblickte, daß das Spucken auf den Gängen verboten sei, bat er den Polizisten, ihm zu erlauben, in den Spucknapf zu spucken, und strahlend in seiner Einfalt betrat er die Kanzlei mit den Worten: »Winsch einen guten Abend, meine Herren, allen miteinand.«

Statt einer Antwort puffte ihn jemand in die Rippen und stellte ihn vor den Tisch, hinter dem ein Herr mit einem kühlen Beamtengesicht von so tierischer Grausamkeit saß, als wäre er gerade aus Lombrosos Buch »Verbrechertypen« herausgefallen.

Er schaute blutdurstig auf Schwejk und sagte: »Machen Sie nicht so ein blödes Gesicht!«

»Ich kann mir nicht helfen«, antwortete Schwejk ernst, »man hat mich beim Militär wegen Blödheit superarbitriert. Ich bin amtlich von der Superarbitrierungskommission für einen Idioten erklärt worn. Ich bin ein behördlicher Idiot.«

Der Herr mit dem Verbrechertypus knirschte mit den Zähnen. »Das, wessen Sie beschuldigt sind und wessen Sie sich schuldig gemacht haben, zeugt davon, daß Sie alle fünf Sinne beisammen haben.«

Und er zählte Schwejk eine ganze Reihe verschiedener Verbrechen auf, angefangen vom Hochverrat und endend mit Majestätsbeleidigung und Beleidigung der Mitglieder des kaiserlichen Hauses. Inmitten dieser Gruppe glänzte die Billigung der Ermordung Erzherzog Ferdinands. Davon ging ein Zweig mit neuen Verbrechen aus, unter denen das Verbrechen der Aufwiegelung strahlte, weil sich alles in einem öffentlichen Lokal abgespielt hatte.

»Was sagen Sie dazu?« fragte der Herr mit den Zügen tierischer Grausamkeit siegesbewußt.

»Es is viel«, erwiderte Schwejk unschuldig, »allzuviel is ungesund.«

»Na also, daß Sie das wenigstens einsehen.«

Leykam Buchhandelsges.m.b.H.
book & fun
Europaplatz 4, 8020 Graz
Tel: +43 (0)5 0109-7400 Fax: DW 7419
eMail: hauptbahnhof.graz@leykam.com

Taschenbuch
978-3-257-23744-3 10,20 1

Total: 1 10,20 EUR

Bar: 10,20 EUR

Zurück: 0,00 EUR

Betrag enthält 0,93 EUR MWSt:
1: 10,00% = 0,93 Netto: 9,27
18.03.08 17:45:54 151-1-1739

ATU 37004004
Wir danken für Ihren Einkauf!

»Ich seh alles ein, Strenge muß sein, ohne Strenge möcht niemand nirgends hinkommen. Das is so wie einmal, wie ich beim Militär gedient hab...«

»Halten Sies Maul!« schrie der Polizeirat Schwejk an. »Und sprechen Sie erst, bis ich Sie etwas fragen werde! Verstehn Sie?«

»Wie sollt ich nicht verstehn«, sagte Schwejk, »melde gehorsamst, daß ich versteh und daß ich mich in allem, was Sie sagen, zurechtfinden kann.«

»Mit wem verkehren Sie denn?«

»Mit meiner Bedienerin, Euer Gnaden.«

»Und in den hiesigen politischen Kreisen haben Sie keine Bekannten?«

»Das schon, Euer Gnaden, ich pfleg mir das Mittagsblatt der *Narodni Politika*, die Tschubitschka*, zu kaufen.«

»Hinaus!« brüllte der Herr mit dem tierischen Aussehen Schwejk an.

Als man Schwejk aus der Kanzlei führte, sagte er: »Gute Nacht, Euer Gnaden.«

In seine Zelle zurückgekehrt, verkündete Schwejk allen Arrestanten, daß so ein Verhör eine Hetz sei. »Bißl schreit man euch dort an, und zum Schluß wirft man euch heraus. Früher«, fuhr Schwejk fort, »da wars ärger. Ich hab mal ein Buch gelesen, daß der Angeklagte auf glühendem Eisen gehn und geschmolzenes Blei trinken mußte, damit man erkennt, ob er unschuldig ist. Oder hat man ihm die Füße in spanische Stiefel gesteckt und hat ihn auf eine Leiter gespannt, wenn er nicht gestehn wollt, oder man hat ihm die

* Spottname für das damals verbreitetste tschechische Tageblatt.

Hüften mit einer Feuerwehrfackel gebrannt, wie mans dem heiligen Johann von Nepomuk gemacht hat. Der hat herich dabei geschrien, wie wenn man ihn gespießt hätt und hat nicht aufgehört, bis man ihn von der Elisabethbrücke in einem wasserdichten Sack hinuntergeworfen hat. Solche Fälle hats viel gegeben, und nachher ham sie den Betreffenden noch gevierteilt oder irgendwo beim Museum an den Pfahl geschlagen. Und wenn man ihn nur in den Hungerturm geworfen hat, war so ein Mensch wie neu geboren.

Heutzutag ist es eine Hetz, eingesperrt zu sein«, fuhr Schwejk wohlgefällig fort, »kein Vierteilen, keine spanischen Stiefel, Kavalletts hamr, einen Tisch hamr, Bänke hamr, wir drängen uns nicht einer auf den andern, Suppe kriegen wir, Brot geben sie uns, einen Krug mit Wasser bringen sie uns, den Abort hamr direkt vorm Mund. In allem sieht man den Fortschritt. Bisserl weit is es zum Verhör, das is wahr, über drei Gänge und ein Stockwerk höher, aber dafür is es auf den Gängen sauber und lebhaft. Da führt man einen her, den andern hin, Junge, Alte, Männer und Weibsbilder. Man is froh, daß man hier nicht allein is. Jeder geht zufrieden seines Wegs und muß sich nicht fürchten, daß man ihm in der Kanzlei sagt: ›Also wir ham uns beraten, und morgen wern Sie gevierteilt oder verbrannt, je nach Wunsch.‹ Das war sicher ein schwerer Entschluß, und ich denk, meine Herren, daß mancher von uns in einem solchen Moment ganz getepscht wär. Ja, heutzutag ham sich die Verhältnisse zu unsern Gunsten gebessert.«

Er beendete gerade die Verteidigung des modernen Gefängniswesens, als der Aufseher die Türe öffnete und rief: »Schwejk, ziehn Sie sich an, Sie gehn zum Verhör.«

»Ich zieh mich an«, antwortete Schwejk, »ich hab nichts dagegen, aber ich fürcht mich, daß es ein Irrtum is, ich bin schon einmal beim Verhör herausgeworfen worn. Und dann fürcht ich mich, daß sich die übrigen Herren, die hier mit mir sind, nicht auf mich ärgern, weil ich zweimal hintereinander geh und sie heut noch nicht einmal dort waren. Sie könnten auf mich eifersüchtig wern.«

»Kommen Sie heraus, und quatschen Sie nicht«, lautete die Antwort auf die kavaliermäßige Kundgebung Schwejks.

Schwejk befand sich abermals vor dem Herrn mit dem Verbrechertypus, der ihn ohne jede Einleitung hart und unabweisbar fragte: »Gestehn Sie alles?«

Schwejk heftete seine guten, blauen Augen auf den unerbittlichen Menschen und sagte weich: »Wenn Sie wünschen, Euer Gnaden, daß ich gesteh, so gesteh ich, mir kanns nicht schaden. Wenn Sie aber sagen: ›Schwejk, gestehn Sie nichts ein‹, wer ich mich herausdrehn, bis man mich in Stücke reißt.«

Der gestrenge Herr schrieb etwas in die Akten, und während er Schwejk die Feder reichte, forderte er ihn auf, zu unterschreiben.

Und Schwejk unterschrieb die Angaben Bretschneiders sowie folgenden Zusatz:

Alle oben angeführten Beschuldigungen gegen mich beruhen auf Wahrheit. Josef Schwejk

Nachdem er unterschrieben hatte, wandte er sich an den gestrengen Herrn: »Soll ich noch was unterschreiben? Oder soll ich erst früh kommen?«

»Früh wird man Sie ins Strafgericht überführen«, lautete die Antwort.

»Um wieviel Uhr, Euer Gnaden? Damit ich um Himmels willen nicht verschlaf.«

»Hinaus!« wurde Schwejk an diesem Tage schon zum zweitenmal von hinter dem Tische angeschrien, vor welchem er stand.

Als er in sein neues vergittertes Heim zurückkehrte, sagte Schwejk dem Polizisten, der ihn begleitete: »Alles geht hier wie am Schnürl.«

Sobald die Türe hinter ihm geschlossen war, überschütteten ihn seine Gefängniskollegen mit verschiedenen Fragen, auf die Schwejk klar entgegnete: »Soeben hab ich gestanden, daß ich herich den Erzherzog Ferdinand erschlagen hab.«

Sechs Männer duckten sich entsetzt unter die verlausten Decken, nur der Bosniake sagte: »Herzlich willkommen!«

Während er sich auf das Kavallett legte, sagte Schwejk: »Das is dumm, daß wir hier keinen Wecker ham.«

Am Morgen weckte man ihn aber auch ohne Wecker, und Punkt sechs Uhr führte man Schwejk im »grünen Anton« zum Landesstrafgericht.

»Morgenstunde hat Gold im Munde«, sagte Schwejk zu seinen Mitreisenden, als der »grüne Anton« aus dem Tor der Polizeidirektion fuhr.

Die sauberen, gemütlichen Zimmerchen des Landesstrafgerichtes machten auf Schwejk den günstigsten Eindruck. Die weißgetünchten Wände, die schwarzlackierten Gitter und auch der dicke Oberaufseher für die Untersuchungshäftlinge, Herr Demartini, mit den violetten Aufschlägen und der violetten Borte an der ärarischen Kappe. Die violette Farbe ist nicht nur hier vorgeschrieben, sondern auch bei religiösen Zeremonien am Aschermittwoch und Karfreitag.

Die glorreiche Geschichte der römischen Herrschaft über Jerusalem wiederholte sich. Man führte die Häftlinge hinaus und stellte sie unten im Erdgeschoß vor die Pilatusse des Jahres 1914. Und die Untersuchungsrichter, Pilatusse der Neuzeit, ließen sich, statt sich in allen Ehren die Hände zu waschen, bei »Teissig« Gulasch und Pilsner Bier holen und lieferten der Staatsanwaltschaft neue und neue Klagen ab.

Hier schwand zumeist alle Logik, und der § siegte, der § drosselte, der § blödelte, der § prasselte, der § lachte, der § drohte, der § mordete und verzieh nicht. Es waren Jongleure des Gesetzes, Opferpriester der Buchstaben des Gesetzes, Angeklagtenfresser, Tiger des österreichischen Dschungels, die ihren Sprung auf den Angeklagten nach der Nummer des Paragraphen berechneten.

Eine Ausnahme bildeten einige Herren (ebenso wie bei der Polizeidirektion), die das Gesetz nicht so ernst nahmen, denn man findet überall Weizen zwischen Spreu.

Zu einem solchen Herrn führte man Schwejk zum Verhör. Ein alter Herr von gutmütigem Aussehen, der, als er einst den bekannten Mörder Walesch verhörte, niemals zu sagen vergaß: »Bitte, nehmen Sie Platz, Herr Walesch, hier ist gerade ein leerer Stuhl.«

Als man Schwejk vorführte, forderte er ihn mit der ihm angeborenen Liebenswürdigkeit auf, sich zu setzen, und sagte: »Also Sie sind der Herr Schwejk?«

»Ich denk«, entgegnete Schwejk, »daß ichs sein muß, weil auch mein Vater ein Schwejk und meine Mutter eine Schwejk war. Ich kann ihnen nicht so eine Schande antun, meinen Namen zu verleugnen.«

Ein freundliches Lächeln huschte über das Gesicht des Gerichtsrates.

»Sie haben sich aber eine hübsche Geschichte eingebrockt. Sie haben hübsch viel auf dem Gewissen.«

»Ich hab immer viel auf dem Gewissen«, sagte Schwejk, indem er noch freundlicher lächelte als der Herr Gerichtsrat, »ich hab vielleicht noch mehr auf dem Gewissen als Sie, Euer Gnaden.«

»Das geht aus dem Protokoll hervor, das Sie unterschrieben haben«, sagte in nicht minder freundlichem Ton der Gerichtsrat, »hat man auf der Polizei keinen Druck auf Sie ausgeübt?«

»Aber woher denn, Euer Gnaden. Ich selbst hab sie gefragt, ob ichs unterschreiben soll, und wie sie gesagt ham, ich solls unterschreiben, hab ich ihnen gefolgt. Ich wer mich doch nicht mit ihnen wegen meiner eigenen Unterschrift zanken. Damit möcht ich mir ganz bestimmt nicht nützen. Ordnung muß sein.«

»Fühlen Sie sich ganz gesund, Herr Schwejk?«

»Ganz gesund grad nicht, Euer Gnaden Herr Rat. Ich hab Rheuma, ich kurier mich mit Opodeldok.«

Der alte Herr lächelte wiederum freundlich. »Was würden Sie dazu sagen, wenn wir Sie von Gerichtsärzten untersuchen lassen würden?«

»Ich denk, daß es mit mir nicht so arg is, daß die Herren mit mir überflüssige Zeit verlieren müßten. Mich hat schon irgendein Herr Doktor auf der Polizeidirektion untersucht, ob ich keinen Tripper hab.«

»Wissen Sie was, Herr Schwejk, wir werden es halt doch mit den Gerichtsärzten versuchen. Wir werden hübsch eine Kommission zusammenstellen, werden Sie in Untersuchungshaft belassen, und inzwischen ruhen Sie sich hübsch aus. Vorläufig noch eine Frage: Sie sollen nach dem Protokoll erklärt und verbreitet haben, daß bald ein Krieg ausbrechen wird?«

»Das bitte ja, Euer Gnaden, er wird in der allernächsten Zeit ausbrechen.«

»Und werden Sie nicht von Zeit zu Zeit von Anfällen gepackt?«

»Nein, bitte sehr, nur einmal hätt mich fast ein Automobil aufm Karlsplatz gepackt, aber das is schon paar Jahre her.«

Damit war das Verhör beendet. Schwejk reichte dem Gerichtsrat die Hand. Als er in seine Zelle zurückkehrte, sagte er seinen Nachbarn: »So wern mich also wegen dem Mord am Herrn Erzherzog Ferdinand die Gerichtsärzte untersuchen.«

»Ich bin auch schon von den Gerichtsärzten untersucht worden«, sagte ein junger Mann, »das war damals, als ich wegen der Teppiche vor die Geschworenen gekommen bin. Man hat mich für schwachsinnig erklärt. Jetzt hab ich eine Dampfdreschmaschine veruntreut, und man kann mir nichts machen. Mein Advokat hat mir gestern gesagt, wenn ich schon einmal für schwachsinnig erklärt worden bin, so muß ich davon schon fürs ganze Leben einen Vorteil haben.«

»Ich glaub diesen Gerichtsärzten nichts«, bemerkte ein Mann von intelligentem Aussehen. »Wie ich einmal Wechsel gefälscht hab, hab ich für alle Fälle die Vorlesungen vom Doktor Heveroch* besucht, und wie sie mich erwischt haben, hab ich einen Paralytiker simuliert, genauso wie ihn Herr Doktor Heveroch geschildert hat. Ich hab einen Gerichtsarzt von der Kommission ins Bein gebissen, hab die Tinte aus dem Tintenfaß ausgetrunken und hab mich, mit Vergeben, meine Herren, vor der ganzen Kommission in einem Winkel ausgemacht. Aber dafür, daß ich einem die Wade durchgebissen hab, haben sie mich für vollkommen gesund erklärt, und ich war verloren.«

»Ich fürcht mich nicht ein bißl vor diesen Herrn«, verkündete Schwejk, »wie ich beim Militär gedient hab, hat mich ein Tierarzt untersucht, und es is ganz gut ausgefalln.«

»Die Gerichtsärzte sind Schufte«, ließ sich ein kleiner verhutzelter Mensch vernehmen, »neulich hat man durch einen Zufall auf meiner Wiese ein Skelett gefunden, und die Gerichtsärzte ham gesagt, daß dieses Skelett vor vierzig Jahren durch den Hieb eines stumpfen Gegenstandes in den Kopf erschlagen worden ist. Ich bin achtunddreißig Jahre alt, und man hat mich eingesperrt, obwohl ich einen Tauf-

* Bekannter Psychiater.

schein, einen Auszug aus der Matrik und einen Heimatschein hab.«

»Ich denk«, sagte Schwejk, »wir sollten alles von einer bessern Seite betrachten. Jeder kann sich irren, und er muß sich irren, je mehr er über etwas nachdenkt. Die Gerichtsärzte sind Menschen, und Menschen ham ihre Fehler. So wie einmal in Nusle, grad bei der Brücke über den Botitschbach, da is einmal in der Nacht ein Herr zu mir gekommen, wie ich vom ›Banzet‹ nach Haus gegangen bin, und hat mir mit einem Ochsenziemer eins übern Kopf gegeben, und wie ich am Boden gelegen bin, hat er auf mich geleuchtet und gesagt: ›Das is ein Irrtum, das is er nicht.‹ Und is darüber so in Wut geraten, daß er sich geirrt hat, daß er mir noch eins übern Rücken gehaut hat. Das liegt schon so in der menschlichen Natur, daß sich der Mensch bis zu seinem Tod irrt. Wie der Herr, was in der Nacht einen halb erfrorenen tollen Hund gefunden hat. Er nimmt ihn mit nach Haus und steckt ihn der Frau ins Bett. Wie sich der Hund erwärmt hat und zu sich gekommen is, hat er die ganze Familie gebissen und den Jüngsten in der Wiege hat er zerrissen und aufgefressen.

Oder wer ich euch ein Beispiel erzähln, wie sich bei uns im Haus ein Drechsler geirrt hat. Er hat sich mit dem Schlüssel die Podoler Kirche aufgemacht, weil er geglaubt hat, daß er zu Hause ist, hat sich seine Schuhe ausgezogen, weil er geglaubt hat, daß das seine Küche ist, und hat sich auf den Altar gelegt, weil er geglaubt hat, daß er zu Hause im Bett liegt, und hat paar von diesen Deckerln mit heiligen Inschriften auf sich gelegt und untern Kopf das Evangelium und noch andere geweihte Bücher, damit ers hoch unterm

Kopf hat. Früh hat ihn der Küster gefunden, und er sagt ihm ganz gutmütig, wie er zu sich gekommen is, daß es ein Irrtum is. ›Hübscher Irrtum‹, sagt der Küster, ›wenn wir wegen so einem Irrtum die Kirche von neuem einweihen lassen müssen.‹ Dann is dieser Drechsler vor Gerichtsärzte gekommen, und die ham ihm bewiesen, daß er ganz zurechnungsfähig und nüchtern war. Wenn er besoffen gewesen wär, so hätt er herich mit dem Schlüssel nicht ins Schloß von der Kirchentür getroffen. Dann is dieser Drechsler in Pankrác gestorben. Oder noch ein Beispiel, wie sich in Kladno ein Polizeihund geirrt hat, der Wolfshund von dem bekannten Rittmeister Rotter. Rittmeister Rotter hat solche Hunde gezüchtet und hat Versuche mit Landstreichern gemacht, bis alle Landstreicher angefangen ham, dem Kladnoer Kreis auszuweichen. Da hat er den Befehl gegeben, daß die Gendarmen, kosts was kost, einen verdächtigen Menschen bringen solln. Da ham sie ihm einmal einen ziemlich anständig angezogenen Mann gebracht, den sie in den Laner Wäldern auf einem Holzstamm sitzen gesehn ham. Gleich hat er ihm ein Stückerl vom Rockschoß abschneiden lassen, den hat man den Gendarmeriepolizeihunden zu riechen gegeben, und dann ham sie diesen Mann in eine Ziegelei hinter der Stadt geführt und diese dressierten Hunde auf seine Spur losgelassen. Die ham ihn gefunden und wieder zurückgebracht. Dann hat der Mann über eine Leiter auf den Boden kriechen, über die Mauer klettern und in den Teich springen müssen und die Hunde hinter ihm. Zum Schluß hat sichs herausgestellt, daß der Mann ein tschechischer radikaler Abgeordneter war, der einen Ausflug in die Laner Wälder gemacht hat, wie er vom Parlament genug gehabt hat. Deshalb sag ich euch, daß alle Menschen Irrtümern unterliegen, daß sie sich irren, obs nun ein Gelehrter oder ein blöder ungebildeter Trottel is. Sogar Minister irren sich.«

Die Kommission der Gerichtsärzte, die darüber entscheiden sollte, ob der geistige Horizont Schwejks all den Verbrechen, deren er angeklagt war, entspreche oder nicht, bestand aus drei ungewöhnlich ernsten Herrn, deren Ansichten bedeutend auseinandergingen.

Sie vertraten drei verschiedene wissenschaftliche Schulen und psychiatrische Anschauungen.

Wenn es im Falle Schwejk zwischen diesen entgegengesetzten wissenschaftlichen Lagern zu einer völligen Übereinstimmung kam, läßt sich dies nur durch den niederschmetternden Eindruck erklären, den Schwejk auf die ganze Kommission machte. Beim Betreten des Zimmers, in dem sein Geisteszustand geprüft werden sollte, rief er nämlich aus, als er auf der Wand das dort hängende Bild des österreichischen Monarchen bemerkte: »Meine Herren, es lebe Kaiser Franz Joseph I.!«

Die Sache war vollkommen klar. Durch die spontane Kundgebung Schwejks entfiel eine ganze Reihe von Fragen, und es bedurfte nur noch einiger der wichtigsten, um aus den Antworten auf Grund des Systems des Psychiaters Kallerson, des Doktors Heveroch und des Engländers Weiking die wahre Geistesverfassung Schwejks festzustellen.

»Ist Radium schwerer als Blei?«

»Ich habs, bitte, nicht gewogen«, antwortete Schwejk mit seinem freundlichen Lächeln.

»Glauben Sie an das Ende der Welt?«

»Zuerst müßt ich das Ende der Welt sehn«, warf Schwejk gleichmütig hin, »ganz bestimmt wern wirs aber morgen noch nicht erleben.«

»Könnten Sie den Durchmesser der Erdkugel ausmessen?«

»Das möcht ich, bitte, nicht treffen«, antwortete Schwejk, »aber ich selbst möcht Ihnen, meine Herren, auch ein Rätsel aufgeben: Es is ein dreistöckiges Haus, in diesem Haus sind in jedem Stock acht Fenster. Auf dem Dach sind zwei Erker und zwei Kamine. In jedem Stock sind zwei Mieter. Und jetzt sagen Sie mir, meine Herrn, in welchem Jahr is dem Hausmeister seine Großmutter gestorben?«

Die Gerichtsärzte blickten einander bedeutungsvoll an, nichtsdestoweniger stellte einer von ihnen noch die Frage: »Kennen Sie nicht die größte Tiefe im Stillen Ozean?«

»Bitte nein«, lautete die Antwort, »aber ich denk, daß sie entschieden größer sein wird als die von der Moldau unterm Wyschehrader Felsen.«

Der Vorsitzende der Kommission fragte kurz: »Genügt?«, aber eines der Mitglieder erbat sich doch noch folgende Frage: »Wieviel ist 12897 mal 13863?«

»729«, antwortete Schwejk, ohne mit der Wimper zu zukken.

»Ich glaube, das genügt vollkommen«, sagte der Vorsitzende der Kommission. »Sie können den Angeklagten wieder abführen, wo er war.«

»Ich danke Ihnen, meine Herren«, sagte Schwejk ehrerbietig, »mir genügts auch vollkommen.«

Nachdem er gegangen war, kam das Kollegium der drei

überein, daß Schwejk ein notorischer Blödian und Idiot nach allen von den psychiatrischen Wissenschaftlern erfundenen Naturgesetzen sei.

In dem an den Gerichtsrat abgesandten Bericht stand unter anderem: »Die endesgefertigten Gerichtsärzte stützen sich in ihrem Urteil bezüglich völliger geistiger Stumpfheit und angeborenem Kretinismus des der oben angeführten Kommission zugewiesenen Josef Schwejk auf den Ausspruch: ›Es lebe Kaiser Franz Joseph I.‹, der vollkommen genügt, um den Geisteszustand Josef Schwejks als den eines notorischen Idioten erkennen zu lassen. Die endesgefertigte Kommission beantragt daher: 1. Einstellung der Untersuchung gegen Josef Schwejk; 2. Überführung Josef Schwejks zur Beobachtung in die psychiatrische Klinik zwecks Feststellung, wie weit sein Geisteszustand für seine Umgebung gefährlich ist.«

Während dieser Bericht abgefaßt wurde, erklärte Schwejk seinen Haftgenossen: »Auf den Ferdinand ham sie gepfiffen und ham sich mit mir von noch größeren Unsinnen unterhalten. Zum Schluß hamr uns gesagt, daß uns das vollkommen genügt, was wir uns erzählt ham, und sind auseinandergegangen.«

»Ich glaub niemandem«, bemerkte der verhutzelte, kleine Mensch, auf dessen Wiese man zufällig ein Skelett ausgegraben hatte, »es is alles eine Lumperei.«

»Auch diese Lumperei muß sein«, sagte Schwejk und legte sich auf den Strohsack, »wenns alle Menschen mit den andern Menschen gut meinen möchten, tät bald einer den andern erschlagen.«

Wenn Schwejk später sein Leben im Irrenhaus schilderte, geschah dies unter ungewöhnlichen Lobpreisungen: »Ich weiß wirklich nicht, warum die Narren sich ärgern, wenn man sie dort einsperrt. Man kann dort nackt auf der Erde kriechen, heulen wie ein Schakal, toben und beißen. Wenn man das irgendwo auf der Promenade machen möcht, möchten die Leute sich wundern, aber dort is es selbstverständlich! Dort gibts so eine Freiheit, wie sich sie nicht mal die Sozialisten träumen lassen. Man kann sich dort sogar für den Herrgott oder für die Jungfrau Maria ausgeben, oder für den Papst, oder für den König von England, oder für Seine Majestät den Kaiser, oder für den heiligen Wenzel, obzwar der letztere fort gefesselt und nackt war und in der Isolierzelle gelegen is. Einer war auch dort, der hat geschrien, er is ein Erzbischof, aber der hat nichts anderes gemacht als nur gefressen und noch was hat er gemacht, mit Vergeben, Sie wissen schon, was sich so bißl darauf reimt, aber dort schämt sich keiner dafür. Einer hat sich dort sogar für den heiligen Cyrill und Method ausgegeben, damit er zwei Portionen kriegt. Und ein Herr war dort schwanger und hat jeden zur Taufe eingeladen. Dann hats dort viel eingesperrte Schachspieler, Politiker, Fischer und Skauts*, Markensammler und Amateurphotographen. Einer war dort wegen alten Töpfen, die er Aschenurnen genannt hat. Einer war dort in der Zwangsjacke, damit er nicht ausrechnen kann, wann die Welt untergehn wird. Auch mit paar Professoren

* *scout* – (engl.) Pfadfinder.

bin ich dort zusammengekommen. Einer von ihnen is mir fort nachgegangen und hat mir erklärt, daß die Wiege der Zigeuner im Riesengebirge gestanden is, und der andre hat mir auseinandergesetzt, daß im Innern der Erdkugel noch ein viel größerer Erdball is als obenauf.

Jeder hat dort sprechen können, was er gewollt hat und was ihm grad auf die Zunge gekommen is, wie wenn er im Parlament wär. Manchmal haben sie sich dort Märchen erzählt und sich bißl gerauft, wenns mit einer Prinzessin sehr schlecht ausgefalln is. Am wildesten war ein Herr, der sich für den 16. Band von Ottos Lexikon ausgegeben hat; der hat jeden gebeten, er soll ihn aufmachen und das Schlagwort ›Kartonagennäherin‹ finden, sonst is er herich verloren. Er hat sich erst beruhigt, wenn sie ihm die Zwangsjacke gegeben ham. Dann war er ruhig, weil er geglaubt hat, daß er in die Buchbinderpresse gekommen is, und hat gebeten, daß sie ihn modern beschneiden solln. Überhaupt hat man dort gelebt wie im Paradies. Man kann dort schrein, brüllen, singen, weinen, meckern, stöhnen, springen, beten, Purzelbäume schlagen, auf allen vieren gehn, auf einem Fuß hüpfen, im Kreis laufen, tanzen, den ganzen Tag auf der Erde kauern und auf den Wänden kriechen. Niemand kommt zu euch und sagt: ›Das dürfen Sie nicht machen, Herr, das paßt sich nicht, Sie könnten sich schämen, Sie wolln ein gebildeter Mensch sein?‹ Wahr is aber, daß auch ganz stille Narren dort sind. So war dort ein gebildeter Erfinder, der hat sich fort in der Nase gebohrt und hat nur einmal im Tag gesagt: ›Soeben hab ich die Elektrizität erfunden.‹ Wie ich sag, sehr hübsch wars dort, und die paar Tage, die ich im Irrenhaus verbracht hab, gehören zu den schönsten meines Lebens.«

Und wirklich, schon der Empfang selbst, der Schwejk im Irrenhaus zuteil geworden war, als man ihn vom Strafgericht zur Beobachtung einlieferte, übertraf seine Erwartungen. Zuerst zog man ihn nackt aus, dann gab man ihm irgendeinen Schlafrock und führte ihn ins Bad, während ihn zwei Wärter vertraulich unter den Armen faßten, wobei ihn einer mit der Wiedergabe einer jüdischen Anekdote unterhielt. Im Badezimmer steckte man ihn in eine Wanne mit warmem Wasser, zog ihn dann heraus und stellte ihn unter eine kalte Dusche. Das wiederholte man dreimal, und dann fragte man ihn, wie ihm das gefalle. Schwejk sagte, daß das angenehmer sei als in dem Bad bei der Karlsbrücke und daß er sehr gern bade. »Wenn Sie mir noch die Nägel und die Haare schneiden wern, so wird mir nichts zu meinem vollkommenen Glück fehln«, fügte er lächelnd und liebenswürdig hinzu.

Auch dieser Wunsch wurde erfüllt, und nachdem sie ihn noch gründlich mit einem Schwamm abgerieben hatten, wickelten ihn die Wärter in ein Leintuch und trugen ihn in die erste Abteilung ins Bett, wo sie ihn niederlegten, mit einer Decke zudeckten und ihn einzuschlafen baten.

Schwejk erzählt noch heute mit Liebe davon: »Stelln Sie sich vor, daß sie mich getragen ham, wirklich weggetragen ham, ich war in diesem Augenblick vollkommen glücklich.«

Und er schlief auch glücklich im Bett ein. Dann weckte man ihn, um ihm einen Topf Milch und eine Semmel vorzusetzen. Die Semmel war bereits in kleine Stückchen zerschnitten, und während einer von den Wärtern Schwejk an beiden Händen hielt, tunkte der andere die Semmelstückchen in die Milch und fütterte ihn, wie man eine Gans mit

Stopfnudeln füttert. Als sie ihn gefüttert hatten, faßten sie ihn unter den Armen und führten ihn auf den Abort, wo sie ihn baten, seine kleine und große Notdurft zu verrichten.

Auch von diesem schönen Augenblick erzählt Schwejk mit Liebe, und ich muß sicherlich nicht mit seinen Worten wiedergeben, was sie dann mit ihm taten. Ich erwähne nur, daß Schwejk erzählt: »Einer von ihnen hat mich dabei in den Armen gehalten.«

Nachdem sie ihn zurückgebracht hatten, legten sie ihn wiederum ins Bett und baten ihn abermals, einzuschlafen. Als er eingeschlafen war, weckten sie ihn und führten ihn ins Ordinationszimmer, wo Schwejk, völlig nackt vor zwei Ärzten stehend, der glorreichen Zeit seiner Assentierung gedachte. Unwillkürlich entschlüpfte es seinen Lippen: »Tauglich.«

»Was sagen Sie?« fragte einer der Ärzte. »Machen Sie fünf Schritte nach vorn und fünf Schritte zurück.«

Schwejk machte zehn.

»Ich habe Ihnen doch gesagt«, sagte der Arzt, »Sie solln fünf machen.«

»Mir kommts auf paar Schritte nicht an«, sagte Schwejk.

Hierauf forderten ihn die Ärzte auf, er möge sich auf einen Stuhl setzen, und einer klopfte ihm auf die Knie. Dann sagte er zu dem andern, daß die Reflexe vollständig normal seien, worauf der zweite den Kopf schüttelte und Schwejk selbst auf die Knie zu klopfen begann, während der erste Schwejks Augenlider emporhob und seine Pupillen untersuchte. Dann gingen sie zum Tisch und warfen ein paar lateinische Ausdrücke hin.

»Hören Sie, können Sie singen?« fragte einer von ihnen

Schwejk. »Könnten Sie uns nicht irgendein Lied vorsingen?«

»Ohne weiters, meine Herren«, antwortete Schwejk. »Ich hab zwar weder Stimme noch musikalisches Gehör, aber ich will versuchen, Ihnen den Gefallen zu tun, wenn Sie sich unterhalten wolln!«

Und Schwejk legte los:

»Der junge Mönch im Lehnstuhl dort
blickt nieder in tiefem Sinnen,
zwei bittre heiße Tränen fort
auf seine Wangen rinnen.

Weiter kann ichs nicht«, fuhr Schwejk fort. »Wenn Sie aber wollen, sing ich Ihnen:

Wie ist mir heute bang zumute,
wie schwer hebts meine Brust,
dort in der Ferne, im Schein der Sterne
dort, dort allein ist meine Lust.

Und auch das kann ich nich weiter«, seufzte Schwejk. »Ich kann noch die erste Strophe von *Kde domov můj*?* und dann noch: *General Windischgrätz und die hohen Herren, als die Sonne aufging, gaben die Befehle*, und noch paar solche Nationallieder, wie: *Gott erhalte, Gott beschütze* und *Als wir nach Jaroměř zogen* und *Wir grüßen dich vieltausendmal.*«

Die beiden Herren Ärzte blickten einander an und einer

* (tschech.) Wo ist meine Heimat? – Tschechische Nationalhymne.

von ihnen stellte an Schwejk die Frage: »Wurde Ihr Geisteszustand bereits einmal geprüft?«

»Beim Militär«, antwortete Schwejk feierlich und stolz, »bin ich von den Herren Militärärzten amtlich für einen notorischen Idioten erklärt worn.«

»Mir scheint, Sie sind ein Simulant!« schrie der zweite Arzt Schwejk an.

»Ich, meine Herren«, verteidigte sich Schwejk, »bin kein Simulant, ich bin ein wirklicher Idiot, Sie können sich darüber in der Kanzlei der Einundneunziger in Budweis oder beim Ergänzungskommando in Karolinenthal erkundigen.«

Der ältere von den Ärzten winkte hoffnungslos mit der Hand und sagte, auf Schwejk weisend, zu den Wärtern: »Diesem Mann da geben Sie seine Kleider zurück, und bringen Sie ihn in die dritte Klasse auf den ersten Korridor, dann kommt einer zurück und trägt alle Dokumente über ihn in die Kanzlei. Und sagen Sie dort, daß mans bald erledigen soll, damit wir ihn hier nicht lang auf dem Hals haben.«

Die Ärzte warfen noch einen niederschmetternden Blick auf Schwejk, der ehrerbietig rücklings zur Tür zurückwich, wobei er sich höflich verneigte. Auf die Frage eines der Wärter, was er da für Dummheiten mache, erwiderte er: »Weil ich nicht angezogen bin, bin nackt und will den Herren nichts zeigen, damit sie nicht denken, daß ich unhöflich oder ordinär bin.«

Von dem Augenblick, wo die Wärter den Befehl erhalten hatten, Schwejk seine Kleider zurückzugeben, wandten sie ihm nicht mehr die geringste Sorgfalt zu. Sie befahlen ihm, sich anzukleiden, und einer führte ihn in die dritte Klasse, wo er während der paar Tage, deren es bedurfte, um in der

Kanzlei seinen schriftlichen Hinauswurf durchzuführen, Gelegenheit hatte, hübsche Beobachtungen zu machen. Die enttäuschten Ärzte gaben ihm das Gutachten mit auf den Weg, daß er ein »Simulant von schwachem Verstand sei«, und weil man ihn vor dem Mittagessen entließ, kam es zu einem kleinen Auftritt.

Schwejk erklärte, wenn man jemanden aus dem Irrenhaus hinauswerfe, dürfe man ihn nicht ohne Mittagessen hinauswerfen.

Dem Auftritt machte der vom Pförtner herbeigeholte Schutzmann ein Ende, der Schwejk aufs Polizeikommissariat in die Salmgasse brachte.

Schwejk zieht in den Krieg

Zu der Zeit, als die Wälder am Flusse Raab in Galizien das österreichische Heer über die Raab flüchten sahen und die österreichischen Divisionen unten in Serbien nach Gebühr der Reihe nach auf die Hosen bekamen, was sie schon längst verdient hatten, erinnerte sich das österreichische Kriegsministerium auch Schwejks, der der Monarchie aus der Schlamastik helfen sollte.

Als man Schwejk zur Verständigung brachte, daß er sich in einer Woche auf der Schützeninsel zur ärztlichen Untersuchung einfinden solle, lag er gerade im Bett, abermals von Rheuma gepackt.

Frau Müller kochte ihm in der Küche Kaffee.

»Frau Müller«, ertönte aus dem Zimmer die leise Stimme Schwejks, »Frau Müller, kommen Sie auf einen Moment her.«

Als die Bedienerin beim Bett stand, sagte Schwejk wiederum mit leiser Stimme: »Setzen Sie sich, Frau Müller.«

In seiner Stimme lag etwas geheimnisvoll Feierliches.

Als Frau Müller sich gesetzt hatte, verkündete Schwejk, sich aufrichtend: »Ich geh zum Militär!«

»Heilige Jungfrau«, schrie Frau Müller auf, »was wern Sie dort machen?«

»Kämpfen«, antwortete Schwejk mit Grabesstimme, »mit Österreich stehts sehr schlecht. Oben rücken sie uns schon auf Krakau und unten nach Ungarn! Wir wern gedroschen wie Korn, wohin man sich umsieht, und drum beruft man mich ein. Ich hab Ihnen doch gestern aus der Zeitung vorgelesen, daß unser teures Vaterland von düstern Wolken bedräut wird.«

»Aber Sie können sich doch nicht rühren.«

»Das macht nichts, Frau Müller, ich wer im Wagerl zur Assentierung fahren. Sie kennen doch den Zuckerbäcker um die Ecke, der hat so ein Wagerl. Vor Jahren hat er drin seinen lahmen, bösen Großvater an die frische Luft gefahren. Sie wern mich in diesem Wagerl zur Assentierung ziehn, Frau Müller.«

Frau Müller brach in Tränen aus. »Soll ich nicht um den Doktor laufen, gnä' Herr?«

»Nirgends wern Sie hingehn, Frau Müller, ich bin bis auf die Füß ein ganz gesundes Kanonenfutter, und in einer Zeit, wos mit Österreich schiefgeht, muß jeder Krüppel auf seinem Platz sein. Kochen Sie ruhig den Kaffee.«

Und während Frau Müller verweint und aufgeregt den Kaffee seihte, sang der brave Soldat Schwejk in seinem Bett:

»General Windischgrätz und die hohen Herren,
als die Sonne aufging, gaben die Befehle:
hopp, hopp hopp!
Gaben die Befehle, schrien aus voller Kehle:
Hilf uns doch, Jesus Christ und Jungfrau Maria:
hopp, hopp hopp!«

Die erschrockene Frau Müller vergaß unter dem Eindruck des fürchterlichen Kriegsgesanges den Kaffee. Am ganzen Körper zitternd hörte sie entsetzt, wie der brave Soldat Schwejk im Bette weitersang:

»Mit der Heiligen Jungfrau auf die starken Brucken,
Piemont, wir werden doch hinüberrucken;
hopp, hopp hopp!
Ja, das war ein Kampf bei Solferino dorten,
Blut floß dort in Fülle, floß dort allerorten;
hopp, hopp hopp!
Blut bis zu den Knien wie im Fleischerladen,
weil sich die Achtzehner dort geschlagen haben;
hopp, hopp hopp!
Achtzehner, ihr Braven, fürchtet nicht Gefahren,
denn man bringt euch schon die Löhnung nachgefahren;
hopp, hopp hopp!«

»Gnä' Herr, um Gottes willen«, scholl es klagend aus der Küche, aber Schwejk beendete schon sein Kriegslied:

»Löhnung nachgefahren und Menage zum Fressen,
welches Regiment könnt sich mit uns messen?

Frau Müller stürzte aus der Tür und lief um den Arzt. Sie kehrte nach einer Stunde zurück. Schwejk war eingeschlummert.

Er wurde von einem dicken Herrn geweckt, der seine Hand eine Zeitlang auf Schwejks Stirn ruhen ließ und sagte: »Fürchten Sie sich nicht, ich bin der Doktor Pavek aus den Weinbergen – zeigen Sie mir die Hand – dieses Thermometer stecken Sie unter die Achsel – so – zeigen Sie die Zunge – noch mehr – halten Sie die Zunge – woran ist Ihr Herr Vater und Ihre Mutter gestorben?«

Und so verschrieb Doktor Pavek in der Zeit, da Wien wünschte, daß alle Nationen Österreich-Ungarns die glänzendsten Beweise der Treue und Ergebenheit erbringen mögen, Schwejk gegen seine patriotische Begeisterung Brom und empfahl dem wackeren und braven Krieger, nicht an den Krieg zu denken.

»Liegen Sie gerade und verhalten Sie sich ruhig, morgen komm ich wieder.«

Als er am nächsten Tage kam, fragte er in der Küche Frau Müller, wie es dem Patienten gehe.

»Es steht ärger mit ihm, Herr Doktor«, antwortete sie aufrichtig bekümmert, »in der Nacht hat er, mit Vergeben, wie ihn das Rheuma gepackt hat, die österreichische Hymne gesungen.«

Doktor Pavek sah sich gezwungen, auf diese neue Loyalitätskundgebung des Patienten mit einer erhöhten Dosis Brom zu reagieren.

Am dritten Tage meldete ihm Frau Müller, daß es mit Schwejk noch schlimmer stehe.

»Nachmittag, Herr Doktor, hat er sich eine Karte vom

Kriegsschauplatz holen lassen, und in der Nacht hat ihn der Rappl gepackt, daß Österreich siegen wird.«

»Und die Pulver nimmt er genau nach Vorschrift ein?«

»Er hat sich noch nicht mal drum geschickt, Herr Doktor.«

Nachdem Doktor Pavek Schwejk mit einer Flut von Vorwürfen überschüttet hatte, verließ er ihn mit der Versicherung, daß er nie mehr kommen werde, um einen Menschen zu behandeln, der seine ärztliche Hilfe samt dem Brom ablehne.

Es fehlten nur noch zwei Tage, nach deren Ablauf Schwejk vor der Assentierungskommission erscheinen sollte.

In dieser Zeit traf Schwejk wichtige Vorbereitungen. Vor allem ließ er sich von Frau Müller eine Militärkappe kaufen; hierauf schickte er sie fort, um das Wagerl von dem Zuckerbäcker um die Ecke zu entleihen, in dem dieser einst seinen bösen, lahmen Großvater an die frische Luft gefahren hatte. Dann fiel ihm ein, daß er Krücken benötigte. Zum Glück bewahrte der Zuckerbäcker auch die Krücken als Familienandenken an seinen Großvater auf.

Jetzt fehlte ihm nur noch ein Rekrutensträußchen. Auch das trieb Frau Müller, die während jener Tage auffallend abgemagert war und, wo sie ging und stand, weinte, für ihn auf.

Und so ereignete sich denn an jenem denkwürdigen Tage in den Prager Straßen ein Fall rührender Loyalität.

Eine alte Frau, die ein Wagerl vor sich herschob, in dem ein Mann mit einer Militärkappe mit blankgeputztem »Franzl« saß und mit den Krücken winkte. Und auf seinem Rock glänzte ein buntes Rekrutensträußchen.

Und dieser Mann, der immer wieder mit den Krücken winkte, schrie in den Prager Straßen: »Auf nach Belgrad, auf nach Belgrad!«

Ihm folgte eine Menschenmenge, zu der das unscheinbare Häuflein angewachsen war, das sich vor dem Hause, aus dem Schwejk in den Krieg zog, angesammelt hatte.

Schwejk hatte Gelegenheit zu konstatieren, daß die Polizisten, die an einigen Straßenecken standen, ihm salutierten.

Auf dem Wenzelsplatz wuchs die Menge um das Wagerl mit Schwejk auf einige hundert Köpfe an, und an der Ecke der Krakauer Gasse wurde ein Burschenschaftler im Cerevis* verprügelt, der Schwejk zuschrie: »Heil! Nieder mit den Serben!«

An der Ecke der Wassergasse griff berittene Polizei ein und trieb die Menge auseinander.

Als Schwejk dem Revierinspektor nachgewiesen hatte, daß er schwarz auf weiß den Befehl habe, daß er heute vor der Assentierungskommission erscheinen müsse, war der Revierinspektor ein wenig enttäuscht. Um Exzessen vorzubeugen, ließ er das Wagerl mit Schwejk von zwei berittenen Polizisten auf die Schützeninsel geleiten.

Über diese ganze Begebenheit erschien in den *Pražké Úřední Noviny*** folgender Artikel:

»*Patriotismus eines Krüppels:* Gestern nachmittag waren die Passanten der Prager Hauptstraßen Zeugen einer Szene, die

* Kleine, runde Studentenmütze.
** Prager Amtszeitung.

ein schönes Zeugnis davon ablegt, daß in dieser großen und ernsten Zeit auch die Söhne unserer Nation die glänzendsten Beweise ihrer Treue und Ergebenheit für den Thron des greisen Monarchen liefern. Wir hatten den Eindruck, daß die Zeiten der alten Griechen und Römer sich erneuerten, wo Mucius Scaevola sich in den Kampf tragen ließ, ohne seiner verbrannten Hand zu achten. Die heiligsten Gefühle wurden gestern von einem Krüppel mit Krücken, den ein altes Mütterchen in einem Krankenwagen schob, in großartiger Weise verdolmetscht. Dieser Sohn der tschechischen Nation ließ sich freiwillig, ohne seines Gebrechens zu achten, zur Assentierung fahren, um Gut und Blut für seinen Kaiser hinzugeben. Und wenn sein Ruf: ›Auf nach Belgrad!‹ einen so lebendigen Widerhall in den Prager Gassen fand, dann ist dies ein Beispiel dafür, daß die Prager Bürger Musterbeispiele für die Liebe zum Vaterland und zum Herrscherhause darstellen.«

Im gleichen Sinn schrieb auch das *Prager Tagblatt*, das seinen Bericht mit den Worten schloß, den sich freiwillig meldenden Krüppel habe eine Schar Deutscher begleitet, die ihn mit ihren Leibern vor dem Gelynchtwerden seitens der tschechischen Agenten der Entente habe schützen müssen.

Die *Bohemia* veröffentlichte diese Nachricht mit der Aufforderung, der Krüppel-Patriot möge belohnt werden und kündigte an, daß sie Geschenke deutscher Bürger für den Unbekannten in der Administration des Blattes entgegennehme.

Konnte das Land Böhmen diesen drei Zeitungen nach

keinen edlern Bürger hervorbringen, so waren die Herren der Assentierungskommission nicht dieser Ansicht.

Insbesondere nicht Militäroberarzt Bautze.

Er war ein unerbittlicher Mann, der in allem den betrügerischen Versuch sah, dem Militär, der Front, der Kugel und den Schrapnells zu entrinnen.

Bekannt ist sein Ausspruch: »Das ganze tschechische Volk ist eine Simulantenbande.«

Im Laufe von zehn Wochen seiner Tätigkeit hat er aus 11000 Zivilisten 10999 Simulanten ausgemerzt und hätte auch den elftausendsten kleingekriegt, wenn diesen glücklichen Mann nicht just in dem Augenblick, als er ihn: »Kehrt euch!« anbrüllte, der Schlag getroffen hätte.

»Tragen Sie diesen Simulanten weg!« sagte Bautze, als er festgestellt hatte, daß der Mann tot war.

Vor ihm stand an jenem denkwürdigen Tage Schwejk, gleich den übrigen in völliger Nacktheit, seine Blöße keusch mit den Krücken verdeckend, auf die er sich stützte.

»Das ist wirklich ein merkwürdiges Feigenblatt«, sagte Bautze, »solche Feigenblätter hat es im Paradies nicht gegeben.«

»Superarbitriert wegen Blödheit«, bemerkte der Feldwebel, der in die Akten blickte.

»Und was fehlt Ihnen noch?« fragte Bautze.

»Melde gehorsamst, ich bin Rheumatiker, aber dienen wer ich Seiner Majestät dem Kaiser, bis man mich in Stücke reißt«, sagte Schwejk bescheiden. »Ich hab geschwollene Knie.«

Bautze blickte den braven Soldaten Schwejk fürchterlich an und brüllte: »Sie sind ein Simulant!«, und zum Feldwebel gewendet sagte er mit eisiger Ruhe: »Den Kerl sogleich einsperren!«

Zwei Soldaten mit Bajonetten führten Schwejk in das Garnisonsgefängnis.

Schwejk ging an den Krücken und bemerkte mit Entsetzen, daß sein Rheumatismus zu schwinden begann. Als Frau Müller, die oben auf der Brücke mit dem Wagerl wartete, Schwejk unter der Obhut der Bajonette erblickte, schluchzte sie laut auf und ließ das Wagerl stehen, um nie wieder dazu zurückzukehren.

Und der brave Soldat Schwejk schritt in Begleitung der bewaffneten Beschützer des Staates bescheiden dahin.

Die Bajonette leuchteten im Glanz der Sonne, und auf der Kleinseite drehte sich Schwejk vor dem Radetzkydenkmal zu der Menge um, die ihm folgte: »Auf nach Belgrad! Auf nach Belgrad!«

Und Feldmarschall Radetzky blickte träumerisch von seinem Denkmal dem sich entfernenden braven Soldaten Schwejk mit dem Rekrutensträußchen auf dem Rocke nach, wie er an den alten Krücken humpelte, während ein würdiger Herr den ihn umringenden Leuten erläuterte, daß man einen Deserteur abführe.

Schwejk als Simulant

In jener großen Zeit wandten die Militärärzte ungewöhnliche Mühe daran, den Simulanten den Teufel der Sabotage auszutreiben und sie wieder in den Schoß der Armee zurückzuführen.

Es gab einige Grade der Folter für Simulanten und solche, die als Simulanten verdächtig waren, als da sind: Schwindsüchtige, Rheumatiker, Bruchleidende, Nierenleidende, Typhuskranke, Zuckerkranke, Leute mit Lungenentzündung und anderen Gebrechen.

Die Folter, der die Simulanten unterworfen wurden, war genau geregelt, und ihre Grade waren folgende:

1. Absolute Diät, früh und abends drei Tage lang je eine Tasse Tee, wobei allen, ohne Rücksicht darauf, worüber sie klagen, Aspirin zum Schwitzen verabreicht wird.

2. Um jedem den Gedanken auszutreiben, daß der Krieg ein Honiglecken sei, wird in reichlichen Portionen Chinin in Pulverform oder sogenanntes »Chinin zum Lecken« verabreicht.

3. Zweimal täglich Magenausspülungen mit einem Liter warmen Wassers.

4. Ein Klistier, unter Benützung von Seifenwasser und Glyzerin.

5. Eine Packung in ein in kaltes Wasser getauchtes Leintuch.

Es gab tapfere Menschen, die alle fünf Grade der Tortur überstanden und sich in einem einfachen Sarg auf den Soldatenfriedhof schaffen ließen. Aber es gab auch kleinmütige Menschen, die, wenn sie beim Klistier angelangt waren, erklärten, daß ihnen bereits gut sei und daß sie nichts anderes wünschten, als mit dem nächsten Marschbataillon in die Schützengräben abzugehen.

Schwejk brachte man im Garnisonsarrest in die Krankenbaracke, just unter solche kleinmütige Simulanten.

»Ich halts nicht mehr aus«, sagte sein Bettnachbar, den

man aus dem Ordinationszimmer gebracht hatte, wo ihm bereits zum zweitenmal der Magen ausgespült worden war.

Dieser Mann simulierte Kurzsichtigkeit.

»Morgen fahr ich zum Regiment«, entschloß sich der Nachbar auf der linken Seite, der gerade ein Klistier bekommen hatte und simulierte, daß er taub sei wie ein Klotz.

In dem Bett bei der Tür lag ein sterbender Schwindsüchtiger, in ein in kaltes Wasser getauchtes Leintuch gehüllt.

»Das ist schon der dritte diese Woche«, bemerkte der Nachbar auf der rechten Seite, »und was fehlt dir?«

»Ich hab Rheuma«, antwortete Schwejk, worauf ein aufrichtiges Gelächter aller rundherum folgte. Sogar der sterbende Schwindsüchtige, der Tuberkulose simulierte, lachte.

»Mit Rheumatismus komm nicht erst unter uns«, sagte ein feister Mann eindringlich zu Schwejk, »Rheumatismus is hier soviel wert wie Hühneraugen; ich bin blutarm, hab den halben Magen und fünf Rippen weg und niemand glaubts mir. Hier is sogar ein Taubstummer gewesen, vierzehn Tage ham sie ihn hier jede halbe Stunde in ein in kaltes Wasser getauchtes Leintuch gewickelt, jeden Tag hat man ihm ein Klistier gegeben und ihm den Magen ausgepumpt. Alle Sanitäter ham schon geglaubt, daß ers gewonnen hat und nach Haus gehen wird, bis ihm der Doktor was zum Brechen verschrieben hat. Umreißen hats ihn können, und da hat er klein beigegeben. ›Ich kann nicht länger den Taubstummen spieln‹, sagt er, ›ich hab wieder Sprache und Gehör.‹ Die Maroden ham ihm alle zugeredet, er soll sich nicht ins Unglück stürzen, aber er is dabei geblieben, daß er spricht und hört wie die übrigen. Und so hat ers auch früh bei der Visit gemeldet.«

»Er hat sich lang genug gehalten«, bemerkte ein Mann, der simulierte, daß er ein um einen vollen Dezimeter kürzeres Bein habe, »nicht so wie der, was simuliert hat, daß ihn der Schlag getroffen hat. Drei Chinine, ein Klistier und ein eintägiges Fasten ham genügt. Er hat gestanden, und bevors zum Magenpumpen gekommen is, war vom Schlag keine Spur mehr. Am längsten hat sich der gehalten, was von einem tollen Hund gebissen worn ist. Er hat gebissen, geheult, wirklich, das hat er ausgezeichnet getroffen, aber den Schaum beim Maul hat er nicht und nicht zuwege bringen können. Wir ham ihm geholfen, wie wir ham können. Wir ham ihn paarmal eine ganze Stunde vor der Visit gekitzelt, bis er Krämpfe gekriegt hat und ganz blau geworn is, aber der Schaum beim Maul is nicht und nicht gekommen. Es war schrecklich. Wie er sich einmal früh bei der Visit ergeben hat, hat er uns leid getan. Er hat sich beim Bett aufgestellt wie eine Kerze, hat salutiert und gesagt: ›Melde gehorsamst, Herr Oberarzt, daß der Hund, was mich gebissen hat, wahrscheinlich nicht toll war.‹ Der Oberarzt hat ihn so eigentümlich angeschaut, daß der Gebissene am ganzen Leib zu zittern angefangen hat und fortgesetzt hat: ›Melde gehorsamst, Herr Oberarzt, daß mich überhaupt kein Hund gebissen hat, ich hab mich selbst in die Hand gebissen.‹ Nach diesem Geständnis hat man gegen ihn wegen Selbstverstümmlung eine Untersuchung eingeleitet, daß er sich die Hand abbeißen wollt, um nicht ins Feld zu müssen.«

»Alle solche Krankheiten, wo man Schaum vorm Maul braucht«, sagte der feiste Simulant, »lassen sich schlecht simulieren. Wie zum Beispiel die hinfallende Krankheit. Da war hier auch einer mit hinfallender Krankheit, der hat uns immer gesagt, daß es ihm auf einen Krampf nicht ankommt, so hat er euch manchmal zehn in einem Tag zuwege gebracht. Er hat sich in Krämpfen gewunden, hat die Fäuste geballt, hat die Augen herausgewälzt, daß es ausgesehen hat, wie wenn er sie auf Stielen hätt, hat um sich geschlagen, die Zunge herausgesteckt, kurz ich sag euch, eine herrliche erstklassige hinfallende Krankheit, so eine ganz echte. Auf einmal hat er Asten bekommen, zwei am Hals, zwei am Rücken, und aus wars mit den Krämpfen und mit dem Auf-den Boden-Schlagen, weil er den Kopf nicht hat rühren können, nicht sitzen und nicht liegen. Er hat Fieber gekriegt, und im Fieber hat er bei der Visit alles verraten. Und er hat uns mit diesen Asten ordentlich zugesetzt, weil er mit ihnen noch drei Tage hat zwischen uns liegen müssen und zweite Diät gekriegt hat, früh Kaffee mit einer Semmel, abends Brei oder Suppe, und wir ham zuschaun müssen mit hungrigem ausgepumptem Magen und ganzer Diät, wie der Kerl frißt, schmatzt und vor Sattheit faucht und rülpst. Dreien hat er damit ein Bein gestellt, sie ham auch gestanden. Die sind mit Herzfehler gelegen.«

»Am besten«, sagte einer von den Simulanten, »läßt sich Wahnsinn simulieren. Von unserm Lehrkörper sind nebenan im Zimmer zwei, einer schreit fortwährend bei Tag und Nacht: ›Der Scheiterhaufen Giordano Brunos raucht noch, erneuert den Prozeß Galileis!‹, und der zweite bellt, erst dreimal langsam: haf – haf – haf, dann fünfmal schnell nacheinander: hafhafhafhafhaf und wieder langsam und so gehts immerfort. Er hats schon über drei Wochen ausgehalten. Ich hab auch ursprünglich einen Narren machen wolln, hab religiösen Wahnsinn heucheln, von der Unfehlbarkeit des Papstes predigen wolln, aber zum Schluß hab ich mir von einem Raseur auf der Kleinseite für fünfzehn Kronen einen Magenkrebs besorgt.«

»Ich kenn einen Rauchfangkehrer in Břevnov«, bemerkte ein anderer Patient, »der macht euch für zehn Kronen so ein Fieber her, daß ihr aus dem Fenster springt.«

»Das is nix«, sagte ein anderer, »in Wrschowitz gibts eine Hebamme, die euch für zwanzig Kronen so gut das Bein ausrenkt, daß ihr euer Leben lang ein Krüppel bleibt!«

»Mir hat man das Bein für fünf Kronen ausgerenkt«, ließ sich eine Stimme von einem Bett in der Nähe des Fensters her vernehmen, »für fünf Kronen und drei Biere.«

»Mich kostet meine Krankheit schon über zweihundert«, erklärte sein Nachbar, eine vertrocknete Stange, »nennt mir, welches Gift ihr wollt, ihr werdet keins finden, das ich noch nicht genommen hab. Ich bin ein lebendiges Giftmagazin. Ich hab Sublimat getrunken, ich hab Quecksilberdämpfe eingeatmet, ich hab Arsen gekaut, ich hab Opium geraucht, ich hab eine Opiumtinktur getrunken, ich hab mir Morphium aufs Brot gestreut, ich hab Strychnin geschluckt, ich hab eine Phosphormischung von Schwefel und Schwefelsäure ausgetrunken. Ich hab mir Leber, Lunge, Nieren, Galle, Hirn, Herz, Därme ruiniert. Niemand weiß, was für eine Krankheit ich hab.«

»Das beste is«, behauptete jemand von der Tür her, »wenn man sich Petroleum unter die Haut am Arm spritzt. Mein Vetter war so glücklich, daß man ihm den Arm bis untern Ellbogen abgenommen hat, und heut hat er vorm Militär Ruh.«

»No also, seht ihr«, sagte Schwejk, »das alles muß jeder für unsern Kaiser aushalten. Sogar das Magenpumpen und das Klistier. Wie ich vor Jahren bei meinem Regiment gedient hab, da wars noch ärger. Da hat man so einen Maroden krummgeschlossen zusammengebunden und ins Loch geworfen, damit er sich auskuriert. Da hats keine Kavalletts gegeben wie hier oder Spucknäpfe. Eine bloße Pritsche, und auf der sind die Maroden gelegen. Einmal hat einer wirklichen Typhus gehabt und der andre neben ihm schwarze Blattern. Beide waren krummgeschlossen und der Regimentsarzt hat sie in den Bauch gekickt, daß sie herich Simulanten sind. Dann, wie diese zwei Soldaten gestorben sind, is es ins Parlament gekommen und in der Zeitung gestanden. Man hat uns gleich verboten, diese Zeitungen zu lesen, und eine Koffervisite gemacht, wer diese Zeitungen hat. Und wie ich halt schon immer Pech hab, hat man sie beim ganzen Regiment nirgends gefunden, nur bei mir. So hat man mich also zum Regimentsrapport geführt, und unser Oberst, der Ochs, Gott hab ihn selig, hat angefangen mich anzubrülln, daß ich grad stehn und sagen soll, wer das in diese Zeitung geschrieben hat, oder er wird mirs Maul von einem Ohr zum andern zerreißen und mich einsperrn lassen, bis ich schwarz wer. Dann is der Regimentsarzt gekommen, hat mir mit der Faust vor der Nase herumgefuchtelt und geschrien: ›Sie verfluchter Hund, Sie schäbiges Wesen, Sie unglückliches Mistvieh, du Sozialistenbengel, du!‹ Ich schau allen aufrichtig in die Augen, zwinker nicht mal und schweig, die Hand an der Mütze und die Linke an der Hosennaht, sie laufen um mich herum wie Hunde, belln mich an, und ich fort, wie wenn nichts. Ich schweig, leist die

Ehrenbezeigung, die linke Hand an der Hosennaht. Wie sies so vielleicht eine halbe Stunde getrieben ham, is der Oberst auf mich zugelaufen und hat gebrüllt: ›Bist du ein Blödian oder bist du kein Blödian?‹ – ›Melde gehorsamst, Herr Oberst, ich bin ein Blödian.‹ – ›Einundzwanzig Tage strengen Arrest wegen Blödheit, zwei Fasttage wöchentlich, einen Monat Kasernenarrest, achtundvierzig Stunden Spangen, gleich einsperrn, nichts zu fressen geben, krummschließen, damit er sieht, daß das Ärar keine Blödiane braucht. Wir wern dir schon die Zeitungen aus dem Kopf schlagen, du Falott‹, schloß der Herr Oberst nach langem Herumlaufen. Während ich gebrummt hab, ham sich in der Kaserne Wunder ereignet. Unser Oberst hat den Soldaten überhaupt verboten zu lesen, und wenns auch nur die *Pražké Úřední Noviny* waren, in der Kantine ham sie nicht mal Wurst und Käsl in Zeitungen wickeln dürfen. Seit der Zeit ham die Soldaten angefangen zu lesen, und unser Regiment is das gebildetste geworn. Wir ham alle Zeitungen gelesen, und bei jeder Kompanie hat man Verse und Lieder auf den Herrn Oberst gemacht, und wenn was beim Regiment geschehn is, hat sich immer in der Mannschaft ein Wohltäter gefunden, ders in die Zeitung gegeben hat unter dem Titel ›Soldatenmißhandlungen‹. Und dran war noch nicht genug. Sie ham den Abgeordneten nach Wien geschrieben, daß sie sich ihrer annehmen solln, und die ham angefangen, eine Interpellation nach der andern einzubringen, daß unser Herr Oberst eine Bestie is und so was. Irgendein Minister hat zu uns eine Kommission geschickt, damit sie das untersuchen soll, und ein gewisser Franta Hentschl aus Hluboká hat dann zwei Jahre gefaßt, weil ers war, der sich nach Wien an die Abgeordneten gewendet hat wegen der Watschen, die er am Exerzierplatz vom Herrn Oberst erwischt hat. Dann, wie die Kommission weggefahren is, hat uns der Herr Oberst alle antreten lassen, das ganze Regiment, und hat gesagt, ein Soldat is ein Soldat, er muß das Maul halten und weiterdienen, wenn ihm was nicht gefällt, so is das eine Subordinationsverletzung. ›Ihr habt euch also gedacht, ihr Lumpen, daß euch diese Kommission helfen wird‹, sagt der Herr Oberst, ›einen Dreck wird sie euch helfen. Und jetzt wird jede Kompanie an mir vorbeidefilieren und laut wiederholn, was ich gesagt hab.‹ – So sind wir also eine Kompanie hinter der andern marschiert, rechts schaut, wo der Herr Oberst gestanden is, die Hand am Gewehrriemen, und ham ihn angebrüllt: ›Wir ham uns also gedacht, wir Lumpen, daß uns diese Kommission helfen wird, einen Dreck wird sie uns helfen.‹ – Der Herr Oberst hat gelacht, daß er sich den Bauch gehalten hat, bis die elfte Kompanie vorbeidefiliert. Sie marschiert, stampft, und wie sie zum Herrn Oberst kommt, nichts, Stille, nicht ein Ton. Der Herr Oberst is rot geworn wie ein Hahn und hat die elfte Kompanie zurückgeschickt, damit sies wiederholt. Sie defiliert und schweigt, und eine Reihe nach der andern schaut nur dem Herrn Oberst frech in die Augen. – ›Ruht!‹ sagt der Herr Oberst und geht am Hof auf und ab, schlägt sich mit der Peitsche über die Stiefelschäfte, spuckt aus, dann bleibt er auf einmal stehn und brüllt: ›Abtreten!‹, setzt sich auf seinen Gaul, und schon is er aus dem Tor heraus. Wir ham gewartet, was mit der elften Kompanie geschehn wird, und fort, wie wenn nix. Wir warten einen Tag, zwei, eine ganze Woche, und fort, wie wenn nix. Der Herr

Oberst hat sich in der Kaserne überhaupt nicht gezeigt, wovon die Mannschaft, die Chargen und die Offiziere große Freude gehabt ham. Dann hamr einen neuen Oberst bekommen, und von dem alten hat man erzählt, daß er in einem Sanatorium is, weil er Seiner Majestät dem Kaiser einen eigenhändigen Brief geschrieben hat, daß die elfte Kompanie gemeutert hat.«

Die Zeit der Nachmittagsvisite rückte heran.

Militärarzt Grünstein schritt von Bett zu Bett, hinter ihm ein Sanitätsunteroffizier mit dem Protokollbuch.

»Makuna?«

»Hier!«

»Klistier und Aspirin! – Pokorny?«

»Hier!«

»Magen auspumpen und Chinin! – Kovařík?«

»Hier!«

»Klistier und Aspirin! – Kotatko?«

»Hier!«

»Magen auspumpen und Chinin!«

Und so gings einer nach dem andern, ohne Erbarmen, mechanisch, stramm. »Schwejk?«

»Hier!«

Doktor Grünstein betrachtete den neuen Zuwachs.

»Was fehlt Ihnen?«

»Melde gehorsamst, ich hab Rheuma!«

Doktor Grünstein hatte sich während der Zeit seiner Praxis eine feine Ironie angeeignet, die viel nachdrücklicher wirkte als Geschrei.

»Aha, Rheuma«, sagte er zu Schwejk, »da haben Sie aber eine äußerst schwere Krankheit. Es ist wirklich ein Zufall,

Rheuma zu bekommen, wenn ein Weltkrieg ausgebrochen ist und man in den Krieg ziehn soll. Ich glaube, das muß Sie schrecklich verdrießen.«

»Melde gehorsamst, Herr Oberarzt, daß es mich schrecklich verdrießt.«

»Da schau her, es verdrießt ihn also. Das ist sehr hübsch von Ihnen, daß Sie sich gerade jetzt an diesen Rheumatismus erinnert haben. In Friedenszeiten läuft so ein armer Teufel herum wie ein Zickel, aber wie ein Krieg ausbricht, gleich hat er Rheuma und gleich versagen ihm die Knie. Tun Ihnen nicht die Knie weh?«

»Melde gehorsamst, daß ja.«

»Und die ganzen Nächte können Sie nicht schlafen, nicht wahr? Rheuma ist eine sehr gefährliche, schmerzhafte und schwere Krankheit. Wir haben hier mit Rheumatikern schon gute Erfahrungen gemacht. Die absolute Diät und der übrige Teil unserer Behandlung hat sich sehr bewährt. Sie werden hier früher gesund werden als in Pistyan und werden an die Front marschieren, daß es hinter Ihnen nur so stauben wird.«

Zum Sanitätsunteroffizier gewendet, sagte er: »Schreiben Sie: Schwejk, absolute Diät, zweimal täglich Magen auspumpen, einmal täglich ein Klistier. Wies weitergehn wird, werden wir sehn. Inzwischen führen Sie ihn ins Ordinationszimmer, pumpen Sie ihm den Magen aus, und bis er zu sich kommt, geben Sie ihm ein Klistier, aber ein ordentliches, daß er alle Heiligen anruft, damit sein Rheuma erschrickt und davonläuft.«

Dann wandte er sich allen Betten zu und hielt eine Rede voll schöner und vernünftiger Sentenzen: »Glaubt nicht, daß ihr einen Ochsen vor euch habt, der sich alles an die Nase binden läßt. Mich bringt euer Benehmen durchaus nicht aus dem Gleichgewicht. Ich weiß, daß ihr alle Simulanten seid, daß ihr vom Militär desertieren wollt. Und demgemäß behandle ich euch. Ich habe Hunderte und Hunderte solcher Soldaten überlebt, wie ihr es seid. In diesen Betten sind ganze Scharen von Menschen gelegen, denen nichts anderes gefehlt hat als kriegerischer Geist. Während ihre Kameraden im Felde kämpfen, haben sie geglaubt, daß sie sich in den Betten wälzen, Krankenkost bekommen und warten können, bis der Krieg vorbei ist. Da haben sie sich aber sakramentisch getäuscht, und auch ihr alle werdet euch sakramentisch täuschen. Noch nach zwanzig Jahren werdet ihr aus dem Schlaf schreien, wenn ihr davon träumen werdet, wie ihr bei mir simuliert habt.«

»Melde gehorsamst, Herr Oberarzt«, ertönte es leise aus einem Bett beim Fenster, »ich bin schon gesund, ich hab schon in der Nacht gemerkt, daß mir der Stickhusten vergangen is.«

»Sie heißen?«

»Kovařík, melde gehorsamst, ich soll ein Klistier bekommen.«

»Gut, das Klistier bekommen Sie noch auf den Weg«, entschied Doktor Grünstein, »damit Sie sich nicht beschweren, daß wir Sie hier nicht behandelt haben. So, und jetzt alle Maroden, die ich vorgelesen habe, dem Unteroffizier nach, damit jeder bekommt, was ihm gebührt.«

Und jeder bekam auch eine redliche Portion, wie sie ihm vorgeschrieben war. Und wenn sich einige bemühten, auf die Vollstrecker der ärztlichen Befehle durch Bitten oder die

Drohung einzuwirken, daß sie, die Patienten, sich auch zur Sanität melden und ihre Peiniger ihnen vielleicht einmal in die Hände fallen könnten, Schwejk verhielt sich tapfer.

»Schon mich nicht«, forderte er jenen Schergen auf, der ihm das Klistier gab, »denk an deinen Eid. Selbst wenn dein Vater oder dein eigner Bruder hier liegen möcht, gib ihnen ein Klistier, ohne mit der Wimper zu zucken. Denk dir, daß Österreich auf solchen Klistieren ruht, und der Sieg ist unser.«

Am folgenden Tag bei der Visite fragte Doktor Grünstein Schwejk, wie es ihm im Militärspital gefalle.

Schwejk entgegnete, daß es ein gutes, erhabenes Unternehmen sei. Zur Belohnung erhielt er dieselbe Behandlung wie gestern, nebst einem Aspirin und drei Pulvern Chinin, die man ihm ins Wasser schüttete, worauf er sie sofort austrinken mußte.

Nicht einmal Sokrates hat den Giftbecher mit solcher Ruhe ausgetrunken wie Schwejk, an dem Doktor Grünstein alle Grade der Folter ausprobierte, das Chinin.

Als man Schwejk in Anwesenheit des Arztes in ein nasses Leintuch wickelte, antwortete er auf die Frage, wie ihm dies gefalle: »Melde gehorsamst, Herr Oberarzt, es is wie auf der Schwimmschule oder im Seebad.«

»Haben Sie noch Rheuma?«

»Melde gehorsamst, Herr Oberarzt, es will nicht und nicht besser wern.«

Schwejk wurde einer neuen Tortur unterworfen.

Zu jener Zeit wandte die Witwe nach einem General der Infanterie, Baronin von Botzenheim, große Bemühungen daran, jenen Soldaten ausfindig zu machen, über den die *Bo-*

hemia kürzlich einen Artikel veröffentlicht hatte, der schilderte, wie er, der Krüppel, sich in einem Krankenwagerl zur Assentierung fahren ließ und: »Auf nach Belgrad!« rief, was der Redaktion der *Bohemia* Anlaß zu einer Aufforderung an ihre Leser gab, Sammlungen zugunsten des loyalen verkrüppelten Helden zu veranstalten.

Schließlich wurde auf Grund einer Anfrage bei der Polizeidirektion festgestellt, daß es sich um Schwejk handle, und das Weitere ließ sich dann schon leicht erforschen. Baronin von Botzenheim packte ihre Gesellschafterin und ihren Kammerdiener samt einem Korb zusammen und fuhr auf den Hradschin.

Die arme Baronin wußte nicht einmal, was es bedeutet, wenn jemand im Spital des Garnisonsarrestes liegt. Ihre Visitkarte öffnete ihr die Türe des Gefängnisses, in der Kanzlei kam man ihr ungemein höflich entgegen, und schon fünf Minuten später wußte sie, daß »der brave Soldat Schwejk«, nach dem sie fragte, in der 3. Baracke, Bett Nummer 17 lag. Doktor Grünstein selbst, der wie vor den Kopf geschlagen war, begleitete sie.

Schwejk saß gerade nach der täglichen, von Doktor Grünstein verordneten Prozedur auf dem Bett, umringt von einer Gruppe abgezehrter und ausgehungerter Simulanten, die sich bisher nicht ergeben hatten und zähe mit Doktor Grünstein auf dem Schlachtfeld absoluter Diät kämpften.

Hätte sie jemand belauscht, dann hätte er den Eindruck gewonnen, daß er sich in der Gesellschaft von Gourmands, in einer höheren Kochschule oder in Feinschmeckerkursen befinde.

»Sogar die ordinären Rindsfettgrieben kann man essen«,

erzählte gerade einer, der hier mit einem »veralteten Magenkatarrh« lag, »wenn sie warm sind. Wenn das Rindsfett kocht, drückt man sie aus, bis sie trocken sind, salzt sie, pfeffert sie, und ich sag euch, Gänsegrieben sind nicht so gut.«

»Laßt nur gut sein«, sagte der Mann mit dem »Magenkrebs«, »über Gänsegrieben kommt nichts. Was kann man gegen sie mit Schweinsgrieben aufstecken? Sie müssen selbstverständlich goldbraun ausgekocht sein, so wies die Juden machen. Die nehmen eine fette Gans und ziehn das Fett samt der Haut ab und kochens aus.«

»Wissen Sie, daß Sie sich in bezug auf die Schweinsgrieben irren?« bemerkte Schwejks Nachbar. »Ich mein natürlich Grieben aus hausgemachten Fetten, was man so hausgemachte Grieben nennt. Nicht braungefärbt, aber auch nicht gelb. Es muß etwas zwischen diesen beiden Schattierungen sein. So eine Griebe darf weder zu weich noch zu hart sein. Sie darf nicht knusprig sein, sonst ist sie verbrannt. Sie muß auf der Zunge zerfließen, und man darf dabei nicht den Eindruck haben, daß einem das Fett übers Kinn hinunterfließt.«

»Wer von euch hat schon Grieben aus Pferdefett gegessen?« ließ sich eine Stimme vernehmen, jedoch niemand antwortete, weil der Sanitätsunteroffizier hereingelaufen kam. »Alle ins Bett, eine Erzherzogin kommt her, daß niemand die schmutzigen Füße unter der Decke heraussteckt!«

Nicht einmal eine Erzherzogin hätte so würdevoll eintreten können, wie es Baronin von Botzenheim tat. Hinter ihr wälzte sich eine ganze Eskorte, in der nicht einmal der Rechnungsfeldwebel des Spitals fehlte, der in diesem Besuch die geheime Hand der Revision sah, die ihn vom fetten

Trog im Hinterland reißen und vor die Drahtverhaue den Schrapnells zur Beute werfen würde.

Er war blaß, aber noch blasser war Doktor Grünstein. Ihm tanzte die kleine Visitkarte der alten Baronin mit dem Titel »Generalswitwe« vor Augen samt allem, was damit verbunden sein konnte, wie Konnexionen, Protektion, Beschwerden, Versetzung an die Front und andere fürchterliche Dinge.

»Hier haben wir den Schwejk«, sagte er, eine künstliche Ruhe bewahrend, indem er Baronin von Botzenheim an Schwejks Bett führte, »er verhält sich sehr geduldig.«

Baronin von Botzenheim setzte sich auf den herbeigeschobenen Stuhl an Schwejks Bett und sagte in gebrochenem Tschechisch: »Tscheski Soldat, brav Soldat, Kripplsoldat sein tapfere Soldat, hab moc gern tscheski Österreicher.«

Dabei streichelte sie Schwejks unrasierte Wangen und fuhr fort: »Alles in Zeitung gelesen, ich Ihnen bringen Papat, Tabak, Zuzat, tscheski Soldat, brav Soldat, Johann, kommen Sie her!«

Der Kammerdiener, der mit seinem struppigen Kaiserbart an den Raubmörder Babinsky erinnerte, schleppte einen umfangreichen Korb ans Bett, während die Gesellschafterin der alten Baronin, eine große Dame mit verweintem Gesicht, sich auf Schwejks Bett setzte und ihm das Strohpolster unter dem Rücken zurechtrückte, mit der fixen Idee, daß man dies kranken Helden tun müsse.

Die Baronin zog inzwischen die Geschenke aus dem Korb. Ein Dutzend gebratener Hühner, in rosa Seidenpapier gewickelt und mit schwarzgelben seidenen Schleifen umwunden, und zwei Flaschen eines Kriegslikörs mit der

Etikette »Gott strafe England!«. Auf der andern Seite war auf der Etikette Franz Joseph mit Wilhelm zu sehen, wie sie sich an den Händen hielten, als wollten sie das Spiel spielen »Häschen in der Grube saß und schlief, armes Häschen, bist du krank, daß du nicht mehr hüpfen kannst?«.

Dann zog sie drei Flaschen Wein für Rekonvaleszenten und zwei Schachteln Zigaretten aus dem Korb. Das alles breitete sie elegant auf dem leeren Bett neben Schwejk aus und legte noch ein schön gebundenes Buch dazu »Begebenheiten aus dem Leben unseres Monarchen«, ein Werk des jetzigen, überaus verdienten Chefredakteurs unseres Amtsblattes »Die Tschechoslowakische Republik«, der den alten Franz abgöttisch liebte.

Dann legte sie auf das Bett ein Paket Schokolade, ebenfalls mit der Aufschrift »Gott strafe England!« und ebenfalls mit den Photographien des österreichischen und deutschen Kaisers geschmückt. Auf der Schokolade hielten sie einander nicht mehr an der Hand, jeder hatte sich selbständig gemacht und kehrte dem andern den Rücken. Sehr hübsch war eine doppelreihige Zahnbürste mit der Aufschrift »viribus unitis«*, damit jeder beim Zähneputzen Österreichs gedenke. Ein elegantes und sehr passendes Geschenk für die Front und die Schützengräben war eine Manikürkassette. Auf dem Deckel war ein explodierendes Schrapnell zu sehen und ein Mensch im Sturmhelm, der mit dem Bajonett vorstürmte. Darunter stand »Für Gott, Kaiser und Vaterland!«. Ohne Bild war ein Paket Zwieback, dafür stand darauf der Vers:

* (lat.) mit vereinten Kräften.

Österreich, du edles Haus,
steck deine Fahne aus,
laß sie im Winde wehn,
Österreich muß ewig stehn!

mit der tschechischen Übersetzung auf der andern Seite.

Das letzte Geschenk war eine weiße Hyazinthe in einem Blumentopf.

Als das alles ausgepackt auf dem Bette lag, konnte Baronin von Botzenheim sich der Tränen nicht erwehren. Einigen ausgehungerten Simulanten floß der Speichel aus dem Mund. Die Gesellschafterin der Baronin stützte den sitzenden Schwejk und weinte ebenfalls. Es herrschte Grabesstille, die Schwejk plötzlich unterbrach, indem er die Hände faltete: »Vater unser, der Du bist im Himmel, geheiligt werde Dein Name, zu uns komme Dein Reich, pardon gnädige Frau, so is es nicht, ich wollt sagen: Vater unser, himmlischer Vater, segne uns diese Gaben, die wir dank Deiner Freigebigkeit genießen werden. Amen.« Nach diesen Worten nahm er ein Huhn vom Bett und begann zu essen, von dem entsetzten Blick Doktor Grünsteins gefolgt.

»Ach, wie es ihm schmeckt, dem Wackern«, flüsterte die alte Baronin dem Doktor begeistert zu, »er ist sicher schon gesund und kann ins Feld gehn. Ich bin wirklich sehr froh, daß ihm mein Geschenk so gelegen gekommen ist.«

Dann schritt sie von Bett zu Bett und verteilte Zigaretten und Schokoladepralinen, kehrte von ihrem Rundgang abermals zu Schwejk zurück, streichelte ihm das Haar mit den Worten: »Behüt Euch Gott« und ging mit dem ganzen Gefolge zur Tür hinaus.

Bevor Doktor Grünstein, der die Baronin begleitet hatte, zurückkehrte, verteilte Schwejk die Hühner, die von den Patienten mit solcher Geschwindigkeit verschlungen wurden, daß Doktor Grünstein statt der Hühner nur einen Haufen Knochen vorfand, die so sauber abgenagt waren, als wären die Hühner lebendig in ein Geiernest geraten und als hätte auf ihre Knochen einige Monate hindurch die Sonne gebrannt.

Auch die Flasche Kriegslikör und die drei Flaschen Wein waren geleert. Sogar das Paket Schokolade und der Zwieback waren in den Mägen verschwunden. Jemand hatte selbst die Flasche Nagelpolitur ausgetrunken, die sich in der Garnitur befand, und die Zahnpasta angebissen, die der Zahnbürste beigelegt war.

Als Doktor Grünstein zurückgekehrt war, stellte er sich wiederum in Kampfpositur und hielt eine lange Rede. Ein Stein war ihm vom Herzen gefallen, weil der Besuch bereits gegangen war. Der Haufen abgenagter Knochen bekräftigte ihn in dem Gedanken, daß alle Patienten in diesem Zimmer unverbesserlich seien.

»Soldaten«, legte er los, »wenn ihr ein bißchen Verstand hättet, dann hättet ihr das alles liegengelassen und euch gesagt, wenn wir das auffressen, dann wird uns der Herr Oberarzt nicht glauben, daß wir schwer krank sind. Ihr habt euch dadurch selbst das Zeugnis ausgestellt, daß ihr meine Güte nicht zu schätzen wißt. Ich pumpe euch den Magen aus, gebe euch Klistiere, bemühe mich, euch bei absoluter Diät zu halten, und ihr überstopft euch den Magen. Wollt ihr einen Magenkatarrh bekommen? Da irrt ihr euch aber, bevor euer Magen versuchen wird, das zu verdauen, werde ich ihn so gründlich reinigen, daß ihr daran bis in den Tod denken werdet. Noch euren Kindern werdet ihr davon erzählen, wie ihr einmal Hühner gefressen und euch mit verschiedenen andern guten Dingen vollgestopft habt, aber wie es keine Viertelstunde in eurem Magen geblieben ist, weil man euch den Magen noch warm ausgepumpt hat. Also einer nach dem andern mir nach, damit ihr nicht vergeßt, daß ich nicht so ein Ochs bin wie ihr, sondern doch noch ein bißchen gescheiter als ihr alle zusammen. Außerdem kündige ich euch an, daß ich morgen eine Kommission herschicke, weil ihr euch schon zu lange hier herumwälzt und keinem von euch was fehlt, wenn ihr euch in fünf Minuten den Magen so hübsch verschweinern könnt, wie ihr es gerade jetzt fertiggebracht habt. Also, eins, zwei, drei, marsch!«

Als die Reihe an Schwejk kam, blickte ihn Doktor Grünstein an, und eine Reminiszenz an den heutigen rätselhaften Besuch veranlaßte ihn zu der Frage: »Sie kennen die Frau Baronin?«

»Sie is meine Stiefmutter«, antwortete Schwejk, »in zartem Alter hat sie mich ausgesetzt, und jetzt hat sie mich wiedergefunden...«

Und Doktor Grünstein sagte kurz: »Dann geben Sie dem Schwejk noch ein Klistier.«

Abends ging es auf den Kavalletts recht traurig zu. Einige Stunden vorher hatten alle allerlei gute und schmackhafte Dinge im Magen gehabt, und nun hatten sie nur schwachen Tee und eine Schnitte Brot darin.

Nummer 21 ließ sich vom Fenster her vernehmen: »Werdet ihrs glauben, Kameraden, daß ich Backhuhn lieber eß als Brathuhn?«

Jemand brummte: »Schmeißt ihm die Decke übern Kopf«, aber sie waren alle so schwach nach dem mißlungenen Festmahl, daß keiner sich rührte.

Doktor Grünstein hielt Wort. Am Vormittag kamen einige Militärärzte: die berühmte Kommission.

Sie schritten ernst die Bettreihen entlang, und man hörte nichts anderes als: »Zeigen Sie die Zunge!«

Schwejk steckte die Zunge so weit heraus, daß er eine blöde Grimasse schnitt und seine Augen sich schlossen.

»Melde gehorsamst, Herr Stabsarzt, ich hab keine längere Zunge.«

Darauf folgte ein interessantes Gespräch zwischen Schwejk und den Mitgliedern der Kommission. Schwejk behauptete, daß er diese Bemerkung in der Befürchtung gemacht habe, man könnte glauben, er wolle vor ihnen die Zunge verstecken.

Die Urteile der Mitglieder der Kommission über Schwejk waren in Anbetracht dessen außerordentlich verschieden.

Die Hälfte von ihnen behauptete, Schwejk sei »ein blöder Kerl«, die andere hingegen, er sei ein Filou, der sich aus dem Militär einen Jux machen wollte.

»Das müßt aber verflucht zugehn« brüllte der Vorsitzende der Kommission Schwejk an, »daß wir mit Ihnen nicht fertig werden sollten!«

Schwejk blickte die ganze Kommission mit der göttlichen Ruhe eines unschuldigen Kindes an.

Der Oberstabsarzt trat dicht an Schwejk heran.

»Ich möcht gern wissen, Sie Meerschwein, was Sie sich jetzt wohl denken!«

»Melde gehorsamst, ich denk überhaupt nicht.«

»Himmeldonnerwetter« schrie ein Mitglied der Kommission, mit dem Säbel klirrend, »er denkt also überhaupt nicht! Warum, Sie siamesischer Elefant, denken Sie denn nicht?«

»Melde gehorsamst, ich denk deshalb nicht, weils beim Militär den Soldaten verboten is. Wie ich vor Jahren bei den Einundneunzigern gedient hab, da hat uns unser Herr Hauptmann immer gesagt: Ein Soldat darf nicht selbst denken. Für ihn denken seine Vorgesetzten. Wie ein Soldat anfängt zu denken, is er schon kein Soldat, sondern ein ganz gemeiner Zivilist. Denken führt zu nichts...«

»Halten Sies Maul«, unterbrach ihn wütend der Vorsitzende der Kommission, »über Sie haben wir sowieso schon Berichte. Der Kerl meint, man wird glauben, daß er ein wirklicher Idiot ist... Sie sind kein Idiot, Schwejk, gescheit sind Sie, gerieben sind Sie, ein Lump sind Sie, ein Fallott, ein Lausbub, verstehn Sie...«

»Melde gehorsamst, ich versteh.«

»Ich hab Ihnen schon gesagt, Sie solln das Maul halten, haben Sie gehört?«

»Melde gehorsamst, daß ich gehört hab, daß ich das Maul halten soll.«

»Himmelherrgott, also halten Sie das Maul. Wenn ichs Ihnen befehl, dann wissen Sie gut, daß Sie kuschen müssen!«

»Melde gehorsamst, daß ich weiß, daß ich kuschen muß.«

Die Offiziere blickten einander an und riefen den Feldwebel.

»Diesen Mann da«, sagte der Oberstabsarzt von der Kommission, auf Schwejk weisend, »führen Sie in die Kanzlei und warten unseren Bericht und Rapport ab. Im Garnisonsarrest wird man ihm schon das Quasseln aus dem Kopf treiben. Der Kerl ist gesund wie ein Fisch, simuliert und drischt noch mit dem Maul und macht sich einen Jux aus seinen Vorgesetzten. Er denkt, daß sie nur zu seiner Unterhaltung da sind und daß der ganze Krieg eine Hetz oder ein Jux ist. Man wird Ihnen im Garnisonsarrest zeigen, Schwejk, daß der Krieg kein Jux ist.«

Schwejk ging mit dem Feldwebel in die Kanzlei, und auf dem Weg über den Hof summte er vor sich hin:

»Meinte, daß das Dienen
eine Hetz nur sei,
daß es eine Woche oder vierzehn Tage
dauert – und vorbei …«

Und während Schwejk in der Kanzlei von dem diensthabenden Offizier angebrüllt wurde, daß man solche Kerle wie Schwejk niederschießen solle, brachte die Kommission in den Krankenzimmern die Simulanten zur Strecke. Von siebzig Patienten retteten sich nur zwei. Einer, dem eine Granate ein Bein abgerissen hatte, und ein zweiter mit wirklichem Beinfraß.

Nur diese beiden hörten nicht das Wörtchen »tauglich«; die andern wurden alle, nicht einmal die drei sterbenden Schwindsüchtigen ausgenommen, felddiensttauglich befunden, wobei es sich der Oberstabsarzt nicht nehmen ließ, eine Rede zu halten.

Sie war von den verschiedensten Beschimpfungen durchflochten und inhaltlich knapp. Alle seien Rindviecher und

Mist, und nur wenn sie tapfer für Seine Majestät den Kaiser kämpfen würden, könnten sie in die menschliche Gesellschaft zurückkehren. Nur so könne ihnen nach dem Krieg verziehen werden, daß sie sich vom Militär drücken wollten und simuliert hätten. Er selbst glaube aber nicht daran, sondern denke, daß auf alle der Strick warte.

Ein junger Militärarzt, eine noch reine und unverdorbene Seele, bat den Oberstabsarzt, ebenfalls sprechen zu dürfen. Seine Rede unterschied sich von der seines Vorgesetzten durch Optimismus und Naivität. Er redete deutsch.

Er sprach lange davon, daß ein jeder von denen, die das Krankenhaus verlassen, um zu ihren Regimentern an die Front abzugehen, ein Sieger und Ritter sein müsse. Er sei überzeugt, daß sie die Waffen auf dem Kampfplatz geschickt handhaben und sich ehrenhaft in allen Kriegs- und Privatverhältnissen verhalten würden als unbezwingbare Krieger, eingedenk des Ruhmes Radetzkys und des Prinzen Eugen von Savoyen. Daß sie mit ihrem Blut die weiten Felder der Ehre des Herrscherhauses düngen und sich siegreich der Aufgabe entledigen würden, die die Geschichte ihnen vorbehalten habe. Tollkühn, ihres Lebens nicht achtend, sollten sie unter den zerschossenen Fahnen ihrer Regimenter vorwärtsstürmen, zu neuem Ruhm, zu neuen Siegen.

Auf dem Gang sagte dann der Oberstabsarzt zu diesem naiven Mann: »Herr Kollege, ich kann Ihnen versichern, daß das alles vergeblich ist. Aus diesen Lumpen hätte nicht einmal Radetzky oder Prinz Eugen Soldaten gemacht. Mit denen kann man sprechen wie ein Engel oder wie ein Teufel, es ist alles für die Katz. Es ist eine Bande.«

Die letzte Zuflucht jener, die nicht an die Front gehen wollten, war der Garnisonsarrest. Ich kannte einen Supplenten, der, da er als Mathematiker nicht bei der Artillerie schießen wollte, einem Oberleutnant eine Uhr stahl, um in den Garnisonsarrest zu kommen. Er tat dies mit voller Überlegung. Der Krieg imponierte ihm nicht und bezauberte ihn nicht. Auf den Feind zu schießen und auf der Gegenseite ebenso unglückliche Mathematik-Supplenten mit Schrapnells und Granaten zu erschlagen, hielt er für einen Blödsinn.

»Ich will nicht als Gewalttäter gehaßt werden«, sagte er sich und stahl seelenruhig die Uhr. Man prüfte zuerst seinen Geisteszustand, und als er erklärte, er habe sich bereichern wollen, schaffte man ihn in den Garnisonsarrest. Es gab mehr solcher Menschen, die wegen Diebstahls oder Betrügereien im Garnisonsarrest saßen. Idealisten und Nichtidealisten, Menschen, die den Krieg für eine Einnahmequelle hielten, diverse Rechnungsunteroffiziere im Hinterland und an der Front, die alle möglichen Betrügereien mit der Menage und der Löhnung begingen, und dann die kleinen Diebe, tausendmal ehrenhafter als die Kerle, von denen sie hierhergeschickt wurden. Außerdem saßen im Garnisonsarrest Soldaten wegen verschiedener anderer Delikte rein militärischer Art, wie Subordinationsverletzung, versuchter Meuterei, Desertion. Ein besonderer Typus waren die Politiker, von denen achtzig Prozent vollständig unschuldig waren und von denen wiederum neunundneunzig Prozent verurteilt wurden. Der Apparat der Auditoren war großartig. Einen solchen mächtigen Gerichtsapparat besitzt jeder

Staat vor dem allgemeinen politischen, wirtschaftlichen und moralischen Zusammenbruch. Der Glanz der ehemaligen Macht und des früheren Ruhms wird durch die Gerichte, die Polizei, die Gendarmerie und den käuflichen Mob der Angeber erhalten.

In jedem Truppenkörper hatte Österreich seine Spitzel, welche die Kameraden anzeigten, die mit ihnen auf denselben Kavalletts schliefen und auf dem Marsch ihr Brot mit ihnen teilten.

Die Staatspolizei – die Herren Klíma, Slavíček & Co. – lieferte dem Garnisonsarrest ebenfalls Material. Die Militärzensur lieferte hierher die Autoren der Korrespondenz, die zwischen der Front und jenen geführt wurde, die daheim verzweifelt zurückgeblieben waren. In dieses Gefängnis brachten die Gendarmen auch alte Ausgedinger, die Briefe an die Front schickten, und das Kriegsgericht brummte ihnen für ihre Trostesworte und ihre Schilderung der Not daheim zwölf Jahre auf.

Aus dem Hradschiner Garnisonsarrest führte auch ein Weg über Břevnov auf den Motoler Exerzierplatz. Voran schritt in Begleitung von Bajonetten ein Mensch mit Ketten an den Händen, und ihm folgte ein Wagen mit einem Sarg. Auf dem Motoler Exerzierplatz erscholl dann der kurze Befehl: »An! Feuer!« Und in allen Regimentern und Bataillonen verlas man den Regimentsbefehl, daß man wieder einen Soldaten wegen Auflehnung erschossen habe. Er hatte sich nämlich gegen seinen Hauptmann gewendet, als dieser der Frau des Armen, die sich von ihm nicht trennen konnte, einen Säbelhieb versetzte.

Und im Garnisonsarrest führte die Dreieinheit: Stabsprofos Slawik, Hauptmann Linhart und Feldwebel Řepa, auch »Henker« genannt, das Weitere durch! Wie viele prügelten sie in der Einzelhaft zu Tod! Mag sein, daß Hauptmann Linhart auch heute in der Republik Hauptmann ist. Ich wünschte, man würde ihm die Dienstjahre im Garnisonsarrest einrechnen, Slavíček und Klíma werden sie von der Staatspolizei eingerechnet. Řepa ist ins Zivil zurückgekehrt und geht wiederum seiner Beschäftigung als Maurermeister nach. Vielleicht ist er Mitglied eines patriotischen Vereines.

Stabsprofos Slawik wurde in der Republik zum Dieb und ist heute eingesperrt. Der Arme hat in der Republik nicht so festen Fuß gefaßt wie andere Herren...

Es war ganz natürlich, daß Stabsprofos Slawik, als er Schwejk in Empfang nahm, einen Blick voll stummer Vorwürfe auf ihn richtete.

»Auch du hast also schon einen Fleck auf der Reputation, daß du bis zu uns gekommen bist? Wir werden dir den Aufenthalt hier schon versüßen, Freunderl, wie allen, die in unsere Hände gefallen sind. Unsere Hände sind keine Damenhändchen.«

Und dann hielt er, um seinem Blick Nachdruck zu verleihen, Schwejk seine sehnige, dicke Faust unter die Nase und sagte: »Riech einmal, Lump!«

Schwejk roch und bemerkte: »Mit der möcht ich keine in die Nase kriegen wolln, das riecht nach Friedhof.«

Diese ruhige, bedächtige Sprache gefiel dem Stabsprofos.

»He«, sagte er, Schwejk mit der Faust in den Bauch stoßend, »steh grad, was hast du in den Taschen? Wenn du eine

Zigarette hast, kannst du dir sie lassen, das Geld gibst du her, damit sie dirs nicht stehlen. Mehr hast du nicht? Wirklich nicht? Lüg nicht, Lüge wird bestraft.«

»Wohin stecken wir ihn?« fragte Feldwebel Řepa.

»Auf Nummer 16«, entschied der Stabsprofos, »zwischen die in den Unterhosen. Sehen Sie denn nicht, daß auf dem Schriftstück vom Herrn Hauptmann Linhart aufgeschrieben steht: ›Streng bewachen, beobachten‹?« – »Ja, ja«, verkündete er Schwejk feierlich, »mit Gaunern verfährt man wie mit Gaunern. Wenn sich jemand auflehnt, dann schleppen wir ihn in den ›Einzel‹, brechen ihm alle Rippen und lassen ihn liegen, bis er krepiert. Dazu haben wir ein Recht. Wie wirs mit diesem Fleischer gemacht ham, nicht wahr, Řepa?«

»Na ja, der hat uns Arbeit gegeben, Herr Stabsprofos«, antwortete Feldwebel Řepa träumerisch, »das war ein Körper! Ich bin über fünf Minuten auf ihm herumgetrampelt, bevor ihm die Rippen zu krachen angefangen ham und das Blut ausm Maul geflossen is. Und er hat noch zehn Tage gelebt. Er war nicht zum Umbringen!«

»Also siehst du, du Lump, so gehts bei uns zu, wenn sich jemand auflehnt«, schloß der Stabsprofos seine pädagogische Erklärung, »oder wenn er davonlaufen will. Das is eigentlich Selbstmord, der bei uns auch so gestraft wird. Oder Gott behüte, daß dir, du Schweinehund, einfallen sollt, bis eine Inspektion kommt, dich über etwas zu beschweren. Wenn die Inspektion kommt und fragt: ›Haben Sie irgendeine Beschwerde?‹ – dann mußt du, Saukerl, Habtacht stehn, salutieren und antworten: ›Melde gehorsamst, ich hab keine, ich bin ganz zufrieden.‹ – Wie wirst dus sagen, Trottel? Wiederhols!«

»Melde gehorsamst, ich hab keine, ich bin ganz zufrieden«, wiederholte Schwejk mit einem so sanften Ausdruck, daß der Stabsprofos es irrtümlicherweise für aufrichtiges Entgegenkommen und Ehrlichkeit hielt.

»Also zieh dich in Unterhosen aus und komm auf Nummer 16«, sagte er freundlich, ohne auch nur Lump, Trottel oder Saukerl hinzuzufügen, wie er dies in der Gewohnheit hatte.

In Nummer 16 traf Schwejk mit zwanzig Männern in Unterhosen zusammen. Es waren diejenigen, auf deren Akten die Bemerkung stand: »Streng bewachen, beobachten!« und die man jetzt sehr sorgfältig bewachte, um ihnen keine Gelegenheit zum Entwischen zu geben. Wenn diese Unterhosen sauber und nicht die Gitter in den Fenstern gewesen wären, dann hätte man auf den ersten Blick geglaubt, daß man sich in der Garderobe eines Bades befinde.

Schwejk wurde von Feldwebel Řepa dem »Zimmerkommandanten« übergeben, einem unrasierten Kerl in offenstehendem Hemd. Der notierte Schwejks Namen auf ein Blatt Papier, das an der Wand hing, und sagte ihm: »Morgen gibts eine große Hetz. Man wird uns in die Kapelle zur Predigt führen. Wir, die in Unterhosen, stehn grad unter der Kanzel. Das wird eine Hetz sein!«

So wie in allen Gefängnissen und Strafanstalten erfreute sich auch im Garnisonsarrest die Hauskapelle einer großen Beliebtheit. Es handelte sich darum, die Besucher durch den erzwungenen Besuch der Gefängniskapelle Gott näherzubringen oder den Arrestanten eingehende Kenntnisse über Sittlichkeit beizubringen. Von solchen Dummheiten kann nicht die Rede sein.

Der Gottesdienst und die Predigten waren eine hübsche Unterbrechung der Langeweile des Garnisonsarrestes. Es ging nicht darum, Gott nahezukommen, sondern um die Hoffnung, auf den Gängen und auf dem Weg über den Hof einen Zigaretten- oder Zigarrenstummel zu finden. Gott wurde vollkommen von einem kleinen Stummel verdrängt, der sich hoffnungslos in einen Spucknapf oder irgendwo auf dem Boden in den Staub verirrt hatte. Dieser kleine stinkende Gegenstand siegte über Gott und über die Erlösung der Seele.

Und dann folgte noch die Predigt, dieser großartige Jux. Feldkurat Otto Katz war doch nur ein reizender Mensch. Seine Predigten waren ungewöhnlich fesselnd, spaßig, erquickend in der Langeweile des Garnisonsarrestes. Er verstand es so schön, von der unendlichen Gnade Gottes zu faseln, die verlotterten Arrestanten und entehrten Männer geistig zu erbauen. Er verstand es so schön, von der Kanzel und vom Altar herab zu schimpfen. Verstand es so wundervoll, beim Altar sein »Ite missa est« zu brüllen, den ganzen Gottesdienst auf originelle Art durchzuführen, die Ordnung der heiligen Messe durcheinanderzuwerfen, und wenn er schon sehr betrunken war, neue Gebete und eine neue heilige Messe zu ersinnen, seinen eigenen Ritus, etwas noch nie Dagewesenes.

Und dann das Hallo, wenn er zuweilen ausrutschte und mit dem Kelch, mit dem heiligen Sakrament oder dem Meßbuch hinfiel und den Ministranten aus der Arrestantenabteilung laut beschuldigte, er habe ihm ein Bein gestellt, und ihm sofort vor den allerheiligsten Sakramenten Einzelhaft und Spangen aufpfefferte.

Und der Betroffene freut sich, denn das gehört mit zu diesem ganzen Jux in der Gefängniskapelle. Er spielt eine große Rolle in dem Stück und entledigt sich ihrer würdig.

Feldkurat Otto Katz, der vollendetste Kriegspriester, war Jude.

Das ist übrigens nichts Merkwürdiges, Erzbischof Kohn* war gleichfalls Jude und ein Freund Machars** obendrein.

Feldkurat Otto Katz hatte eine noch buntere Vergangenheit als der berühmte Erzbischof Kohn.

Er hatte die Handelsakademie absolviert und als Einjährigfreiwilliger gedient. Und war im Wechselrecht und im Umgang mit Wechseln so gut bewandert, daß er die Firma Katz & Co. innerhalb eines Jahres zu einem so glorreichen und gelungenen Bankrott brachte, daß der alte Herr Katz nach einem Ausgleich mit seinen Gläubigern, ohne ihr Wissen und ohne das seines Gesellschafters, der nach Argentinien auswanderte, nach Nordamerika abdampfte.

Als also der junge Otto Katz Nord- und Südamerika mit der Firma Katz & Co. uneigennützigerweise beschenkt hatte, befand er sich in der Situation eines Menschen, der kein Erbteil zu erwarten hat, nicht weiß, wohin er seinen Kopf betten soll, und sich beim Militär aktivieren lassen muß.

Vorher aber hatte der Einjährigfreiwillige Otto Katz einen famosen Einfall. Er ließ sich taufen. Bekehrte sich zu Christus, damit dieser ihm helfe, Karriere zu machen.

Er bekehrte sich zu ihm mit dem restlosen Vertrauen, daß

* Theodor Kohn, Fürsterzbischof von Olmütz von 1892 bis 1904.
** Josef Svatopluk Machar (1864–1942), tschechischer Schriftsteller antireligiöser Richtung.

dies eine geschäftliche Angelegenheit zwischen ihm und Gottes Sohn sei.

Er wurde feierlich in Emmaus getauft. Pater Alban tauchte ihn ins Taufbecken. Es war ein wundersames Schauspiel, ein frommer Major des Regiments, bei dem Otto Katz diente, war dabei, dann eine alte Jungfer aus dem Adeligenstift auf dem Hradschin und ein großmäuliger Vertreter des Konsistoriums, der Pate stand.

Die Offiziersprüfung fiel gut aus, und der neue Christ Otto Katz blieb beim Militär. Anfangs schien es ihm, als würde alles gutgehen, er wollte sogar mit dem Studium des Stabskurses beginnen.

Aber eines Tages betrank er sich und ging ins Kloster, ließ den Säbel und griff zur Kutte. Er fand Zutritt beim Erzbischof auf dem Hradschin, und es gelang ihm, ins Seminar zu kommen. Bevor er die Weihen empfing, betrank er sich bis zur Bewußtlosigkeit in einem sehr anständigen Hause mit Damenbedienung in der Gasse hinter Weiwoda und ging geradewegs aus dem Taumel der Wollust und Freude hin, um die Weihen zu empfangen. Nach der Einweihung ging er zu seinem Regiment, um sich Protektion zu verschaffen, und als er zum Feldkuraten ernannt wurde, kaufte er ein Pferd, ritt durch die Prager Straßen und beteiligte sich lustig an allen Gelagen der Offiziere seines Regiments.

Auf dem Gang des Hauses, in dem er wohnte, wurden häufig Flüche unbefriedigter Gläubiger laut. Er brachte auch Straßenmädchen in seine Wohnung oder ließ sie von seinem Burschen holen. Sehr gern spielte er Färbl, und es wurde auch gemunkelt, daß er falschspiele; aber niemand konnte ihm nachweisen, daß er in dem weiten Ärmel seines

Militärpriesterrockes ein As versteckt habe. In Offizierskreisen nannte man ihn den Heiligen Vater.

Für die Predigten bereitete er sich niemals vor, wodurch er sich von seinem Vorgänger unterschied, der gleichfalls den Garnisonsarrest besucht hatte. Das war ein Mensch, der mit der fixen Idee behaftet war, die im Garnisonsarrest eingesperrte Mannschaft ließe sich von der Kanzel herab bessern. Dieser ehrenwerte Kurat verdrehte fromm die Augen, setzte den Arrestanten auseinander, daß eine Reform der Huren und eine Reform der Fürsorge für unverheiratete Mütter erforderlich sei, und sprach auch von der Erziehung unehelicher Kinder. Seine Predigt hatte einen abstrakten Charakter; hatte nichts gemein mit der augenblicklichen Situation und langweilte.

Feldkurat Otto Katz dagegen hielt Predigten, auf die sich alle freuten.

Es war ein feierlicher Augenblick, wenn man die Insassen von Nummer 16 in Unterhosen in die Kapelle führte. Die Arrestanten ankleiden zu lassen wäre nämlich mit dem Risiko verbunden gewesen, daß einer von ihnen hätte ausbrechen können.

Diese zwanzig weißen Unterhosen stellte man wie Engel unter die Kanzel. Einige von ihnen, denen Fortuna lächelte, verbargen im Mund Zigarettenstummel, die sie unterwegs gefunden hatten, denn sie hatten – natürlich – keine Taschen, in denen sie sie hätten verstecken können.

Um sie herum standen die andern Arrestanten des Garnisonsarrestes und ergötzten sich an den zwanzig Unterhosen unter der Kanzel, auf die der Feldkurat sporenklirrend hinaufkletterte.

»Habtacht!« schrie er. »Zum Gebet, alle mir nach, was ich sagen werde! Und du hinten, du Lump, schneuz dich nicht in die Hand, du bist im Tempel Gottes, oder ich laß dich einsperren. Ob ihr wohl, ihr Saukerle, noch nicht das Vaterunser vergessen habt? Also probieren wirs... No, ich hab gewußt, daß es nicht gehn wird. Woher denn das Vaterunser, ja, so zwei Portionen Fleisch und Bohnensalat auffressen, sich aufs Kavallett auf den Bauch legen, in der Nase bohren und nicht an Gott denken, das wär was – hab ich nicht recht?«

Er blickte von der Kanzel auf die zwanzig weißen Engel in Unterhosen, die sich ebenso wie alle andern vortrefflich unterhielten. Hinten spielte man »Maso«*.

»Das is sehr fein«, flüsterte Schwejk seinem Nachbar zu, auf dem der Verdacht haftete, er habe für drei Kronen seinem Kameraden mit einer Axt alle Finger an einer Hand abgehackt, um ihn vom Militär zu befreien.

»Es kommt noch besser«, lautete die Antwort, »heute is er wieder ordentlich besoffen, da wird er wieder vom dornigen Pfad der Sünde quatschen.«

Der Feldkurat war heute wirklich ausgezeichnet gelaunt. Er wußte selbst nicht, warum er dies tat, aber er beugte sich fortwährend von der Kanzel hinab und hätte beinahe das Gleichgewicht verloren und wäre hinuntergefallen.

»Singt etwas, Jungens«, schrie er hinunter, »oder wollt ihr, daß ich euch ein neues Lied lern? Also singt mit mir:

* Ein Spiel, ähnlich dem Schinkenklopfen.

Von allen doch am liebsten
hab ich die Liebste mein,
geh zu ihr nicht allein.
Viele seh ich zu ihr gehen
und um ihre Liebe flehen,
und wer ist denn meine Liebste?
die Jungfrau Maria…

Ihr werdets nie erlernen, ihr Klacheln«, fuhr der Feldkurat fort, »ich bin dafür, euch alle zu erschießen, versteht ihr mich gut? Das behaupte ich von dieser göttlichen Stelle herab, ihr Taugenichtse, denn Gott ist etwas, was sich nicht vor euch fürchtet und was mit euch umspringen wird, bis ihr davon blöd sein werdet, denn ihr zögert, euch Christus zuzuwenden, und geht lieber auf dem dornigen Pfad der Sünde.«

»Da is es schon, er is ordentlich besoffen«, flüsterte freudig der Nachbar Schwejks.

»Der dornige Pfad der Sünde, ihr vertrottelten Klacheln, ist der Pfad des Kampfes mit dem Laster. Ihr seid verlorene Söhne, die sich lieber im ›Einzel‹ wälzen, als zum Vater zurückzukehren. Richtet euren Blick nur weiter und höher in die himmlischen Fernen, und ihr werdet siegen, und Frieden wird sich in eure Seele senken, ihr Lausejungen. Ich möcht mir ausbitten, daß dort hinten jemand schnaubt. Er ist kein Pferd und ist nicht in einem Stall, sondern im Tempel Gottes. Drauf mach ich euch aufmerksam, meine Lieblinge. So, wo hab ich denn aufgehört. Ja, über den Seelenfrieden, sehr gut. Merkt euch, ihr Rindviecher, daß ihr Menschen seid und daß ihr auch durch eure getrübten Augen in den weiten

Raum blicken und wissen müßt, daß hier alles nur eine gewisse Zeit währt, aber daß Gott ewig ist. Sehr gut, nicht wahr, meine Herren? Ich sollte Tag und Nacht für euch beten, daß der barmherzige Gott, ihr blöden Kerls, seine Seele in eure kalten Herzen ergießt und mit seiner heiligen Gnade eure Sünden abwäscht, damit ihr auf Ewigkeit rein seid und damit er euch, ihr Lumpen, immerdar liebt. Da irrt ihr euch aber. Ich werde euch nicht ins Paradies einführen.« Der Feldkurat rülpste. »Nein und nein«, wiederholte er hartnäckig, »nichts werde ich für euch tun, fällt mir gar nicht ein, weil ihr unverbesserliche Lumpen seid. Auf euren Wegen wird euch nicht die Güte des Herrn geleiten, der Odem Gottes wird euch nicht umwehn, weil es dem lieben Gott gar nicht einfällt, sich mit solchen Halunken abzugeben. Hört ihr, ihr dort unten in den Unterhosen?«

Die zwanzig Unterhosen blickten empor und sagten wie mit einer Stimme: »Wir melden gehorsamst, daß wir hören.«

»Es genügt nicht, nur zu hören«, setzte der Feldkurat seine Predigt fort, »die dunkle Wolke des Lebens, in der euch Gottes Lächeln nicht von Kummer befreit, schwebt über euch, ihr Idioten, denn die Güte Gottes hat auch ihre Grenzen, und du Maulesel dort hinten verkutz dich nicht, sonst laß ich dich einsperren, daß du schwarz wirst. Und ihr dort unten, glaubt nicht, daß ihr in einer Schnapsbude seid. Gott ist im höchsten Maß barmherzig, aber nur für anständige Menschen und nicht für den Auswurf der menschlichen Gesellschaft, der sich nicht nach seinen Gesetzen und nicht einmal nach dem Dienstreglement richtet. Das hab ich euch sagen wollen. Beten könnt ihr nicht, und ihr denkt, daß in die Kapelle gehen ein Jux ist, ihr denkt, daß hier ein Theater oder Kino ist. Das werde ich euch aus dem Kopf schlagen, damit ihr nicht glaubt, daß ich dazu da bin, damit ich euch unterhalte und euch Freude am Leben gebe. Alle sperr ich euch ins ›Einzel‹, das tu ich, ihr Lumpen. Ich verlier Zeit mit euch und seh, daß das alles rein umsonst ist. Wenn der Feldmarschall und der Erzbischof selbst hier wären, würdet ihr euch nicht bessern und Gott zuwenden. Und doch werdet ihr euch einmal an mich erinnern, daß ichs gut mit euch gemeint hab.«

Zwischen den zwanzig Unterhosen wurde ein Schluchzen laut. Schwejk hatte zu weinen begonnen.

Der Feldkurat blickte hinunter. Dort stand Schwejk und wischte sich mit den Fäusten die Augen ab. Ringsherum machte sich freudige Zustimmung bemerkbar.

Der Feldkurat fuhr fort, indem er auf Schwejk zeigte: »An diesem Menschen soll sich jeder ein Beispiel nehmen. Was tut er? Er weint. Weine nicht, sage ich dir, weine nicht. Du willst dich bessern? Das wird dir nicht so leicht gelingen, mein Lieber. Jetzt weinst du, und bis du von hier in die Zelle zurückkehrst, wirst du wieder grad so ein Lump sein wie vorher. Du mußt noch viel über die unendliche Gnade und Barmherzigkeit Gottes nachdenken, dir viel Mühe nehmen, damit deine sündhafte Seele in der Welt den rechten Weg findet, auf dem du schreiten sollst. Heute sehen wir, daß hier ein Mann in Tränen ausgebrochen ist, der umkehren will, und was macht ihr andern? Gar nichts. Der da kaut an etwas, wie wenn seine Eltern Wiederkäuer wären, und die dort wieder suchen sich im Tempel Gottes Läuse im Hemd. Könnt ihr euch denn nicht zu Haus kratzen, und müßt ihr es euch grad zum Gottesdienst aufheben? Herr Stabsprofos, Sie kümmern sich auch um nichts. Ihr seid doch alle Soldaten und nicht blöde Zivilisten. Ihr sollt euch doch benehmen, wie es sich für Soldaten schickt, wenn ihr auch in der Kirche seid. Verlegt euch doch, kruzifixnochmal, auf das Suchen Gottes, und die Läuse sucht euch zu Haus. Damit habe ich zu Ende gesprochen, ihr Lauskerle, und verlange von euch, daß ihr euch bei der Messe anständig benehmt, damit es nicht passiert wie letzthin, wo die hinten die ärarische Wäsche für Brot getauscht und es während der Elevation gefressen haben.«

Der Feldkurat stieg von der Kanzel hinab und begab sich in die Sakristei, wohin ihm der Stabsprofos folgte. Nach kurzer Zeit kam der Stabsprofos heraus, wandte sich geradewegs zu Schwejk, zog ihn aus der Gruppe der zwanzig Unterhosen hervor und führte ihn in die Sakristei.

Der Feldkurat saß recht bequem auf dem Tisch und drehte sich eine Zigarette.

Als Schwejk eintrat, sagte der Feldkurat: »Also da sind Sie. Ich hab mir alles überlegt und glaube, daß ich Sie durchschaut habe, wie sichs gebührt, verstanden, Lump? Das ist der erste Fall, daß mir hier jemand in der Kirche in Tränen ausbricht.«

Er sprang vom Tisch hinunter und schrie Schwejk, während er ihn an der Schulter rüttelte, unter dem großen melancholischen Bild des heiligen Franz von Sales an: »Gesteh, du Lump, daß du nur hetzhalber geweint hast!«

Und der heilige Franz von Sales blickte fragend auf Schwejk herab. Von der gegenüberliegenden Seite blickte Schwejk ein Märtyrer verstört an, der gerade die Zähne einer Säge im Hintern hatte, mit der unbekannte römische Söldner an ihm sägten. Dem Antlitz des Märtyrers merkte man dabei keine Qualen, aber auch keine Freuden oder die Verklärtheit des Märtyrers an. Er sah nur verstört aus, als wollte er sagen: Wie bin ich eigentlich dazu gekommen, was macht ihr denn da mit mir, meine Herren?

»Melde gehorsamst, Herr Feldkurat«, sagte Schwejk bedächtig, alles auf eine Karte setzend, »ich beichte dem allmächtigen Gott und Ihnen, Hochwürdiger Vater, der Sie an Gottes Stelle sind, daß ich wirklich nur hetzhalber geweint hab. Ich hab gesehen, daß zu Ihrer Predigt ein gebesserter Sünder fehlt, den Sie vergeblich in Ihrer Predigt gesucht ham. So hab ich Ihnen wirklich die Freude machen wolln, damit Sie nicht denken, daß es keine ehrlichen Menschen mehr gibt, und mir selbst wollt ich einen Jux machen, damit mirs leichter ums Herz wird.«

Der Feldkurat blickte prüfend in das einfältige Gesicht Schwejks. Ein Sonnenstrahl spielte auf dem düsteren Bild des heiligen Franz und gab dem verstörten Märtyrer auf der gegenüberliegenden Wand einen warmen Ausdruck.

»Sie fangen an, mir zu gefallen«, sagte der Feldkurat, indem er sich wieder auf den Tisch setzte. »Zu welchem Regiment gehören Sie?« Er fing an zu rülpsen.

»Melde gehorsamst, Herr Feldkurat, ich gehör zum einundneunzigsten Regiment und gehör nicht dazu, ich weiß überhaupt nicht, was mit mir los ist.«

»Und warum sitzen Sie eigentlich hier?« fragte der Feldkurat, ohne daß er zu rülpsen aufhörte.

Aus der Kapelle drangen die Klänge des Harmoniums herein, das die Orgel vertrat. Der Musikant, ein Lehrer, der wegen Desertion eingesperrt war, spielte auf dem Harmonium die jämmerlichsten Kirchenmelodien. Mit dem Rülpsen des Feldkuraten verschmolzen diese Laute zu einer neuen dorischen Tonleiter.

»Melde gehorsamst, Herr Feldkurat, daß ich wirklich nicht weiß, warum ich hier sitz und daß ich mich nicht beschwer, daß ich hier sitz. Ich hab nur Pech. Ich mein immer alles gut, und zum Schluß wird für mich immer das Schlechteste draus, wie dort bei diesem Märtyrer auf dem Bild.«

Der Feldkurat schaute das Bild an, lachte und sagte: »Sie gefallen mir wirklich, über Sie muß ich mich beim Herrn Auditor erkundigen, aber länger werde ich mich mit Ihnen nicht unterhalten. Ich will die heilige Messe schon vom Hals haben. Kehrt euch! Abtreten!«

Als Schwejk in die heimatliche Gruppe der Unterhosen unter der Kanzel zurückkehrte, antwortete er auf die Frage, was der Feldkurat in der Sakristei von ihm gewollt habe, sehr trocken und kurz: »Er is besoffen.«

Die neue Leistung des Feldkuraten, die heilige Messe, wurde von allen mit großer Aufmerksamkeit und unverhohlener Sympathie verfolgt. Einer unter der Kanzel wettete sogar, daß dem Feldkuraten die Monstranz aus den Händen fallen werde. Er setzte seine ganze Ration Brot gegen zwei Ohrfeigen und gewann die Wette.

Das, was beim Anblick der Zeremonien des Feldkuraten die Seelen aller erfüllte, war nicht der Mystizismus Gläubiger oder die Frömmigkeit wahrer Katholiken. Es war ein Gefühl wie im Theater, wenn wir den Inhalt eines Stücks nicht kennen, die Handlung sich verwirrt und wir neugierig warten, wie sie sich entwickeln wird. Sie versenkten sich in das Bild, das ihnen der Feldkurat am Altar mit großer Opferfreudigkeit bot.

Sie gaben sich dem ästhetischen Genuß des Ornats hin, das der Feldkurat verkehrt angezogen hatte, und beobachteten mit innigem Verständnis und Eifer alles, was sich beim Altar begab. Der rothaarige Ministrant, ein Deserteur aus Küsterkreisen, Spezialist in kleinen Diebstählen beim 28. Regiment, war bestrebt, die ganze Reihenfolge, die Technik und den Text der heiligen Messe aus dem Gedächtnis hervorzuholen. Er war gleichzeitig Ministrant und Souffleur des Feldkuraten, der mit vollendetem Leichtsinn ganze Sätze überwarf und statt der gewöhnlichen Messe im Meßbuch bis zur Adventandacht kam, die er zur allgemeinen Zufriedenheit des Publikums zu singen begann.

Er hatte weder Stimme noch Gehör, und unter der Wölbung der Kapelle ertönte ein Winseln und Kreischen wie in einem Schweinestall.

»Der is aber heut besoffen«, sagten die vor dem Altar mit voller Befriedigung, »den hats gepackt! Der hat sich wieder gegeben! Gewiß hat er sich bei Weibern besoffen.«

Und vielleicht schon zum drittenmal ertönte vor dem Altar der Gesang des Feldkuraten: »Ite missa est!« wie das Kriegsgeheul von Indianern, daß die Fenster zitterten.

Dann schaute der Feldkurat noch einmal in den Kelch, ob nicht doch noch ein Tröpfchen Wein übriggeblieben sei, machte eine verdrießliche Gebärde und wandte sich an die Zuhörerschaft: »So, jetzt könnt ihr schon nach Hause gehn, ihr Lumpen, es ist schon Schluß. Ich hab bemerkt, daß ihr nicht die wahre Frömmigkeit zeigt, wie ihr sie an den Tag legen sollt, wenn ihr in der Kirche vor dem Angesicht der heiligsten Altarsakramente steht, ihr Lauskerle! Angesicht in Angesicht mit Gott dem Herrn schämt ihr euch nicht, laut zu lachen, zu husten und zu kichern, mit den Füßen zu scharren, noch dazu vor mir, der die Jungfrau Maria, Jesus Christus und Gott Vater vertritt, ihr Lumpen. Wenn sich das nächstens wiederholt, so werde ich euch Mores lehren, wie sichs gehört und gebührt, damit ihr wißt, daß es nicht nur die Hölle gibt, von der ich euch das vorletztemal gepredigt hab, sondern daß es auch eine Hölle auf Erden gibt, und wenn ihr euch auch vor der ersten retten könntet, vor dieser werdet ihr euch nicht retten. Abtreten!«

Die Erlebnisse eines Einbrechers

Einbrecher Schejba ließ sich vor Anbruch der Nacht im Hause Nr. 15 einsperren. Spezialist im Plündern von Dachböden, beabsichtigte er, heute seine Tätigkeit in diesem reicheren Viertel zu eröffnen. Bis dahin hatte er im Armenviertel gearbeitet, was ihm nur zwei Schürzen, drei Unterröcke und ein von Motten zerfressenes Kopftuch eingetragen hatte. Der gerichtliche Wert all dieser Sachen betrug etwa sechs Monate, und ein Jude hatte ihm für alles zusammen eine Krone gegeben.

Schejba stand an eine Türe gelehnt im Keller und hörte zu, wie die Hausmeisterin sich entfernte, nachdem sie das Licht abgedreht und das Haus versperrt hatte. Allem Anschein nach war sie jung, denn sie sang leise vor sich hin, als sie vom Tor zu ihrer Wohnung schritt. Schejba hielt dies für ein gutes Zeichen. Außerdem war er heute nachmittag einer Fuhre Heu begegnet. Wiederum ein gutes Zeichen. Dann hatte er einen Schornsteinfeger gesehen und ihm einen Kuß geschickt. Das bringt Glück. Er zog aus der Tasche eine Flasche ordinären Rum und trank. Der ordinäre Rum, das war das Armenviertel. Hier würde es anders werden. Am Vormittag hatte er den neuen Wirkungsort besichtigt und gesehen, daß bis zum ersten Stockwerk ein Teppich lag. Allem Anschein nach wohnte hier eine wohlhabendere Klasse, die etwas auf dem Dachboden hatte. Sagen wir Betten, Kleider.

Auf diesen Traum vom Glück nahm er einen tüchtigen Schluck Rum und setzte sich auf die Stufe beim Keller. Er war müde, denn heute hatten ihn in dem Viertel am Fluß Polizisten gejagt. Es handelte sich um einen Handwagen ohne Firma, der ohne Aufsicht auf der Straße stand. Kaum war er einige Schritte mit ihm gefahren, mußte er schon ohne Wagen laufen. Er war – Gott sei gelobt – entkommen, aber er war wie zerschlagen. Es gibt keine Gerechtigkeit auf der Welt. In den Dörfern jagt einen der Gendarm und in der Stadt der Polizist. Schejba nahm abermals einen Schluck und seufzte. Im Hause herrschte Dunkelheit und Stille. Hier beim Keller war es weder warm noch kalt, aber als Schejba hörte, wie sein Seufzer durch die nächtliche Stille bis irgendwohin ins dritte Stockwerk drang, schüttelte er sich vor Kälte; es kam ihm in den Sinn, was geschehen würde, falls man ihn erwischen sollte. Wenn man ihn wenigstens erst zu Beginn des Winters erwischen würde. Er hatte bereits mehrere Winter im Gefängnis verbracht. In manchen Strafanstalten war bereits Zentralheizung eingeführt. Es ist einem warm, man ißt sich satt, nur der Schnaps fehlt einem. Etwas zum Rauchen treibt man schon irgendwo auf.

Im Keller ließ sich eine Katze vernehmen. Schejba hatte auf der Zunge, »Tschitschi!« zu rufen, aber dann überlegte er sich's. Wozu sich unnützerweise in Gefahr begeben? Im Hause schliefen jetzt gewiß noch nicht alle, am Ende würde ihn die Hausmeisterin hören, und aus wär's. Möglicherweise würde man ihn verprügeln. Er hörte, wie die Katze hinter der Tür hin und her ging und miaute, wie sie irgendwo zwischen die Kohlen kroch, die dröhnend vom Haufen kollerten: niederträchtige Katze! Macht Krawall, und die Leute auf der Straße werden noch meinen, daß ein Dieb im Keller sei.

Der Gedanke, daß die Leute meinen könnten, daß er im Keller einbrechen wollte, schien Schejba verabscheuungswürdig. Einen Keller plündern, das brächte jeder zuwege, aber einen Dachboden aufzuräumen! Er bewegte sich vor Unwillen, und die Nachschlüssel klirrten in seiner Tasche. Die Katze hinter der Tür erschrak, Schejba hörte, wie sie davonlief und einen schweren Gegenstand umwarf. Der durch diesen Fall verursachte Schlag widerhallte im Hause.

Er duckte sich und lauschte. Im Hause rumorte es, dann wurde es allmählich still. Kein einziger Laut ließ sich vernehmen. Er beruhigte sich und trank aus der Flasche. Sollte man ihn durch einen unglücklichen Zufall erwischen, so soll wenigstens die Flasche leer sein. Austrinken würde man sie ihn nicht lassen. Im Hause ertönte eine Glocke.

›Man klingelt der Hausmeisterin‹, dachte Schejba und duckte sich abermals, als wollte er nichts ringsumher sehen. Aus der Hausmeisterwohnung drang Licht; dann wurde das Klappern von Pantoffeln und das Rascheln von Röcken laut.

Die Hausmeisterin öffnete. Schejba wagte nicht zu atmen, um nicht die Aufmerksamkeit auf sich zu lenken. Ein Lichtstreifen brach sich am Geländer im Erdgeschoß, fiel bis hinunter und bildete gegenüber Schejba einen weißen Fleck.

»Ich habe im Keller Lärm gehört«, sagte irgendeine Stimme auf dem Gang, »mir scheint, es sind dort Diebe.«

»Das sind Katzen, Herr Rat«, antwortete die Hausmeisterin, »jeden Tag machen sie Lärm im Keller. Und wie erst auf dem Boden. Dort poltern sie, wie wenn die Teufel Hochzeit halten.«

Schejba fiel ein Stein vom Herzen. Er hörte, wie die Hausmeisterin in ihre Wohnung ging und wie im zweiten Stock ein Schlüssel im Schloß ratterte. Den entstandenen Lärm benützte er, um sich zu räkeln und Rum zu trinken.

Das Licht verschwand, und es herrschte vollkommene Finsternis. Schejba dachte über seine Expedition nach. In vorgerückter Stunde wollte er sich auf den Boden schleichen, ihn öffnen, zusammenraffen, was sich lohnt, bis früh warten und gleich nach dem Öffnen des Hauses hinausstürzen. Polizeiwachen gehen zu dieser Zeit nur selten durch die Straßen. Mit dem erlösten Geld würde er Kost und Wohnung bezahlen, die er schon seit einer Woche schuldig war. Er wohnt bei armen Leuten, die allerhand von ihm wissen, was ihm schaden könnte. Vor Anbruch des Winters würde er ihnen dies verzeihen, aber jetzt will er noch seine Freiheit genießen. Es ist merkwürdig, daß sich der Mensch nicht gern einsperren läßt, wenn alles grünt.

Schejba war gewissermaßen weich gestimmt, und als er im Keller abermals die Katze miauen hörte, beherrschte er sich nicht mehr und rief leise durchs Schlüsselloch: »Tschitschi!« Die Katze lief zur Tür und miaute. Schejba hörte, wie sie kratzte und sich vor die Tür setzte und spann. Offenbar langweilte sie sich allein im Keller und war jetzt froh, daß sie Gesellschaft hatte, mochte sie auch durch ein unüberwindliches Hindernis von ihr getrennt sein.

›Was, wenn ich auf ihre Gesundheit trinken möchte‹, dachte Schejba und setzte diesen angenehmen Gedanken in die Tat um. Plötzlich fühlte er sich sicherer und streckte die

Beine aus, was ein unmerkliches Geräusch erzeugte. Um sich nicht am Ende zu vergessen, zog er die Stiefel aus. Es glückte ohne jeden Lärm. Begeistert von seinem Erfolg, soff er wieder Rum und streichelte liebevoll die Flasche. Sie hatte ihn bereits dreimal auf seinen Expeditionen begleitet, und wenn er sie für den Erlös mit Rum füllen ließ, so schien es ihm, als teile er mit ihr seine Erfolge. Sie ist sein einziger Gefährte, mit dem er während dieser unendlich langweiligen Wartezeit in fremden Häusern plaudern kann, wenn man nicht weiß, was der nächste Augenblick bringen kann.

Er hält die Flasche an den Mund und schließt aus dem Glucksen, daß wohl nur noch ihr vierter Teil mit Rum gefüllt ist. Wenn kein Tropfen mehr in ihr sein wird, wird er hinaufgehen, und morgen wird er sie wieder frisch füllen und sagen: ›Warst brav, Seelchen!‹ Der Rum macht Schejba angenehm warm und trägt ihn in Gedanken auf den Boden. Ein wohlhabendes Haus, ein wohlhabender Boden.

Er erinnerte sich an die Böden im Armenviertel und spuckte auf die Tür. Zwei Schürzen, drei Unterröcke und ein von Motten zerfressenes Kopftuch! Bah, welches Elend! Die Verhältnisse werden immer schlechter. Noch die Schnapspreise erhöhen, und man kann sich aufhängen.

Er trank, und seine gute Laune kehrte zurück. Möglich, daß es hier oben Betten geben wird. Federn haben heutzutage noch einen Wert. Es gibt nur zwei Sachen, bei denen man seine Geschicklichkeit nicht vor die Säue wirft: Telegraphendrähte und Betten. Man muß keineswegs ein möglichst großes Quantum davon stehlen und kommt doch vor die Geschworenen. Wieviel Schürzen, Unterröcke und von Motten zerfressene Tücher müßte man da stehlen! Und Geschworene sind besser als der Senat. Wie oft war er schon vor dem Senat! Vor die Geschworenen zu kommen ist immer ehrenhafter. Die Kameraden sagen wenigstens: »Ist das ein Mordskerl, hat die Geschworenen auf dem Hals!«

›Ich werde auf die Gesundheit der Geschworenen trinken‹, denkt Schejba und trinkt den Rest in der Flasche aus. Jetzt wird er sich noch ein Weilchen ausruhen, und dann geht er hinauf. Langsam, ganz leise. Er darf nicht geräuschvoll gehen. Die Stiefel hübsch in der Hand und barfuß. Warum ärgert er sich eigentlich über sich? Er wird leise gehen. Nur noch ein Weilchen wird er warten und überlegen. Und warum sollte er nicht ein Vaterunser beten? Er wird beten und dann gehen.

Schejba schleicht in den ersten Stock. Er hält die Stiefel in der Hand und bleibt auf jeder Stufe stehen. Vorsicht schadet nie. Er schleicht langsam wie eine Katze, ganz leise. Er ist bereits im ersten Stock. Er tastet nach dem Geländer und ertastet irgendeine Tür. Aha, das Geländer ist links. Er tastet und ertastet wieder eine Tür. Eine Klingel ertönt. Es besteht kein Zweifel, er hat auf den Knopf gedrückt. Seine Beine sind erstarrt, und er kann sich nicht vom Fleck rühren. Und die Tür öffnet sich, irgendeine Hand packt ihn am Kragen und zieht ihn in die Wohnung. In eine fürchterliche Finsternis.

Schejba vernimmt eine entsetzliche weibliche Stimme:

»Hauch mich an!«

Schejba haucht, und die entsetzliche Hand hält ihn dabei fortwährend am Kragen fest.

»Also du trinkst sogar Rum!« hört er die entsetzliche und schneidende Stimme.

»Ja«, antwortete Schejba, »ich hab nichts anderes.«

»Du mußt also alles versaufen und zum Schluß nur Rum trinken, du, Dorn, Vorsitzender des ersten Senates.«

Die Hand der schrecklichen Frau streichelt seine Backe.

›Aha‹, denkt Schejba, ›sie hält mich für den Vorsitzenden des Senates, Dorn. Der hat mich unlängst verurteilt.‹

»Ich bitte Sie, machen Sie Licht«, bittet Schejba.

»Anzünden soll ich, damit das Dienstmädchen sieht, wie der Vorsitzende des Senates nach Hause kommt«, schreit die Frau, »da schau her! Und du sagst mir Sie, du Schuft, deiner eigenen Frau, die nicht schläft und seit zwölf Uhr auf dich wartet. Was hast du da in der Hand?«

»Stiefel, gnädige Frau«, stammelt Schejba. Die schreckliche Hand streichelt abermals seine Backe.

»Er sagt mir gnädige Frau, er hält mich zum Narren, und seinen langen Bart hat sich der Nichtsnutz rasieren lassen.«

Schejba fühlt die Hand unter der Nase.

»Brrr! Wie ein Sträfling ist er rasiert, Mutter Gottes, ich verprügel ihn. Deshalb wollte er also, daß ich Licht mache. Er hat gedacht, der Schuft, daß ich erschrecken und in Ohnmacht fallen werde und daß er sich im Zimmer einsperren wird.« Schejba fühlt, wie sie ihn mit der Faust auf den Rükken schlägt. »Da schau her, der Senatsvorsitzende und sieht aus wie ein Sträfling. Was hast du da auf dem Kopf?«

»Eine Mütze.«

»Mein Gott, er betrinkt sich so, daß er irgendwo den Zylinder vergißt und sich eine Mütze kauft. Möglich, daß er sie jemandem gestohlen hat.«

»Das hab ich«, sagt Schejba bußfertig.

Ein neuer Schlag übers Ohr, und die Frau schreit, indem

sie Schejba aus der Tür schiebt: »Bis früh bleibst du auf dem Gang. Soll das ganze Haus sehen, was der Senatsvorsitzende Dorn für ein Nichtsnutz ist.«

Sie versetzt ihm einen Stoß, daß er umfällt und sich die Nase anstößt, und sperrt hinter ihm ab.

›Gott sei Dank‹, denkt Schejba, während er die Treppe emporsteigt, ›daß es gut ausgefallen ist.‹ Nur die Stiefel hat er dort gelassen. Ihm scheint, daß ihm seine nackten Füße irgendwie auf den Weg leuchten. Er schleicht sich leise in den zweiten Stock. Gott sei Dank, schon hat er geräuschlos die erste Tür im zweiten Stock erreicht, als ihn plötzlich irgendeine Hand am Kragen packt und in diese erste Tür hineinzieht.

Schejba befindet sich in einer noch gräßlicheren Finsternis als im ersten Stock, bekommt ohne jede Einleitung eine Ohrfeige und hört eine weibliche Stimme: »Küß mir die Hand.« Er küßt die Hand, und die Stimme fährt fort zu fragen: »Wo hast du die Stiefel?«

Schejba schweigt. Er spürt, wie ihm die warme Hand, die er vor einer Weile geküßt hat, auf die nackten Füße greift. Darauf fühlt er so einen Schlag auf dem Rücken, daß es in seinen Augen blitzt; dann hört er: »No also, der Untersuchungsrichter Doktor Pelasch schämt sich nicht, barfuß und betrunken zu seiner Frau nach Hause zu kommen. Wo hast du die Strümpfe, Halunke?«

Schejba schweigt und denkt nach. Untersuchungsrichter Doktor Pelasch hat die letzte Untersuchung gegen ihn geleitet.

»Wo hast du die Strümpfe, Halunke?« hört er abermals fragen.

»Ich hab nie welche getragen«, antwortet er.

»Ha, du verstellst die Stimme, Halunke, und weißt nicht, was du sprichst.«

Sie schüttelt ihn, und Schejba fallen die Nachschlüssel aus der Tasche.

»Was ist das?«

»Die Schlüssel vom Boden«, sagt Schejba vernichtet.

Kaum hat er zu Ende gesprochen, wird er auf den Gang hinausgeworfen, die Nachschlüssel fliegen ihm nach, und er vernimmt die Worte: »Er hat sich besoffen wie ein Schwein!«

Er will die Schlüssel aufheben, aber jemand hält seine Hand fest, versetzt ihm einen Stoß und schreit: »Nein, das ist schrecklich, er versetzt das ganze Haus in Aufruhr, betrinkt sich und kriecht in die Tür nebenan. Was wird die Frau Doktor von dir denken?« Und eine weibliche Hand zieht ihn in die Tür gegenüber, schleppt ihn ins Vorzimmer und von dort ins Zimmer, wo sie ihn aufs Kanapee schleudert, worauf sie im anstoßenden Raum die Tür hinter sich absperrt und ruft: »Pfui, so sollt dich der Herr Direktor sehen. Der würde sagen, daß er einen hübschen Kassier hat. Du wirst heut auf dem Diwan schlafen.«

Nach einer Viertelstunde öffnete Einbrecher Schejba die Tür und rannte aus dem unglückseligen Hause, wie wenn sein Kopf brennen würde; und noch heute weiß er nicht, ob er das alles geträumt hat oder ob es eine wirkliche Begebenheit war.

Er liest keine Zeitungen und kann deshalb nicht erfahren, in welcher Nummer man seine Stiefel, die Nachschlüssel und die leere Rumflasche gefunden hat.

Ein Silvester der Abstinenzler

Ich weiß nicht, wie es geschah, daß sich der Vorsitzende des Vereins für Abstinenzler Voráček, sein stellvertretender Vorsitzender Beck und der Schriftführer Mašek verabredeten, gemeinsam Silvester zu feiern, natürlich auf eine Art, die den Interessen des Vereins und seiner Bedeutung entsprechen sollte. Man erzählte sich später, daß sie von den anderen Vereinsmitgliedern aufgefordert wurden, auf die Straßen zu gehen, um das Gedankengut der Abstinenzlerbewegung zu propagieren.

Zwar wird das heute von den Vereinsmitgliedern bestritten, aber im Protokoll, das mit jenen drei Abstinenzlern auf dem Polizeipräsidium aufgenommen wurde, steht auf jeden Fall, sie hätten angegeben, daß sie einzig und allein, um in der Silvesternacht ihre reinen antialkoholischen Bemühungen zu propagieren, abends auf die Straße gegangen seien.

Darum auch hatte der Vorsitzende Voráček, als sie damals auf die Straße gegangen waren, sehr ernsthaft den nächsten Schutzmann gefragt, ob er ihm liebenswürdigerweise sagen könnte, wo er die meisten und schlimmsten Betrunkenen finden könnte. Es war erst sechs Uhr abends.

Der Schutzmann sah ihn an und sagte: »Daß Sie sich nicht schämen, schon seit dem frühen Morgen einen zu zwitschern.«

»Aber erlauben Sie!« »Ich erlaube gar nichts, noch ein Wort, dann führe ich Sie ab.« »Dann danke ich Ihnen also.« »Passen Sie ja auf, das will ich Ihnen sagen.«

Betroffen zogen die Abstinenzler weiter, und an der Ecke der Korngasse sahen sie zwei Männer, die schwankend in das Stadtinnere zogen. Dem Schriftführer kam der Gedanke, daß sie wahrscheinlich in eine Alkoholhöhle gehen würden, und er schlug vor, ihnen zu folgen. Sie kamen aber nicht sehr weit; die andern bemerkten ihre Verfolger und flüchteten, dabei schmissen sie ein Paket zur Seite.

Kopfschüttelnd öffnete Herr Beck das Paket und erblickte darin zwei Paar Schuhe. Inzwischen versammelten sich schon zahlreiche Leute um sie, da ergriff ein vierschrötiger Mann Herrn Beck mit einer Hand am Ärmel, fuchtelte ihm mit der anderen vor dem Gesicht herum und schrie, das hätte er gern, so ein reicher Stinker, gleich zwei Paar Schuhe, und er selbst, ein armer Mensch in diesem Winter…

Herr Mašek hörte dann eine Stimme: »Langt ihm doch eine«, das war das Zeichen zum Angriff auf die drei Apostel, die daraufhin an die Häuserwände zurückwichen und schließlich in einen Laden liefen, dessen Besitzer bereitwillig die Tür abschloß, als sie drin waren. Sie blickten sich um, und zu ihrem Schrecken sahen sie, wie ihnen von kleinen Fäßchen Aufschriften entgegenleuchteten: Rum, Korn mit Rum, Sliwowitz I, Sliwowitz II – sie waren damit von allen Seiten umzingelt.

»Etwas ohne Alkohol«, stieß Herr Mašek als Schriftführer hervor.

»Für fünf oder für zehn?« fragte der Inhaber des Schnapsladens mit einem Lächeln. »Für zehn.« Er goß allen ein – sie kippten es in sich hinein, und Herr Voráček äußerte als erster gewisse Zweifel, ob nicht doch Alkohol darin gewesen wäre. »Aber was fällt Ihnen ein? Was für Alkohol – das war eine echte alte polnische Kontuszowka.«

»Aber erlauben Sie, das ist ja eine Gemeinheit.«

»Wieso Gemeinheit? Sie Schnapsdrossel, Sie treiben sich ja sowieso den ganzen Tag nur in den Spelunken herum, so daß Sie schon einen Menschenauflauf verursacht haben, und jetzt wollen Sie wieder Krach anfangen. Dieses Silvester fangen Sie ja schön an, jetzt aber hinaus!«

Entschlossen schob er sie aus dem Schnapsladen auf die Straße, wo inzwischen die Menschenansammlung auseinandergegangen war.

Der Vorsitzende des Vereins für Abstinenzler stand, nachdem er hinausgeschmissen worden war, noch nicht wieder ganz fest auf den Beinen, als ein Herr mit einer Dame vorbeikam.

Er hörte, wie der Herr sagte: »Siehst du, Anna, dieser Betrunkene ist ein gewisser Herr Voráček aus der ersten Abteilung unserer Bank. Er war früher ein so anständiger Mensch, und jetzt führt er sich so furchtbar auf.«

»Ich bitte Sie, mein Herr«, trat verängstigt Herr Voráček an ihn heran. »Verzeihen Sie, Herr Direktor, das ist ein Irrtum; unsere Bemühungen mit diesen Freunden hier sind durchaus ehrbar: Wir wollen überall die Bewegung der Abstinenzler propagieren, besonders heute, da die Menschheit das Silvesterfeiern so schändlich begießt.«

Der Schutzmann, der die Volksmenge vor dem Alkoholausschank auseinandergetrieben hatte, trat an Herrn Voráček heran und sagte streng: »Ich beobachte Sie und Ihre zwei Freunde schon recht lange; zum letztenmal fordere ich Sie auf, niemanden zu belästigen, oder Sie werden Ihren Rausch auf einer Holzbank im Revier ausschlafen.«

Sie tippelten wie vom Regen naßgewordene Hühner wortlos davon, und Herr Voráček erklärte seinen Freunden, wie furchtbar dieser Irrtum für ihn wäre. Er hatte nämlich gehört, wie der Herr Direktor ganz klar zum Schutzmann sagte: »Aber einen Schwips hat er!«

Sie gingen die Straße entlang, und die Kontuszowka stieg ihnen ein wenig zu Kopf. Sie erzählten sich gerade Geschichten von Justizirrtümern und Justizmorden, als sie um die Ecke aus einem Gasthaus Harmonikaklänge hörten.

»Hier ist eine solche Stätte des Lasters, das wir bekämpfen«, sagte der Schriftführer, »wir werden ihnen vorsichtig erklären, wie die Dinge stehen, daß sie Gefahr laufen, langsam zu Tieren zu werden.«

Sie traten ein, ließen sich eine Flasche Selterwasser bringen und betrachteten ihre Umgebung. Zwei oder drei Frauen, über die sie sich sofort ein schlechtes Urteil bildeten, saßen bei zwei Kerlen auf dem Schoß, die genauso aussahen, wie es im Text des Liedes stand, das die ganze Gaststube gerade gemeinsam sang:

»Wir sind die Freier, die aufgeputzten Freier.«

Als die in der Gaststube Versammelten zu Ende gesungen hatten, stand Herr Mašek plötzlich auf und sagte mit fester Stimme, in der noch etwas von jener Kontuszowka mitschwang: »Sie werden liebenswürdigerweise erlauben, aber eigentlich seid ihr Tiere.«

Damit hatte er gar nicht so unrecht, denn wenn die drei Abstinenzler in einer römischen Arena wilden Tieren vorgeworfen worden wären, hätten sie nicht in so kurzer Zeit, wie sie sich hier als Apostel des Abstinenzlertums aufgehalten hatten, so ausgesehen.

Ohne Hüte, abgekämpft, mit angeschwollenen Wangen liefen sie nach diesem ruhmreichen Hinausschmiß die Straße hinunter und nahmen in einem anderen Gasthaus Zuflucht, um ihre Toilette ein wenig in Ordnung zu bringen. Sie fanden dort eine ähnliche Gesellschaft vor, aber in ihrer Not, damit es nicht wieder so endete und damit man es ihnen nicht anmerkte, von welch edlen Bemühungen sie geleitet wurden, antworteten sie auf die Frage, was sie wünschten: »Bier.«

Der Ober, ein recht muskulöser Kerl, beratschlagte einige Augenblicke mit dem Gastwirt, der dann zu ihnen an den Tisch herantrat und sagte, daß er ihnen nichts mehr eingießen würde, da sie sowieso schon ganz schön einen sitzen hätten.

»Das ist ein Irrtum«, wiederholte Herr Mašek seine edlen Grundsätze, »im Gegenteil, meine Freunde und ich, wir bemühen uns, überall die Abstinenzlerbewegung zu propagieren, besonders heute, da die Menschheit...«

Er konnte nicht zu Ende sprechen, der Gastwirt faßte ihn beim Kragen und schleppte ihn zur Tür: »Schauen Sie, daß Sie hinauskommen! Mein Geschäft lasse ich mir nicht verderben!«

Als Herr Mašek draußen war, kehrte der Gastwirt zurück, um Herrn Beck zu holen.

Der ging also als zweiter, dann holte er gemeinsam mit dem Ober den Vorsitzenden des Vereins der Abstinenzler, Herrn Voráček, der inzwischen in die Küche geflüchtet war, wo er ihnen seine gefalteten Hände entgegenstreckte und schrie:

»Das ist, ich bitte Sie, ein Justizirrtum.«

Sie hätten nun auf keinen Fall, als sie dann draußen waren, in diesem Zustand zum Polizeipräsidium gehen und dort auf einen Inspektor einreden dürfen, wobei sie alle drei durcheinandersprachen; mit geschwollenen Wangen, ohne Hemdkragen, mit zerrissenen Westen und Mänteln: »Unsere Bemühung ist, überall die Abstinenzlerbewegung zu propagieren, als Apostel einer neuen Kultur.«

Und da sagte der Polizeiinspektor jenen großen folgenschweren Satz zum Schutzmann, der dort seinen Dienst versah: »Stecken Sie sie alle hinter Gitter, sie sollen ausschlafen...«

Die Tür der Zelle öffnete sich und schloß sich wieder. So wurde eine große apostolische Tragödie beendet, und es sah sehr ergreifend aus, als Herr Voráček in der lustigen und aufregenden Silvesternacht gegen Morgen auf der Pritsche erwachte und mit den Wanzen, die er zerdrückt hatte, an die Wand schrieb: »Der Prophet gilt nichts in seinem Vaterland.«

Er hatte recht. Obendrein erhielten alle drei nach einer Woche vom Verein für Abstinenzler Briefe, in denen man ihnen kurz mitteilte, daß sie für die Überschreitung der Statuten des Vereins für immer aus dem Verein ausgeschlossen würden.

Gast ins Haus, Gott ins Haus

Wie bewundernswert ist doch das altslawische Sprichwort »Gast ins Haus, Gott ins Haus«, und wie groß sind, wenn es um Gastlichkeit geht, die Unterschiede zwischen Osten und Westen. Im Osten können Sie, wenn Sie Gast sind, ohne weiteres im Morgenrock und in den Hausschuhen Ihres Gastgebers spazierengehen; wenn Ihr Gastgeber ein Verhältnis mit dem Dienstmädchen hat, so muß er während der Zeit Ihrer Anwesenheit schweigend zusehen, wenn Sie die erste Geige spielen. Sie haben in allem den Vortritt: im Essen, im Trinken; wenn die Pferde eingespannt werden, so fahren Sie, wohin es Ihnen beliebt. Sie wechseln sein Personal aus, Sie schlagen den Umbau des Hauses vor – sollten Sie mit der Suppe unzufrieden sein, so werfen Sie dem Gastgeber Ihren Teller an den Kopf, Sie entlassen das Personal, kurz und gut: »Gast ins Haus, Gott ins Haus.«

Dagegen kann sich bei uns im Westen der Gast vor lauter Bücklingen gegenüber seinem Gastgeber nicht retten. Er verneigt sich, küßt die Hand der Hausfrau, mit einem erzwungenen Lächeln schluckt er alles, was er auf den Teller bekommt, sollte es auch etwas sein, was sein Magen nicht verträgt, und er tut gehorsam alles, was seinem Gastgeber einfällt. Und wenn Sie endlich genug davon haben und aufbegehren, kann es Ihnen leicht passieren, daß Ihr Gastgeber Sie aus dem Haus weist.

Wenn Sie wieder weg sind, entstehen noch Hunderte von Tratschereien in der Stadt: daß Sie Tabak kauen, daß Sie vierzehn Tage Ihre Socken nicht gewechselt hätten, daß Sie sich nie die Nase abwischen, und wenn doch, dann nur mit einer Serviette, daß Sie sich von dem Dienstmädchen 100 Kronen geliehen hätten, daß Sie nur gekommen wären, um gut essen und trinken zu können, und daß Sie der Tochter Ihres Gastgebers den Hof gemacht hätten, obwohl Sie verheiratet sind und bereits acht uneheliche Kinder haben.

Alle möglichen üblen Nachreden werden Ihnen angehängt: Sie seien ein verkappter Nichtsnutz und hegten nur einen Wunsch, das Haus Ihres Gastgebers völlig leer zu essen. Leider ist ja manchmal etwas Wahres daran.

Ich habe zahlreiche schöne Erinnerungen an meine Besuche in der tschechischen Provinz. Abgesehen von kleinen Nachspielen mit der Polizei bei meiner Rückkehr nach Prag, habe ich nur noch angenehme Erinnerungen an mein edles Wirken in den verschiedensten Teilen des Landes.

Natürlich ist es nicht so leicht, sich irgendwo für längere Zeit als Gast festzusetzen.

Dazu ist eine gewisse Portion frecher Unbekümmertheit notwendig, und man muß diplomatisch und zweckmäßig handeln. Das nennt man praktischen Sinn für das Leben.

Wie schön sind zum Beispiel die herbstlichen Tage. Wer in der Großstadt lebt, der kennt nicht die weiten breiten Blicke über das Land, das in die verschiedensten Farben getaucht ist. Wälder, Felder … Aber, verzeihen Sie, das Ganze ist dummes Geschwätz.

Mir ging es um ganz andere Dinge. Der Herbst hat auch andere Schönheiten: Gänse, Hasen, Rebhühner und Fasane.

Das farbige Laub lassen wir ruhig auf die verlassenen Wege fallen, betrachten wir doch zum Beispiel lieber die Schönheiten von Gänseklein. Mag das Gold von Eichen und Buchen in den Wäldern niederregnen, das herbstliche Kupfer auf einer wundervoll gebratenen Gans macht sich ebenfalls gut und hat zudem auch einen praktischen Wert, und erst ein Hase auf Sahne oder mit Zwiebelchen, der Duft der Soße von Rebhühnern und der süße Duft von gedünsteten Kastanien im Innern gebratener Fasane! Das alles sind Produkte des Landes, das alles kommt mit dem Herbst. Wer sollte also nicht das Land lieben, und wer wäre nicht gern inmitten dieser Schönheiten?

Nur finden Sie mal einen Gastgeber! Ich erfuhr, daß sich all diese Tiere, die den Herbst erst so erhaben schön machen, in großer Menge auf dem böhmisch-mährischen Hochland befinden.

Aus verschiedenen Ortschaften in diesem Landstrich suchte ich mir eine Kreisstadt aus, ein reiches Städtchen, von dem ich überzeugt war, daß sich dort schon einer finden würde, der mich ernähren könnte.

Und so erschien ich auf dem Marktplatz jenes Städtchens inmitten alter historischer Häuser und begann systematisch vorzugehen. Vor allem hielt ich Ausschau nach Firmen, und am besten gefiel mir die Aufschrift: »Karel Lábler, Großhandelskaufmann.« Dieses Haus war das größte auf dem Platz, und es machte einen sehr guten Eindruck.

Ich begab mich in einen nahen Gasthof, wo ich ein Gespräch mit dem Gastwirt begann: »Sieh einer an, dieser Lábler, wie er sich jetzt herausgemacht hat, als er noch mit meinem Vater …«

»Warum sollte er sich herausgemacht haben, es ist doch eine der ältesten Familien in der Stadt. Mein Herr, man rechnet, daß sie 200000 Kronen Barschaft haben. Sein Bruder in Bousov soll ebensoviel besitzen.«

»Der Josef?«

»Ja, der Josef.« (Ich habe mich selbst sehr gewundert, daß ich gleich richtig geraten habe.) »Der Josef Lábler, wissen Sie, der, der sich die Hauser in Žd'ár zur Frau genommen hat. Die ist in Chlum geboren, dann siedelten sie nach Žd'ár über, dort haben sie ein Geschäft. Ihr Bruder Jan hat sich bei den Manövern in Ungarn erschossen.«

Ich seufzte: »Der arme Jan, wie schön ihm die Uniform zu Gesicht stand, aber er war so wunderlich. Einmal sagte er zum Beispiel zu meiner Mutter: ›Herr Lábler wird sich bestimmt nicht mehr an mich erinnern, vielleicht hat er mich früher noch nicht einmal gesehen.‹«

Ich schrieb mir auf, während der Gastwirt hinausging, um es nicht durcheinanderzubringen:

Karel Lábler,

Josef (der Bruder), Bousov.

Hauser in Žd'ár (Ehefrau), früher in Chlum.

Jan (der Bruder, hat sich in Ungarn erschossen).

Als der Gastwirt zurückkehrte, sagte ich:

»Es ist schon eine Tragödie. Sehen Sie, so ist es in unserer ganzen Familie. Mein Neffe aus dem zweiten Glied spießte sich, als er fünf Jahre alt war, auf einem Zaun auf, die Cousine der Tante meiner Mutter, die fiel mir nichts, dir nichts in einen Keller.«

Der Gastwirt fragte mich, ob Herr Lábler schon wisse, daß ich angekommen sei. Ich winkte mit der Hand ab: »Ich weiß nicht, ob es ihm recht sein wird. Ich bin doch nur ein entfernter Verwandter und dränge mich nicht gern auf.«

»Aber er wird sich freuen, er ist so ein guter Mensch, ich werde schnell ein Mädchen zu ihm schicken.«

Nach einer Weile erschien ein älterer Herr mit rötlichem Gesicht im Lokal, mit einer Brille auf der Nase. Voller Freude kam er auf meinen Tisch zu.

Er ergriff gutmütig meine Hand und tönte: »Einer aus der Familie der Lábler, nicht wahr? Von Mutters Seite?«

Jeder Mensch ist von Mutters Seite, und darum nickte ich mit dem Kopf und erwähnte beiläufig den Josef aus Bousov, die Hauser aus Žd'ár, vorher aus Chlum, und den Jan aus Ungarn, der bum bei den Manövern gemacht hätte. Ich kann mich erinnern, daß wir beide über fünf Minuten lang weinten.

Dann kam es zu gegenseitigem Ausfragen. Ich fragte ihn, wie die Geschäfte mit der Kohle gingen. Das widerlegte er mir, da er doch schon seit uralten Zeiten mit Getreide und Heu Geschäfte mache. Ich schmeichelte ihm damit, daß Heu ein sehr wichtiges Futter sei, sprach über eine halbe Stunde lang von verschiedenem Blödsinn, was ihm gefiel. Dann fragte er mich, was ich hier eigentlich machen wollte. Ich sagte ihm, da mir nichts Schlaueres einfiel, daß ich ein Buch über die alten Keller in dieser Stadt schreiben möchte, weil sich angeblich die alten Schweden hier versteckt hätten. Vor diesen Schweden erschrak er, begann mir das auszureden und sagte, daß wir morgen seine Keller besichtigen könnten. Sie zögen sich angeblich bis zum Platz unter dem Gericht hin. In der Stadt gäbe es viele Keller, und ich würde bestimmt Freude daran haben. Hin und wieder gäbe es darin Wasser, so daß ich schwimmen müßte. Ich sollte mich jedoch nicht fürchten, er würde mir einen Waschzuber leihen.

Ich fragte ihn, welches Hotel er mir empfehlen könne, und ich hätte mir vor Freude fast selbst auf den Mund geschlagen, als er sagte: »Wir haben hier eine ganze Reihe guter Hotels. ›Kubánkek‹, ›Zur Post‹, ›Moravec‹ und …« Ich wagte kaum zu atmen. Am liebsten wäre ich in die Erde versunken.

»…›Beim Stelz‹, ›Bei Budín‹ – aber das alles ist nichts für Sie, Sie werden schön bei mir wohnen, bis Sie mit den Kellerangelegenheiten fertig sind. Ist es sehr wichtig?«

»Ich möchte dem mein ganzes Leben weihen.« Wir sprachen ungefähr noch eine Stunde von Kellern und Kellergewölben, ich erzählte ihm, daß bisher niemand die Keller beachtet hätte, obwohl sie es nicht verdienten, und dann gingen wir über zu Höhlen und Hungertürmen. Letzteres weckte in uns Appetit, und so gingen wir zum Mittagessen.

Ich begann, ein neues Leben zu führen.

Plötzlich erlangte ich in der ganzen Stadt Sympathien. Bisher war nämlich noch nie ein Mensch in der Stadt erschienen, der ein Buch über die Keller schreiben wollte. Der Kreisschulinspektor wünschte, daß ich ihm vorgestellt werde, und als ich seinem Wunsch nachkam, erklärte er, daß er mir behilflich sein würde und daß er sich schon längst für die Keller der Stadt interessiert hätte.

Herr Lábler, mein Gastgeber, war begeistert. Überall erzählte er, was er alles von mir lernen würde. In einem Gespräch mit dem Kreishauptmann erklärte er, Keller wären niedrig, hoch, tief, kurz, lang, hell, dunkel und naß.

Ich wurde in verschiedene Häuser eingeladen, um dort die Keller zu besichtigen. Ich kam immer um die zehnte Vormittagsstunde und erklärte mit Bestimmtheit, ich würde nach dem Mittagessen mit meinen Kellerforschungen fortfahren.

Es versteht sich von selbst, daß man mich in jedem dieser Häuser zum Mittagessen einlud. Nach dem Mittagessen streckte ich mich dort auf der Couch aus. Und was für Mittagessen waren das! In ihnen schwelgte die Schönheit des Herbstes, wie ich bereits erwähnte. Am Abend kehrte ich dann zu meinem Gastgeber zurück, der bereits langsam durchdrehte. In der Nacht ging er mit einer Kerze im Haus umher, kroch in den Keller, wo er sich in einem mit Wasser gefüllten Gang auf einen Absatz setzte und irgend etwas in die Dunkelheit schrie.

In der ersten Woche fand er das alles wohl noch recht lustig, aber schon in der Woche darauf war er weniger erfreut, besonders, als ich gewisse Anspielungen machte und erwähnte, daß mir dieses Städtchen sehr gefalle und daß gerade das Wohnen auf dem Lande in der Übergangszeit zwischen Herbst und Winter ungewöhnlich gesund sei und daß ich mich trotzdem darauf freuen würde, wenn man in Prag anfinge, Schlittschuh zu laufen, wieder nach Prag zurückzukehren.

Er sagte nicht ein Wort. Er wurde weiß wie eine Wand. Erst nach einer Weile gab er zur Antwort: »Ich verstehe und begreife.« Der gute Mann begann zu begreifen, daß mir seine Küche mundete, daß ich mich bei ihm wie zu Hause fühlte.

Am frühen Morgen vor dem Einkaufen beeilte ich mich

und sagte: »Gnädige Frau, heute wäre es gut, dies oder jenes zu braten, das habe ich gern.« Der unglückliche Herr Lábler begann, zum Ende der dritten Woche meines Aufenthaltes gewisse zarte Anspielungen zu machen, die sich alle auf unser verwandtschaftliches Verhältnis bezogen. Endlich entschloß er sich zu direkten Worten: »Lieber Freund«, sagte er mit einem herb-bitteren Lächeln, »was, wenn Sie nicht mein Verwandter wären? Ich habe über verschiedene Einzelheiten nachgedacht, aber ich kann mich nicht erinnern, daß es jemanden Ihres Namens in unserer Familie gibt.«

»Da haben Sie recht«, antwortete ich ruhig, »auch ich hatte gewisse Zweifel daran, als Sie begannen, mir von Ihrer Familie zu erzählen. Mir scheint, wir sind überhaupt nicht miteinander verwandt. Darüber bin ich teilweise sogar froh, weil ich Ihnen jetzt viel besser meine Dankbarkeit zeigen kann, als wenn ich Ihr Verwandter wäre. Wenn man sich bei Verwandten festsetzt, glaubt man, daß es ihre Pflicht sei, einen zu bewirten, und denkt überhaupt nicht an Dankbarkeit. Ein Fremder wie ich weiß jedoch für die Gastfreundschaft tiefste Dankbarkeit zu empfinden.« Ich sprach noch eine Weile, und ich kann mich erinnern, daß wir uns umarmten und küßten. Ich hörte dabei ein Geräusch, als knirsche jemand mit den Zähnen.

An diesem Tag fuhr er in die nächste Stadt und sprach nicht mehr mit mir. Während seiner Abwesenheit stellte ich Unordnung in der Wohnung fest und brachte zum Ausdruck, daß es am besten wäre, die Möbel umzustellen. Frau Lábler schloß sich in ihr Zimmer ein und weinte.

Eine traurige Umgebung habe ich nicht gern. Ich ging

nach draußen und lud mehrere junge Leute, die ich zu Beginn meines Aufenthaltes in der Stadt kennengelernt hatte, bei Lábler auf einen Cognac ein. Wir tranken den ganzen Vorrat aus.

Frau Lábler weinte noch mehr.

Am nächsten Morgen erschien Herr Lábler bei mir mit einem Gewehr. »Können Sie schießen?« fragte er süßlich.

»Nein«, antwortete ich, denn mir schien, als ob in seinen Augen etwas Bösartiges loderte.

»Nun, so schlimm wird es ja nicht sein«, sagte er, »das können Sie sehr leicht erlernen, wir gehen in mein Revier auf Rebhuhnjagd.«

»Also dann mit Gott«, seufzte ich, »hoffentlich wird mir nichts passieren.«

»Wenn Sie mit dem Gewehr vorsichtig umgehen, muß alles gut ausgehen. Sie können sicher nicht schießen?«

»Wirklich nicht!« Er lachte wieder so wunderlich auf, daß ich in seinen Augen lesen konnte: »Dieser Gast wird sich sicherlich durch einen unglücklichen Zufall auf der Jagd erschießen.«

Und so gingen wir auf Jagd.

Zuerst habe ich nichts getroffen. Ständig nötigte er mich, über den Kartoffelacker zu laufen und achtzugeben, daß ich nicht stolperte. Ich tat, als könnte ich überhaupt nicht mit einem Gewehr umgehen, und er rief: »Na, vielleicht werden Sie doch noch etwas schießen, wir haben hier im Revier zwei Völker.« Auf einmal stöberte ich ein Volk auf, bums, vier Rebhühner fielen zu Boden. Ich befestigte an den Schnäbeln Schnürchen, hängte sie hinten an meine Riemchen und schritt munter weiter. Er konnte nicht mithalten, und so rief er: »Bis dort an den Bach, weiter geht mein Revier nicht mehr. Dieser Berg gehört noch dazu.«

Bis zum Abend verlor ich ihn aus dem Blick. Ich schoß ihm zwanzig Rebhühner ab und brachte die Beute in die Stadt; dort verkaufte ich sie an die Gasthöfe. In einem Restaurant habe ich erklärt, ich verkaufte sie nur aus Not und Hunger.

Gast ins Haus, Gott ins Haus!

Gutgelaunt kehrte ich zu meinem Gastgeber zurück und gab ihm seine Flinte.

»Wo haben Sie die Rebhühner?«

»Alle zwanzig sind gut weggegangen, sie ließen sich gut verkaufen, ich danke Ihnen herzlichst«, sagte ich friedfertig. Er wurde blaß, dann lachte er fürchterlich auf und begann, die Möbel zu zerschlagen. Heute hat sich sein Zustand schon gebessert. Zwar wird er immer noch im Sanatorium bewacht, aber er tobt nicht mehr. Er schaut apathisch um sich, und bisweilen lächelt er stumpf, wobei er flüstert: »Gast ins Haus, Gott ins Haus.«

Nur hin und wieder brüllt er noch: »Wo ist der Herr mit meinen Rebhühnern?«

Die Praktikanten der Speditionsfirma Kobkán

Der Inhaber der bekannten Speditionsfirma Kobkán ließ den Praktikanten des Korrespondenzbüros, Pecháček, in sein Büro rufen und hatte mit ihm eine lange Unterredung.

Als Pecháček an seinen Tisch zurückkehrte, war er blaß; er zitterte am ganzen Körper, und die Haare standen ihm zu Berge.

»Kündigung?« fragte der Buchhalter.

An Stelle einer Antwort nahm der Praktikant Pecháček seinen Wintermantel und seinen Hut, und ohne ein Wort zu sagen, verließ er das Büro. Der Buchhalter ging sofort in das Büro zum Chef, als er zurückkehrte, schüttelte er den Kopf und sagte: »Das begreife ich wirklich nicht. Der Chef hat ihm einen ganzen Nachmittag freigegeben, damit er in eine Weinstube gehen kann.«

Fünf Praktikanten sahen voller Neid auf den leeren Stuhl von Pecháček und vertieften sich wieder in ihre Rechnungen.

Im Büro der Speditionsfirma Kobkán kam eine sonderbare Stimmung auf; etwas Geheimnisvolles, Rätselhaftes und Unbegreifliches war geschehen.

Dabei war es so einfach, allerdings ein wenig seltsam. Der Chef hatte mit Pecháček eine freundliche Unterredung. Er sagte: »Herr Pecháček, Sie sind ein junger, begabter Mensch. Der Prokurist und auch der Buchhalter loben Sie sehr. Sie sind fleißig, wendig, verständig, bescheiden, gutmütig, arbeitsam. Sie trinken nicht, rauchen nicht, kein Kartenspiel, keine Mädchengeschichten. Sie schulden niemandem etwas, Sie lassen sich keine Vorschüsse geben, Sie können gut rechnen und kalkulieren, Sie haben eine ausgeschriebene, elegante Schrift, Sie sparen mit Papier, Sie kommen pünktlich ins Büro und gehen als letzter nach Hause. Sie haben einen geschäftlichen Überblick, stenografieren sehr rasch, wendig, Sie schreiben fehlerlos auf jeder Schreibmaschine, gleich welchen Systems. Sie kennen einige Sprachen, und Sie kleiden sich bescheiden, aber anständig. Ihre Schuhe sind immer sorgfältig geputzt und Ihr Hemdkragen stets sauber...«

Dem vorbildlichen Praktikanten wurden vor Glückseligkeit die Augen feucht, und er sah starr auf seinen Chef, der einen lieben, gütigen Blick auf seinen Praktikanten warf und mit sanfter Stimme sagte:

»In vierzehn Tagen habe ich meinen Namenstag. Ich würde gern in den Zeitungen einen Glückwunsch zu meinem Namenstag von Bekannten, Freunden und vom Personal sehen. Natürlich versteht es sich, daß ich die damit zusammenhängenden Ausgaben selbst tragen werde. Ich möchte jedoch nicht, daß der Glückwunsch zu diesem Fest alltäglich ist. Ich wünsche mir etwas Originelles, sagen wir, etwas im Spediteurstil. Etwas, was es noch nicht gab. Etwas Schönes, damit sich die Leser noch nach Jahren an diesen Glückwunsch zu meinem Namenstag erinnern werden. So etwas, das alle Menschen rührt. Und da habe ich an Sie gedacht. Es versteht sich, daß Sie niemandem etwas davon erwähnen. Geben Sie mir die Hand.«

Der Praktikant reichte dem Chef seine zitternde Hand,

der sie drückte und weitersprach: »Sie werden es machen. Heute ist ein schöner, sonniger Tag, an dem Ihre Gedanken sprühen werden. Ich gebe Ihnen dafür einen ganzen Nachmittag frei. Und damit Sie besser dichten können, gehen Sie in die Weinstube, dort trinken Sie zwei Viertel Muskat oder Wermut. Ich weiß, daß Sie sich nicht betrinken werden. Und dann gehen Sie in den Park, dort setzen Sie sich auf eine Bank und stellen den Glückwunsch zu meinem Namenstag zusammen. Hier haben Sie fünfzig Kronen.«

Und so geschah es, daß Pecháček, blaß wie Kreide, an seinen Tisch zurückkehrte. Den ersten und den zweiten Teil seines Befehls erfüllte er genau.

Er ging in die Weinstube und trank ein Viertel Muskat und ein Viertel Wermut, er betrank sich nicht, und er ging in den Park wie eine Maschine. Er setzte sich dort auf eine Bank und begann zu dichten.

Zu seinem Entsetzen stellte er aber fest, daß seine Gedanken nicht sprühten und daß alle Fähigkeiten, die sein Chef ihm als begabtem Praktikanten nachsagte, einfach nicht vorhanden waren, daß weder ein schöner, sonniger Tag noch ein Muskat oder Wermut helfen konnten.

»Christus im Himmel«, seufzte er, »was habe ich denn für einen Mist geschrieben, da ist ja nichts Originelles drin. Na, ist es denn etwa kein Quatsch, zu schreiben: ›Höret unsere inniglichen Wünsche, reich möge Ihres Lebens Fülle sein wie der Himmel voller Sterne. Ihrer Arbeit tägliche Erfolge unter diesem Himmelszelt. Glück und lange Jahre, ein Erfolg den anderen jage. Noch lange Jahre in Freud' und Glück, alle Wünsche sollen erfüllt werden, das wünschen Ihnen alle Bekannten, Freunde und das Personal.‹«

Pecháček riß den verfaßten Glückwunsch aus dem Notizbuch heraus, zerriß ihn und warf ihn in einen Papierkorb, dann dachte er weiter nach und schrieb.

In dem Notizbuch erschienen mehrere Glückwünsche zum Namenstag: »Unsere Wünsche sind auch in diesem Jahr Glücksbringer für Sie, das Schönste ein ganzes Jahr lang wünschen wir von Herzen wieder. Täglich nur Freuden und das Beste, Gesundheit und alles Gute in Fülle. Die Möbelwagen um 50 Prozent billiger, auch mit der verehrten Gattin und der Familie das Angenehmste wünschen die Bekannten, Freunde und das Personal.«

»Nur lauter Freude und ein langes Leben möge Ihnen das Glückshorn bringen. Erfolg und Glück, zahlreiche Geschäfte mit der verehrten Gattin, und alles Gute sollen Sie in Freude erleben. Das wünschen von Herzen Ihre Bekannten, Freunde und das Personal.«

»Das Geschäft möge erblühen nur in Freuden und für Sie ohne Leid. Glückselig möge Ihr Leben fließen wie ein stilles Bächlein. Der Herr gebe Ihnen ein langes Leben. In allen Unternehmungen Erfolg. Krankheiten soll es nicht geben. Die Erhöhung des Speditionstarifes soll nicht in der Ferne sein, das wünschen Ihnen auf jeden Fall alle Bekannten, Freunde und das Personal.«

Weiter erschienen in dem Notizbuch Vorschläge für Reime: gehen – stehen, im Wald – kalt, in Hülle – in Fülle, bald – Wald, springe – singe, tun – Ruhm, speditieren – meditieren.

Der unglückliche Praktikant strich alles durch, zerriß seine Notizen, warf sie fort und ging in den nächsten Park, wobei er sich den Kopf hielt.

»Ich bin doof, ein Idiot, nichts anderes als ein Schwachkopf, mein Gehirn erweicht. Etwas Originelles im Speditionsstil. Mein blöder Kopf! Ein Idiot bin ich, ich bin verrückt geworden! Intelligent? Ein Ochse! Nur Stroh im Kopf!«

In einer Weinstube versuchte er, sich mit Hilfe einer Flasche Wein zu inspirieren. An Stelle der erwarteten göttlichen Eingebung stellte sich ein derartiger Anfall von Stupidität ein, daß er schrieb:

»An diesem Tag, der so kostbar, wir wünschen inniglich ein weiteres glückliches Leben, und daß Sie stets fröhlich sein mögen zu jeder Zeit. Mag nur das Wohl erblühen und Erfolg über allen Unternehmungen wehen, lange Jahre Gesundheit und zahlreiche Blumen sollen hinter Ihrem Fenster stehen. Von Herzen wünschen dies die Bekannten, Freunde und das Personal.«

»Fertig«, sagte er, wobei er stumpf über seine Zeilen lachte, »ich bin erblich belastet, ein banaler Blödian und Paralytiker.«

Am frühen Morgen fand man seinen Hut auf dem Damm der Schleuse bei Klečany. Im Hut lag ein Stück Papier mit seiner Adresse und das Wort: »Ich kann nicht...« Weiter nichts.

Im Büro sprachen fünf Praktikanten über den mysteriösen Selbstmord des Kollegen Pecháček. Sie sprachen leise, mit einer gehörigen Portion von Trauer, denn er fehlte ihnen, dieser gute, zuverlässige Pecháček.

Der Bürodiener erschien und sagte: »Der Praktikant Klofanda ins Chefbüro!«

»Ich komme!«

Und dann sagte der Chef: »Herr Klofanda, Sie sind ein junger, begabter Mensch. Der Herr Prokurist und auch der Buchhalter loben Sie sehr. Sie sind fleißig und wendig, verständig, bescheiden, brav und arbeitsam.«

Und so weiter bis zum »Hier haben Sie fünfzig Kronen«.

Als Klofanda an seinen Tisch zurückkehrte, war er blaß, zitterte am ganzen Körper, die Haare standen ihm zu Berge, er sprach kein Wort, nahm Hut und Mantel und verließ das Büro.

Die Atmosphäre des Rätselhaften, Geheimnisvollen und Unbekannten verdichtete sich.

Die verbliebenen vier Praktikanten schüttelten die Köpfe.

Klofanda hatte nicht soviel schriftstellerische Begabung wie der selige Pecháček, aber er war eine reine, zarte und verantwortungsvolle Seele. Er konnte überlegen, soviel er wollte, ihm fiel nichts ein. Bevor er sich in der Nacht im Wald von Hodkovičky erhängte, war es ihm gelungen, nicht mehr zusammenzubringen als: »Es ist unser größter Wunsch, Ihnen zu überbringen einen Glückwunsch, das zu wünschen, wünschen Ihnen Ihre Bekannten, Freunde und das Personal.«

»An meinem Tod bin ich selbst schuld«, schrieb er auf ein Stück Papier, das er sich an seinen Wintermantel steckte.

Die vier Praktikanten im Büro hatten noch nicht einmal den rätselhaften Tod des zweiten Kollegen gründlich besprochen, als wiederum der Bürodiener erschien: »Der Praktikant Wenzel zum Chef!«

»Ich komme!«

Und dann sagte der Chef: »Herr Wenzel, Sie sind fleißig, wendig, klug, bescheiden, gutmütig und arbeitsam.«

Und so weiter, bis zum »Hier haben Sie fünfzig Kronen«.

Die Atmosphäre des Rätselhaften, Geheimnisvollen und Unbekannten verdichtete sich noch mehr. Ein Hauch des Todes wehte durch das Büro.

Der Praktikant Wenzel dachte sich überhaupt nichts aus. Er verstarb in den Steinbrüchen bei Prag, wo er sich die Pulsadern an den Händen durchschnitt. Er starb, ohne eine Zeile zu hinterlassen.

»Der Praktikant Košt'ák zum Chef!«…

»Ich komme!«

Košt'ák wehrte sich lange gegen den Tod. Ganze zwei Tage lang verbarg er sich in den Parkanlagen auf dem Petřín, und erst am dritten Tag sprang er dort vom Aussichtsturm herunter. Da war er schon völlig durcheinander und hatte die Vorstellung, daß sein Chef kein Spediteur sei, sondern einen Vogelhandel betreibe, und er müsse eine Gratulation zur silbernen Hochzeit verfassen.

Das erklärt auch, warum man auf einer Seite in seinem Notizbuch folgende Notiz fand: »Glückliche Zeiten mögen erblüh'n, die Silberhochzeit soll jedes Jahr wiederkehren, der Erfolg im Geschäft möge leuchten, daß Sie es fröhlich genießen können und daß tausend Tauben, Kaninchen und Fischchen im Verkauf sich befinden. Wünscht Ihnen Jan Košt'ák.«

Im Büro des Herrn Kobkán verblieben nur noch zwei Praktikanten.

»Praktikant Havlík zum Chef!«…

»Ich komme!«

Als er seine originelle Gratulation in der Form eines Geschäftstelegramms »Kokán, Spediteur, Namenstag, herzliche Gratulation, Bekannte, Freunde, das Personal« verfaßt hatte, erstach er sich mit einem Taschenmesser in der Toilette des ›Repräsentationshauses‹*.

»Der Praktikant Pilař zum Chef!«

Der letzte der Praktikanten, der in den Büros der Speditionsfirma Kobkán noch verblieben war, erblaßte. Er ahnte unklar, daß hinter der Tür des Chefbüros der Ursprung zu jener riesigen Tragödie der Praktikanten dieser Speditionsfirma lag, einer Tragödie, die einfach unbegreiflich war, und er spürte, daß das Rätselhafte, Geheimnisvolle und Unbekannte sich jetzt auch ihm näherte.

»Der Praktikant Pilař sofort zum Chef!« wiederholte der Bürodiener.

Der letzte Praktikant erhob sich und rief verzweifelt aus: »Ich gehe nicht!«

Im Büro gab es vier blasse Gesichter: das vom Praktikanten, Prokuristen, Buchhalter und vom Bürodiener.

»Herr Pilař«, ließ der Buchhalter vernehmen, »bedenken Sie, was Sie da sagen. Das ist in Böhmen noch nie passiert, daß ein Praktikant nicht gegangen wäre, wenn der Chef ihn ruft.«

»Ich gehe nicht«, wiederholte der letzte Praktikant verzweifelt, »ich werde nirgendwohin gehen.«

In der Tür erschien der Chef selbst. »Herr Pilař, kommen Sie ins Büro. Ich habe Sie schon zweimal rufen lassen.«

»Ich gehe nicht!« rief der letzte Praktikant. »Wenn ich Ihnen sage, daß ich nicht gehe, so werde ich nicht gehen.«

* Prager Gesellschaftshaus mit Tanz- und Konzertsälen.

Er begann wild mit den Händen zu gestikulieren und schrie: »Alle sind gegangen, der selige Pecháček, der selige Klofanda, der selige Wenzel, der selige Košťák, der selige Havlík. Nur ich gehe nicht, ich werde nirgendwohin gehen.«

Er nahm das schwere Kassenbuch und schlug damit auf den Tisch.

»Ich bleibe sitzen, ich werde nirgends hingehen, alles werde ich zerschlagen, alle werde ich erschlagen. Ich bin der Kapitan Mora, die Weltsensation mit der unerreichten Luftszene. Ich fürchte euch nicht!»

Die Krankenpfleger können sich über den letzten Praktikanten der Firma Kobkán nicht beschweren. Auf seinem Anstaltsumhang hat er fünf Knöpfe, und er zeigt auf die Knöpfe, rechnet und sagt: »Der erste ist Klofanda, der zweite ist Wenzel, der dritte Košťák, der vierte Havlík, der fünfte Pecháček. Nein, so ist es nicht. Der erste ist Pecháček, der zweite ist Klofanda, der dritte ist Wenzel, der vierte Košťák, der fünfte Havlík. Alle sind gegangen, aber ich gehe nicht, nirgendwohin werde ich gehen!«

Die Ärzte verloren langsam die Hoffnung, daß er gesund werden könnte. Der Namenstag des Herrn Kobkán ging ohne originellen Glückwunsch in der Zeitung vorbei. In dem Büro sitzen sechs neue, frische Praktikanten. Bis zum neuen Namenstag ist Schonzeit.

Die Affäre mit dem Hamster

In der Morgenausgabe einer Zeitung erschien folgendes Inserat, das nicht sehr lang war, aber irgendwie verzweifelt klang:

Verkaufe sofort einen lebenden Hamster oder tausche ihn, ganz gleich gegen was. Prag III., Plasská-Str., II. Stock. 4. Tür links.

Die Leser übergingen dieses Inserat ohne Interesse, einzig und allein Honzátko, ein Sekundaner, für den heute die Schule um 9 Uhr begann, konnte kaum die Augen von diesem Inserat wenden. Er war allein in der Wohnung. Der Vater war bereits ins Amt gegangen, die Mutter ging mit seiner Schwester Emma die letzten Sachen für die Hochzeit besorgen, denn Emma sollte übermorgen heiraten. Das Dienstmädchen benutzte diese Gelegenheit und lief, ihren Geliebten in einer Schlosserwerkstatt irgendwo in Karlín zu besuchen. Sie sagte zu Honzátko, er solle nicht vergessen, die Wohnungstür gut abzuschließen und den Schlüssel beim Hausmeister abzugeben. Dabei nannte sie ihn »Bohoušek« und streichelte ihm übers Haar. Sie hielten beide fest zueinander, denn sie waren in diesem Haushalt die am meisten verfolgten Geschöpfe.

Hatte die Anna an einem Tag nicht ihre Affäre, so hatte

sie bestimmt Bohoušek und umgekehrt. Darum unterstützten sie sich auch gegenseitig.

»Was soll ich sagen, Anna, wenn Mutter zufällig früher nach Hause kommt?«

»Daß meine Tante aus Modřice gekommen ist.«

»Gut«, sagte Honzátko ernst und übernahm die Herrschaft in der Wohnung. Er setzte sich in den Schaukelstuhl und las Zeitung, bis er auf das Inserat mit dem Hamster stieß.

Honzátkos Augen begannen zu leuchten. Er war wie alle Sekundaner viel zu romantisch, als daß ihn ein lebender Hamster nicht begeistert hätte. Schon seit langer Zeit wünschte er sich, ein Tier zu Hause zu haben. Er träumte von großen Expeditionen nach Indien, um junge Tiger zu fangen, er träumte von einem großen Berberlöwen, der niemandem gehorchen würde als ihm, dieser würde in dem Bett der Schwester schlafen (das wird sowieso jetzt leer bleiben, da sie heiratet), und er würde auf sein Nicken hin den Klassenprofessor mitsamt dem Notizbuch auffressen. Auch träumte er manchmal davon, daß zu Hause in der Badewanne ein zahmes Walroß lebe, so daß es niemals mehr Waschtag geben würde und auch nicht die damit verbundenen schrecklichen Gerichte: geröstete Kümmelsuppe und Grießbrei.

Manchmal träumte er dann, einen zahmen jungen Elefanten im Schuppen zu haben, und dieser Elefant würde verschiedene Hausarbeiten ausführen, die er bisher tun mußte, wie zum Beispiel dem Vater Zeitungen oder Tabak und der Schwester Noten- und Briefpapier holen (solange sie noch auf Heiratsanzeigen schrieb). Nun war er kurz davor, seine Träume zu verwirklichen. Sie sanken zwar vom Tiger auf einen Hamster, aber es war eine sichere Sache, daß er diesen Hamster besitzen würde. Gab es denn in ihrem Haushalt nicht genügend Dinge, gegen die man einen Hamster tauschen könnte? Hatte seine Schwester im Wäscheschrank nicht eine recht anständige Aussteuer, gestern abend noch nachgezählt und wunderhübsch mit blauen Seidenbändern zusammengebunden? Und wenn er aus diesen Päckchen hier und da ein Stück herauszöge und alles wieder in Ordnung brächte, würde etwa jemand darauf kommen? Konnte sich denn dieses Weib (Emma) mit allem behängen? Und hatte nicht der Vater im Schreibtisch eine wunderhübsche Sammlung uralter Münzen? Gab es denn hier in der Wohnung nicht mindestens so viel Dinge, daß man dafür gut 300 Hamster eintauschen könnte?

Honzátko schritt zur Tat. Vor allem ging es ihm darum, erst an das Wäschefach mit der Aussteuer zu gelangen. Es war ein wenig kompliziert, aber Honzátko wußte ohnehin auswendig, wo der Schlüssel vom Wäscheschrank versteckt war. Im Küchenschrank im blechernen Brotfach fand er den Schlüssel für das kleine Intarsienschränkchen. Es stand auf dem Schrank an der Tür. Als Honzátko dieses Schränkchen öffnete, fand er darin den Schlüssel von einem zweiten Schränkchen im Schlafzimmer. Darin lag links, unter weißen Handschuhen, endlich der Schlüssel von dem Wäscheschrank mit der Aussteuer.

Honzátko zog aus einem Paket zwei Paar entzückende Damenhöschen, aus einem anderen Päckchen ein Nachtmäntelchen, anschließend brachte er alles wieder in Ordnung. Den Schlüssel legte er wieder auf seinen Platz zurück, und mit ungewöhnlicher Sicherheit, er war noch von Weihnachten her in Übung, als er nämlich vor der Bescherung aus dem Wäscheschrank immer Datteln und Zuckerwerk stibitzt hatte, beendete er seine Expedition wieder in der Küche und legte den Schlüssel in den kleinen Schrank in das Brotfach.

Dann ging er beim Vater an den Schreibtisch.

Diese Arbeit war schon leichter, denn der Vater hatte mit großem Leichtsinn, wie Honzátko dachte, den Schlüssel vom Schreibtisch direkt auf diesem versteckt, und zwar unter einer alten Uhr mit schönen Alabastersäulen.

So gelangte er recht bequem an Vaters alte Münzensammlung, aus der er einen großen Marientaler nahm, von denen noch mehrere vorhanden waren, und gab sich damit zufrieden. Er schloß den Schreibtisch ab, legte den Schlüssel wieder auf seinen Platz zurück und begann, aus seinen Büchern etwas auszusuchen, was er noch für jenen Hamster zugeben könnte, damit auch er etwas für dieses herrliche Unternehmen opferte. Er suchte das Buch »Der stolze Kapitän Korkoran« aus. Ein Buch, das von allen noch am besten erhalten war, denn es fehlten nur 24 Seiten.

Daraufhin setzte er sich an den Schreibtisch und schrieb auf einen Bogen Papier: »Entschuldigung. Ich bestätige hiermit, daß mein Sohn Bohuslav Honzátko wegen Bauchwehs nicht am heutigen Vormittagsunterricht teilnehmen konnte, und ich bitte, ihm diese Stunden zu entschuldigen. Václav Honzátko.«

Honzátko konnte nach zwei Jahre langer Praxis Vaters Unterschrift vollendet nachahmen. Er verwahrte die Entschuldigung für den Nachmittag im Lesebuch, den Raub aus dem Wäscheschrank machte er zu einem Päckchen, dann nahm er die Bücher unter den Arm und ging aus dem Haus, nachdem er dem Hausmeister den Flurschlüssel für Anna abgegeben hatte.

Die Bücher hinterließ er in der zweiten Straße beim Kaufmann mit dem Zusatz, daß er sie holen würde, wenn er aus der Schule käme, und er nahm nur das Buch der Pflanzenkunde an sich, das er zum Antiquariat brachte, um für seine Expedition zur Plasská-Straße etwas Bargeld zu haben.

Er fand die im Inserat angegebene Adresse sehr leicht, und er wurde von einem älteren Ehepaar empfangen, das ungewöhnlich sorgenvoll dreinblickte.

Als er ihnen erklärte, er käme den Hamster holen, für den er folgende nützliche Gegenstände einzutauschen gedenke: ein paar Damenhöschen, ein Nachtmäntelchen, einen Marientaler und das Buch, klärten sich die Gesichter der Eheleute auf. Sie führten ihn weiter und begannen eine merkwürdige Geschichte zu erzählen, daß vor etwa vierzehn Tagen ein wunderlicher Herr mit einem Hamster zu ihnen gezogen wäre, der erklärte, er habe ein besonderes Mittel erfunden. Wenn man es Nagetieren eingebe, könnte man damit ihren Winterschlaf unterbinden.

»Ich gedenke«, hatte dieser Herr gesagt, »dieses Mittel an jenem Hamster zu versuchen. Gelingt es mir jetzt, da es Zeit für den Winterschlaf ist, das Tier rege zu halten, wird es weitreichende Folgen haben; denn dann wird das Problem, wie man Hamster unschädlich macht, gelöst sein. Wenn sie nicht schlafen, werden sie auch nicht lange leben und folglich weniger Getreide stehlen.«

»Dieser Herr«, erzählte der alte Herr dem Honzátko, »wollte darüber ein Buch schreiben, und so stellte er also mit dem Hamster, den er in einer großen Kiste hielt, Versuche an. Er gab ihm das Mittel in sein Trinkwasser, und der Hamster wurde tatsächlich sehr rege. Das Präparat wurde in einer Kognakflasche aufbewahrt. Einmal habe ich irrtümlich aus dieser Flasche getrunken und konnte fünf Nächte lang nicht schlafen. Dann wurde der Herr von seinen Verwandten abgeholt. Sie erzählten, schon fünf Jahre wäre er so sonderlich, und ein Arzt hätte gesagt, daß ihm vielleicht Schneebäder helfen könnten. Sie haben ihn irgendwo in die Berge gefahren, und den Hamster haben sie hiergelassen.«

»Es ist ein sehr entzückendes Tierchen, ungewöhnlich anschmiegsam«, sprach der Herr weiter, als lese er aus einem Buch vor. Wahrscheinlich hatte er sich das angewöhnt, als er ihn überall anzubieten versuchte, »wir geben Ihnen für den Hamster einen alten Kartoffelsack mit.«

Das ungewöhnliche und entzückende Tierchen fauchte, als er den Sack daraufschmiß, so furchterregend, daß der romantische Honzátko dachte, im Land der Raubtiere zu sein. Als er dann später mit dem Sack, in dem sich der rege Hamster wild hin- und herbewegte, durch dic Straßen ging, kam er sich vor wie der bekannte Tierbändiger Rauahu Babura aus Bombay.

Es war noch nicht Schulschluß, darum war es zu früh, schon nach Hause zu gehen. Er benutzte die Zeit, um Vorräte für den Hamster einzukaufen. Bei einem Vogelhändler kaufte er für das ganze Geld, das er für das Naturkundebuch erhalten hatte, Körner. Das waren 70 Heller, dafür gab es nicht sehr viel. Nur eine kleine Tüte. Und da erst verspürte Honzátko, daß er sich eine große Verantwortung aufgebürdet hatte. Vielleicht wird er lernen, etwas anderes zu fressen. Und dann, als er sich dem Zuhause näherte, begann ihn noch etwas zu beunruhigen. Was, wenn man ihn mitsamt dem Hamster hinausschmiß? Wie erklärte er, woher er ihn hatte? Welche Lüge könnte er sich ausdenken? Es ging alles ziemlich glatt. Er häufte Lüge auf Lüge. Der Hamster, den er nach Hause brachte, gehöre dem Gymnasium, und er sei für die Naturkundesammlung bestimmt. Ihn, Honzátko, habe der Naturkundeprofessor, Herr Bernášek, aufgefordert, den Hamster über Winter zu Hause zu behalten, bis ihm ein neues Fell wachsen würde und er eine bessere Farbe bekäme. Dann soll er ausgestopft werden. Es war also alles in Ordnung. Sie glaubten ihm allerdings nicht, daß er aufgefordert wurde, sondern daß er sich freiwillig gemeldet hatte. Für den Hamster wurde eine Kiste vom Boden geholt, man setzte ihn dort hinein und stellte ihn in den Flur, und die ganze Familie lebte in dem Glauben, daß der Junge wenigstens bei dem Professor einen Stein im Brett hätte, den er bei seinem bekannten Fleiß sowieso nötig gebrauchen konnte. Es wäre noch zu sagen, daß sich der Hamster als Eigentum der Schule noch mehrere Stunden lang einer gewissen Ehrfurcht erfreute. Dann jedoch wurde entdeckt, daß er einen komischen Geruch verbreitete. Weil aber der Bräutigam kommen sollte, goß Emma eine halbe Flasche Veilchenparfüm über den Hamster, worauf dieser bescheiden in eine Ecke der Kiste kroch, wo er widerwärtig zu schmatzen anfing und seine Backentaschen mit dem Korn vollstopfte, das ihm Honzátko hineingeworfen hatte.

Nach dem Mittagessen ging Honzátko zur Schule, der Vater ins Büro und die Mutter mit den glücklichen Verlobten etwas einkaufen. Das Dienstmädchen ging zu ihrem Geliebten nach Karlín. Als die Familie wiederum zusammentraf, entdeckte man, daß der Hamster aus der Kiste herausgeklettert war und es sich nebenan im Zimmer gemütlich gemacht hatte.

Er hatte sich die Couch als Platz erkoren. Über der Couch hing nämlich ein Landschaftsbild. Darauf wogten riesige Kornfelder bis ins Unendliche, und der Hamster übersiedelte also unter diesen Gottessegen. Außer einem Haupteingang zu seinem Nest in der Couch hatte er sich noch zwei Notausgänge gemacht, den einen an der Seite und den anderen direkt an der Oberseite der Couch. Dann wurde auch festgestellt, daß er aus der Kiste das ganze Korn in seine Behausung gebracht hatte. Sobald sich jemand der Couch näherte, ertönte aus dem Innern ein furchterregendes Fauchen. Es wurde deutlich, daß der Hamster seine neue Behausung nicht so leicht verlassen würde.

»Da hat uns aber das Gymnasium ein schönes Biest auf den Hals geschickt«, sagte Frau Honzátko.

Emma meinte, man könnte den Hamster dadurch vertreiben, indem man unter seine Behausung ein Öfchen stellte. Das jedoch wurde abgelehnt, weil man damit angeblich die Plüschcouch verderben könnte. Als ob noch irgend etwas an diesem von allen Seiten durchbohrten Gegenstand, aus dessen Tiefe ununterbrochen Fauchen zu hören war, zu verderben sei. Honzátko, auf dessen Haupt sich die Vorwürfe häuften, als hätte er sich selbst ein Nest in der Couch gemacht, holte den Brehm, vielleicht könnte man daraus erfahren, wie Hamster aus einer Couch zu vertreiben sind. So ein Fall war nicht einmal Brehm bekannt, Honzátko las noch laut daraus vor, daß sich ein Hamster, wenn er angefallen werde, sehr mutig verteidigen könne.

Emma und auch die Mutter zogen sich also in die Küche zurück, wo sie mit Anna über weitere Vorkehrungen berieten. Anna schlug vor, den Hamster auszuräuchern, alle Notausgänge mit in Petroleum getränktem Papier zu verstopfen und anzuzünden. Diese Wahnsinnsidee wurde abgelehnt, und man stimmte ab, die Rückkehr des Familienoberhauptes abzuwarten. Herr Honzátko zeigte sich jedoch genauso ratlos. Er sah einen Augenblick zu, wie der Hamster hin und wieder ostentativ aus dem Sofa herausschaute, wobei er frech fauchte, dann gab er dem Sohn eine Ohrfeige, beschimpfte alle, zog sich an und ging eilig in eine Weinstube, in der er nach dem vierten Viertel mit einem unbekannten Herrn ein Gespräch anfing: »So praktizierte doch mein Sohn, ein Sekundaner, in unsere Couch…«

»Das kenne ich«, sagte der Angesprochene, »Wanzen, das sind Mistviecher. Irgend jemand schleppt sie in die Schule…«

»So meine ich es nicht«, unterbrach ihn Herr Honzátko, »mein Junge hat einen Hamster in der Couch eingenistet.«

»Bitte, nehmen Sie uns hier nicht auf den Arm«, sagte der Herr, der wahrscheinlich sehr nervös war und seine Nervosität in der stillen Weinstube kurieren wollte. »Was sich die Leute heute schon alles ausdenken«, brummte der Herr unwirsch. »Sehe ich so dumm aus?«

»Nein, nein, Verehrtester«, sagte der friedfertige Weinstubeninhaber, weil er dachte, die Frage gälte ihm.

Der nervöse Herr bezahlte und ging.

»Ein komischer Mensch«, dachte sich Herr Honzátko, »ich will ihm ehrlich erklären, wie das mit dem Hamster ist, ihn um Rat fragen, und der Kerl ist beleidigt.«

Herr Honzátko vertiefte sich in seine Gedanken, und als er das sechste Viertel trank, stellte er mit Überzeugung fest, daß sich Hamster gelegentlich in den Sofas ordentlicher Familien aufhalten könnten.

Um halb zehn Uhr abends schilderte er einer Gesellschaft die ganze Angelegenheit, und zwar so verworren, daß seine Zuhörer glauben mußten, der Hamster wäre auf Grund einer Verfügung des Landesschulrats in die Couch gelangt.

Der weitere Verlauf der Angelegenheit war nicht mehr eindeutig zu rekonstruieren. Er erinnerte sich nur unklar daran, daß er in der Nacht mit irgendeinem Herrn dieser Gesellschaft, der von sich behauptete, er habe ein Tiergeschäft, durch die Straßen ging. Tatsächlich kamen sie zu einem Laden, den der Herr öffnete.

Sicher war nur, als Herr Honzátko am Morgen erwachte, daß er auf seinem Nachtschränkchen eine größere Kiste fand, in der etwas herumpfiff. Nur ganz langsam fiel ihm ein, daß er diese Kiste von seinem nächtlichen Besuch aus jenem Laden nach Hause gebracht hatte. Als er sie öffnete, blickte ihn ein Pärchen weißer Tierchen mit roten Augen an.

»Um Himmels willen, was sind das für Viecher?« seufzte Herr Honzátko und begann angestrengt nachzudenken. Er erinnerte sich, daß in der Debatte, die in der Weinstube um den Hamster entstanden war, der Herr, von dem er sie bekommen hatte, geschworen hatte, daß man einen Hamster am besten mit Hilfe von Frettchen hervorlocken könne. Dann sind es also Frettchen. Die setzt man ja gegen alle Feldschädlinge ein. Man läßt sie in das Loch hinein, und sie werden das entsprechende Tier an die Oberfläche treiben. Wenn er sie also in die Couch hineinließe, wäre die Sache mit dem Hamster erledigt.

Er teilte seine Ansicht der Familie mit. Nach dem Frühstück ließen sie die Frettchen vorsichtig in die Couch hinein und warteten auf das Ergebnis. Aus dem Innern der Couch ertönte zuerst Fauchen und Pfeifen und dann ein Brummen, das jedoch freundlich war. Nach einem Augenblick erschienen die Köpfe der Frettchen, um schnell wieder zu verschwinden, dann sah der Hamster aus dem Loch heraus. Er blickte hämisch auf die Familie von Herrn Honzátko, fauchte geringschätzig und zog sich zurück. Der junge Honzátko näherte sich der Öffnung und sah vorsichtig hinein.

»Die Frettchen«, gab er das Ergebnis seiner Nachforschungen bekannt, »lecken dem Hamster den Kopf.«

Es war die traurige Wahrheit. Sie freundeten sich mit dem Hamster an, und es gefiel ihnen in der neuen Höhle. Honzátko brachte inzwischen wieder den Brehm und las unter allgemeiner Betrübnis, daß sich Frettchen in Gefangenschaft stark vermehren. Es war dort aber auch eine sehr interessante Bemerkung erwähnt. Der selige Brehm mußte mit Frettchen wahrscheinlich traurige Erfahrungen gemacht haben; denn er schrieb, daß er aus eigener Erfahrung festgestellt hätte, daß Frettchen den Geruch von Meerschweinchen nicht vertrügen.

Herr Honzátko begann, sich eilig anzuziehen.

»Wohin willst du?« fragte Frau Honzátko unsicher.

»Meerschweinchen holen«, gab er betont zur Antwort, und die Tür schloß sich hinter ihm mit einem traurigen, hoffnungslosen Knirschen.

Die Meerschweinchen, drei an der Zahl, die er nach einer Stunde nach Hause brachte, waren wunderbar duftende Exemplare, ganz nach den Wünschen des Herrn Honzátko. Er hatte den Tierhändler gebeten, ihm die am stärksten stinkenden Tiere auszusuchen. Inzwischen stellte sich auch der Bräutigam ein, der sich übrigens als Hasenfuß entpuppte. Er erklärte, daß er vor Meerschweinchen Angst hätte, und er ließ sich nicht bewegen, sie durch die zernagte Oberfläche hineinzustopfen. Er spürte, daß man ihn opfern wollte. Endlich ließ er sich überreden, und mit den Worten: »Sie werden mich beißen«, fing er sich ein Meerschweinchen aus dem Korb. Und er hatte sich nicht geirrt. Das Meerschweinchen biß sich in seiner Hand fest, jetzt war die Reihe an Honzátko. Er zeigte sich als Held. Wohl brüllte er fürchterlich, aber es gelang ihm doch, alle Meerschweinchen, die sich wütend zur Wehr setzten, in die Couch zu stopfen.

Der Bräutigam sah inzwischen voller Mitleid auf Herrn Honzátko und dachte, daß vielleicht mit ihm doch nicht alles ganz in Ordnung sei, daß er einem so komischen Vergnügen huldigte. Ich weiß nicht, ob Meerschweinchen Sinn für Mitleid haben. Falls ja, so bedauerten sie sicher, daß sie sich ihren Wohltätern gegenüber so schlecht benommen hatten. In ihrer neuen Behausung war es ja so behaglich. Eine hübsche, bunte, anständige Gesellschaft, und dann, wohin man nur blickte, überall rundherum nichts als Seegras, mit dem die Couch gepolstert war. Es ist bekannt, daß Meerschweinchen Allesfresser sind. Ich hatte einmal ein Meerschweinchen, das während meiner zweitägigen Abwesenheit ein Photographiealbum fraß, und all die lieben Gesichter meiner Verwandten verwandelten sich in Häufchen kleiner Fetzen. Es zeigte sich auch, daß Brehm sich sehr geirrt hatte, zumindest in dem Fall der Couch der Familie Honzátko. Die Frettchen vertrugen den Geruch der Meerschweinchen sehr wohl, und sie verließen ihr Versteck nicht. Der Hamster wärmte sie aufopfernd, die Meerschweinchen schmiegten sich an die Frettchen, und innerhalb der Couch herrschte unter den Tieren eine wirklich paradiesische Übereinstimmung. Daraufhin wurde ein großer Familienrat abgehalten.

Selbst der Bräutigam hielt sich nicht zurück, sondern nahm an dem Gespräch teil und schlug als Lösung vor, einen Igel zu besorgen. Er sagte recht logisch, daß ein Igel Stacheln hätte, die stechen. Steckte man also einen Igel in die Couch hinein, so würde er alle von dort hinausstechen; denn die Couchbewohner würden ja sicherlich auch den Igel wärmen wollen und dabei dann schrecklich reinfallen. Er bot sich auch an, einen Igel zu besorgen.

»Kaufen Sie lieber gleich zwei, Herr Kratochvíl«, sagte besorgt Frau Honzátko. Herr Kratochvíl entfernte sich also, wobei er noch in der Tür murmelte, daß Igel auch Küchenschaben fressen. Die Igel, mit denen er zurückkehrte, die die Menagerie des glücklichen Haushalts vervollständigten, waren melancholische Viecher. Als er sie auf den Fußboden setzte, streckten sie sich aus, steckten zwischen den Stacheln ihr Schnäuzchen hervor, sahen sich traurig um und rollten sich wieder zu einer stacheligen Kugel zusammen. Diese beiden Kugeln drückte dann Herr Kratochvíl mit Handschuhen in die Couch hinein.

Von dort ertönte ein wütendes Fauchen und Pfeifen, in der Öffnung erschien der Kopf des erregten Hamsters, als ob er fragen wolle, was das für eine Ordnung sei, dann verschwand er wieder nach unten. Die Igel waren inzwischen auf den Boden der Couch gekrochen und kümmerten sich weder um die Frettchen noch um den Hamster und die Meerschweinchen. Innen kehrte wieder Ruhe ein. Der zoologische Garten der Familie Honzátko verfiel in einen gesunden Schlaf. Als niemand aus der Couch herauskam, wurde beschlossen, die Hochzeit um ein paar Tage zu verlegen.

Herr Kratochvíl träumte, daß man die Igel mit Hilfe gestreifter Hyänen aus der Wohnung vertreiben könne, die gestreiften Hyänen wiederum mit Hilfe von Jaguaren, und der ganze Traum endete mit einem schrecklichen Bild von abgenagten Knochen in der Küche von Honzátkos, und zwar mit den Knochen der Schwiegermutter und des Schwiegervaters.

Herr Honzátko aber war inzwischen nicht faul. Das Direktorium des Gymnasiums, in dem sein Sohn ansonsten nicht hervorstach, erhielt von ihm einen Brief, den der Herr Direktor nicht verstehen konnte:

An das geehrte Direktorium des Gymnasiums
in der Jirovcavá-Straße.
Der Unterschriebene bittet ehrfurchtsvoll das geehrte Gymnasium, im Hinblick auf die veränderten Familienverhältnisse unverzüglich Schritte zu unternehmen, damit der Hamster, der bei dem Unterschriebenen aufbewahrt ist, ihm fortgenommen und ausgestopft wird.

Mit aller Ehrerbietung

Václav Honzátko, Kassierer, Žižkov, Orebitská-Straße 5.

Der Herr Direktor ließ den jungen Honzátko zu sich rufen und fragte ihn interessiert, ob sein Vater öfter solche Briefe schriebe. Honzátko erklärte, daß er es nicht wüßte. Daraufhin fragte ihn der Herr Direktor noch, ob sein Vater nicht irgendwann in einem Institut oder Sanatorium gewesen sei. Damit Honzátko nicht immer nein sagen mußte, nickte er diesmal zur Abwechslung mit dem Kopf.

»Wir müssen ihn zufriedenstellen und beruhigen«, dachte der Direktor, und so erhielt Herr Honzátko folgenden Brief:

Im Hinblick auf Ihren Brief müssen wir Ihnen mit großem Bedauern mitteilen, daß das Direktorium des Gymnasiums an Ausstopfen nicht interessiert ist.

Das Direktorium des Institutes.

Nach Erhalt dieses Briefes ging Herr Honzátko zum Hundefänger in Vyšehrad; dort wurde ihm gesagt, daß es auf dem Amtswege nicht möglich sei, Tiere in Privatwohnungen zu töten, sondern daß er diese dort hinbringen müsse.

Der junge Honzátko verkaufte inzwischen seinen Atlas und kaufte für das ganze Geld Körner, die er alle in die Couch hineinschüttete, damit die Tiere keinen Hunger litten. Und so ging es vierzehn Tage. In Prag wurden die Lebensmittel knapp. Und unten im Haus lebte ein Hausmeister, ein mutiger Mann, der zu allem entschlossen war. Er kam mit einem Beil. Man zeigte ihm schweigend die Couch und schloß die Zimmertür. Man hörte Schläge gegen die Couch, Pfeifen, Fauchen, Brummen. Nach einer halben Stunde war alles ausgestanden.

Am nächsten Tag wurde die Hochzeit gefeiert, und auf

der Kriegsspeisekarte von Honzátkos waren folgende Gerichte angeführt:

Frettchensuppe

gekochtes Frettchen mit süß-saurem Meerrettich

gebratener Hamster mit Kartoffeln

Meerschweinchen in Kümmelsoße

Igelpastete

Und der junge Honzátko, der all den Wohlstand verursacht hatte, saß, ohne daß man ihm die gebührende Anerkennung zollte, bescheiden am Tisch, mit Tränen in den Augen, und nagte am gebratenen Kopf seines unglücklichen Hamsters.

Gerichtssachverständige

Sooft ich von Gerichtssachverständigen sprechen höre, erinnere ich mich stets an Herrn Schpala, Gerichtssachverständiger für Petroleum und Graupen.

Alle, die dasselbe Kaffeehaus besuchten wie er, was waren sie gegen ihn? Er blickte mit Despekt von oben auf sie herab. Sie waren für ihn elendes irdisches Gewürm, denn sie verstanden nichts von Petroleum. Er betrachtete sie als beschränkte Leute, halbe Idioten, denn sie verstanden auch nichts von Graupen.

Er hielt alle diese Menschen für Nullen, für untaugliche Individuen, über die er so hoch erhaben war wie der Himalaja über den Kyffhäuser.

Er war empfindlich gegen seine Umgebung, die sich aus lauter Ignoranten zusammensetzte, die er wie die Sonne überstrahlte. Sein Blick war eisig kühl. Er hatte eingesehen, daß er, ein so berühmter Mann, der turmhoch über seiner Umgebung stand, nicht freundschaftliches mitteilsames Lächeln austeilen konnte. Trug er doch in der Tasche eine Visitenkarte mit der Inschrift: »Wenzel Schpala, Gerichtssachverständiger für Petroleum und Graupen, Kommerzienrat und Privatier.«

Was ist Wissenschaft und Kunst gegen Petroleum und Graupen?

Wenn er im Gerichtssaal sein Sachverständigengutachten

abgab, klang seine Stimme begeistert, beseelt: »Das mir vorgelegte Petroleum hat sich als eine lautere, klare, auf der Zunge einen bitteren Naphtageschmack hinterlassende Flüssigkeit erwiesen.«

Dann ward mir sein melancholischer Blick verständlich. Mußte er doch im Interesse der Gerechtigkeit Petroleum lecken.

Und wie begeistert schmetterte er mit erhobener Stimme in den Gerichtssaal, wenn er ein Gutachten über Graupen abgab: »Die mir vorgelegten Graupen erwiesen sich beim Betasten als fett, was sich durch unzureichendes Trocknen erklären läßt. Bei näherer Prüfung der Graupen stellte ich fest, daß sie zerbröckelt, zerstückelt, also absichtlich entwertet worden sind.«

Das war Herr Schpala. Später verlor er das Gedächtnis, und eines Tages sagte er in seinem Sachverständigengutachten über Graupen: »Die mir vorgelegten Graupen haben sich als eine lautere, klare, auf der Zunge einen bitteren Naphtageschmack hinterlassende Flüssigkeit erwiesen.«

Das hohe Gericht bemerkte diesen Lapsus jedoch nicht und verurteilte den Angeklagten wegen Nahrungsmittelfälschung.

Aber Herr Schpala verlor das Gedächtnis immer mehr, und sein letztes Sachverständigengutachten lautete: »Die Graupen befanden sich nicht in plombierten Flaschen und waren auch nicht mit der Aufschrift ›Leuchtmaterial‹ versehen.«

Ein anderer Gerichtssachverständiger, den ich gut kannte, war Herr Havel. Durch eine Fügung des Geschickes wurde er Gerichtssachverständiger für Kynologie. Er gehörte also zu jenen, die, wie man deutsch sagt, Sachverständige »in Hunden« sind. Dieser Mann gehörte zu den sogenannten prophetischen, hellsichtigen Gerichtssachverständigen, und in Weißwasser trat dies einmal zur Überraschung aller Anwesenden ungewöhnlich klar zu Tage. Es handelte sich um einen Prozeß zwischen zwei Nachbarn. Sie hatten Karten gespielt, und durch einen unglücklichen Zufall war einem von ihnen eine Karte aus dem Ärmel gefallen.

Dadurch ging der gesellschaftliche Verkehr zwischen ihnen in Brüche, und die Feindschaft steigerte sich so, daß der eine auf seinem Grundstücke den Hund des ungeschickten Spielers erschoß. Der Geschädigte gab an, daß der Hund einen Wert von 300 Kronen gehabt habe, und Herr Havel wurde drei Tage nach dieser Begebenheit aufgefordert, ein Gutachten abzulegen. Er traf zu der Verhandlung ein und ordnete an, die Knochen des Hundes auszugraben. Es dauerte lange, bevor man schließlich die Stelle fand, wo der Hund verscharrt war. Der Gerichtssachverständige untersuchte aufmerksam die Knochen und sagte dann:

»Der Hund war von großer Gestalt, es war ein Bernhardiner, reinrassig, weiß und gelb und hat, wie ich sehe, auf den Namen …«

»Danke«, sagte der Richter, »das steht bereits im Protokoll.«

Es gibt allerdings auch weniger begeisterte Gerichtssachverständige. Ein Gerichtssachverständiger aus der »Brandstiftungsbranche«, wie man bei Gericht scherzhaft zu sagen pflegt, erklärte bei Erstattung eines Gutachtens: »Ich kann nicht mit gutem Gewissen behaupten, daß die Scheune infolge Begießens des Strohs mit Petroleum in Brand geriet, denn erstens wurde festgestellt, daß keine leere Petroleumflasche gefunden wurde, zweitens stellte sich heraus, daß sich in der Scheune kein Stroh befand, und drittens hat, wie ich gehört habe, der Blitz in sie eingeschlagen.«

Das sind Sachverständige, die um keinen Preis schweigen wollen und es für ihre Pflicht halten, dem hohen Gericht und der Öffentlichkeit recht viel zu sagen.

Bei einer Schwurgerichtsverhandlung wies ein Sachverständiger für Graphologie nach, daß der Angeklagte den Wechsel bestimmt unterschrieben habe, weil das »B« ein rundes Bäuchlein aufwies.

»Sie haben auch ein rundes Bäuchlein und sind kein ›B‹«, rief hierauf der Angeklagte, wodurch er seine Schuld in den Augen der Geschworenen verschärfte.

Es kommt also häufig zu Differenzen zwischen Gerichtssachverständigen und Angeklagten sowie deren Verteidigern.

Es ist offenbar Pflicht des Rechtsanwaltes, immer die Richtigkeit des Sachverständigengutachtens anzuzweifeln. Die meisten Fehler werden bei Gutachten über Handschriften nachgewiesen. Die Verteidiger haben da leichte Arbeit. Sie weisen beispielsweise auf den großen Wiener Prozeß (im Jahre 1897) hin, in dem sich erst zwei Jahre nach Verurteilung des Angeklagten der Täter freiwillig meldete. Er gab an, selbst den Brief geschrieben zu haben, auf Grund dessen ein Mensch unschuldig zu zwanzig Jahren Kerker verurteilt wurde. Es handelte sich damals um einen Mord. Das Opfer war durch einen Brief an den Tatort gelockt worden, und das Gutachten der Sachverständigen stimmte dahin überein, daß der unschuldig Verurteilte den Brief geschrieben habe.

Ein Verteidiger griff die Unfehlbarkeit der Schriftsachverständigenurteile auch von folgender Seite her an: »Heutzutage wird in allen Schulen, besonders in den Handelsschulen, dasselbe Schreibsystem benützt. Mehr als 50 Prozent der Menschen haben dieselbe Schrift. Es ist weiter nachgewiesen, daß 20 Prozent der Menschen keine bestimmte Schrift haben, sondern die Schrift häufig wechseln.«

Ein Gerichtssachverständiger erklärte, daß ein bestimmter Brief von einem jungen Mädchen in der Aufregung geschrieben worden war. Er war aber von ihrem Großvater geschrieben worden.

Vor kurzem ist einem Strafsenat ein Irrtum unterlaufen. Man zog einen Sachverständigen für Handschriften zu Rate, in einem Fall, wo es sich um einen auf der Schreibmaschine geschriebenen Brief handelte. Was sollte der Arme tun? Eingedenk seines Schwures gab er an, daß der Brief auf einer Schreibmaschine geschrieben sei, deren System er nicht feststellen könne; er wisse auch nicht, ob der Angeklagte Schreibmaschine schreiben könne.

Das Gericht schenkte dem Angeklagten Glauben, daß er nicht Schreibmaschine schreiben könne, denn er hatte die staatliche Handelsakademie besucht.

Interessant pflegen die Gutachten der Gerichtsärzte zu sein. Von ihrem Gutachten hängt in neunzig von hundert Fällen das Schicksal des Angeklagten ab.

Wie merkwürdig sieht es daher aus, wenn der Gerichtsarzt einen Tag nach Verkündung des Urteils sagt:

»Beim Angeklagten fiel die ungewöhnliche Ruhe auf.« Und vierzehn Tage später: »Beim Angeklagten fiel die ungewöhnliche Unruhe auf.«

Man hört aber häufig Dinge, bei denen den Zuhörern die Haare zu Berge stehen. Ich kenne einen Gerichtsarzt, der sehr gutmütig aussieht, der aber vor kurzem in einem Prozesse erklärte: »Ich weiß aus eigener Erfahrung, daß nicht jeder sofort nach einem Axthieb zu Boden sinkt.«

Wie man mit Erfolg Selbstmörder rettet
Eine tragische Geschichte

Obwohl die Stadt Prag keine permanente Kommission zur Bekämpfung der Selbstmorde besitzt, die die Hauptstädte Europas bereist und die Einrichtungen studiert, die dort eingeführt wurden, um den Selbstmord zu verhindern, können wir uns erstklassiger städtischer Mittel zur Rettung ertrinkender Selbstmörder rühmen.

Diese ungemein geistreichen Mittel bestehen darin, daß längs der ganzen Uferanlagen in bestimmten Abständen an dem Geländer mit einem Schloß gesicherte Rettungsgürtel mit Seilen befestigt sind. Außerdem befinden sich auf den Prager Brücken eingemauerte Schränke, die ähnliche Requisiten zur Rettung ertrinkender Selbstmörder enthalten. Auf diesen Schränken prangt ebenso wie auf den Rettungsgürteln die Aufschrift: »Zur Rettung Ertrinkender. Mißbrauch wird bestraft. Schlüssel beim nächsten Schutzmann.« Diese schöne Einrichtung hat die Prager Studienkommission für Wohnungsreform von ihrer Reise in die Großstädte Europas mitgebracht. Eine recht erfreuliche Tatsache, denn man kann doch nicht annehmen, daß eine Kommission zum Studium der Frage des Selbstmordes von ihrer Reise nach dem Ausland etwa billige Schuhe mitbringen wird.

Ergreifend wirkte die Meldung, daß der Stadtrat sich mit der Mehrzahl seiner Mitglieder an der Erprobung der Rettungsmittel beteiligen wollte, und ich muß sagen, daß es den Herrn Stadträten als große Kühnheit anzurechnen ist, daß sie es aushielten, in Regen und Sturm von elf Uhr vormittags bis elf Uhr nachts auf den Brücken und auf dem Quai auf irgendeinen Verzweifelten zu warten. Verzweifelte gab es jedoch nicht, und auch von den Herren aus dem Stadtrat wagte es keiner, von der Brücke oder vom Quai in die Moldau zu springen. Dann wurden die Rettungsbehelfe gut versperrt und die Schlüssel im Präsidium des Stadtrats abgeliefert, wo darüber beraten wurde, was mit diesen Schlüsseln eigentlich zu geschehen habe. Denn, sind die Rettungsbehelfe versperrt, ist es illusorisch, weshalb man sie der Bevölkerung eigentlich zur Verfügung stellt. Es wurden Stimmen laut, die forderten, man möge für diese verantwortliche Angelegenheit eine besondere Behörde einsetzen und den Posten eines städtischen Oberretters schaffen, dem fünf Subalternbeamte mit dem einfachen Titel »Städtische Retter« und einige bezahlte Praktikanten mit dem Titel »Städtische Rettungsanstaltsaspiranten« unterstehen sollten.

Es schien, daß sich die schweren Wolken eines bösen Verhängnisses über dem Schicksal der Selbstmörder zusammenballten und daß der Stadtrat mit wahrem Raffinement gegen sie vorgehen werde. Wer von den Selbstmördern die gute Gelegenheit nicht versäumen wollte, ging lieber hin, um sich schnell zu ertränken. Und so geschahs, daß sich im Laufe der langwierigen Beratungen über die Aufbewahrungsart der Schlüssel etwa dreißig Männer und Frauen ertränkten. Zum Glück geriet man im Stadtrat über die Besetzung des künftigen Amtes in Streit, denn der eine hatte einen Vetter, der andere einen Onkel, einer wiederum einen

Sohn und jener wieder jemand andern, so daß das Amt nicht besetzt wurde, um einen allzu offensichtlichen Nepotismus im Rathaus zu vermeiden.

Es wurde nun eine besondere Kommission eingesetzt, die einen Plan zur systematischen Verteilung der Schlüssel der Rettungsgürtel auszuarbeiten hatte. Die Kommission griff mit Vergnügen diese Aufgabe auf und führte sie glänzend durch, wie die Aufschriften auf den verschlossenen Schränken mit den Rettungsgürteln für Ertrinkende bekunden: »Zur Rettung Ertrinkender. Schlüssel beim nächsten Schutzmann.«

Vor Ausfolgung der Schlüssel an die Polizeidirektion wurde eine neue Probe festgesetzt, und die Mitglieder des Stadtrats hatten das Glück, in der Tat vor ihren Augen einen Schneider von der Brücke in die Moldau springen zu sehen. Man warf ihm einen Rettungsgürtel und das Seil zu, aber der heldenhafte Schneider lehnte es ab, es zu ergreifen, und verschwand fluchend unter der Wasserfläche. Und gleich darnach ließ der Stadtrat auf die Rettungsgürtel folgende höfliche Bitte an die P. T. Selbstmörder schreiben: »Bitte sich an dem Gürtel festzuhalten.« Nach diesem gelungenen Versuch wurden die Schlüssel der Polizeidirektion übergeben, wo sie unter die verschiedenen Kommissariate aufgeteilt wurden, die sie wieder jenen Schutzleuten zuteilten, die am Flußufer Posten standen. Jener, der der Unglücksstätte am nächsten war, sollte eingreifen.

Diese Einrichtung ist, wie jeder sehen kann, sehr zweckmäßig und praktisch, denn dadurch nützen sich die Gürtel kaum ab, das Schloß bleibt unbeschädigt, und das Seil wird nicht naß.

Der Fall, von dem ich hier spreche, ist sehr tragisch, und ich bitte den Leser, diese Zeilen, die meiner unglücklichen, bedauernswerten Tante Sophie gewidmet sind, mit wirklicher Pietät zu lesen.

Sie war zwar eine alte Seele, aber voll jenes unendlichen Zaubers, der solche Damen sehr sympathisch macht, nämlich erfüllt von der Liebe zu Tieren. Manche Dame hält sich zu Hause Katzen, Hunde, Vögel, aber meine bedauernswerte Tante hielt sich Salamander. Sie hatte im ganzen acht und pflegte sie mit jener Zärtlichkeit, deren nur alte Damen, empfindsame Seelen fähig sind. Aber das menschliche Glück ist nicht von langer Dauer und das der Salamander auch nicht. Stirbt ein Familienmitglied, ist der Verlust schmerzlich, aber was für ein Schlag war es für meine Tante, als ihr alle acht Salamander auf einmal krepierten. Seit jenem Zeitpunkt rührte ich mich nicht von ihrer Seite. Mit der Liebe eines Sohnes wollte ich ihr die Salamander ersetzen, leider vergeblich. Meine bedauernswerte Tante sah in mir nur den Neffen und keineswegs einen lustig unterm Wasser umherschießenden Salamander. Sie wurde trübsinnig, und nur wenn ich vor ihr in die große Wanne stieg und mich dort krümmte, vergaß sie für kurze Zeit ihren Schmerz und sah in mir einen Salamander. Und als ich mich einmal schwarz und gelb anmalte, schien es, als sei sie von ihrem Trübsinn geheilt.

Leider brach nach kurzer Zeit ihr Schmerz wieder hervor, und sie wollte mit mir nur am Wasser entlanggehen.

Das Wasser erinnerte sie an ihre Lieblinge, und ins Wasser zog es sie auch. Ach!

Eines Tages schritten wir wieder über die Karlsbrücke dem Flusse zu. Tante Sophie hatte den ganzen Weg über düster vor sich hingeblickt, und als wir das Kreuz auf der Brücke erreichten, fragte sie mich: »Ists hier tief?«

»Ja, Tante.«

»Und wenn ich hineinspringe, würde ich ertrinken?«

»Jedenfalls, Tante.«

Sie sagte nichts, erst etwas später sagte sie:

»Als ich jung war, war ich Zirkusreiterin.«

Nach diesen Worten schwang sich die Alte über das Brückengeländer wie der beste Springer bei den Olympischen Spielen und flog hinab ins Wasser.

Ein dumpfer Fall, dann schwamm sie stromabwärts, und ich lief zum Schutzmann um den Schlüssel zu dem eingemauerten Schrank mit den Rettungsgürteln. Ich fand den nächsten Polizisten weiter unten beim Kreuzherrenkloster. Er stand und schaute zwei Tauben zu, die sich auf einem Dache herumbalgten.

Ich erzählte ihm, was geschehen war. Er nahm sein Notizbuch und sagte: »Sie sagen also, daß es Ihre Tante war. Wissen Sie das bestimmt?«

»Ich kann es beschwören.«

»Gut, Sie wollen also den Schlüssel von den Rettungsgürteln haben. – Doch halt! Wissen Sie, von welcher Stelle aus sie gesprungen ist?«

»Bei der Statue des heiligen Johann von Nepomuk, sie war seit jeher seine Verehrerin.«

»Dann kann ich nichts tun, lieber Herr. Ich kann Ihnen den Schlüssel nicht ausfolgen, weil ich nicht der nächste Schutzmann bin. Der nächste ist in diesem Falle der Schutzmann beim Brückenturm. Laufen Sie rasch zu ihm, aber schnell, es handelt sich ja um ein Menschenleben.«

Ich lief und fand den Schutzmann in der Brückengasse, ein hübsches Stück weit vom Turm.

»Herr, ich bin nicht der nächste, Sie sagen, daß mein Kollege jetzt beim Kreuzherrenkloster steht, dann ist er doch der nächste, laufen Sie rasch wieder zu ihm.« Ich lief zu dem ersten Schutzmann zurück und fand ihn erst in der Karlsgasse hinter dem Klementinum.

Er brach in ein Gelächter aus, denn er war nicht mehr der nächste, und sagte: »Eine verlorene Sache, jetzt ist doch der Schutzmann in der Brückengasse der nächste. Hoffentlich ertrinkt Ihre Tante nicht, bevor Sie ihn erreichen.«

Seine Befürchtungen erfüllten sich. Sie ertrank, während ich in der Karlsgasse mit dem zweiten Schutzmann verhandelte. Ich denke, er war doch nur der nächste, denn der andere war inzwischen bis zum Radeckyplatz auf der Kleinseite gekommen.

Historische Anekdoten

Endlich war die junge Witwe des Sparkassendirektors mit Herrn Koloc allein. Die anderen Ausflügler ihrer Gesellschaft hatten sich in dem Birkenwäldchen verstreut, und Herr Koloc und Frau Ludov saßen auf einem kleinen Felsen über dem Tal. Während Frau Ludov mit dem Sonnenschirm bereits ein Dutzend Donnergrün herausgewühlt hatte, blätterte Herr Koloc in seinem Notizbuch.

Schließlich klappte er das Notizbuch zu und sprach: »Gnädige Frau, ich liebe historische Anekdoten. Andere Anekdoten haben für mich keinen Wert, und ich habe sehr bedauert, daß Ihnen Herr Hromadka im Zug so alberne Anekdoten erzählt hat. Historische Anekdoten hingegen haben nicht nur einen großen historischen Wert, sondern enthalten stets einen gesunden Kern. Ich kenne eine köstliche historische Anekdote. Der französische Staatsmann Louvois hatte einen Sekretär, dem er eine höchst wichtige Depesche für einen ausländischen Gesandten diktierte. Das Diktat lautete: ›Sie werden sich wundern, daß ich die Antwort in dieser Angelegenheit einer fremden Person diktiere, aber Sie müssen wissen, daß mein Sekretär ein Riesenrindvieh ist, so daß er kein Wort von dem versteht, was er schreibt.‹ Das ist eine wunderschöne historische Anekdote, gnädige Frau!«

Herr Koloc schlug die Arme um seine Knie und blickte begeistert ins Tal hinab.

»Und das ist alles«, fragte die junge Witwe, »was Sie mir sagen wollten, als Sie mich aufforderten, mich hierherzusetzen?«

Herr Koloc schüttelte den Kopf: »Ich kenne noch andere. Einst machte man König Kristian IV. von Dänemark den Vorschlag, gnädige Frau, nach damaligem Brauch an seinem Hofe auch einen Hofnarren zu halten. Und wissen Sie, was König Kristian IV. antwortete? ›Ich spare das Geld für einen Narren, wenn ich meine Höflinge an der Tafel tüchtig trinken lasse. Dann habe ich mehr Narren als einen!‹ Ist das nicht eine ausgezeichnete Anekdote? Aber die, welche ich Ihnen jetzt erzählen werde, ist brillant, gnädige Frau! Einige Soldaten, die dem Wagen Katharinas von Medici folgten, redeten recht unverblümt und in losen Ausdrücken von ihr. Der Kardinal von Lothringen, der neben Katharina saß, rief, er werde die Soldaten peitschen lassen. ›Lassen Sie sie nur reden‹, sagte Katharina, ›ich will künftigen Geschlechtern zeigen, daß eine Frau, Königin und Italienerin in einer Person, ihren Groll zu zügeln weiß.‹«

Herr Koloc rieb sich freudig die Hände: »Ich liebe historische Anekdoten überaus«, sagte er, »und erzähle sie am liebsten unter freiem Himmel, in Gottes Natur. Das scheint mir viel natürlicher, als sie in einem verrauchten Lokal zu erzählen. Am liebsten erzähle ich meine historischen Anekdoten in den Ruinen alter Burgen. Erstens liegt darin eine größere Intimität, und zweitens ist es stilvoll. Allerdings sollte ich die historischen Anekdoten eigentlich am Orte ihrer Entstehung erzählen, aber dazu fehlt mir die Gelegenheit. Stellen Sie sich vor, gnädige Frau, wie schön es wäre, wenn wir beide auf einer Gondel dahinführen und ich Ihnen eine Anekdote aus der letzten Zeit der venezianischen Republik erzählen würde. Als man den Heerführer der venezianischen Truppen darauf aufmerksam machte, daß seine Soldaten zerlumpt seien, antwortete er: ›Sie tragen die Kleider, die sie dem Feind abgenommen haben.‹«

Frau Ludov erhob sich und sagte, sie müsse gehen, damit ihre Gesellschaft sich ihretwegen nicht beunruhige.

»Sie sind in meinen Händen«, sagte Herr Koloc nachdrücklich, »seien Sie überzeugt, gnädige Frau, daß Augenblicke, in denen man historische Anekdoten hört – –«

»Ich werde ohnmächtig«, sagte Frau Ludov und setzte sich ins Gras.

»Sie werden ohnmächtig«, sagte Herr Koloc freudig. »Wissen Sie, was Ludwig xv. vor seinem Tode sagte, als der Arzt ihm erklärte, daß der Anfall nichts anderes sei als eine kleine Ohnmacht? ›Bei Königen kann man von nichts Kleinem reden‹, sagte Ludwig xv. und starb. Zu seiner Zeit lebte in Paris der Marquis de St. Hubert, der eines Tages einen Stockhieb über den Rücken erhielt, ohne den Täter zum Zweikampf zu fordern. Als eines Tages am königlichen Hofe die Rede darauf kam, bemerkte der damalige Minister Laborou: ›Er ist so klug, daß er sich nicht darum kümmert, was hinter seinem Rücken geschieht.‹ Und jetzt, gnädige Frau, werde ich Ihnen eine Anekdote von König Heinrich viii. von England erzählen, der seine beiden Gemahlinnen köpfen ließ und sich bemühte, die Schwester des dänischen Königs zur Frau zu erlangen …«

Frau Ludov überlief es heiß, auf ihre Stirn traten Schweißtropfen. »Herr Koloc«, seufzte sie flehentlich, »nein, ich bitte Sie, nein – –«

Herr Koloc aber sagte strahlend: »Wann wird sich Ihnen wieder die Gelegenheit bieten, gnädige Frau, ausgewählte historische Anekdoten zu hören? Wenn Sie die Anekdote von König Heinrich VIII. von England nicht hören wollen, werde ich Ihnen eine köstliche Anekdote von der österreichischen Kaiserin Anna erzählen. Kurz vor ihrem Tode, der sie am 20. Jänner 1666 ereilte, schlief sie ein, und als sie erwachte, sagte sie zu der Hofdame von Motleville: ›Ich will nicht schlafen, ich könnte sterben, ohne das geringste davon zu wissen.‹ Das ist wahrhaftig eine fabelhafte Anekdote, gnädige Frau – –«

»Herr Koloc«, sagte Frau Ludov mit leiser Stimme, »ich möchte ein wenig Wasser, bringen Sie mir doch einen Becher – –« Nach diesen Worten fiel sie in Ohnmacht.

Herr Koloc ging also um Wasser. Unterwegs überflog er nochmals mit dem Blick die Anmerkungen in seinem Notizbuch, in dem die historischen Anekdoten vermerkt waren. Auf dem Wege zur Quelle begegnete er Fräulein Zerovnic, die ebenfalls zur Ausflugsgesellschaft gehörte.

»Frau Ludov ist ohnmächtig geworden«, sagte er ihr, »ich gehe um Wasser. Wissen Sie, was der Bischof von Pilont sagte, als eine Dame während seiner Predigt im Dom ohnmächtig wurde? ›Zuerst kommt die Pflicht, dann das Vergnügen.‹ Ja, das ist eine prachtvolle historische Anekdote!«

Sie liefen zusammen zur Quelle um Wasser, und unterwegs sagte Herr Koloc: »Es gibt viele schöne historische Anekdoten, mein Fräulein. So wurde zum Beispiel der Kurfürst von Sachsen, Friedrich III., auf einem Ball nach dem Namen einer Dame gefragt, die sehr geschminkt war. Er antwortete: ›Ich bin kein Kenner der Malerei.‹ In ganz Böhmen gibt es keinen bessern Kenner historischer Anekdoten als mich, Fräulein. Wenn ich Ihnen zum Beispiel die Anekdote vom spanischen Infanten Karl III. erzählen werde – –«

Fräulein Zerovnic blickte auf die flammenden Augen des Herrn Koloc und fiel dann ebenfalls in Ohnmacht.

Da kam Frau Saal gegangen. Sie suchte ihren Mann, der irgendwo im Wald verschwunden war.

Herr Koloc lief ihr entgegen: »Gnädige Frau«, sagte er, »ich konnte Fräulein Zerovnic die historische Anekdote vom spanischen Infanten Karl III. nicht zu Ende erzählen. Sie werden so freundlich sein, dies statt ihrer zu tun. Der Vorleser des Infanten mußte diesem so lange stehend ein Buch vorlesen, bis er einschlief. Eines Tages konnte es der Vorleser nicht mehr ertragen und fiel zu Boden. Das erfuhr Karoline, die Mutter des Infanten. Sie befahl ihm, ihr stehend so lange aus der Bibel vorzulesen, bis sie einschlief. Der Infant konnte es nicht ertragen und sank zu Boden. Dann erst wurde ihm die mütterliche Ermahnung zuteil, seine Untergebenen menschlich zu behandeln. Das ist eine herrliche historische Anekdote, gnädige Frau. Ich kann Ihnen Hunderte erzählen, zum Beispiel die vom arabischen Kalifen Omar.«

Bei diesen Worten nahm er Frau Saal an der Hand, seine Augen blitzten auf, Frau Saal überschlug sich und fiel ebenfalls in Ohnmacht.

Herr Koloc suchte noch Fräulein Cedl auf. Die fiel erst nach der vierten historischen Anekdote in Ohnmacht, denn sie hoffte immer noch, Herr Koloc werde ihr unauffällig eine Liebeserklärung machen.

Als die Herren aus dem Walde zurückkehrten, fanden sie

an verschiedenen Stellen die vier ohnmächtigen Damen, die beim Namen »Koloc« in hysterische Krämpfe verfielen.

Und Herr Koloc stand inzwischen ratlos vor dem auf den Boden hingestreckten Gastwirt der »Verbrannten Mühle«, wohin er gelaufen war, um Kognak zu holen, und wo er dem Wirt bei dieser Gelegenheit drei historische Anekdoten erzählt hatte: eine über König Friedrich den Großen, eine über Zar Peter den Großen und eine über den Fürsten Metternich. Der Wirt, ein Mann wie ein Riese, war plötzlich umgesunken wie ein Klotz.

Herr Koloc ist jetzt als ein dem Gesundheitszustand seiner Umgebung gefährlicher Mensch in einem Institut interniert. Seine Anmerkungen wurden verbrannt, aber das nützt nichts, denn er kennt 4690 köstliche historische Anekdoten auswendig.

Knapper Inhalt eines blutrünstigen Romans

»Giuseppe Boro kommt nach Triest. Weil er kein Geld für einen längeren Aufenthalt hat, stellt er sich unter dem Namen Graf Alarich von Eisenfels dem Gastwirt Bitornello vor, der eine schöne Tochter namens Lucia hat. Diese verliebt sich in den falschen Grafen, aber Giuseppe Boro wird in der Stadt von dem ruchlosen Matrosen Lorenzo beobachtet, der ein Geheimnis aus dem Leben Boros kennt und darüber hinaus weiß, daß dieser in Rom den Verführer seiner Schwester erschlagen hat und drei Herren obendrein, die diesem Verführer geholfen hatten. Und so erschrickt Giuseppe Boro sehr und vertraut sich dem Gastwirt Bitornello an, mit dem er bei einem Glas Wein Brüderschaft geschlossen hat. Sie vereinbaren, Lorenzo zu vergiften, was ihnen auch gelingt, nachdem sie ihn zum Wein eingeladen haben. Weil aber die Beseitigung des Leichnams sehr mühevoll ist, weihen sie die Tochter Lucia ein, stecken den toten Lorenzo in einen Sack und tragen ihn nachts in die Berge hinter der Stadt, wo tiefe Schluchten sind. Sie beabsichtigen, den Sack in eine solche Schlucht zu werfen, und stehen auch schon am Abhang, als ein Gendarm sie überrascht. Lucia rettet sie und stößt dem Gendarmen einen Dolch ins Herz, gerade als dieser vom Pferd springt, um nachzuschauen, was hier geschieht. Die Leichen Lorenzos und des Gendarmen werfen sie in den Abgrund, und da wiehert das verwaiste Pferd, und gleich darauf erschallt in der Nähe Hufgetrappel, und ein weiterer Gendarm erscheint. Diesen streckt eine Kugel aus Boros Pistole nieder, und alle begeben sich ruhig nach Hause, weiter bin ich noch nicht, Herr Verleger.«

Der junge Mann, der dem Verleger blutrünstiger Romane Tomsa gegenübersaß, schaute dem guten Manne traurig in die Augen, als dieser rief: »Da hört aber die Gemütlichkeit auf, Herr Kramský, was wird weiter, wohin bringen Sie die anderen Leichen? Ihre Leute hätten dort bleiben sollen, weil der Schuß noch eine Gendarmenstreife herbeilockt, ein grausiger Kampf bricht aus, so stelle ich mir das vor, einem wird der Hals umgedreht, verstehen Sie, junger Mann? Übrigens sind Sie sehr unvorsichtig im Umgang mit Schußwaffen. Sie schießen in der Nacht herum, wenn Sie eine Leiche wegschleppen, um sie von den Felsen hinabzuwerfen, und nachdem Sie schon einen Gendarmen getötet haben. Das ist ein Fehler, ein großer Fehler, das ist ja der reinste Verrat. Wenn Ihre Lucia schon so erfolgreich mit dem Dolch operiert hat, warum haben Sie dann nicht auch den zweiten Gendarmen erstochen?«

Herr Tomsa stand auf, stützte sich auf den Tisch des halbleeren Cafés und schrie in der Erregung ganz laut. »Warum haben Sie, frage ich Sie noch einmal, nicht auch den zweiten Gendarmen mit dem Dolch erledigt? Sie hätten ihm den Dolch ins Herz bohren müssen, und aus wäre die Komödie. Aber natürlich, der feine Herr kann nicht nach der altbewährten Schablone vorgehen. Das ist die heutige Jugend! Sie haben doch den seligen Charvat gekannt? Der konnte mit dem Dolch umgehen! Das war im Jahre 1900 und ging weiter bis ins Jahr 1905, und das war in Deutschland, und er hat nur mit Dolch und Gift gearbeitet. Eine Schießerei in der Nacht erzeugt Lärm, und wenn Sie so weitermachen, dann erklären Sie mir gefälligst, wie Sie da herauskommen wollen! Sie haben sich da sehr übel verfitzt. Ich spreche zu Ihnen wie ein Vater, Sie haben eine gute Auffassungsgabe, und ich glaube, es ist noch nicht alles verloren. Sie müssen jetzt die Gelegenheit nutzen und fliehen. Begreifen Sie nicht, daß nach allem, was geschehen ist, eine Rückkehr in die Stadt unmöglich ist? Sie müssen hinaus in die Welt! Meinethalben mit Raub beginnen. Ermorden Sie von mir aus Frauen und Kinder, und diese Lucia lassen Sie einsperren und befreien Sie wieder! Eilen Sie an den Ort, wo sie eingekerkert ist, und machen Sie den Wärter nieder. Ich würde Ihnen zu einem Gummiknüppel raten und nicht zum Revolver, da würden Sie sich wieder verfitzen, weil so ein Schuß alle Welt alarmiert.«

»Ich versichere Ihnen, ich werde nicht mehr schießen«, versprach der junge Mann. »Ich danke Ihnen für den Rat, und darf ich in Zukunft Gift anwenden? Welches Gift tötet ohne Spuren?«

»Da sieht man, daß Sie auf diesem Gebiet noch nicht so versiert sind wie der Charvat, Gott hab ihn selig. Jedes Gift hinterläßt Spuren, und dann kommt die Obduktion. Und dann entdeckt der Arzt beispielsweise Strychnin. Das macht aber nichts. Arbeiten Sie demonstrativ mit Giften. Namentlich reiche Verwandte und dergleichen kann man vergiften, am besten nach und nach, das gibt mehr her. Und um es nicht zu vergessen – wenn Sie den Wärter erschlagen haben, dann ist alles in Ordnung, aber Sie dürfen nicht vergessen, daß die heutige Zeit auch einen formidablen Bankraub erfordert. Die Beamten werden mit Chloroform betäubt, oder man spritzt ihnen unauffällig Kurare ins Blut. Schwere Stahltresore werden mit Dynamit gesprengt. Und dann können Sie den Revolver gebrauchen. Da ist der Revolver dran, ein Browning ist eine ausgezeichnete Sache. Schön macht sich auch ein Zugüberfall. Auch in die öffentlichen Lokale können Sie eindringen, in Theater, Restaurants, Cafés, und wer sich Ihnen in den Weg stellt und sein Geld nicht rausrücken will, den knallen Sie erbarmungslos ab wie einen Hund, ich sage Ihnen, wie einen Hund, junger Mann, und jetzt mit neuer Lust ans Werk!«

Sie standen auf und sahen zu ihrer Überraschung, daß rings um sie Gäste, Kellner, Pikkolos und der Kaffeehausinhaber mit gefalteten Händen knieten und in stummer Schicksalsergebenheit um Gnade flehten.

Begegnung mit dem Verfasser meines Nekrologs

Während meines ungefähr sechsjährigen Aufenthalts in Rußland wurde ich von meiner Mitwelt einigemal totgesagt: Verschiedentlich hieß es, ich sei im Auftrag irgendwelcher Geheimorganisationen erschlagen, andere Male, ich sei von Privatpersonen in ein besseres Jenseits befördert worden.

Als ich in meine Heimat zurückkehrte, hörte ich, daß ich dreimal gehenkt, zweimal erschossen und einmal von den wilden, rebellierenden Kirgisen am Kale-Yschela-See gevierteilt worden sei, und schließlich war ich endgültig während eines wüsten Streits mit betrunkenen Matrosen in einer Spelunke zu Odessa erstochen worden. Letztere Todesart schien mir auch dic wahrscheinlichste.

Doch nicht nur mir, sondern auch meinem guten Freunde Kolman. Nachdem er einen »Augenzeugen« meines schmählichen und heldenhaften Todes aufgetrieben hatte, schrieb er für das Blatt, in dessen Redaktion er tätig war, einen Artikel über diese für mich so unangenehme Begebenheit.

Er begnügte sich aber nicht etwa mit der bloßen Nachricht! Sein mitfühlendes Herz bewog ihn, mir einen richtigen Nekrolog zu schreiben, den ich kurz nach meiner Rückkehr nach Prag las.

In eleganter Form beschimpfte er mein Andenken, fest

überzeugt, daß Tote sich doch nicht zur Wehr setzen können.

Um ihm das Gegenteil zu beweisen, suchte ich ihn auf, und so entstand diese Geschichte.

Nicht einmal Poe, der meisterhafte Schilderer des Schrekkens und Grauens, hätte einen gruseligeren Novellenstoff ersinnen können...

Den Verfasser meines Nekrologs fand ich in einer kleinen Prager Weinstube, just um 12 Uhr, der Stunde, zu der laut irgendeiner kaiserlichen Verordnung vom Jahre 1856 die Lokale gesperrt werden mußten.

Er betrachtete den Plafond. Im Lokal war man damit beschäftigt, die Tische abzuräumen. Ich setzte mich zu ihm und fragte sanft:

»Gestatten Sie, daß ich hier Platz nehme?«

Er fuhr fort, eine ihn anscheinend sehr interessierende Stelle des Plafonds zu betrachten, und antwortete logisch:

»Bitte, man sperrt gerade, ich glaube, es lohnt sich nicht!«

Ich erfaßte seine Hand und drehte ihn zu mir herum. Eine Zeitlang starrte er mich stumm an, dann sagte er mit leiser Stimme:

»Waren Sie nicht in Rußland?«

Ich antwortete lächelnd: »Sie haben mich also doch erkannt! Ja, ganz richtig – ich wurde in Rußland bei einem Streite mit betrunkenen Matrosen erschlagen.«

Er erblaßte: »Sie sind... Sie sind...«

»Ja«, sagte ich nachdrücklich, »ich wurde in einer Spelunke in Odessa von Matrosen erschlagen, und Sie haben meinen Nekrolog geschrieben!«

»Sie haben gelesen, was ich geschrieben habe?« entfuhr es ihm.

»Allerdings. Es ist ein bis auf einige Mißverständnisse sehr interessanter und ungewöhnlich ausführlicher Nekrolog. Nicht einmal über Seine Majestät den Kaiser hat man nach seinem Tode so ausführlich geschrieben! Ihm hat Ihr Blatt nur 152 Zeilen gewidmet, mir aber 186 zu je 33 Hellern (wie schlecht wurden doch die Journalisten früher bezahlt), macht 55 Kronen 15 Heller.«

»Was wollen Sie eigentlich von mir?« fragte er mich ängstlich. »Wollen Sie etwa die 55 Kronen 15 Heller haben?«

»Behalten Sie Ihr Geld«, erwiderte ich ruhig, »Tote nehmen kein Honorar für ihren eigenen Nekrolog.«

Er erblaßte.

»Wissen Sie was«, sagte ich, »wir wollen zahlen und noch irgendwohin gehen. Ich will die heutige Nacht mit Ihnen verbringen.«

»Hätte das nicht Zeit bis morgen?«

Ich blickte ihn nur schweigend an. »Zahlen!« rief ich.

Nachdem ich an der Ecke einen Fiakerkutscher angerufen hatte, befahl ich dem Verfasser meines Nekrologs, in den Wagen zu steigen, und sagte zu dem Kutscher mit Grabesstimme: »Fahren Sie uns zum Wolschaner Friedhof.«

Der Verfasser meines Nekrologs bekreuzigte sich. Lange herrschte peinliche Stille, nur das Knallen der Peitsche und das Schnauben der Pferde war vernehmbar.

Dann beugte ich mich zu meinem Gefährten und frage: »Hören Sie nicht auch die Hunde in den Žižkover Gassen heulen?«

Er erbebte, richtete sich im Wagen auf und stotterte: »Sie waren tatsächlich in Rußland?«

»Jawohl. Erschlagen in einer Spelunke zu Odessa bei einem Streit mit betrunkenen Matrosen«, antwortete ich trokken.

»Jesus Maria!« ließ sich mein Gefährte vernehmen, »das ist ja ärger als *Das Hochzeitshemd von Erben**.« Und wiederum herrschte Grabesstille. Irgendwo heulten tatsächlich die Hunde.

Als wir uns auf der Straschnitzer Straße befanden, befahl ich meinem Gefährten, den Kutscher zu bezahlen. Wir standen nun in der Finsternis auf der menschenleeren Straße.

»Ist hier nicht ein Wirtshaus?« wandte sich ratlos und kläglich der Verfasser meines Nekrologs an mich.

»Wirtshaus?« lachte ich. »Jetzt werden wir über die Friedhofsmauer klettern und auf einem Grabstein über den Nekrolog sprechen... Klettern Sie zuerst, und reichen Sie mir dann die Hand!«

Stumm und bebend kam er meiner Aufforderung nach, und wir ließen uns von der Mauer auf den Friedhof hinab. Unter uns knarrten die Zypressen, melancholisch rauschte der Wind zwischen den Kreuzen.

»Ich gehe nicht weiter«, stöhnte er, »wohin schleppen Sie mich denn?«

»Jetzt«, sagte ich vergnügt und stützte ihn, »jetzt werden wir uns die Gruft der alten Prager Familie Bonepiani ansehen. Eine ganz verwahrloste Gruft, Abteilung I, Reihe 6 an

* Die berühmteste tschechische Volksballade.

der Mauer. Verwahrlost seit dem Tage, an dem man den letzten Nachkommen in ihr bestattete, den man im Jahre 1874 aus Odessa hierher überführte, wo er bei einem Streite in einer Spelunke von Matrosen erschlagen worden war.«

Als wir uns auf den Grabstein setzten, unter dem die Gebeine der Familie Bonepiani modern, nahm ich den Verfasser meines Nekrologs bei der Hand und sagte mit leiser Stimme:

»Teurer Freund! In der Mittelschule wurde Ihnen von den Herren Professoren der schöne Wahlspruch beigebracht: ›Von den Toten soll man nur Gutes reden!‹ Sie aber haben sich bemüht, über mich Verstorbenen so abfällig als möglich zu schreiben. Hätte ich mir selbst einen Nachruf geschrieben, so würde ich darin gesagt haben, daß kein Sterbefall mich so tief erschüttert hat wie der Tod des Herrn Soundso. Ich hätte ferner geschrieben, daß die schönste Eigenschaft des verstorbenen Kollegen seine glühende Liebe zum Guten war und zu allem, was reinen Herzens ist. Sie aber schrieben nach meinem Tode, daß hier ein Lump und ein Komödiant gestorben ist. Weinen Sie nicht! Es gibt Augenblicke, in denen das Herz überströmt in der Sehnsucht, die schönsten Eigenschaften und Taten eines Verstorbenen zu schildern! Sie aber haben geschrieben, daß der Verstorbene Alkoholiker war!!«

Der Verfasser meines Nekrologs weinte noch jämmerlicher. Sein Schluchzen erfüllte die Stille des Friedhofs und verklang in der Ferne bei den Žižkover Judenöfen.

»Teurer Freund!« sagte ich nachdrücklich. »Weinen Sie nicht, jetzt ist es zu spät…«

Nach diesen Worten schwang ich mich über die Friedhofsmauer, klingelte den Pförtner heraus und meldete ihm, daß ich, auf dem Heimweg von meiner Nachtarbeit begriffen, hinter der Friedhofsmauer, Abteilung I., Weinen gehört habe.

»Das wird wohl ein betrunkener Witwer sein«, meinte der Pförtner zynisch, »wir werden ihn einsperren lassen!«

Ich wartete im Schutze der Friedhofsmauer. Etwa zehn Minuten später führten die Wärter den Verfasser meines Nekrologs zur Sicherheitswache.

Er wehrte sich mit Händen und Füßen und schrie: »Ist das Traum oder Wirklichkeit?«

Nachweis

Die Erlebnisse eines Einbrechers ist aus dem Band *Von Scheidungen und andern tröstlichen Dingen*, übersetzt von Grete Reiner, Synek Verlag, Prag; *Gerichtssachverständige, Wie man mit Erfolg Selbstmörder rettet, Historische Anekdoten, Begegnung mit dem Verfasser meines Nekrologs*, übersetzt von Grete Reiner, aus dem Band *Der Ur-Schwejk*, Synek Verlag, Prag.

Die Schwejk-Geschichten sind aus dem ersten Band der *Abenteuer des braven Soldaten Schwejk*, übersetzt von Grete Reiner.

Ein Silvester der Abstinenzler; Gast ins Haus, Gott ins Haus; Die Praktikanten der Speditionsfirma Kobkan; Die Affäre mit dem Hamster aus dem Band *Schwejkiaden*. Aus dem Tschechischen von Ehrenfried Pospisil. Abdruck der Übersetzung mit freundlicher Genehmigung der F. A. Herbig Verlagsbuchhandlung GmbH, München.

Alle anderen Erzählungen und das Vorwort sind aus dem Band *Der Tolpatsch und andere Erzählungen*, der 1964 in der Diogenes Erzähler Bibliothek erschienen ist, und 1985 unter dem Titel *Schwejk als Flieger* als Diogenes Taschenbuch. Die Übersetzungen sind von Grete Reiner.

Bitte beachten Sie
auch die folgenden Seiten

Lesebücher im Diogenes Verlag

Das Čechov Lesebuch

Herausgegeben, kommentiert und
mit einem Vorwort von Peter Urban

Čechov zum Kennenlernen und zum Einlesen: Der Band bringt Bekanntes und Entlegenes aus dem Werk Čechovs. Erzählungen, Dramatisches, Briefe, Novellen, Auszüge aus den Notizbüchern. Vervollständigt wird dieses Lesebuch durch einen Anhang, der eine Lebenschronik, eine Bibliographie und ein Nachwort von Peter Urban enthält.

»Wie kaum ein anderer hat Anton Čechov auf den Pulsschlag des modernen Lebens gehorcht, sein literarisches Werk ist für das 20. Jahrhundert wegweisend geworden.« *Neue Zürcher Zeitung*

»Dies Dichtertum hat es mir angetan. Seine Ironie gegen den Ruhm, sein Zweifel am Sinn und Wert seines Tuns, der Unglaube an seine Größe hat von stiller, bescheidener Größe so viel…« *Thomas Mann*

Das Dürrenmatt Lesebuch

Herausgegeben von Daniel Keel
Mit einem Nachwort von Heinz Ludwig Arnold

»Friedrich Dürrenmatts Lebenswerk ist so umfangreich und vielgestaltig wie das kaum eines anderen modernen Schriftstellers. Dieses so unverwechselbare Riesenwerk ist auch nach dem Tod seines Autors ein dunkler Kontinent, vielfach unerhellt und unerprobt, ein Kontinent in Bewegung, für geistige Überraschungen und theatralische Abenteuer wohl noch lange gut.« (Gert Ueding / Die Welt, Berlin) *Das Dürrenmatt Lesebuch* dokumentiert Dürrenmatts Werk von Anfang an und spiegelt dessen Vielfalt: frühe und späte Prosa, Hörspiel und Theater, Essayistisches.

»Der Dialog mit Friedrich Dürrenmatt ist nicht zu Ende – er beginnt erst, und wir werden Mühe haben, in Friedrich Dürrenmatts mächtigem Schatten, ihn zu bestehen.« *Walter Jens*

»*Das Dürrenmatt Lesebuch*, von Daniel Keel herausgegeben. ›A must‹, heißt es bei Cartier. Dieses Buch ist nötig. Wenn man Dürrenmatt kennt, zu kennen glaubt – wenn man ihn nicht kennt. Wenn man eine Hilfe braucht bei der Auseinandersetzung mit den chaotischen Zeiten, in denen wir leben, wenn man Freude an Gedanken und am Denken hat. Es ist wenigstens ein Anfang, um dann noch mehr und gründlich von ihm zu lesen.«
Maria Becker / Tages-Anzeiger Magazin, Zürich

Das James Joyce Lesebuch

Erzählungen aus ›Dubliner‹
und Erzählstücke aus den Romanen
Aus dem Englischen von Dieter E. Zimmer,
Klaus Reichert und Hans Wollschläger
Mit Aufzeichnungen von Georges Borach
und einer Betrachtung von Fritz Senn

Lesebuch und Auswahl aus der Prosa des frühen und mittleren Joyce zum Ausprobieren und Angewöhnen für Anfänger und Fortschreitende, für Neugierige, Besessene und alle, die sich bisher noch nicht getraut haben.
Dieser Querschnitt – in den renommierten Neuübersetzungen der Frankfurter Ausgabe von Dieter E. Zimmer, Klaus Reichert und Hans Wollschläger – bringt ›Eine kleine Wolke‹, ›Entsprechungen‹, ›Gnade‹ (drei Kurzgeschichten) und die schönste Novelle der englischen Sprache, ›Die Toten‹ aus *Dubliners* – zwei selbständige Abschnitte und Höhepunkte aus dem Entwicklungsroman *Ein Porträt des Künstlers als junger Mann* – ein vollständiges Kapitel (›Hades‹) aus dem *Ulysses* sowie als Dreingabe Aufzeichnungen von Gesprächen mit Joyce aus dem Zürcher Jahr 1917 von

Georges Borach, ein buchstabengetreues Joyce-Porträt von Paul Flora und Betrachtungen von Fritz Senn.

»Es gibt Zeiten, wo ich mir wünsche, eine Russin zu sein, damit ich Čechov lesen könnte; aber ich bin um so froher, eine Irin zu sein, denn so kann ich Joyce lesen und verstehen.« *Edna O'Brien*

»Eine Nebenfigur im *Ulysses* sagt: ›Nach Gott hat Shakespeare am meisten geschaffen.‹ Joyce-Kenner haben hinzugefügt: ›Nach Shakespeare hat Joyce am meisten geschaffen.‹ So ist es.« *Wolfgang Hildesheimer*

Das Franz Kafka Lesebuch

Herausgegeben von Jürg Amann
und Winfried Stephan

Das größtenteils postum erschienene Werk Franz Kafkas zählt zu den bedeutendsten und meistgedeuteten Werken des 20. Jahrhunderts. Der vorliegende Band enthält eine Auswahl aus dem Prosawerk und Kafkas Tagebuchaufzeichnungen.

»Franz Kafka. Wer das ist, das wissen leider noch viel zu wenige. Er ist ein Großsohn von Kleist – aber doch ganz selbständig. Er schreibt die klarste und schönste Prosa, die zur Zeit in deutscher Sprache geschaffen wird.« *Kurt Tucholsky*

»Kafkas Kunst stellt eine Wahrheit dar, die alle Literatur sprengt und den Leser ins Herz trifft.«
Walter Muschg

Das Erich Kästner Lesebuch

Herausgegeben von Christian Strich

Das Beste und Gültigste von Erich Kästner aus den Gedichten, der Kleinen Prosa und den Epigrammen.

»Kästner gehört dem Stammbaum der unvernebelten Deutschen an, doch im allgemeinen liebt diese Nation die Leichtigkeit nicht sonderlich, sie ist ihr etwas Anrüchiges, sie zieht das Schwere vor. Denke ich an ihn, denke ich an Wieland, Lessing, E.T.A. Hoffmann. Die deutsche Literatur sollte mehr in diese Richtung hin durchdacht werden.« *Friedrich Dürrenmatt*

»Auf die geistige Nachbarschaft zu Lessing stößt man bei ihm allenthalben. Neben und nach Lessing fallen einem Heine, Fontane, Ringelnatz und Tucholsky ein. Manche seiner Gedichte passen in kein Lesebuch und gehörten dennoch in jedes hinein.«
Rudolf Walter Leonhardt

»Das Zeitgemäße konnte nicht zeitloser gesagt werden.« *Hermann Hesse*

Niklaus Meienberg
Heimsuchungen
Ein ausschweifendes Lesebuch

Ein Lesebuch über Landschaften und Städte, über Dichter und Politiker, über Gott und die Welt – Heimsuchungen im wahrsten und doppelten Sinne des Wortes.

»Niklaus Meienberg, in der Schweiz ebenso zu Hause wie in Frankreich, mit amerikanischen, spanischen und bundesrepublikanischen Verhältnissen vertraut, ist ein Reporter, wie man ihn suchen muß. Also keiner, der sich damit zufriedengibt, einem Prominenten das Mikrophon hinzuhalten und dessen ausweichende Antworten dankbar zu überhören. Sondern einer, der die Leute zum Reden bringt, ohne daß sie es merken, und das auch noch beschreiben kann.« *Lothar Baier*

»Er verkörpert den selten gewordenen Typus des unabhängigen Chronisten, der unbeirrt die Wahrheit zu Gehör zu bringen suchte.«
Michael Mönninger/Frankfurter Allgemeine Zeitung

»Er ist weit differenzierter und intelligenter als seine Kritiker. Aber es ist auch unfair, ihn mit gehetzten und unter Druck stehenden Journalisten zu vergleichen. Denn er gehörte ja schon immer einer anderen Kategorie an: der der Schriftsteller.«
Margrit Sprecher/Die Weltwoche, Zürich

»Seine Sprache schafft eine neue Stufe der Beteiligung. Präzise ist sie und klar, zurückhaltend, trocken (nie vernebelnd), schön.« *Süddeutsche Zeitung, München*

Das Ringelnatz Lesebuch

Herausgegeben von Daniel Keel
Mit einem Nachwort von Anton Kuh

Ein Querschnitt durch das Gesamtwerk von Joachim Ringelnatz, eine Auswahl von Gedichten, Geschichten und Autobiographischem – ein Taschenbuch, das sowohl das Allerberühmteste als auch Entdeckungen bringt.

»Jemand schrieb einmal über Ringelnatz: ›Er hat den Stein der Narren entdeckt (welcher dem der Weisen zum Verwechseln ähnlich sieht).‹ Der Jemand war ich, aber die Formel hat trotzdem ihre Richtigkeit. Joachim Ringelnatz war rundherum ein absonderliches Exemplar Mensch, in Erscheinung und Wesen, in seinem Leben und Dichten. Ein Eulenspiegel, wenn auch einer aus Sachsen, mit koboldischer Lust am Durcheinanderbringen von Sinn und Unsinn. Sein Humor hatte eine derbe und eine sublime Seite, und unnachahmlich bleibt die geistige Grazie, mit der er von der einen zur anderen hinüberwechselte.« *Alfred Polgar*

Das Tucholsky Lesebuch

Ausgewählt von Daniel Keel
und Winfried Stephan

Ein Querschnitt durch das Gesamtwerk, ein Lesebuch, das Berühmtes und Entlegenes, Vertrautes und noch oder wieder neu zu Entdeckendes sammelt.

»Wer Kurt Tucholsky war, hat Erich Kästner einmal mit einem melancholischen, zärtlichen Satz so umschrieben: ›Ein kleiner dicker Berliner, der mit der Schreibmaschine eine Katastrophe aufhalten wollte.‹ Weil ihm das leider nicht gelungen ist, könnte man ihn natürlich erfolglos nennen. Andererseits wird er noch heute mit Hingabe gelesen, auch von jungen Leuten; und das ist dann schon ein kleines Wunder, wenn man bedenkt, daß er zu seiner Zeit weder als Enthüller einen Kanzler gestürzt noch als Talkmaster einen Bambi errungen oder irgendwo Quotenrekorde aufgestellt hat. Wie gesagt ein Wunder, übrigens ein ermutigendes.« *Herbert Riehl-Heyse / Süddeutsche Zeitung, München*

Wilhelm Busch im Diogenes Verlag

Das Wichtigste von Wilhelm Busch als schöne Studienausgabe in sieben Bänden, herausgegeben von Friedrich Bohne, in Zusammenarbeit mit der Wilhelm-Busch-Gesellschaft, Hannover. Alle Bildergeschichten sind nach Originalvorlagen, nach Andrucken von den Originalhölzern oder nach ausgesuchten Erst- und Frühdrucken reproduziert. Alle Texte sind nach Handschriften, Verlagsabschriften und Erstausgaben durchgesehen und mit einem kritischen Anhang versehen.

Gesammelte Werke
7 Bände in Kassette
Herausgegeben und mit Anmerkungen
von Friedrich Bohne
Auch als Einzelausgaben erhältlich

Max und Moritz
Eine Bubengeschichte in sieben Streichen

Gedichte

Die fromme Helene

Tobias Knopp
Trilogie

Hans Huckebein
Fipps der Affe
Plisch und Plum

Balduin Bählamm
Maler Klecksel

Eduards Traum
Der Schmetterling
und Autobiographisches
Mit einem Nachwort des Herausgebers
zu dieser Ausgabe,
Chronik und Bibliographie

Außerdem erschienen:

Gedichte und Bildergeschichten
in zwei Bänden im Schmuckschuber

Sławomir Mrożek im Diogenes Verlag

»Mrożek ist ein engagierter Schriftsteller – also hält er die Literatur nicht für eine erhabene Spielerei mit Worten, sondern für ein Mittel, auf die Menschen zu wirken. Er ist Humorist – also meint er es besonders ernst. Er ist Satiriker – also verspottet er die Welt, um sie zu verbessern. Er ist ein Mann des Absurden – also zeigt er das Widersinnige, um die Vernunft zu provozieren.«
Marcel Reich-Ranicki

»Mrożeks Gedanken sind so ungewöhnlich, daß sie jedem verständlich sind.«
Gabriel Laub / Die Welt, Berlin

»Mrożeks politische Parabeln sind von stupender Diagnostik.« *Marianne Kesting / Die Zeit, Hamburg*

Watzlaff und andere Stücke
Aus dem Polnischen von Ludwig Zimmerer und Rolf Fieguth. Inhalt: *Nochmal von vorn, Die Propheten, Watzlaff*

Emigranten und andere Stücke
Deutsch von Christa Vogel. Inhalt: *Emigranten, Schlachthof, Buckel, Das Haus auf der Grenze*

Amor und andere Stücke
Deutsch von Witold Kósny und Christa Vogel. Inhalt: *Insel der Rosen, Fuchsquartett, Der Schneider, Amor, Zu Fuß, Die Rückkehr*

Der Botschafter und andere Stücke
Deutsch von Christa Vogel und M. C. A. Molnar. Inhalt: *Der Botschafter, Ein Sommertag, Alpha, Der Vertrag, Das Portrait, Die Witwen*

Liebe auf der Krim
Eine tragische Komödie in drei Akten. Deutsch von Christa Vogel

Das dramatische Werk in sieben Bänden in Kassette
Enthält die Bände: *Striptease, Tango, Watzlaff, Emigranten, Amor, Der Botschafter, Liebe auf der Krim*

Die Giraffe und andere Erzählungen
Erzählungen 1953–1959. Deutsch von Christa Vogel und Ludwig Zimmerer

Die Geheimnisse des Jenseits und andere Geschichten
Kurze Erzählungen 1986–1990. Deutsch von Christa Vogel

Der Perverse und andere Geschichten
Kurze Erzählungen 1991–1995. Deutsch von Christa Vogel

Mein unbekannter Freund und andere Geschichten
Kurze Erzählungen 1981–1985. Deutsch von Klaus Staemmler

Der Doppelgänger und andere Geschichten
Erzählungen 1960–1970. Deutsch von Christa Vogel und Ludwig Zimmerer

Lolo und andere Geschichten
Erzählungen 1971–1980. Deutsch von Christa Vogel, Ludwig Zimmerer und Witold Kósny

Lauter Sünder / Schöne Aussicht
Zwei Stücke. Deutsch von Christa Vogel

Balthasar
Autobiographie. Deutsch von Marta Kijowska

Das Leben für Anfänger
Ein zeitloses ABC. Mit Zeichnungen von Chaval. Herausgegeben von Daniel Keel und Daniel Kampa. Mit einem Nachwort von Jan Sidney
Ausgewählte Erzählungen auch als Diogenes Hörbuch erschienen, gelesen von Christian Ulmen

Das Leben für Fortgeschrittene
Ein überflüssiges ABC. Mit Zeichnungen von Chaval. Herausgegeben von Daniel Keel und Daniel Kampa